研究叢書24

イデオロギーとアメリカン・テクスト

中央大学人文科学研究所 編

中央大学出版部

まえがき

本書は中央大学人文科学研究所「アメリカ・イデオロギーの方法とアメリカン・テクスツ」チームの研究成果を世に問うものである。

「アメリカ・イデオロギーの方法とアメリカン・テクスツ」研究会チームが、中央大学人文科学研究所の共同研究計画の一環として発足し、研究を開始したのは、一九九六年四月のことである。チーム発足に先立って研究所に提出された「共同研究計画申請書」の「研究目的」の欄に、われわれは以下のように記していた。

本研究チームは、サクヴァン・バーコヴィッチに代表される「イデオロギー批評における」アメリカ・イデオロギーの方法、並びにその方法によって読み解かれたアメリカン・テクスツを集団的に検証することによって、アメリカ・イデオロギーの方法の帰趨を見定め、また、そのことを通じてアメリカン・テクスツに新しい読みを与えることを目的とする。

現在はハーヴァード大学教授であるサクヴァン・バーコヴィッチは、その *The Puritan Origins of American Self* (1975) の出版以来、アメリカの文化と文学についての、アメリカを代表する批評家の一人でありつづけてきたと言ってよい。たとえば、「アメリカ・」ピューリタン的エレミア、ピューリタン的自我、アメリカにおける自由主義コンセンサスのイデオロギーなどに関する彼の諸説は、きわめて刺激的であり、かつ大きな影響力を振るっている。彼の影響力の大きさは、最近刊行が開始された全八巻からなる*The Cambridge History of American Literature*（Cambridge University Press）が、彼をGeneral Editorとし、彼の人選になるNew Americanistsと呼び慣わされている一連の研究者たちを執筆者としていることに、如実にあらわれている。このようなバーコヴィッチの方法と読みを検証することは、それゆえ、今日的なアメリカの知の中核に分け入ることを意味していると言えよう。

われわれはさきに、メンバーに異動はあるが、同じ中央大学人文科学研究所の共同研究の一環として「批評理論とアメリカ文学」という標題のもとにチームをくませていただき、その成果を『批評理論とアメリカ文学——検証と読解』（中央大学人文科学研究所研究叢書一二、中央大学出版部、一九九五）として上梓した。われわれはその段階ですでに、アメリカの文学関係の学界において一九七〇年代の初頭から目立ち始めた、言うなれば理論への傾斜とでも呼ぶべきトレンドが、歴史ないし歴史主義へと回帰しはじめるにつれて、今や主たるトレンドが広い意味のイデオロギー批評に向かいつつあることを意識しないわけにはいかなかった。たとえば、カルチュラル・スタディーズとポストコロニアリズムは、われわれにとってそのような広い意味でのイデオロギー批評の二つの代表的なブランドであった。しかし、「アメリカ・イデオロギーの方法とアメリカン・テクスツ」というチームを組むに際してもっと直接的なきっかけになったのは、サクヴァン・バーコヴィッチとマイラ・ジェーレンによって編まれた『イデオロギーと古典アメリカ文学』（Sacvan Bercovitch and Myra Jehlen eds., *Ideology and Classic American Literature*, Cambridge University Press, 1986）がもたらした一定の衝撃であった。すなわち、「古典アメリカ文学」を歴史の中に、そして歴史のなかで生み出されるに他ならないイデオロギーの中に位置づけることは、これまで肯定的に評価されてきた「古典アメリカ文学」の美しさなり、新しさなり、ラディカルさなりを、それらの歴史的決定要因にまで立ち返って見直すことにともなう衝撃であった。その結果、対象によっては、従来言われてきたような美しさ、新しさ、ラディカルさは、見直され、脱構築されなければならなかった。しかも、そうした見直しないし脱構築は、バーコヴィッチの手になる本書の「あとがき」まで読み進むと、それ自体がアメリカ・イデオロギーの枠内にすでにある視座からのものでしかないという、いわば、どんでん返し的な脱構築にさらされていた。われわれが受けとめた衝撃とはそのようなものであった。そして、そこから、バーコヴィッチのイデオロギー批評の方法を検証をすることと、アメリカン・テクスツのイデオロギー批評へのわれわれなりの介入の必要性が意識されることになった。

『批評理論とアメリカ文学――検証と読解』の「まえがき」でも同じようなことを書いたのであるが、われわれがチームを組んで共同研究をおこなったといっても、われわれがイデオロギー批評に関してあらかじめ一定の立場を共有し、いつでもその立場に立ち返るようにしながら、集団的検討をおこなったというわけではない。「アメリカ・イデオロギーの方法とアメリカン・テクスツ」という研究趣旨に即して、研究会において採り上げるテクストを何にするかはもちろん合意されていたが、それをどのような視角から報告するかは、研究員それぞれの問題意識にまかされていたし、その報告を討論する段になると何人かの研究員の間で意見がしばしば食い違った。そのようなわけで、本チームが一定の方法的グループを形成することは前もって意図されていなかったし、結果的にそうしたグループを形成することにもならなかった。とは言っても、批判の視座は必ずしも共通していないにせよ、期せずして、バーコヴィッチの方法を全体として批判的に受けとめる結果にはなったと考える。

アメリカン・テクスツのイデオロギー批評は、アメリカ史をどう見るかという根本問題と直結しているのであり、だれにとっても、容易ならざる営為である。そのことは百も承知しているが、それでもわれわれは、本書においてあえてそうした営為をなすに及んだのである。

次に、本書所収の各論文の概要と各論文において採り上げられている主たる著作者およびテクスト名などを、掲載順に紹介しておきたい。通読していただければお判りのとおり、各論文の掲載順序は、基本的に、各論文が対象としている主たるテクスト（群）のクロノロジーに即している。

二一世紀に採用されるアメリカ合衆国建国の物語は、どのようなものになるであろうか。従来の定説——ピューリタンの伝統、圧制からの自由と独立、広大な西部開拓といった物語が、反復されてゆくのか。それとも、三〇〇年に及ぶ大量殺戮史でもある側面にも目を向け、根源の動機である私財追求と富の獲得を絶対的基準とする承認、即ち神の選びの証しとするような自己正当化、自己賛美の修辞に反省が生まれるのか。根本治「コットン・マザーの戦記について」は、以上のような視点から、建国物語の雛形としてのマザーの戦記——『マグナリア・クリスティ・アメリカーナ』の第七巻「教会の戦闘、ないしニューイングランドの諸教会に与えられた騒乱」——の自己正当化的なイデオロギー性を衝いている。コットンのテクストの他に、ジョン・ウィンスロップの「ニューイングランドにおける植民のための一般的考察」、エドワード・ウィンズローの『ニューイングランドからの良き知らせ』、ハーマン・メルヴィルの『詐欺師』なども論じられている。

牧野有通「一九世紀アメリカに蔓延する『疫病』——L・M・チャイルドとH・メルヴィルの接点」は、「マニフェスト・デスティニー」の欺瞞性を根元的に批判する二人の文学者、メルヴィルとチャイルドの共有点を明確に指摘している。口先では「愛」を唱えながら、現実には先住民を虐殺、迫害して所有地を拡大してゆく白人キリスト教徒。「マニフェスト・デスティニー」とは、そうした絶対的矛盾を、「神意」の解釈によって独善的に「打開」しようとした自己正当化のレトリックの根拠となったものであり、必然的に病的な内実をもつ。それはむしろ、「疫病」のごとく一九世紀に蔓延する「アメリカ・イデオロギー」の中枢にある病める思想の具現化とも言えるものであると、牧野は右記二人の文学者の作品を具体例として論じている。採り上げられているテクストは、リディア・マリア・チャイルドの『ホボモック他』、「インディアンのためのアピール」を含む『リディア・マリア・チャイルド読本』、またメルヴィルの『タイピー』、『オムー』、『レッドバーン』、『白鯨』、『詐欺師』、「バートルビー」、『ビリー・バッド』など。

メルヴィルの創造になるバートルビーを先住アメリカ・インディアンになぞらえ、白人社会で居住不可能になり死滅していく姿にたとえる論がすでに行われているが、荒このみ「バートルビーの『ある神秘的なる目的』――バーコヴィッチ的、and/yet反『共和国』的」によれば、バートルビーは死滅していくのではない。バートルビーを取り囲んでいるあの「墓場」の芝土と草に象徴されるのは再生のイメージであると見れば、先住民としてのバートルビーは白人の規範や圧政に押しつぶされそうになりながらも、決して死滅するのではないのである。そのことがテクストの最後の言葉「ヒューマニティー」の意味であり、バートルビー（先住民）によって、彼らアメリカ人はようやくヒューマニティーの意味を理解するのである。弁護士、書記は言葉を体現し、それはアメリカ社会自体をあらわす。アメリカは言葉（法律）によって作られ、一方書き言葉を持たなかった先住民は沈黙によってその存在をあらわす。語り手の弁護士とバートルビーの間に共通項はなかったのである。本論文においては、メルヴィルの「バートルビー」の他に、同じメルヴィルの『クラーレル』、トマス・ジェファソンの『ヴァージニア州に関する覚書き』なども分析されている。

岡本正明「『ヘンリー・アダムズの教育』補記――空白の（削除された）二〇年」は、『ヘンリー・アダムズの教育』の「空白の二〇年間」（一八七二年―一八九一年）のイデオロギー的、あるいはエピステモロジー的意味合いを明らかにしようとしている。アダムズの政治改革運動とその挫折という経験は、「アメリカ・イデオロギー」の一つのあらわれとしての「高潔な共和制」の理念への懐疑、その理念の不可能性の認識へとつながってゆく。アダムズはそれを、『デモクラシー』と『アメリカ史』をつうじて示そうとした。さらに、妻マリアンの自殺という悲劇的事件、そして南太平洋への旅は、単なる個人的な体験のレベルを超え、西洋中心主義、男性中心主義に対する懐疑というエピステモロジー的な意味合いをも有しており、それらはまた、後期の二大傑作である『モン・サン・ミシェルとシャルトル』（の反─男性中心主義）と『ヘンリー・アダムズの教育』（における西欧的パラダイムへの懐疑）に影響を与え、それらを予告しているとされている。『ヘンリー・アダムズの教育』の他に、『デモクラシー』、『アメリカ史』などのテクストも分析されている。

村山淳彦「世紀転換期のサンチョ・パンサたち──トウェイン、アダムズ、バーコヴィッチ」は、バーコヴィッチの「アメリカ・イデオロギー」論を、世紀転換期の米国の文学と歴史に照らし合わせて検証しようとした試みである。バーコヴィッチは、ペリー・ミラーに対抗しながらも、みずからをサンチョ・パンサとして描き出す一方で、世紀転換期に同じくサンチョを衒ったとおぼしいトウェインとアダムズを、彼のきわめて包括的なアメリカ文学史像から排除している。論文は、トウェイン、アダムズ、ミラー、バーコヴィッチの著作のなかでドン・キホーテの物語が直接言及されている箇所に着目し、前回の世紀転換期におけるトウェインもアダムズも、今われわれが迎えている世紀転換期におけるバーコヴィッチも、サンチョ・パンサに似た二重性を帯びていることを作家たちと労働運動や帝国主義との関係の考察を通じて明らかにしている。バーコヴィッチは、トウェイン、アダムズとのこの共通性ゆえに彼らを主題化して論じることを避け、二重性の裏面をなす「アメリカ・イデオロギー」への荷担を隠蔽しているのかもしれない。それがこの論文の提起する見方である。

福士久夫「サクヴァン・バーコヴィッチの批評モデルの現在──『アメリカの嘆き』から『同意の儀礼』へ」は、バーコヴィッチその人の批評モデルを抽出、検証することによって、イデオロギー批評の方法論議に一定の貢献を果たそうとしている。『アメリカの嘆き』を検討した箇所では、「嘆き」理論にまとわりついているいくつかの問題点を明らかにした上で、「嘆き」のレトリック装置が、帝国主義、さらには「非アメリカ的」活動に対する政治的抑圧などと親和的なものとして提出されていることを指摘し、また『アメリカの嘆き』時点におけるバーコヴィッチの批評モデルを抽出している。それ以後の『同意の儀礼』に至る段階を検討した箇所においては、バーコヴィッチの言う「非超越の解釈学」に焦点をあわせながら、多数の論点をとり上げているが、バーコヴィッチは脱構築したはずの「美的批評」を捨てていないのではないかということ、また「非超越」の領域で成立するとされている「ラディカリズム」が本当に成立しているかどうかは判然としないことなどが、特に強調されている。

本チームには、寄稿した右記六名の他に、江田孝臣、中尾秀博の二研究員が参加していた。チームの各研究会には積極的に参加していただき、報告の役割も果たしていただいたが、本書のための原稿執筆の時期が、それぞれちょうど公務と留学とに重なってしまい、成果の発表は他日を期することとなった。

最後に、本書の出版に際して、モラル・サポートを与えていただき、またご厄介をおかけした——特に、本チームの責任者である福士の原稿提出が遅れたためにご迷惑をおかけした深澤俊人文研所長、平山令二出版委員長、人文研の事務室の皆さん、特に本書を担当下さった石塚さとみさん、また出版部の皆さん、特に本書を担当していただき、われわれのわがままにつきあって下さった平山勝基さんに、心からの感謝を申し上げるしだいである。

二〇〇〇年一月

研究会チーム「アメリカ・イデオロギーの方法とアメリカン・テクスツ」

目　次

目　次

イデオロギーとアメリカン・テクスト

コットン・マザーの戦記について

根本　治

はじめに

サクヴァン・バーコヴィッチは、アメリカン・ピューリタンに関するかつての碩学ペリー・ミラーを、特に予型論とエレミア悲嘆説教の意義の側面から批判して、ミラーよりも客観的な距離から、アメリカ人の内面がピューリタン的内面を継承するものであることを、きわめて説得的に提示している。バーコヴィッチは多くのピューリタンに言及するが、なかでもコットン・マザーの膨大な著作を通観し、かれが重要であるのは、後のアメリカ人のピューリタニズムの受容形態を決定づけていることであると言う。そして、*Magnalia Christi Americana* をもってマザーの「最大最高作」とする。この作品の見方に限れば、「この民の経験を体系づけるこの世紀最大の努力」と見るミラーの評価に多少とも接近する。一方、この作品は、現代のジョン・バース、トマス・ピンチョン、ウィリアム・ギャディスらが構築する世界がまさにそのパロディとして作用する正統的モデルの世界を提示するものとして評価されている。[1] *Magnalia*（以後『マグナリア』と略記）の最終巻である第七巻は『エクレシアールム《教会の》　プロエリア《戦闘》、ないし、ニューイングランドの諸教会に与えられた騒乱』と題され、その最終第六章が「ピーコド戦争」と「フィリップ王戦争」について扱い、附録として一六八八年から九八年の『戦いの一〇年』が付けられている。この小論は、バーコヴィッチのように、マザーの内面像を共感をもって描き出そうというのではなく、アメリカ先住民とイギリス人・アメリカ人の関係に関する近年の歴史家たちの研究と、メルヴィルの『詐欺師』が示唆することから、マザー的な戦史の問題性に目を向け、もしバーコヴィッチが考えるように、マザー的な見方がアメリカ人の想像力のなかで栄えてきたとすれば、それは今日の倫理的大問題、即ち、二一世紀にむけての、アメリカ建国物語の第一章がいかなるものであるべきかの問題と切り離しえないことを指摘するものである。マザーの「教会」とはマザー的なキリスト教と政治権力が一体である社会の謂である。その点から見れば、ピューリタン的なキリスト教を受け入れない者たちは、後述するように、絶滅されて当然となる。そうしたことの歴史的結果は、三〇〇年に渡っての"genocide"だったと批判され始めたからである。[2]

一　その土地は我らがもの

一四九二年、富の獲得を目指すコロンブスの一行が「新世界」を発見し、一四九三年には教皇アレキサンダー六世がスペイン国王に対して、カトリック宣教のために、まだキリスト教化されていない全世界を下賜した。一四九六年イギリス国王ヘンリー七世はジョン・カボットに異教徒の土地の征服を命じた。こうして、南北アメリカ大陸へのヨーロッパ列強による進攻が活発化し、「発見」と称してはその地を自国の領土とすることがつづいた。国王は臣下の者の自費による征服・植民事業を認可し、国王の許可を得た者は、その事業に関わる費用を調達し、利益の獲得を目指すことになる。異教徒をキリスト教に改宗させる目的はつねに掲げられるが、それが主たる目的にはなりえない。「スペイン人は、もし利益が見込めないと、善行をする気にはならない。向こうに行っても儲けはないとわかったら、これらの魂は直しようなく滅びてしまうだろう」と、一六二〇年、スペイン人神父が言えば、(3)それより前の一六一六年の、ジョン・スミスの『ニューイングランド記述』にも、似たような見方が見いだせる――「富以外にどんな動機であれ、それで向こうに国を建てようとか、こちらでの安楽さや気分から引き出されて、私の意図の実現のためニューイングランドに留まるだろうなどと考えるほど、私も単純ではない」。(4)

ニューイングランド史のかつての権威S・E・モリソンは有名な『マサチューセッツ湾植民地の建設者たち』の中で、スミスはこの点で誤っており、「宗教こそがニューイングランドに一つではなく五つの国（commonwealths）を建てた動機であった」と述べていた。つまりこうした見方がこの時期の建国物語の主筋であったが、(5)それでは、国を建てるべき場所、即ち、新世界における土地についてマサチューセッツ湾植民地やプリマス植民地の指導者たちはどのように考えていたのか。イギリス人の間で財産（property）というものの意味が土地所有を特に意味するようになるのが一七世紀であり、そういう意味付けでの大理論家ジョン・ロックに示唆を与えたのがマサチューセッツ湾植民地の総督ウィンスロップやその他の先例であるとすれば、なおのこと一瞥の必要があろう。(6)そこには労働による所有権の発生という概念と、労働に選民性を見いだすプロテスタント・キリスト教の世界観が絡み合っているが、この小論では、単純な一点から見て行くことにする。それは、かれらにとっての「新世界」が無人の荒野ではなく、既に先住者がいるとき、彼らからその土地を取得するのにどのような言葉を用いたか、ということである。彼らは、武力による征服、その結果としての強奪ないし貢納をスペイン方式として批判し、言説による自己正当化を行った。

ウィンスロップが残した『ニューイングランドにおける植民のための一般的考察』の第六条は、次のように主張する。(7)

全地球が主の御苑であり、アダムの子孫にたいして耕し、改良するようにと与えられている。とするならば、なぜ我々はこの地にあって居住の場所に窮し、飢えつつあるのか（多くの者が時には一、二エーカーの土地の維持と回復のために、他の場所でならば何百エーカーの、同等の、あるいはもっとましな土地に当たる労力と費用とを払っている）、そして一方で多くの地方全体を、人間の使用に同程度に有益であるのに、なんら改良を加えず荒れ地のままにしておくのか。

そして、予想される反対論の第五条、「だが、長い時間、アダムの子孫である他の者たちによって所有されてきて今もされている（possessed）土地を取得するいかなる根拠があるのか」、に対して次のように答える。

すべての者に共有されるもの（common）は、いかなる個人のもの（proper）でもない。この野蛮な人々は多くの土地を支配しているが、権利（title）ないし私有権（property）を持たない。というのは、彼らは地所を囲うことをしないし、それを維持するための家畜を持たず、必要に応じて、或いは隣人を打ち負かすに応じて、居所を移動する。だからアブラハムがソドム人の間でしたのと同じく合法的に、なぜキリスト教徒が彼らの中に入って彼らの荒れ地や林の中に行き、彼らの中で住んではならないのか（彼らが穀物のために肥料を施したような所は彼らに残して）。

ウィンスロップはこれに続けて、四つの理由をあげる。第一は、労動の産物は労働した者に所属するという私有権の発生を旧約聖書の例をあげて説く。第二は、「彼らにも我々にも十分以上あること」である。第三は、神が奇跡的な疫病によって「土人たち」を消滅させ、そのために、この地の大部分が住む者なく空のまま残されていること。第四は、「我々は土人たちの許可を得て入るであろう」ことである。

マサチューセッツ湾植民地の建設にはプリマスの先例があったが、その際の指導者の一人であったロバート・カシュマンが一六二一年に移住は「合法的」である、つまり道徳的に見て正しいとする「十分な理由」を残している。(8)

彼らの土地は広大で空っぽである。少数の者がいて、草の上を走り回るのは狐や野生の獣と同様である。彼らは勤勉ではなくて、土地やその産物を用いる、芸も、知識も、技も、能力も、持っていないから、すべてが悪くなって、腐り、施肥も収穫も整理などもしないから傷んでしまう。それゆえ、古の家長たちが狭い場所からより広いところで、土地が無為に荒れたままで誰も使わなかったところへ移住したように、たとえ傍に住む者が居たとしても、創世記第一三章六、一一、一二の各節、それから三四章二一節、それに四一章二〇節にあるように、いま誰も使っていない土地を取って使用するのは合法的である。それにこの土地は共有地というか使用されていない、耕作されていない土地だから、我々は共通の同意・条約・契約によって自分たちのものとしている。この条約は二重のものであって、第一には、皇帝的支配者のマサソイトが、彼らの境界はイングランドとスコットランドよりももしかすると大きいのだが、イングランド国王陛下を自分の主人・命令者として認めたからであり…この皇帝が共通の同意によって、我々に約束し、命令したのである。彼の領地のどこでも好きな所に平和的に暮らし、好きな場所を取り、また好きなだけ取り、好きなだけの人を連れ込んでよいと。(中略)

つまり、第一には、広大で無人のカオスであり、第二に、我らの国王陛下の権利を認め、第三には部分的には、国王の愛する臣民の一部の者たちによって獲得された平和的条約によるものだから、向こうで居住することの合法性を誰が疑ったり、問題にしうるのかわからない……。

こうして、ウィンスロップもカシュマンも、土地に労働が加えられていないこと、広大で人口希薄なこと、その上に、居合わせたものとの同意が成り立てば、「合法的」であるとする。ピューリタンのウィンスロップがアーベラ号上の総督として、世界の目が注がれる手本としての「山の上にある町」（マタイ伝五章一四節）の建設を説いたとき、結びとして、「我々が今その所有のために向かっている土地」に言及した際には、「約束の地」の先住民を殲滅する旧約のヨシュアのイメージが同時に彼の頭のどこかにあったかもしれないが、それではスペイン方式になってしまうであろう。(9) ここではこれ以上の長い引用を控えるが、二人の立論の前提として、もうイギリス国内で経済的に安定した生活は不可能なのだとする認識があることは言うまでもない。新世界に渡れば、広大肥沃な土地を得て、さらにはインディアンとの交易によって、そうした生活が望みうるのだと多くの者が信じて移住してきたとき、インディアンなり、先行のイギリス人なり、居合わせた者たちとの同意が簡単に得られなくなってゆくのも見やすいことであろう。そうした困難や利害の対立から、自己正当化の物語が構築されることになる。

二　ピューリタンの指導者は嘘と無縁か

物語の構築に当たって、この「宗教のために国を建てた」とされる人々は嘘と無縁な人々であったのかを見ておかねばならない。フランシス・ジェニングズの研究は従来の見方を大いに揺るがすものである。彼によれば、一六二四年に出版された『ニューイングランドからの良き知らせ』は、ロンドンに派遣されたプリマス植民地の代表が、イギリス国内向けの情報操作の目的で発表した文章であった。この「良き知らせ」は信頼され、その中の記述を疑う者はいなかった。そこで語られているインディアン惨殺の真相が記述とは大いに異なり、記述は隠

蔽と捏造によるものであることが暴露されるまで三世紀の時間を要したという。(10)

プリマス植民地のすぐ近くに、自分たち自身のメイフラワー号による移住に関係のあったトマス・ウェストン、余りに利益にこだわる商人であるゆえに手を切っていた者が、別の一団を送り込み、プリマスが開拓した毛皮交易の旨味に与ろうと企てるが、食料等の備え不足から飢餓の危険に陥る。周囲のインディアンに迷惑をかけ、苦情が出る。やがて現地責任者が、餓死するよりはインディアンの集落を襲って、穀物を奪い取ることを思い立ち、プリマスに相談を持ちかける。プリマスの方では、長期的に見て得策ではないと説得し、これを思い止まらせるが、彼が食料調達に奔走中に、事件が起きた。

信頼されたエドワード・ウィンズローの物語では、ウェストンの植民地とプリマスの両方をマサチューセッツ族の者が襲うつもりだから、先手を取って、彼らを殺したほうがよいと、重病に陥った際に看護してやったマサソイトがウィンズローに忠告したことになっている。彼の報告を受けた総督は、直ちに全員を召集し、交易を装って暗殺をはかる一行の派遣を決定する。スタンディシュ隊長以下八名の出発前に、ウェストンの植民地から一人が到着し、全員の惨状とインディアンたちの侮辱的態度を訴える。一名の逃亡者を察知したインディアン側はスパイを送り込んでくるが、すぐに逮捕される。そこで隊長以下一行が到着すると、「意図はわかっている、怖くもないし、避けもしないから、いつでもかかって来い、不意打ちなどありえない」と挑んできたので、首謀者二人と他の二人が部屋に入ってきた瞬間に襲いかかって殺し、別の場所でも三人を殺した、というのである。スタンディシュ隊長はプリマスに「無事帰還し、——神を讃えよ！——、ウイトワマットの首を携えてきた」(11)のであった。ウィンズローの記述が隠蔽・捏造の産物であることを指摘したあと、G・F・ウィリスンは付け加えて、「その血なまぐさい戦利品は砦まで運ばれ、みんなに見えるようにと、砦壁の杭の先に付けられ、多年、プリマスの名所の一つとなった」と語る。ウィリスンによれば、「真相は、明らかに、この物語が事後に捏造されたことである。一連の裏切り行為を正当化する努力から生じたものであるが、それらのことを、ピルグリムたちは常に少し恥じていたのだった」。ウィリスンはスタンディシュの人柄についてのロビンソン牧師の見解と、事態の処理法についての訓戒をもって、けりがついたような語り方をしている。[12]

ジェニングズの見解では、そもそもマサチューセッツ族の側には襲撃の陰謀など無かった。プリマスの狙いは、毛皮交易の面で、自分たちの思惑通りに動かなくなってきたマサチューセッツ族の主な者を殺すことで、近隣諸族に恐怖感を植えつけ、交易の乗っ取りを図るウェストンの植民地を破壊することであった。[13]

また、一六二九年一〇月、翌年度のマサチューセッツ湾会社総督に選ばれて以来、殆どの余生を同植民地総督として選ばれ続けたジョン・ウィンスロップの定説的人格、その誠実と温和さの評判とはそぐわない realpolitik の法律家、政治家ぶりをもジェニングズは立証する。一例を挙げれば、ロージャー・ウィリアムズの手紙を歪曲(distortion)、捏造(fabrication)したことである。[14] ウィリアムズが、ナラガンセット族はすべてのイギリス人との平和を望んでいる、とはっきり述べている文章を、ウィリアムズがイギリス人への脅威を明言してきたとして、ナラガンセット族への戦争を画策する。必要あれば、白を黒にもできる指導者なのである。

三　指導者たちの土地への関心

毛皮交易の利益確保のため、あるいは何らかの理由で望ましい土地の確保のため、居合わせたインディアンの殺害を策し、実行し、そのあとでインディアン側の野蛮、悪意、陰謀、残虐を「立証」して、「正しい」物語を構築することは、ウィンズローやウィンスロップの例でわかるように、イギリス植民地側の、また後にはアメリカ合衆国側の、政治権力と切り離せない関係にあるとすれば、アメリカ文学史上に、偉大な指導者たちとして登場する人々の土地への関心を見ることは、歴史と物語構築の関係を考える上で欠かせないことであろう。

プリマスのセパラティストの指導者やマサチューセッツ・ピューリタンの指導者が、新世界での土地取得は「合法的」であるとする先の文章の中で、アメリカの大部分の土地は vacuum domicilium、即ち、法律上は誰のものでもない空の「荒れ地」(waste) であると国内のイギリス人に向けて宣言していたが、現地に着いてみると、実は、その土地は、イギリスの伝統や慣習と類似した領有権、司法権を持つインディアンたちによって支配されていることを発見した。イギリス国王から下賜されたものだから自分たちのものだ、という主張は、そこに居合わせたインディアンが簡単に承服するものではない。ウィンズローは『良き知らせ』の中で、インディアンの土地所有に関して次のように報告していた。

どの族長 (Sachim) も、自分の領地の境界がどこまで延びているか知っており、それが彼の固有の相続財産である。手下の誰かが穀物植えつけ用に土地を望めば、そこから使用できる広さの土地を与え、境界を定める。この領地内で狩りをする者はみな料金を持参する。鹿を殺せば、陸上で殺したなら鹿肉の前部分、水中ならその皮である。大族長たちは自分の土地の境界を他の者同様によく承知している。旅行者やよそ者はたいてい族長のところに宿泊する。来たときに、どのくらい滞在するのか、どこへ行くのかを告げて、その間、身分に応じた接待をうけ困ることはない。

ウィンズローはインディアン社会のこうした土地所有形態・司法形態と植民地の将来とに矛盾を感じていないから、数ページ前では次のように述べていた。

……神はかの土地をわが国民への相続財産として与えられるおつもりなのだと考えざるを得ない。長くあのように荒れ地のままにしておくとすれば残念なことである。我々の体質によくあい、肥沃で、寒暑は穏やか、その点では、新旧イングランドの区別ができない程なのだから。[15]

一六四二年、本国での政治情勢が大きく変化し、現地の状況も変わってきたことを見たウィンスロップは、自分の土地に関するかぎり *vacuum domicilium* の説を捨て、将来の保証を考えて土地売買証書を作成した。「彼はコンコード川沿いの土地一、二〇〇エーカーを買い、その権利証書を取り登記した。これほど安値で買われた土地は少ない。金額にして約一ポンドほどになる共同購入値段の、彼の相当分を支払ったにすぎない」[16]。一八二五年に、『一六三〇年から一六四九年までのニューイングランドの歴史』として出版されたウィンスロップ自身の記録を見ると、一六三八年に次のような記述が見られる。

総督と副総督はコンコードへ行き、農地用の土地を見た。川を約四マイル下り、各々一、〇〇〇エーカーの場所を選んだ。二人は互いに最初の選択をと促したが、副総督のものが最初に認められ、彼自身は既にたくさん持っていたので、総督の方が彼に選択を譲った。そうして、副総督の土地が始まる場所に二つの大石があったので、これに「二兄弟」と名付けた。彼らの子供たちの結婚によって彼らが兄弟であり、兄弟のように意見が一致したことを記念したものである。そうしたことの結果、それらの石の近くの小さな枝川で彼らの土地が分けられることになった。四月の一般法廷で二〇〇エーカーが総督分に加えられた。[17]

ウィンスロップとこの時の副総督トマス・ダドレイが長く対立関係にあったことを見えなくし、指導者たちが「兄弟」のように親密を保っていたことを印象付けようとしたものである。子供たちの結婚、隣接する広大な土地、自分たちが指導する一般法廷での「意見の一致」は、私益と無縁ではありえない。

一七世紀のニューイングランドではなく、一〇〇年後の一八世紀アメリカ、独立戦争から合衆国建設への動きを指導した人々の、土地への関心に注目したT・P・アバナスィによれば、「フロンティアを西へと推進した人々は、ダニエル・ブーンのような粗野で、無教育だが格好のいい人物たちだったという民間に流布した見方とは逆に、大部分の者たちは、高い地位にある教育をうけた人々だった」[18]。つまり、アメリカ社会の指導的立場にあった人々であった。後に初代の大統領となり、国父と仰がれるようになるジョージ・ワシントンは、フレンチ・インディアン戦争勃発の際、進軍中に斃れた司令官に代わり指揮者の地位に就いたが、そもそも、このヴァージニア軍は、志願した将兵に二〇〇、〇〇〇エーカーの西部の土地を与えるとの、知事の布告に基づくものであった[19]。

フレンチ・インディアン戦争に勝ち、続いて起こったポンティアク戦争にも勝って、フランス人が放棄したミシシッピ東側の土地が視野に入ってくると、ワシントンとリー家を含むグループはミシシッピ会社をつくり、オハイオ河とミシシッピ河の合流点を含む広大な地域を求めて国王に願い出る。この件は本国政府の方針で頓挫したが、ヴァージニアでも指折の土地投機者であった彼の手紙は、その頃の彼の見通しをよく示すものである。

別の件、先の手紙で提案した件、貴台と共に国王側の最も値打ちのある土地の一部を確保する案のことだが、思うに、少し待てば達成できるかも知れない。布告では現在は抑えられ、移住全面禁止ではあるのだが。というのも、あの布告はどう見ても（我々だけの内密の話）、インディアンたちの気持を静める一時の便宜としか考えられない。それだから、今の機会を見逃して、いい土地を見つけ、ある程度自分たち用に印して区別しておかないと（他の連中に移住されないように）、二度と取り戻せないだろう。だからもし土地を見つける苦労の方を受け持ってくれたら、こちらは、可能性があり次第それを確保する役目を引き受けよう。……もう簡単にわかってもらえると思うが、私の案でかなりの土地が確保できることになる……[20]

ワシントン大佐はヴァージニア政界で極めて影響力の大きい人物となり、独立戦争勃発直前の一七七四年にダンモア知事が署名承認した土地下賜者たちの中に、係争中の土地を下賜されたワシントンが入っている。独立戦争そのものが土地投機に利害を持つ人々に先導されたものだったと思われるが、その件はさておき、和平が成り立つと、一七八四年、「ワシントンは彼の有名な西部旅行をして、オハイオ河沿いの彼の土地を調べ、ポトマック川からモノンガヘラ川までの、以前のオハイオ会社交易路を開くための新たな努力を検討した。帰るとすぐの一〇月一〇日、ハリソン知事に手紙を書き、西部へのこのルートとジェイムズ川ルートの開発を強く求めた。一七八五年五月一七日、ヴァージニア議会はこれらの目的達成のために会社を設立し、ワシントンがポトマック会社の社長にされ、彼に対してその功績のために大量株が提供された……」[21]。

一八世紀のアメリカ文化を語るとき、ベンジャミン・フランクリンを除くのは不可能であるが、彼の土地にたいする関心はワシントンに劣らぬものだった。ヴァージニアと競合するペンシルヴェニア側の代表的存在として、成功すれば一大州にもしうるヴァンダリア計画の立案者の一人だった。フランクリンらしさを更に発揮しているとも言えるのは、独立戦争が進むなか、植民地側と本国側に公には袂を分かったはずの、かつて彼が尽力してニュージャージー知事にした息子と、裏では緊密に連絡を取って儲けを図り、アメリカ側の代表としてパリに赴き、フランス政府との交渉をすれば、フランスの高官政治家と結託して、利益の追求を忘れないことである[22]。

土地投機によって個人的利得を図ったことがまったくなかったかわからないが、トマス・ジェファソンがヴァージニア政界の論客として、西部土地の獲得を目指す拡張主義者であり、インディアンが移住に賛成しないなら、全面戦争をすべしと主張していたことは確かである。「あいつらの領地の真ん中まで戦争をもちこんでやらないかぎり、どうしたって言うことを聞かないのだ」とか、「だがミシシッピのこちら側にやつらの一人でも残っていたら、私なら戦争を止めないね」とか、さらには、「我々は戦争によって彼らを追跡するのを止めないであろう、一人でも地上に残っている限り」とさえ彼は言っていた。そして彼が大統領となって行った大きな仕事の一つがルイジアナと称する広大な「未確定」領域をフランスから買い取ることであった。彼の予言的言葉は現実となり、虐殺的戦争は更に一〇〇年続いた。ウーンデイド・ニーの虐殺は一八九〇年一二月のことである。[23] こうした指導者たちの従来の建国物語は、圧制からの自由の獲得、であった。

M・P・ロギンによれば、「西部の土地は、一八一五年から一八四五年までのアメリカ資本主義発展の最も重要な源泉であった」。そして「土地は投機の主要機会」であり、「土地投機はまた初期アメリカ政治の主要な役割を演じた」。こうした状況の下で、土地投機で儲け損ね、地方の名士になれなかった若い法律屋が、やがてインディアン戦争の隊長として先頭に立ち、戦闘が終わると、脅迫、賄賂などあらゆる策を使って、チェロキー族から広大な土地を奪った男が後のジャクソン大統領である。大統領としてのジャクソンは、チェロキー族の主張を認める連邦最高裁の判決について、「ジョン・マーシャルが決めたのだから、彼に実行させればいい」と言ったという。銃剣を突き付けての強制移住を実は背後で煽っていたのだった。[24] こうした指導者の時代の建国物語は、明白な天命（manifest destiny）としての西漸運動であった。

ここまで、一九世紀前半までのアメリカ文学史に登場する有名な指導者たちの土地にたいする強い関心について瞥見してきたが、その土地には常にインディアンが居合わせたのであるから、どうしても明け渡してもらう必要が生ずる。明け渡してもらうとは、相手を交渉相手と見做してのことである。人間ではないとすれば駆除しなければならない。マサチューセッツ・ピューリタンの神を認めないものはマサチューセッツ植民地内では死刑であった、つまりこの植民地内に居合わせたマサチューセッツ族の改宗しない者は死刑に処せられるべき者、駆除されるべき者であった。ピューリタニズムには異教徒の存在を認める余地がないからである。[25] コットン・マザーの『マグナリア』第七巻のインディアン戦争史はこうした見方をよく示している。

四　コットン・マザーの語り方

暫くマザーの語りを取り上げる。

二つの教会植民地が産み出され、三つ目がニューイングランドの境界内に懐妊された一六三六年ともなると、時は悪魔が警戒心を起こし、主イエス・キリストがこれらの地の果てを占有せんとすることに、反抗の試みをする時期となった。これらの地はそのとき、野蛮なインディアンと不信者の諸族に覆われていたが、この者共の内には魔王が霊として働いていたのであり、諸族の蛮人共はまたその宗教が悪魔礼拝の最も明白な形式のものであったから、悪魔によって促され、何らかの、初期の血なまぐさい戦闘に参与し、彼の利益にとってニューイングランドの利益のように対立する植民地の消滅を図らぬことは、あり得ぬことであった。これらの諸族のうち、ピーコット族にまして獰猛にして戦好き、強力で、恐怖を与えるものはなかった。しかし、彼らは近隣のもの、特に、東側のナラガンセット族、西側のモンヒーガン族にたいし、多くの野蛮な非道を働いていたので、大いに恐れられていて、サタンの王国が大分裂を起こしていたゆえに、われらの主の王国にとって極めて好都合となっていた。一六三四年、これらの恐ろしい野蛮人たちはキャプテン・ストーンなる者、キャプテン・ノートンと六人の部下をコネティカット川を上る際小舟の中で殺して沈めた。一六三五年には、マサチューセッツ湾からヴァージニアへ向けての帆船が嵐によってロングアイランドへと流された際に、この野蛮人たちは難破したイギリス人たち数名を殺した。一六三六年には、ブロックアイランドにおいて、交易のための船に乗り込み、船長を殺した。その方面に来た別の船長が、その帆船が彼等によって占領されているのを発見したので、エンディコット隊長、ターナー隊長の下に一二〇名の兵士がボストンの総督と評議会により派遣されることになった。彼らが上陸すると、インディアンたちは激しく発砲した。イギリス人には届かないところに逃げ去ったピーコッツの地域へと更に進軍すると、ピーコッツは会議をして、彼らの中に匿われた殺人犯たちの引渡しを拒否したので戦闘が起こり、彼らの中の一人が死んだあと逃げ去った。そこでイギリス軍は彼らの穀物と小屋を破壊して引き返した。

さらには、二〇名の守備隊が守る砦が、セイ卿とブルック卿が派遣した代理人たちによって、河口（セイブルックと呼ばれる）に造られていたが、ピーコッツはこのあとその砦の辺りを不断に徘徊し、そのためイギリス人が多数命を落した。またインディアンに捕えられた人々は、彼等による恐ろしい拷問にあい、火あぶりにされた。そしてその後でこの浅黒の者共はイギリス人の耳に届くところで嘲り、彼らの残忍な拷問にあって滅びた哀れな者たちの、悲しみの叫びや祈りを真似して、それに無限の冒瀆をつけ加えたのである。これら全てに加えて、ウェザーフィールドでは、待ち伏せしていたこれらの敵によって、畑に出る途中の九人の男性が殺され、二人の乙女が捕えられたのだ。こうした結果、ニューイングランドの幼い植民地は、まだ揺籃のなかにあるうちに蛇共を踏み潰すのはやむを得ないことだとわかり、天の援けの下で、この蛇の巣を世界から根絶すべく一致して決議した。(26)

現代の歴史家が構築するピーコド事件の物語は、マザーのものとは大分趣を異にする。一六三二年オランダ西インド会社がコネティカット河の交易強化の目的で現在のハートフォードに地所を買い、河口に管理のための砦を企画したことに端を発し、ピーコド族がオランダ人との約束に反して、交易目的で来たナラガンセット族の関係者を殺害したことから、事態は険悪化する。つまり、オランダ人やイギリス人がヨーロッパで高値で売れる毛皮を求めてインディアン諸族に入り込み、彼らの間の以前の秩序、我々が先に見たような諸族の境界や貢納関係を崩して利害の対立を生んでいたことをマザーは一切無視しているわけである。また彼が列挙するインディアンの罪状に関して、インディアン側にどんな理由があったのか一切問わない。悪魔の霊に促されてキリストの国建設に携わる者たちを襲うだけである。現代の歴史家たちは殺された理由、殺した理由の解明に努力する。

まずキャプテン・ストーンなる者は海賊の罪で、プリマスが死刑を求めていた男であった。マサチューセッツ当局はそれには目をつぶり、ボストンで姦通罪の現場で逮捕した。それにたいして彼が「大胆で脅迫的言辞を弄した」ため、再び現われたら死刑という条件で植民地追放の処分にあっていた。その後ヴァージニアへと向かう途中コネティカット河を上って遠回りをし、インディアンを誘拐し身の代金を獲ろうとしたが、監視を怠り逆に捕えられ、仲間と共に殺されたのであった。[27]

次のロングアイランドの件についてはウィンスロップの記述がある。

ウィザー氏、五〇トンの船でヴァージニアへ向かい、西北西の風でロングアイランドに漂着。一行(約三〇名)は大部分が極めて冒瀆的な者たちであった。彼らの渡来で我々の植民地は大きな不名誉を蒙った。ここへまた来るくらいなら、絞首刑でも、溺死でも、何でもなる方がましだと公言したのである。七名が上陸の際に溺死、一部の者はボートでオランダ植民地へ向かい、二人がインディアンに殺された。[28]

ウィンスロップは二人が殺された理由を記していないが、その次のジョン・オールダム殺害については、彼の記述が疑われている。[29] 確かなことは、ストーンの死にも、オールダムの死も、ピーコド族と関係がないことである。

ストーンは西ニアンティック族の者、オールダムは東ニアンティック族の者に殺されたのであるが、ピーコド族が責めを負わされ続ける。(30) マサチューセッツ当局は一六三六年八月、オールダムの死後約一ヵ月経ったとき、九〇名の志願兵を率いたジョン・エンディコットをブロック・アイランドへ派遣した。その際の指示は、「ブロック・アイランドの男は全員を殺し、女と子供は殺さずに連行し、島を占領し、それよりピーコド族に行き一千尋のワンパム等を損害賠償金として要求し、また彼らの子供を数人人質として要求し、もし彼らが拒否するなら、実力で獲得することになっていた」。エンディコット隊長は命令に徹底的に従った。(31)

破壊略奪の限りを尽くしたマサチューセッツ軍が帰ったあと、セイブルック砦の守備隊がピーコド族の穀物を狙って残っていたが、ピーコド側に襲われ、二人が負傷した。包囲を懸念し、自分の穀物を取りいれに出た「二人が捕えられ、拷問にかけられた。数日後セイブルックの五人が干し草の取り入れ中に待ち伏せされ、三人がその場で殺され、一人が火あぶりにされ、〝残りの一人が溺死体で届き、矢で眼から頭を突き通されていた〟」。(32)

ウェザーフィールド事件についてN・サリスベリーはこのように書いている——「一六三七年四月、ウェザーフィールドの移住者たちは、突然その地の先住民との購入契約を破り、ウェザーフィールドの境界内と宣言した区域にあった彼らの住居から追い払った。彼らは唯一の救済手段として、彼らのかつての敵であるピーコド族に頼った」。(33)

このように、現代の歴史家たちの物語はマザーが語る歴史と大変な差異を示す。マザーが列挙したインディアンの罪の数々、イギリス人の被害の数々は、それらを口実にしてインディアンを抹殺し、コネティカット湾沿いの肥沃な土地を奪おうとするマサチューセッツ当局の無理難題をまったく隠蔽して、悪魔の跳梁による試練にあったニューイングランド教会植民地の、やむを得ぬ予防戦争に仕立てるのである。マサチューセッツを窮屈に感じて飛び出し、本国からの「下賜」もなく、居合わせたインディアンの同意もなく、入り込んで居座ったトマス・フッカーの一行は、土地獲得の絶好の機会を得ることになる。
ピーコド戦争についてのマザーの物語を見、後でその嘘と彼の興奮の様子を見なくてはならない。

軍議では、彼らが最初に出会う砦を最初に攻撃することが必要と決定し…月光の下、彼らの静寂な行進中、状況発見のために出してあったスパイが、ピーコッツは熟睡中との情報をもたらした。というのは、イギリス人の船が最寄りの川のどの船留りにも来ないのを見て、イギリス人は自分たちを恐れているのだと思い込み、夜中まで踊り歌っては新たにまた疲れ切っていたのだ……。メイソン隊長は砦の東側を、アンダヒル隊長は西側を、共に部下をつれて取った。砦から一ロッドに近づくと、一匹の犬がほえて、もう一匹の地獄犬、歩哨にたっていたインディアンを目覚めさせた。彼はすぐワンヌクス、ワンヌクス、つまりイギリス人、イギリス人と叫んだ。だが勇猛な隊長たちはすぐに入口を見いだし、その時から血みどろの戦いが起こった。数名のイギリス人が負傷、インディアンの多くが殺された。砦にいっぱい詰まっていたウィグワム、即ち家々は、主に可燃性のマットで出来ていたから、我々はそれらに火を付け、すぐ砦から引き返し周囲をぐるり取り囲んだ。風のおかげで火はその前のもの全てを包み、このような恐ろしい混乱によって野蛮人たちは圧倒されたので、この復讐の火炎の中で多くが焼け死に、柵のてっぺんまでよじ登った者の多くは、そこで死必然の弾丸の恰好の的となった。そして、外へ逃げ出す決意をした者は多くが歓迎すべく待ち構えたイギリス軍に殺された。この戦闘の最中、命を落したイギリス人は二人にすぎなかった。一六三七年五月二〇日金曜日、この記念すべき戦闘が遂行されたのだった。そして次のことで一層記念すべきものとなった。即ち、この戦いの前夜、一五〇人のインディアンが別の砦からこの砦にきていて、速やかにどこかのイギリス人村を襲うつもりだったのだ。それなのに今、突然に自分たちが殺されたのだ。こうして一時間少々で、五〇〇ないし六〇〇人のこれらの世界の重荷となっていた野蛮人が放逐されたのであった……。ピーコッツにたいするこの大功績の翌日、敵地で多くの必需品の欠乏に苦しみ、もう一つの砦から激怒した数多い敵が強力なササクスとともに全力挙げて襲うかもしれなかった。だが、神の摂理によって、彼らの船が他の必需品をも携え、ピーコドの港にまさに待望の時に到着。その方向へ向け我が軍が行進中に敵が接近した。三〇〇人がもう一方の砦からまるで小熊を喪った熊共のようにやってきた。彼らは今や六マイルにもわたって血みどろの戦いを続けた。そのためのインディアン側の損失は大きく、途中の沼地をすべて砦としたにもかかわらず、勇気を全く失って、当面は降参した。だが彼らの友の死体の灰が砦の灰と混ざり、自分の部族の者たちが、イギリス軍の素晴らしい朝仕事が為されて、恐ろしくバーベキューされているのを見たときには、吠え、唸り、地団駄を踏み、髪をむしり、罰当たりな言葉こそ吐かなかったが（というのも、やり方を知らないから）、それでも呪って、まさに絶望の悪魔たちの姿であった。(34)

ジェニングズがメイソン隊長の『ピーコド戦争小史』（一七三六）を検討して構築する見方はまたも大変違ったものである。マザーによれば、「ナラガンセッツの者はその名を聞いただけで震え上がり、あいつは一人で神様のようなもの、どんな人にも殺せない、というあの獰猛な虎、無双の暴君ササクス」が守っていた砦ではなく、ミスティック川沿いのより小さい方の部落をメイソン隊長が選んだのは、まさにピーコド族の勇士たちを避けるためであった。また、突入後の戦闘について、メイソン自身が次のように述べている。

遂にウィリアム・ヘイドンがウィグワムの裂け目を見つけ、だれかイギリス人がいるかと思い入ったが、入る際にインディアンの死体につまずいた。すぐ起き上がると、インディアンが何人か逃げ、他の者はベッドの下にもぐりこんだ。隊長（メイソン）がウィグワムを出ると、多くのインディアンを小道というか通りで見かけたので、そっちへ向かうと、彼らは逃げて行き止りまで追いかけられ、そこでエドワード・パティソン、トマス・バーバー等と出会って、七人が殺されたと言った。隊長は回れ右して、息を切らしていたのでゆっくりと来た道を戻り、最初に入った場所に近いもう一方の端に来ると、柵の傍で、二人の兵が剣を地面に向け立っているので、隊長がそんなやり方での殺しではだめだと言ってやった。隊長はまた「やつらを焼き殺すんだ」と言って、直ちに先のウィグワムに入って、燃え木を持ち出し、ウィグワムを覆っているマットに差し込み、火を付けた。(35)

ジェニングズがこの記述から読み取ることは、この部落が、柵で守られてはいたものの、銃の備えがなく、攻撃の際ほとんど戦士がいなかったことである。さらにメイソンは前日に一五〇名の援軍が来ていたと述べているが、事実ではありえないことを論証する――「〝援軍〟はなかったのだ。そして、まさにそのためにこそ、そこを攻撃したのだ。メイソンとアンダヒルは、ナラガンセット同盟軍からピーコド族の配置について以前から情報を得ていたので、メイソンはミスティックでは剣で容易に全滅出来ることを知っていた。ベッドの下にもぐりこんだり、メイソンの血の滴る剣から逃げた哀れな者たちは女、子供、それに弱い年寄りの男たちだった」(36)。

マザーの語りでは、ナラガンセットの援軍は臆病者たちで、後に引込み、「見物人とも言えないようなやつらだった」が、アンダヒルが書き残したナラガンセットの感想は、「あれはだめ、だめ、あまりにはげしく、殺しすぎるから」というものだった。(37)

ジェニングズの歴史をマザーの歴史と比べれば、「事実」との対応への配慮が比較にならないほど大きい。「最初に見いだした砦」を攻撃する「軍議決定」とは嘘であり、「血みどろの戦い」は一方的な惨殺であり、多くの者が焼け死んだのは、「混乱」によるのではなく、包囲して脱出を許さなかったからであり、一五〇人の援軍のこと、イギリス人移住者村落を襲う企みのこと、どちらも嘘なのである。

「キリストの大いなる御業」を語るマザーには、ピーコド戦争に関して、今日の歴史家たちが見る限り、このように虚偽、歪曲が実に多い。一六七六年に起こり翌年まで続いたフィリップ王戦争についてはどうか。

一六六二年、アレキサンダー、老マサソイトの息子にして世継ぎとなった者は、以前の父親のごとくイギリス人への友人ではなく、ナラガンセッツに自分と共に反乱を起こすことを持ちかけた。その十分な証拠に基づき、プリマス当局はあの勇猛卓越せる司令官、ウィンズロー大佐を派遣して彼の連行を命じた。(38)

このことが後の大戦争の一つの大きな契機である。マザーはなぜアレキサンダーことワムスッタが、父親のようにイギリス人に友好的にならなかったのか、なぜ長年対立関係にあったナラガンセット族に反乱を持ちかけるに至ったのか、そうした理由に一切目をくれない。W・R・ジェイコブズによれば、一六二二年のヴァージニアでのインディアン戦争に始まって、インディアンとの戦争の記述には反復して見られる特徴がある。それはインディアン側の共謀（conspiracy）である。一七六三年の戦争は、フランシス・パークマンの『ポンティアックの共謀』で特に有名であるが、こうした共謀説について、「初期のインディアン対白人の関係における誤解と憎悪の背後にある歴史的原因の、不幸な、単純化のし過ぎである」と考える。(39) ワムスッタの取り扱いに関して、どちらかと言うと「優遇された」とする、D・E・リーチの見方に対して、胸に銃を突き付け強制連行し、約六マイルを歩かせたうえ、かなりの残酷な扱いを推測するジェニングズは否定的である。ウィンズローの暴力（brutality）はイギリス人の間でも憤りの声があったからである。マザーの物語からはわからない「非友好的」態度の実体について、ジェニングズはワムスッタが行った土地売買の記録より推論する。ワムスッタがプリマスに属さない外部の者に土地を売っていることに危惧を感じて、プリマスは使者を送り売却しないよう説得した。にもかかわらずワムスッタがプロビデンス植民地に売るという反抗的態度に出たことで、「より説得的な」対策をとることになったというわけである。ワムスッタが急死する。マザーの挙げる一六六二年ではなく六四年のことである。同じイギリス人植民地間で、新たな土地獲得、支配地の拡大をめぐって対立が生じていた状況下のことであった。急死したワムスッタの後を継いだ弟のフィリップことメタコムに対して、プリマスが直ちに要求したことは、「二度といかなる人にも、我々の関知、同意ないし命令なく土地を譲渡しない、という契約であった」[40]。メタコムはワムスッタと同様な嫌疑をうける――「一六七四年、ジョン・サウサマンなるインディアン、この同胞のために福音を説くためイギリス人から遣わされていた者が、プリマスの総督に情報をもたらした。フィリップが自分の部族に加え幾つかの部族のインディアンと、この地方全体のイギリス人の破滅を謀っているというのである」[41]。

この後でサウサマンの死体が発見され、犯人なる者三名が逮捕され、本人たちの否認のまま処刑される。マザーによれば、勿論のこと「公平な裁き」の結果である。すると、

フィリップは、己の関与を意識して、彼の陰謀の実行を出来るかぎり速やかにした。配下の者を武装させ、妻たちを送り出し、幾つかの地方より集まってきた多くのよそ者をもてなし、騒ぎを起こし始めた。イギリス人はその無邪気さと誠実さのために、余りにも安閑としていたが、それでもこれらの警報で、フィリップに対して、配下の者には騒ぎのようなものは容認しないよう数回にわたり友好的に忠告を伝えた。だが彼らは無愛想で、高慢で、挑発的不遜な態度で扱われた。インディアンたちは六月マウント・ホープ付近の植民地の数軒の家への略奪へと進んだ。マウント・ホープ、フィリップがこれらの忌まわしい野蛮人たちと、犬小屋のように暮らしていた場所であった。これを見てプリマスの総督は危険に瀕した植民地の防衛に小軍隊を派遣した……。この結果、今や、正直で、無害なキリスト教徒のイギリス人にたいして、獰猛なインディアンの部族による戦争が始められた。彼らは攻撃する者たちに、昔ア

モン人に向けて言われたように、こう言ってしかるべきであろう。「我は汝に罪を犯せしことなきに汝はわれとたたかひて我に害をくはへんとす願くは審判をなしたまふ主よ今日われらの間を裁きたまえと」[42]。

コットン・マザーの父親で、この戦争の最中に『ニューイングランドにおけるインディアンとの戦争小史』を出版したインクリース・マザーは、既に発表されているものの誤ちを正し、さらには、「ロード・アイランドのクエーカー」によって書かれたものが、「単なる誤ち以上の悪しきものに充満している」ので、「真実に、公平に」語るために発表したと序文で述べる。「我々がそのなかに住む異教徒の民、そしてその土地を主なる我々の父たちの神が義しき所有として我々に与えられた民が、幾度もこれらの日沈む地に宿れるイギリス人のイスラエルにたいして悪しき企みを謀ってきたこと、取りあぐるに足るほど住いした者で無知でありうる者はいない」で始まる主張は、息子に引き継がれているので取り上げないが[43]、長く原稿のまま残されていたもう一つの、ロード・アイランドのクエーカーの記録は、ジェニングズによれば、これ以上のものはないと言う[44]。筆者がジョン・イーストンについて初めて知ったのは、*Old South Leaflets* のなかのハバード（William Hubbard）の『フィリップ戦争の発端』に付けられた注の中であるが、一八四三年版の注釈者は、イーストンがクエーカーでロード・アイランドの副知事としてピューリタンと対立する立場にあったので、執筆の動機に影響しているかもしれないが、記述自体にも、他の記録者たちの証拠からも、記述されたことの正確さを疑わせるものはないと述べている[45]。こうした資料が重要視されてこなかったことは、マザー親子が代表する見方の継承を言わば国是として、それに批判的であることを抑圧する統制力が最近までつづいたことを意味しよう。

その三人のインディアンは絞殺刑にされた。最後まで否認した。だが聞いたところでは、一人の綱がきれ、それで中断を望んだので暫くそうされた。それから彼ら三人がやったと白状し、それで絞首刑にされた。それからサウシマンが死ぬ前にインディアンの謀みを通知してあって、もしインディアンたちがそれを知ったら彼を殺すだろうとか、神が昔のイスラエル人を異教徒が破滅するのを許したように、異教徒たちがイギリス人をその悪さゆえに破滅させるかもしれない、と語っていたと伝えられた。それでイギリス人は怖れ、フィリップも怖れ、両方とも武器をふやした。だが四年にわたって戦争の噂や心配がしきりにあったので、今戦争が起きるとは考えなかった。始まる一週間ほどまえに、始まるだろうと思う理由があった。そこで予防の努力をしようと、我々はフィリップに一人を遣って、もし彼が渡し場まで来るなら、我々が話のために渡るからと言った。我々は約四マイル来た。だが突然、彼が何者で、何のために来たのかわかったら、静かになって、自分も武器を持たずにやってきて、約四〇人の彼の手下が武装してついてきた。そこで我々五人が渡った。三人が行政長（magistrates）だった。我々は極めて友好的に座った。我々は彼に、我々の任務は、彼らが悪いことをされたり、したりしないよう、努力することだと告げた。彼らが言うには、それはいいことだ、自分たちは何の悪いこともしていない、イギリス人が彼らに悪いことをしたのだと言った。我々は、イギリス人はインディアンが彼らに悪いことをしたと言っているのを知っているが、我々の希望は、争いが最善の方法で決められて、犬の喧嘩みたいなやり方をしないことだと言った。インディアンたちは戦争は最悪だと認めた。それから、どうしたら正しいことが起きるのかと言い出したので、我々は、裁定によってだと言った。彼らが言うには、イギリス人はみな一致して自分たちに反対で、裁定では、悪いことを沢山されてきた、そうして何マイル平方もの土地を奪られた、イギリス人はイギリス人の裁定者しか認めないから…というのだった。彼らが言うには、自分たちはイギリス人に最初に善いことをした、イギリス人は最初に悪いことをした。イギリス人が初めて来たとき、彼らの今の王の父親は立派な大人で、イギリス人が子供みたいな者だった。他のインディアンが悪いことをしないように抑えて、穀物を与えてやり、植えつけ方を教えてやり、何でも善いことをしてやった。それから、今の王が自分の人々のために持っている土地の一〇〇倍もの土地を持たせてやった。なのに、彼らの王の兄が王だった時、一般法廷にむりやり連れてゆかれて、惨めな死に方をした、毒殺されたと思っている。更に、別の苦情は、もし二〇人もの正直なインディアンがあるイギリス人が悪いことをしたと証言しても、何の役にも立たず、もし彼らの中の最悪のたった一人がどこかのインディアンやら王を訴えると、イギリス人はそれで十分だとするのだ。別の苦情は、彼らの王が土地を売ると、イギリス人はそれは契約より多いと言って、彼らに書き物を持ち出して反対するのだ……。また別の苦情は、イギリス人の牛がまだ増えていて、イギリス人の土地から三〇マイル離れたのに、穀物が荒らされるのを防げないのだ。自分たちは垣根には慣れていない、イギリス人は、土地を買ったら、自分の牛は自分の土地に留めておくものと思った……。我々は、戦争は止めるべきだ、イギリス人は強すぎるから、と説得した。彼らは、それならイギリス人は彼らの方が強すぎたときのようにするべきだ、と言った。(46)

殺戮の始まりは、フィリップの武力征服を目指したプリマス軍が、彼の居所から約一〇マイルの地点に来て、その付近の大半のイギリス人が家を離れたとき、盗みに入ったインディアンを見つけたイギリス人の若者が一人を射ったことだった。イーストンは次の様に述べている。

伝えられているところでは、何人かのインディアンが駐屯所に来て、なぜそのインディアンを射ったのかと尋ねた。彼らは彼が死んだのか尋ねた。インディアンたちはそうだと言った。イギリス人の若者がそんなことはどうでもいいことだ、と言った。その言葉は思慮のない若者の言葉にすぎないと、人々が彼らに知らせようと努めたが、インディアンたちは急いで立ち去り、彼らの言うことを聞こうとしなかった。(47)

殺戮が広まるにつれ、フィリップは、配下のワンパノアグ族のみならず、人口が多く、領地も広かったナラガンセット族と共謀していたのか。フィリップ側からの第一撃がなされる前に、既にマサチューセッツ当局からの代表がロージャー・ウィリアムズと共に、ナラガンセット族長たちと会っていた。ウィリアムズの手紙から引用すると、

イギリス人に対するこの反乱について、彼らはフィリップとは何らの約束もないと明言しました。一人も送っていないし、送るつもりもないと明言しました。またすべての者に行くことを禁じたし、彼らと婚姻している者は帰るか、そちらで滅ぶようにと。そしてもしフィリップか彼の手下が逃げてきても受け入れず、イギリス人に引き渡すと明言しました。(48)

こうした交渉とは別に、フィリップ側からの第一撃の三日前、既にプリマス総督からボストンへ、もしフィリップのワンパノアグ族との"fair play"を認めてもらえるなら、マサチューセッツがナラガンセット族を支配下に置くことを承認するとの提案をしていたことや、その他のことから、何らかの口実の下で、ナラガンセッツをもこの際一挙に殲滅することを意図していたと、ジェニングズは判断する。結果から見れば、ピーコド族と同様、ナラガンセット族の場合も、正当な理由なく、男はすべて殺され、残された女・子供三〇〇〇人以上が奴隷として売られた。(49)

マザーの『マグナリア』はその間の経緯を次のように語る。

植民地連合責任者たちは、他の部族の者たちが匿われていたナラガンセット・インディアンという大部族が、幾つか

の点でイギリス人との和平条約を破ったばかりか、春、有利な条件となる樹木の葉の出るのを待って、我々に対して戦争を開始すべく、図っているとの明白にして数多くの証拠を得たので、彼等に対する強力な遠征を冬の最中に行うことを全員で決議した。それによって、最初一、〇〇〇名、その後一、五〇〇名の兵よりなる軍隊が、誉れ高いジョサイア・ウィンズロー氏の指揮の下に、ナラガンセットの地に進軍した。(50)

沼地の中の小島に柵を築いてたてこもった者たちを攻めるイギリス軍の勇猛果敢を語るマザーは意気昂揚し、戦果の語りは得意そのものである。

この絶望的な戦闘で、後の証言で言われたのだが、七〇〇を下らぬ戦うインディアンが殺され、さらに負傷のためその後三〇〇人が死に、年老いた男、女、子供は数知れずだが、イギリス人側は約八五名が殺され、一五〇名が負傷したのみであった。さてかくも少数が多数に対しうるのだ、読者よ……。七月二日、わがコネティカット同盟軍はナラガンセッツの地において、一八名のインディアンを捕え殺したが、自分の側は一名の損失も出さなかった……。マサチューセッツ軍は七月二二日、一五〇名のインディアンを捕え殺してボストンへ帰還したが、損失は唯の一名であった(51)……

ヘンリー・ディヴィッド・ソーローは、アメリカ史の関連で、銃に代えてペンを振るう歴史家の“inhumanity”について日記の中で触れているが、マザーには、ピューリタン的キリスト教徒にならないインディアンに人間を見てとる目はなかった。(52)この小論の冒頭の、バーコヴィッチによるマザー評価に戻ると、『マグナリア』は彼の

「最大最高作」、遠大な構想に基づく大叙事詩であり、第七巻、特にインディアン戦争の記述は、“devils”と“damned”からなる地獄の大軍との戦争に勝利する姿を示して、キリスト教の終末を待望するという、マザーの自己完結した壮大なビジョンの結びをなしているという。バーコヴィッチはこの「歴史」が反歴史的であることを十分に承知し、そのイデロギー性を彼自身が支持するものではないことを断っている。しかし、多くの歴史的事実の隠蔽、歪曲、捏造によってそのような一方的、主観的物語化がなされていることにも十分な注意を促さず、マザーのヴィジョンに貢献する比喩的美化・高貴化の修辞構造の肯定的分析に終始することは、現在の時点での、現在の聞き手たちへ物語る意図について、懸念を起こさせる。『マグナリア』第二巻第四章のジョン・ウィンスロップを顕彰する小伝の修辞構造分析から、「アメリカ的自我のピューリタン起源」を論ずることにも関係する。例えばそこにはウィンスロップのアーベラ号上での説教の冒頭で説かれる社会階層論が、植民地の土地所有の実態のなかでどう展開したのか、現実政治の側面が抜け落ちるからである。高度のテクノロジーと武力を備えた社会を一つの階層の独善的全体主義者たちが支配することの問題である。[53]

五　物語への懐疑

メルヴィルの『詐欺師』は、物語る行為にはらまれた問題性を読む者に強制的に自覚させる。語り手は己の動機・目的から聞き手を選び、物語をする。物語自体は尤もらしさを備え、三世紀も信じられてきたウィンズローの『良き知らせ』のように、また加えた労働がその土地への所有権を生むという理屈で国王の所有権から自分のキャロライナの利権を守り、やがて植民地側の理屈の土台ともなったジョン・ロックの説のように、[54]その社会の文化的正統なる威力を発揮するかもしれない。ここでは、『詐欺師』の中の「インディアン憎悪の形而上学」が、マザー以来の、尤もらしい物語と不可分の関係にあることを指摘したい。尤もらしさを構築する鍵は、マザーの語りに見たように、一方の側からのみ取捨選択された論理を提示することである。例えば、イギリス人の武勲功績と対照されるインディアンの残虐性を取り上げれば、『マグナリア』の最後、一六八八年からの『戦いの十年』と題された附録には、インディアンに捕えられた者が蒙る苦難の模様が語られている。逃げて虚ろな木の中に隠れたロバート・ロジャーズはまた捕えられる。

彼らは彼を連れ出し、裸にし、殴りつけ、剣でつき押して進ませ、その丘まで戻った。夜になり、彼らは彼を後ろ手に木に縛り付け、自分たちは夕食をつくり、歌い、踊った。喜びの多くのしるしで吠えたり、叫んだりしたが、このことの意味を予想したかわいそうな者にとって、喜びのあるはずがなかった。彼らはそれから木の束を切ってきて、平らなところに置き、小さな赤樫の小枝を落し、幹を杭に取っておき、そこへ彼らの生贄を縛った。最初にこの死の木の近くに大きな火を起こし、そこへ彼をつれて行き、友人たちに別れを告げろと言った。そこで彼は悲しみに満ちたやり方でそうしたが、その悲嘆は大鷲の羽根ペンでも書き留めることはできなかろう。それから彼らは少し天へ祈る時間を与えた。彼はそこでこの上ない熱意と苦悶とをもって行った。それから彼らはその杭に縛り、捕えられた他の者たちの腕を互いに縛って連れてきて、火の周囲に立たせた。これがすむと、彼らは火の裏側に行って、大いに笑ったり、叫んだりして、その火を彼に突き付けた。そしてその火が暫く燃え彼がもう少しで窒息するときに、彼からその火をまた引き離した。彼を囲んで踊って、一回りするたび彼らのナイフで彼の裸の手足から肉切れを切り取って、彼の血がついたままそれらを彼の顔に投げつけた。彼が死ぬと、死体を燃えさしの上に置き、背中を杭に縛ったまま放置した。そこでイギリス軍が間もなく発見した。彼は、我々の涙で火を消すべく残されていたのだ。……ジェイムズ・キー、クオチェコのジョン・キーの息子が、サモン・フィールズでインディアンに捕えられたのは五歳の時であった。しかもあの地獄の奴ホープ・フッド、かつてボストンのキリスト教徒の主人に仕えた召使いが、この小さなキリスト教徒の主人となったのだ。この子供が両親がいなくて泣くと、彼の主人は、涙を押さえないと殺すぞと脅かした。しかし、これらの脅迫で一人の子供の自然の情を消すことは出来なかった。すると、彼がその次に泣いた時、この怪物は彼を素裸にして、両手を木に縛り何度も鞭で打ったので、頭のてっぺんから足の裏まで血だらけとなり、膨れあがった。この一人ぼっちの幼子を打ちすえるのに疲れると、彼を地面に寝かせ、両親のことを思い出させた。この悲惨なときに、このかわいそうな者が何日かひどく泣きわめいていると、この主人は音色に飽きて、寝そべって、新たな拷問を考えていた。間もなくこの子が片目に激痛を起こすと、禁止されたことを思って泣くからだと言って、子供の頭に左の手を置き、右手の親指で彼の目玉を押し出し、そのとき、泣くのが聞こえたら、残りの目もやって、泣くにも目が無くしてやると言った。九日か一〇日後にこいつは家族と一緒に三〇マイル奥へ移動する理由ができた。六マイルほど行ったとき、その子が疲れて気が遠くなり、腰をおろして休もうとすると、この酷い奴は怒って、彼の斧の刃をこの子の脳髄に打ち降ろし、それから息絶えた身体を残りの者のいる前で切り刻み、川へ投げ捨てたのだ(55)……。

インディアンによって捕えられた者の物語は、一六八二年、ランカスターのローランドソン牧師の妻、「この淑女自身が、驚くべき摂理の配剤について印刷された物語を我々に与え」(56)て以来、その大衆性はとてつもないもので、「初版本が今日稀であるのは、文字通り、千切れるまで読まれたからであり、たいていの物語が驚くべき数の版を重ねたからである」(57)。インディアンの残虐性はこの大衆文学の一大要素となった。ただ、我々の関心との関連で、大きな問題点がある。どこまでが歴史的に検証可能な話なのかフィクションなのか、大半がわからないことである(58)。「英語での、いやいかなる言語であれ、インディアン捕囚のこれらの物語を、生彩の点で、いや身体的苦痛と精神的苦悩のたんなる叙述の点で、凌駕するものは何一つない」[59]のかもしれないが、フィクションの意図的修辞のもたらす効果と区別が困難なことである。それでも悪魔化された（demonized）インディアン・イメージを定着させ、殲滅への意志形成に働くことになる。フランクリンが『ボストン・インデペンデント・クロニクル附録』で行ったように、市民の憎悪を煽り、戦意を高めるために、つまり、世論操作のために、このイメージを利用することなどたやすいことなのだ。メアリー・ホワイト・ローランドソンの場合、「摂理の配剤についての物語」にすべく、インクリース・マザーの介入がどの程度まで行われたのか不明であるが、テクスト生産と社会的合法化の手段を握っている者たちの意図をまったく無視することはできない。この社会には表現を許されない感情と認識があり、一方許されるものには、インディアンに対する憎悪のように、大いに利用されるものがあるからである。[60]

批評家の『詐欺師』論の中で特に話題になってきたインディアン憎悪者、モアドック大佐とその憎悪の「形而上学」について、J・S・アドラーの論文が出るまでは、彼女自身が言っているように、殆どの批評が一致して、インディアンは作者メルヴィルの悪の象徴なのだと見做してきた。[61]それほどまでに、作中人物チャーリー・ノーブルの話は尤もらしく思われたわけである。しかし、アドラーは、この物語の中でのインディアン像とメルヴィルの他の著作でのインディアンへの言及とがまったく合致しないことを指摘し、物語の修辞を分析してその信頼不可能性を論ずる。確かに、「白人が水漆喰で白塗りした黒人以上に立派な代物でもあるかのように」驚く周囲の人々を見るイシュメイルや、フランシス・パークマンの『カリフォルニアとオレゴンへの道』の書評でのメルヴィル、インディアンよりも「我々の方が善人」であることを強く否定し、自分たちの先祖も「野蛮人」だったではないか、と主張するメルヴィルの人間観とも合致しないノーブルの話は、[62]アドラーとは別の観点からも問題が多い。マザーの物語の尤もらしさには、先ずインディアン側の動機理由の徹底した無視が見られたが、チャーリーの話にもそうした特徴が見られる。モアドックの母親と子供たちを含む一行を待ち伏せし、襲い、殺したインディアンたちは、いったい何故そのようなことをしたのか。チャーリーの語りでは、一行の行き先は小さな古いフランス人部落のそばの、「とてものどかで（innocent）、気持のよい場所、一つの新しいアルカディア」である。語られていないことは、ここはたとえワシントンたちが目を付けた土地に近くとも、まだインディアンたちの追放は完了せず、入ってきた移住者への恨みの強かったことである。「オハイオ河の北側では、諸部族は憲法の発布で何んとも思わなかったし、移住者たちもインディアンの土地への侵入を止めなかった」から、戦闘が頻発していたことである。(63)

またチャーリーが語る話では、ホール判事の話をそのまま語ると言いながら省いているところがある。ジェイムズ・ホールの物語には、パイオニアがインディアンの後を追うのは、「常に土地の権利と獲物を狩る特権とをインディアンを相手に争いながら」、とあるのを無視する。(64) チャーリーの言う'backwoodsman'、「征服を目指し進む文明の先頭に立つ隊長」は、インディアンの土地と生活手段を奪う先導であることを語らないのである。しかし、チャーリーは事実をも語っている。それは、インディアン残虐物語が繰り返し語られ、また読まれてきたことであり、「現在の時点でも」インディアンの憎悪者がいるということである。この尤もらしい話を、チャーリー・ノーブルがコズモモリタンを相手に「私の話でも、いいね、私の意見でもなく、他人のものですよ」とことわるところに、物語は、語り手が相手の特徴と自分の秘めた動機・目的に応じて構築するものであることを、ノーブルの外見についての著者的語り手の語りとともに示唆している。(65) メルヴィルにとって、一九世紀なかばのアメリカ社会の様々な言説が、どれも尤もらしいだけの、究極的には信のおけない、いかがわしいものに見えていたことを、『詐欺師』は示している。

我々はチャーリー・ノーブルの話の事実的側面についてもう暫く目を向けなくてはならない。インディアン憎悪のベスト・セラー、*Nick of the Woods* の著者R・M・バードは一八五四年の再版に付けた序文で、まずJ・F・クーパーらのインディアンを非現実的高尚化の産物とし、インディアンを絶滅に頻した不幸な民族と視る傾向に反論する。(66) 彼が否定する種類の描写、例えば、ワシントン・アーヴィングの『ポカノケットのフィリップ』や『インディアンの性格の特徴』は、初期植民地史を批判して、インディアンを理想化する。立派な聖職者たちが「インディアンのあらゆる敵対行為を戦慄と義憤とをもって詳述し、白人たちのこの上ない残虐行為を喝采して述べている」ことを嘆き、よそ者たちの侵入によって危機に頻した民族のために立ち上がった英雄フィリップに共感する。しかし、過てる過去とは決別できるように誤解していることがわかる。それを端的に示しているのが、アメリカ政府への彼の信頼である。「アメリカ政府はインディアンたちの状況改善……の努力の点で倦むことがなかった。白人の交易人たちの欺きから保護するために、政府の明確な許可のないかぎり」、土地の授与、売却が禁じられている、と態々注を付けている。それでも、矛盾と気づかずに、インディアンが蒸気のように消え去ることを予言する。(67) アーヴィングは内心では、政府の保護なるものを信用していなかったのかもしれない。

これに対してバードは、自分が描くインディアンは、「現実の」、「自然に忠実な」インディアンであり、インディアン憎悪者を登場させるのも、描写に「真実の外観」ではなく「真実そのもの」を与えるためであったと述べる。インディアンへの敵意を煽り、インディアンの土地への不当な侵入を正当化するものだとの批判にたいしては、自分の意図ではないとし、自分の意図は娯楽であり、「フロンティア・ヒロイズム」を示すことにあると言う。インディアンの絶滅については、彼はこれを信じない。

長い間インディアンに関する権威として信頼されてきた「歴史家」パークマンの著作が、実は事実を大いに歪めたものであることが詳細に指摘されている。(68) 『ポンティアクの共謀』(一八五一)も、娯楽のために、「劇的興趣」のために、事実を曲げているとジェイコブズは判断する。イギリス植民地人のヒロイズムを描くために、この上ない裏切りと残忍とを本性とするインディアンたちの共謀、悪魔のごときその指導者というマザー以来の筋立てが必要なのである。[69]

R・M・バードの主人公と同じクエーカー教徒であった者がコロラド総督として、敵対的なインディアン諸族の「共謀」とその「地獄的目的」ための「狼藉行為」を訴え、軍の増強を求め、やがて彼が直接の命令を出さずとも、インディアン大虐殺を起こす。一八六四年のサンド・クリークである。[70] 発端はまたも居合わせたインディアンたちが土地の明け渡し、つまり新たな「条約」を拒否したからである。こうして、虐殺はターナー論文で有名なフロンティアの消滅まで続くことになる。一八三五年出版の『アメリカのデモクラシー』の中で、トクヴィルは既に述べていた――「北アメリカのインディアン諸国は滅亡の運命にあり、ヨーロッパ人が大平洋岸に定着するのがいつであれそのときには、あの種族の人間は存在しなくなっているだろうと信ずる」。その理由は、「地上で最も貪欲な国民」が「合法的に（legally, philanthropically）」殲滅するからである。一八三一年、彼は三、〇〇〇から四、〇〇〇の兵士によって、冬の酷寒の中、凍てついた雪の路を追い立てられてゆくチョクトー族の悲惨な光景を見ていたのだった。[71] オナイダ族は、独立戦争のあいだ植民地側に加勢し、ワシントンの軍隊の飢餓を救った。しかし、一七八五年から一八四二年までに三〇以上の条約を結んだにもかかわらず、離散の運命を免れなかった。[72] 一九八七年一二月二日のアメリカ合衆国上院インディアン関係事項特別委員会において、ダニエル・イノウエ上院議員は次のように質問した――「一七七八年以来、あれが最初の条約と思うが、アメリカ合衆国政府とインディアン諸国の間で合計三七〇の条約を持ったと承知しているが、これらの条約のどれも、その規定は破られてきたということも正しいかね」。条約も、その時の相手を見て、尤もらしい用語でまとめられる物語の一種かもしれない。インディアンたちが結んだ（批准されなかったものを加えれば八〇〇に近い）条約は、平和を約束し、お互いの領土を保証するものであった。[73] 一八七一年、合衆国議会は、合衆国領土（territory）内のインディアンを条約締結の相手としては認めないことを決定した。このことの意味は、アメリカ政府がインディアンを被後見人(ward)としか見ないことにしたことであると、R・H・ピアスは述べているが、"ward"とは、未成年者か、何らかの理由で自活能力がないと法律的に見られた者のことであるから、何千年も自活してきた伝統を持つ者たちに相応しい言葉ではないだろう。にもかかわらず、生活の場所と手段とを奪った者たちに対して今や保護者、後見人として接するわけである。一九二四年、インディアンは遂にアメリカ市民とされた。だがそれは、アメリカ文明の代名詞である私有財産制文化の中で細々と生き残ることを余儀なくされたということであり、彼らの主体性、主権、文化的アイデンティティの消滅を意味しているだろう。アメリカ合衆国はあくまでも「他者」を認めることを拒否したのである。ピアスは、イギリス植民地人やアメリカ人がインディアンの勝手なイメージをつくって現実の人間を殺してきた、今や人間を見て既成のイメージから開放されるべき時である、と一九五三年の時点で主張した。(74) それでは、人間を見ると、どういうことになるのか。自分たちの生き方に同調しない者はやはり抹殺するのか。インディアン側からの物語がなされたら、「子孫は戦慄と不信をもってその物語から目を背けるか、彼の先祖たちの非人間性に赤面するだろう」とアーヴィングは『インディアンの性格の特徴』の最後で述べているが、(75) D・E・スタナードの『アメリカン・ホロコースト』がそういう物語に近いだろう。インディアンを人間として、異なった文化を持つ他者として認めず、三世紀に及ぶ"genocide"を正当化してきたマザー的ヴィジョンが、二一世紀においてもアメリカ建国物語に生き続けるのか、それとも、マザーを高く評価するアメリカ文学の権威者をも含めた現在の指導者たちは、多元文化主義なるものを掲げ、過去の過てる物語としてその書き換えを目指すのか、そしてその際にはどのような物語になるのか、アメリカが今唯一の超大国であるゆえに特に注目に値する。

（1） Sacvan Bercovitch, "New England Epic: Cotton Mather's *Maganalia Christi Americana*," *ELH*, XXXIII (1966), pp. 337-50. "Typology in Puritan New England: The Williams-Cotton Controversy Reassessed," *American Quarterly*, XIX (1967), pp. 166-91. *Typology and Early American Literature* (The University of Wisconsin Press, 1992), pp. 3-8. *The Puritan Origins of the American Self* (New Haven, 1975). *The American Jeremiad* (The University of Wisconsin Press, 1978). *The Rites of Assent : Transformations in the Symbolic Construction of America* (New York, 1993), p. 135,146. Perry Miller, *The New England Mind : From Colony to Province* (Boston, 1953), p. 37. Elaine B. Safer, *The Contemporary American Epic : The Novels of Barth, Pynchon, Gaddis, and Kesey* (Detroit, 1987), pp. 25-38.

（2） David E. Stannard, *American Holocaust : The Conquest of the New World* (New York, 1992), p. 281. 従来の「定説」の虚偽を暴く一九七〇年代から八〇年代にかけての見直しについては，ibid., p. 277. "Wilbur R. Jacobs, Francis Jennings, Richard Drinnon,and Neal Salisbury were only four among many during this time who rang down the curtain on the view that the colonists in their dealings with the Indians were kind and gentle souls."

（3） Francis Jennings, *The Invasion of America : Indians, Colonialism, and the Cant of Conquest* (New York, 1975), p. 35.

（4） Roy Harvey Pearce ed., *Colonial American Writing* (New York, 1967), p. 16.

（5） Samuel Eliot Morison, *Builders of the Bay Colony* (1930 ; Boston, 1981), p. 12.

（6） Barbara Arneil, *John Locke and America : The Defence of English Colonialism* (Oxford, 1996), p. 8, 83, 150.

（7） John Winthrop, "General Considerations for Planting in New England" in Alexander Young ed., *Chronicles of the First Planters of the Colony of Massachusetts Bay 1623-1636* (Boston, 1846), pp. 270-278. *Winthrop Papers,* Vol. II (Massachusetts Historical Society, 1931), pp. 111-121.

（8） Alexander Young ed., *Chronicles of the Pilgrim Fathers of the Colony of Plymouth from 1602 to 1625*

(Boston, 1841), pp. 239–249.

(9) John Winthrop, op. cit., p. 295.

(10) Francis Jennings, op. cit., p. 187.

(11) Edward Winslow, *Good News from New England* in Young ed., *Chronicles of the Pilgrim Fathers,* p. 316, 342.

(12) George F. Willison, *Saints and Strangers. . . .* (New York, 1945 ; 1983), pp. 224–230.

(13) Francis Jennings, op. cit., pp. 186–7.

(14) Ibid., pp. 274–5. Cf. Lee Schweninger, *John Winthrop* (Boston, 1990), p. 107.

(15) Winslow in Young ed., *Chronicles of the Pilgrim Fathers,* pp. 361–2.

(16) Francis Jennings, op. cit., p. 138.

(17) John Winthrop, *The History of New England from 1630 to 1649* (Boston, 1825), p. 264.

(18) Thomas Perkins Abernethy, *Western Lands and American Revolution* (New York, 1959), p. 80.

(19) Ibid., p. 9, 10.

(20) Ibid., p. 20, 21, 68.

(21) Ibid., p. 295.

(22) Ibid., p. 14, 29, 145, 213.

(23) Ronald T. Takaki, *Iron Cages : Race and Culture in 19th-Century America* (Seattle, 1979 ; 1982), p. 55.

(24) Michael Paul Rogin, *Fathers and Children : Andrew Jackson and the Subjugation of the American Indian* (New York, 1975), pp. 80–81. William T. Hagan, *American Indians* (Chicago, 1961), p. 75. Ronald T. Takaki, ibid., p. 97.

(25) Francis Jennings, op. cit., p. 241.

(26) Cotton Mather, *Magnalia Christi Americana : or, the Ecclesiastical History of New-England, from Its First Planting in the Year 1620, unto the Year of the Lord, 1698* (London, 1702), Book Vll, pp. 41-42.

(27) Francis Jennings, op. cit., pp. 189-90.

(28) John Winthrop, op. cit., p. 182.

(29) Francis Jennings, op. cit., p. 208.

(30) Neal Salisbury, *Manitou and Providence : Indians, Europeans, and the Making of New England, 1500-1643* (New York, 1982), p. 218.

(31) John Winthrop, op. cit., pp. 192-3. Jennings, op. cit., p. 210.

(32) Alden T. Vaughan, *New England Frontier : Puritans and Indians 1620-1675* (Norman, 1965 ; 1995), p. 130.

(33) Neal Salisbury, op. cit., p. 219.

(34) Cotton Mather, op. cit., p. 43.

(35) John Mason, *A Brief History of the Pequot War,* p. 8, cited in Francis Jennings, op. cit., p. 221.

(36) Francis Jennings, ibid., p. 222. Neal Salisbury, op. cit., pp. 221-2.

(37) Francis Jennings, ibid., p. 223.

(38) Cotton Mather, op. cit., p. 45.

(39) Wilbur R. Jacobs, *Dispossessing the American Indian : Indians and Whites on the Colonial Frontier* (New York, 1972), pp. 12-3.

(40) Douglas Edward Leach, *Flintlock and Tomahawk : New England in King Philip's War* (Hyannis, Massachusetts,1958), pp. 24-5. Francis Jennings, op. cit., pp. 289-290.

(41) Cotton Mather, op. cit., p. 45.

(42) Ibid., p. 46.

(43) Increase Mather, *A Brief History of the Warr with the Indians in New-England. . .* in Richard Slotkin and James K. Folsom eds., *So Dreadful a Judgment : Puritan Responses to King Philip's War 1676-1677* (Middletown, Conn ; 1978), p. 81, 86.

(44) Francis Jennings, op. cit., p. 297.

(45) Franklin B. Hough, *A Narrative of the Causes Which Led to Philip's Indian War, of 1675 and 1676, by John Easton, of Rhode Island . . .* (Albany, N. Y., 1858), pp. vii-viii.

(46) Ibid., pp. 5-15.

(47) Ibid., p. 17.

(48) Francis Jennings, op. cit., pp. 302-3. Roger Williams, *The Letters of Roger Williams,* ed. John Russell Barlett (New York, 1963), p. 367.

(49) Francis Jennings, op. cit., p. 304, 310-311.

(50) Cotton Mather, op. cit., p. 49.

(51) Ibid., p. 50.

(52) Henry D. Thoreau, *The Journal of Henry D. Thoreau,* ed. Bradford Torrey and Francis H. Allen (Cambridge, 1949), ll, 437-38, cited in Wilbur R. Jacobs, op. cit., p. 19.

(53) Sacvan Bercovitch, op. cit., p. 144-6. *The Puritan Origins of the American Self* (New Haven, 1975), pp. 48-9.

(54) Barbara Arneil, op. cit., p. 118, 138, 162.

(55) Cotton Mather, op. cit., pp. 69-70.

(56) Ibid., p. 50.

(57) Richard VanDerBeets, *Held Captive,* xi, cited in Kathryn Zabelle Derounian-Stodola and James Arthur Levsernier, *The Indian Captivity Narrative, 1550–1900* (New York, 1993), p. 14.

(58) Ibid., pp. 10–13.

(59) George Parker Winship, cited in Frederick Drimmer, *Captured by the Indians : 15 Firsthand Accounts, 1750–1870* (New York, 1985), p. 10.

(60) Mitchell Robert Breitwieser, *American Puritanism and the Defence of Mourning : Religion, Grief, and Ethnology in Mary White Rowlandson's Captivity Narrative* (The University of Wisconsin Press, 1990), pp. 131–188.

(61) Joyce Sparer Adler, *War in Melville's Imagination* (New York, 1981), p. 115, 126.

(62) Herman Melville, *Moby-Dick, or The Whale* (Evanston, 1988), p. 60. "Mr Parkman's Tour," in *The Piazza Tales and Other Prose Pieces, 1839–1860* (Evanston, 1987), p. 231. *The Confidence-Man : His Masquerade* (New York, 1954), p. 164, 172.

(63) William T. Hagan, op. cit., p. 49.

(64) James Hall, *Sketches of History, Life, and Manners in the West* (Philadelphia, 1835), Vol. ll, p. 76.

(65) Herman Melville, *The Confidence-Man,* p. 176.

(66) Robert Montgomery Bird, *Nick of the Woods, or The Jibbenainosay* (New York, 1854), pp. 3–7.

(67) Washington Irving, "Traits of Indian Character," and "Philip of Pokanoket," in *The Sketch-Book of Geoffrey Crayon, Gent.* (New York,1973), p. 417, 404, 391.

(68) Francis Jennings, "A Vanishing Indian : Francis Parkman Versus His Sources," *Pennsylvania Magazine of History and Biography*, LXXXVll (1963), pp. 306–323.

(69) W. R. Jacobs, op. cit., pp. 84–86, 90–93, 203.

(70) David Svaldi, *Sand Creek and the Rhetoric of Extermination : A Case Study in Indian-White Relations* (Lanham,MD,1989), pp. 219-262.

(71) Alexis de Tocqueville, *Democracy in America* (New York, 1945 ; originally published in 1835), Vol. 1, p. 354, 369.

(72) Herman J. Viola, *After Columbus : The Smithsonian Chronicle of the North American Indians* (Smithsonian Books, Washington,D. C., 1990), p. 118.

(73) Gregory Schaaf, *Wampum Belts : George Morgan, Native Americans and Revolutionary Diplomacy* (Golden, Col. ; 1990), p. 206. Charles J. Kappler ed., *Indian Treaties 1778-1883* (New York, 1972).

(74) Roy Harvey Pearce, *The Savages of America : A Study of the Indian and the Idea of Civilization* (Baltimore,1952), p. 242.

(75) Washington Irving, op. cit., p. 404.

一九世紀アメリカに蔓延する「疫病」
——L・M・チャイルドとH・メルヴィルの接点

牧野有通

はじめに

文学者がレトリカルに「疫病」を描き出す例は決して少なくはない。代表的な例はアルベール・カミュの『ペスト』の場合であろう。カミュはペストの蔓延する閉鎖空間を、リアリスティックな描写を堅持しながらも、極限状況に置かれた人間の人間性を試す実験の場のごとくに設定し、しかもペストを「常識」や「病める思想」のごとき、集団的潜在意識へと置換できるような象徴性を留保した。より敷衍して考えることができるとしたら、同じ作家の『異邦人』にしても、「常識」や「法体系」そして「キリスト教社会の慣行」という名の「疫病」の蔓延する空間の中にあって、疎外され、孤立し、圧殺される無防備な青年の物語として読むことが可能となろう。

一九世紀アメリカにあって、象徴的「疫病」の蔓延する社会の中で孤立しながらも、「疫病」の病根を告発し続けた文学者として、L・M・チャイルド（一八〇一—一八〇）とH・メルヴィル（一八一九—九一）の場合が考えられる。彼らの著作を点検することによって、「アメリカ・アイディオロジー」と名付けうるアメリカの主流イデオロギーなるものの病的一面が明確になると思われるからである。

とりわけ両者が、アメリカの建国以前から圧迫されてきたアメリカ・インディアンをどのように見つめ、どのように描いたかということでは共有点が認められるが、そこに両者の、アメリカに蔓延する「疫病」への視線が存在することが窺われるのであり、この点こそ両者を結ぶ鍵となっているように思われる。

ところでアメリカの主流イデオロギーについては、ハーヴァード大学のサクヴァン・バーコヴィッチの研究がよく知られている。たしかにバーコヴィッチがカナダ出身のユダヤ人として、アメリカの主流イデオロギーを、『同意の儀礼』（一九九三）に見られるように膨大な資料を駆使して、「客観的」に捉えようとしていることは、注目されねばならないだろう。しかし、たとえばインディアン迫害に結果したイデオロギー的モットー「明白な天命」（マニフェスト・デスティニー）などについては、「客観的」どころかほとんど無批判に記述されているのであり、その病的側面に対する追求の欠落ゆえにわれわれを満足させるものとなってはいない。(1)

それとは対照的に、一九世紀に生きたチャイルドとメルヴィルは、その著作の中で、「マニフェスト・デスティニー」に直接言及してはいないながらも、インディアン弾圧を正当化する宗教的イデオロギーが「明白」でないどころか、アメリカの主流イデオロギーの病的根幹に関わるものであることを、それぞれの方法を活用してわれわれに伝えているように思われる。そこでこの両者の視野に浮かび出る、一九世紀アメリカに蔓延する「疫病」を見据えながら議論を進めてゆこうと思う。

一　疫病という現実

メルヴィル研究書『約束の地を覆う暗影』（一九八〇）の出版により、本格的な研究活動を開始したキャロライン・L・カーチャーの、さらなる精力的な資料発掘によって、一九世紀アメリカの反インディアン差別、反奴隷制、反父権体制の女性活動家、リディア・マリア・チャイルドの再評価が急速に進展している。カーチャーはすでにチャイルドのインディアン関係著作集『ホボモック他』(一九八六)や八〇〇ページにおよぶチャイルド伝『アメリカ第一の女性』(一九九四)、チャイルドの黒人解放論集『アフリカン・アメリカンのためのアピール』(一九九六)を編集刊行しているが、さらに『リディア・マリア・チャイルド読本』(一九九七、以下『読本』)を出版して、チャイルドの再評価を決定的なものとすべく、研究活動を展開している。

日本においても、チャイルドのジャーナリスティックな側面、また児童文学者としての側面に着目した研究が発表され始めている。[2] しかし、『ホボモック』(一八二四)を出版して、白人女性とインディアンとの異人種間結婚という過激ともいえるテーマを追求し、アメリカ先住民への深い関心を表明した彼女のインディアン論については、日本ではいまだ研究の緒についたばかりであるといえる。

われわれがチャイルドのインディアン論に注目する理由はいくつかあるが、その中で重視すべきものは、最も初期の段階で、彼女の字義通りのラディカルな論理が、インディアン問題を介して、「アメリカ・アイディオロジー」の病根を根源的に表出しているという点である。反奴隷制活動家ウィリアム・ロイド・ギャリソンは、主としてチャイルドの反奴隷制キャンペーンを賞賛して「アメリカ第一の女性」と称しているが、[3] その称号はインディアン論を介して、病めるアメリカ思想の病根を摘出した「最初の女性」というコンテクストでも捉えうるものと思われる。われわれはまさしくこの点に絞って、チャイルドとメルヴィルの共有点を確認してゆきたいと思う。

まず先にも触れた「疫病」ということであるが、チャイルドとメルヴィルはともにその作品の中で、現実に伝染する疫病を主要な題材として取り上げている。

たとえばチャイルドには、『ホボモック他』に収録された短編「孤独なインディアン」(一八三二)という作品がある。これは、イギリス人入植者たちが侵出してくるインディアン居住地の中で、白人との共存をはかる若い酋長の一家の話である。白人は、しかし、酋長ポワントナモにお構いなく入植地を拡大し、家族の者に狩猟で食料を獲得するために、彼は遠出せねばならなくなる。ついには同じ部族の仲間も遠くへ移住し、彼自身も獲物が手に入らぬ日々が続くようになる。一家の者の衰弱は進む。

とうとう彼らの息子が、イギリス人から感染した疫病にかかって死んでしまった。彼らは涙をこらえ、大きく枝を広げたナラの木の下にモホーク流の塚を作って息子を葬り、その墓の上に石を積み上げた。「この子は水辺の近くで眠らねばならない」と傷心の酋長は言った。「さもないと白人の馬が墓を蹴散らしてしまう」。

若い母親は泣きはしなかった。しかし彼女の心は致命的な痛手を負っていた。その上彼女も疫病にとりつかれ、顔色は日に日に青ざめていった。ある朝ポワントナモは彼女のために探していた美味しい食べ物をもって帰ってきた。「ソーンシータよ、食べるかい」と彼は声を抑えて優しく尋ねた。しかし、返事はついになかった。彼をいつもいそいそと出迎えてくれた足は、動かず冷たくなっていた。彼女の顔を一部覆っているブランケットを取り除くと、あの「太陽の瞳」は死によって封印されていた。(4)

このセンチメンタル・ノベルの伝統に則って書かれたと思われる短編で、チャイルドは白人の持ち込む疫病の害毒を批判するのみならず、死のもたらす悲劇については、インディアンも、白人と同じ「人間」として反応しており、家族間の愛情も白人と変わらぬことを強調している。他にも自分の家族に対するインディアンの情愛の強さを示す別の例として、チャイルドは、白人の独善性批判が最も明確な評論「インディアンのためのアピール」(一八六八、以下「アピール」)で、ケネベック・インディアンのエピソードを紹介している。そこでは、白人の居住する土地に居住権が認められた一人のインディアンの話が記録されている。彼は自らの土地を誠心誠意、努力して開墾した。

しかし近隣の白人たちは、彼に何の欠点もないにも拘らず、全般的にインディアンへの偏見があったため、常に彼を除けもの扱いにした。彼の子供が病死した時、周囲の白人は誰も慰めの言葉すらかけてやらなかった。子供が病死した後、彼は数名の白人に「白人の子供が死ぬとインディアンはひどく悲しみ、その子の埋葬を手伝う。だが私の子供が死んでも白人は何も言ってはくれない。だから私は一人で寂しく埋葬してやった。こんな心のかけらもない場所にはもう住みたくない」と言って、自分の農場を捨て、子供の遺体を掘り返し、森林を通って、二百マイルも離れた所に住んでいるカナダ族のもとに移り住んだ。(5)

そして事実、「孤独なインディアン」でも、ポワントナモの家族の墓は、白人の馬蹄に蹂躙されるのである。しかしこの作品で最も深刻な問題は、やはり免疫力や抵抗力のない原住民を襲う、「文明人」によって持ち込まれた疫病、という点にある。おそらくその猛威は、両者間の戦闘による人的損害に劣らぬほど、一方的に広範な害毒を及ぼしたことであろう。(6)

メルヴィルも『オムー』(一八四七)の中で、文明人との接触によって退廃化するタヒチ島の現地人を描きだしているが、とりわけ、目に見えぬかたちで浸透してくる天然痘や性病等の疫病についての指摘を忘れはしない。第四八章と第四九章では、「ありのままのタヒチ」が描きだされているが、地上の楽園と称されるタヒチの現実は、白人の進出によって、むしろ不健全な惨状へと堕落しているのである。メルヴィルは手厳しく「しかし、奇妙なことのように見えるかもしれないが、ポリネシア人たちの間で生じた堕落の例は、このような場合事前の警戒を必須のものとするのであるが、概して、白人との接触以前には見られなかったものである」（『オムー』一八八）と観察する。疫病は「文明人」とともにやってくる。

これらの害毒は、もちろんのこと、その由来する源をひたすら島外のものとしている。泥酔癖は言うにおよばず、折に触れて侵入してくる天然痘、さらには、もう一つの疫病、もっとも致命的な伝染病とのみ言えば十分であろうが、こうしたものが今やこの島の居住民の少なくとも三分の二の血液を汚染しているのである。しかも何らかの形で、父から子へと受け渡されているのだ。（『オムー』一九二）

メルヴィルは現地人のなかに導入されて、その間で蔓延する疫病にのみ関心があったわけではない。文明人を源泉としている以上、文明人自身もその被害者でありうる。『レッドバーン』（一八四九）では、主人公レッドバーンが平水夫として乗り組んでいる商船ハイランダー号の、最下層の船室にスシ詰めになっている、新天地アメリカへの移民たちの間で悪性の疫病がひろがり、密閉された空間は、まるでカミュの不条理小説を彷彿とさせるような極限状況と化する。

二日目、七人が亡くなった。その中には、例の小柄な仕立て屋もいた。三日目、四人が死に、四日目、六人が死に、その中にはあのグリーンランド出身の水夫と一等船室の女がいたが、この女の死は、のちの噂によると、純然たる恐怖によって起きたものだということだった。この死によって、恐慌はその頂点に達した。（『レッドバーン』二八九）

疫病の鎮静化した後、生き延びた船客たちの態度は、ひたすら何事もなかったかのごとく、平静を装うことである。彼らは「新天地」を目前にして検疫所で入国を拒絶されると、希望を失うことになるからである。レッドバーンは、この一連のできごとを振り返って、こう思い返す。

ぼくらは暴虐なトルコ人のことを語り、異端邪宗の食人種を心から軽蔑する。しかし、かれらの中にもぼくらより先に天国に召されている者がいるかもしれないではないか？　ぼくらは文明化された肉体を持ちながら、魂は依然として野蛮なのだ。ぼくらはこの世界の真実の光には盲目であり、その声には耳を塞ぎ、死者たちには死んだ感覚しか持ち合わせていない。しかも、たった一つの悲しみが何万という人間の歓びをも圧倒するのだということを悟る時が来ない限り、ぼくらはキリスト教が教化しようとする存在になることもないのだ。（『レッドバーン』二九三）

この認識は、蔓延する疫病という体験を経ることによって、メルヴィルの処女作『タイピー』（一八四六）以来の、「野蛮人」と呼称されるポリネシア原住民の方が、実は「文明人」よりも健全なのではないか、そしてキリスト教文明にも病的な側面が潜在するのではないか、という懐疑へと傾斜してゆく心情と連結したものである。われわれはさらに、この直観的認識が、メルヴィルとチャイルドにどのように展開されているかを探求してゆかねばならない。

二　文明という名の病い

メルヴィルの短編「コケコッコー、高貴な雄鳥ベネヴェンタノの鬨の声」（一八五三）は、彼の代表的短編「バートルビー」と同時期に書かれたものであるが、チャイルドの「孤独なインディアン」と同様、疫病によって壊滅する一家の物語である。しかし貧窮のメリーマスク一家は疫病で全滅するが、この作品はチャイルドの感傷性を帯びてはいない。一家が、悲惨の極みにありながらも、絶望的でないのは、「この世のありとあらゆる悩みに対する活気あふれた挑戦」を促す上海鶏の高らかな鬨の声とともに、生き、かつ死ぬからである。その鬨の声には、金の威力や非人間的な科学技術の力に対して挑戦する力を蘇らせる、異様な響きがある。憂鬱感にひしがれていた主人公「私」は、その鬨の声に導かれて、上海鶏の所有者メリーマスク一家の住む貧しい小屋にたどり着き、鶏と対面する。

私はその鶏を眺めた。鶏は部屋の真ん中で帝王然として立っていた。その姿は、まるでスペインの貴公子がにわか雨に出会い、小作人の小屋に避難してたたずんでいる、といった風情であった。彼はその周りの様子とは、不可思議で超自然的なほど際だっていた。彼はこの粗末な小屋を光り輝かせており、そのみすぼらしさを栄光あるものにしていたのだ。傷ついた箪笥、よれよれの灰色コート、ひしゃげ果てた帽子、そういったもの全てに輝ける光を与えていた。とりわけ彼はついたての陰から聞こえてくる病人の苦しみの声を栄光あるものにしていた。(『「ピアザ」他』二八四)

文末の「病人の苦しみの声を栄光あるものにしていた」という一節に注目すると、この一家は、文明社会を特徴づける経済的基盤、また科学技術の進歩などから疎外され、さらには致命的な疫病に打ちのめされながらも、超越的な上海鶏を信ずることで乗り越えてきたことが理解される。しかし、通常であれば、その役割はキリスト教の「神」が担うものである。にもかかわらず、ここでは、それをグロテスクにも「鶏」が担っている。しかも「私」は彼らの生き方を、「ああ、高貴なる鶏よ！　ああ、高貴なる人物よ！」(『「ピアザ」他』二八六)と讃えており、最後には、メリーマスク一家や上海鶏の死後、憂鬱を吹き飛ばすかのように、自ら「コケコッコーッ！」と鬨の声を上げるのだ。

われわれは、「私」が鶏やメリーマスクへ贈る賛嘆の言葉を聞くとき、「バートルビー」の語り手の弁護士が、不可解な人物バートルビーの死後、「ああ、バートルビー！ああ、人間よ！」（『「ピアザ」他』四五）という叫びを上げていたことを思い出す。バートルビーはキリスト教文明社会の中でも最深部とも言えるウォール街に、「青ざめた潔癖さ、哀れを催させる上品さ、癒しがたいほどの孤絶の影」（『「ピアザ」他』一九）を漂わせて現れた。一方のメリーマスクには、それでもかつて水夫であったこと、結婚したことなど、わずかながら過去の情報が与えられている。しかし、バートルビーには、「配達不能郵便局」に勤めたことがあるらしい、という程度の情報しか与えられていない。一体これほどアイデンティティの不明な存在も少ないのではないか。

実際バートルビーはホームレスであり、住所不定である。語り手「私」は、日曜日に自分の法律事務所に立ち寄り、バートルビーが事務所のソファで寝起きしていることを知り、衝撃を受ける。

> そうなのだ、私は思った。バートルビーがここを自分のホームにしており、全くの孤独の中で独身生活を送っていることは明白なことだ。直ちに、ああなんと惨めなことか、ここには友人の影もなく、寒々とした孤独感しかないではないか、という思いが私の背筋を走った。この貧しさはただごとではない。しかもその寂寞感は畏怖させるほどだ。考えてもみよ。日曜日のウォール街は、忘れられた古代都市ペトラのようなものではないか。（『「ピアザ」他』二七）

この孤立の中で、バートルビーは、すべての仕事を放棄して、ひたすら煉瓦の黒々とした壁と対面することを選んでいる。その姿勢には、しかし、繰り返し形容されるように、「尊大な」雰囲気が漂っているのである。そしてそこには、「鶏」の「尊大さ」を受け入れるメリーマスクの、文明社会を拒絶する時の厳しさが窺われる。

ルーシー・マドックスは、「先住民と一九世紀アメリカ作家たち」という副題をもつ研究書『リムーヴァルズ』（一九九一）の中で、メルヴィルやチャイルドの著作に及ぼしたインディアンのイメージの影響を追求しているが、とりわけバートルビーには強制移住を強いられるインディアンとの相似点が見られるとする。

家主の立ち退き最終通告の結果、バートルビーは、一人自分の「涙の旅路」へと引き立てられる。「沈黙の行列」を後に引き連れたバートルビーは、語り手がいみじくも「ブロードウェイという名のミシシッピー河」と呼んだことのある通りを渡り、（強制移住させられたチェロキー族の多くの者がそうしたように）監禁される場所、すなわち餓死の待ち受けている場所へと連れていかれる。(7)

またマドックスは、W・アーヴィングの『アストリア』を引き合いに出して、西部に進出して文明化を進めようとするジョン・ジェイコブ・アスターの商業的企ての挫折と、「バートルビー」の語り手である老弁護士の挫折との共有性を観察して、その挫折がバートルビーによってもたらされるところから、沈黙を守るバートルビーには、「沈黙するインディアン的人物、そして同化しない他者」（『リムーヴァルズ』七六）を見ようとしている。たしかに、バートルビーをインディアンになぞらえるマドックスの議論は、興味深くまた洞察力にも富んでいる。しかしながら、マドックスは、語り手の文明社会観に沈黙で対決するバートルビーの立場を読みとっているのであるから、もう一歩議論を進めえたはずである。つまり、弁護士自身は無意識下で前提としている「常識」、「法律」、「キリスト教社会の慣行」、等々の「壁」に保護されて生活しているが、バートルビーの方は、インディアンが直面したような、暴圧的な文明という名の「壁」と対面している、と捉えることができるのである。極言すれば、バートルビーは、その「壁」によって圧殺されたとさえ言えるのである。

同じことは、「コケコッコー」のメリーマスクが、「鶏」を前面に立てて対決し直面している、文明という名の「疫病」についてもいえるのである。それゆえ、メリーマスクもマドックスの理論を適用すれば、インディアンの位置にくるといえる。換言すれば「文明」を特徴づける拝金主義と科学的合理主義によって開発が押し進められ、インディアンのような抵抗力の弱い存在を圧迫する独善性に対する、メルヴィルの沈黙の抗議を読みとることは、さほど困難なことではないのである。

マドックスはまた、チャイルドの著作に見られるインディアンの描き方に注文をつけている。つまり、チャイルドの第一作『ホボモック』に認められる感傷性が、インディアンの未成熟性に由来するものとしているのである。たしかに、『ホボモック』には、チャイルドの感傷的なインディアン観、つまりインディアンを白人の都合に従って、自己犠牲的に身を引くような、希薄な存在と見なす筆致が認められる。しかし、二二歳の時に書いた『ホボモック』の感傷性が、五六歳で書いている「インディアンのためのアピール」にまで持続していると読み込むマドックスの論理には承服しかねるものがある。この三〇数年の間にチャイルドには、「アピール」のみならず、他の作品にも認められる、キリスト教徒の独善性に対する鋭い批評眼が形成されているからである。

「アピール」で最初にとりあげられるのは、「対インディアン和平委員会報告書」である。チャイルドは、いくつかの留保条件をつけながらも、この報告書を歓迎している。この報告書には、チャイルドが要約するように、インディアンに対して行ってきた白人たちの欺瞞、偽善、暴虐行為等々が列挙されており、その自己批判すら併記されているのである。たとえば無数に生じたインディアンと白人との戦争について、「報告書」が次のように書いていることを、チャイルドはとりわけ強調している。

インディアンは野蛮人なので絶滅されるべきだという意見があるが、そのようなことを主張する人のおぞましい人間性は別としても、その実現はきわめて困難であることが証明されるであろう。もし金のことを考えるのであれば、殺すことより文明化する方が節約できる。文明人の間で戦争は、往々にして不正行為から生じるのである。だから戦争を回避する最良の方法は、不正行為をしないことだ。われわれはこの原則がインディアンにとっても同じであるということに気づくなら、主要な難題は全て取り除かれると思う。しかるにわれわれとインディアンとの戦争はほとんど絶え間なく起こっている。いったいわれわれは皆一様に不正であったのだろうか？　われわれはためらうことなく、「そうだ（イエス）」と答えざるをえない。（『読本』八二）

繰り返すが、これはチャイルドの意見ではなく、インディアン戦争を現実に戦ってきた将軍（たとえばアルフレッド・テリー将軍やウィリアム・シャーマン将軍）も含めた「対インディアン和平委員会」の当事者たちの報告をチャイルドが要約したものである。軍人自身が自分たちは、常に不正な戦いを行ってきたと認めることは、異様なことといわねばならない。チャイルド自身は白人の不正を明確に肯定しているが、それ以上に彼女は、インディアンを野蛮人とし、キリスト教徒を文明人と決めつける根拠そのものを問うているのである。

まずチャイルドは、「汝の敵を愛せよ」というキリスト教の基本理念が、インディアン戦争によって、無惨に放棄されてきた歴史をふりかえり、キリスト教徒が文明人である、とする一般通念を打破することから議論を展開し始める。彼女は基本的な事実に眼を向ける。「インディアンも他の民族同様、悪魔よりも天使の寛容さに自ずと心を引かれるのである。しかし悲しいかな、悪魔のごとき軍神がわれわれアングロ・サクソンの神なのであり、ゆえにわれわれは皆、事実上『悪魔崇拝者』なのである」。（『読本』八三）

この議論にすでに「マニフェスト・デスティニー」の欺瞞を糾弾する姿勢が読みとれる。一八四五年J・オサリバンが初めて用い、WASPの独善性を無条件で肯定したイデオロギー的モットー「マニフェスト・デスティニー」こそは、「アングロ・サクソン」が「神意によってあてがわれたこの大陸を覆い尽くすべしという、われらの明白な天命」を物質化する上で、武力行使すらも正当化するものであるからである。キリスト教徒が自ら最大のタブー、「神意」を独善的に解釈すること、そして、「汝の敵を抹殺すること」、を許容した場合、どのくらいの害毒がはびこるものかは、国内少数派に及ぶ「文明」という名の「疫病」が証明することになる。

WASPの代表たるピューリタンたちの自己正当化の論理に従えば、白人キリスト教徒は、インディアンをはじめとする先住民を「悪魔」と規定し、抹殺を推進してはばからない。このような自己矛盾、一種の「合理化された病理」、さらに別な言葉でいいかえれば、「文明」の外装を持つ精神的「疫病」、に対する透視力を持つかどうか、これこそが、チャイルドやメルヴィルら鋭い直観力を有する文学者と他の作家の資質を区別する基準といわねばならない。

チャイルドは、白人キリスト教徒が、「野蛮人」よりも悪魔的に野蛮であった、という事実を、その歴史的な事例を掲げて列挙する。なるほど、インディアンの戦争も野蛮かもしれない。しかしチャイルドはすぐに付け加える、「全ての戦争は本来恐ろしく野蛮である」(『読本』㈢)と。ギリシャやローマ文明下の戦争はいうまでもない。アンダーソン収容所の例を引くまでもなく、わずか数年前に終結した南北戦争にいたるまで、野蛮さ、残虐非道の度合いはむしろ深まっているではないか。

それとも、インディアンの拷問の方法が、彼らの矯正しがたい野蛮性を示しているとでもいうのだろうか?　近代国家の歴史を一瞥し、両者の性質が根本的に異なるものであるかどうか、見てみようではないか。カソリックを国教とするいくつかの国では数世紀間、絶えず異端審問が行われていた。三百年もの間、スペインだけで三四万千人が処刑された。その内、三万千九一二人は生きたまま火刑に処されている。そして数え切れないほどの人数が、強弱の差こそあれ、むごたらしい拷問にかけられる時代が続いたのである。これら哀れな人々の手足は拷問台と呼ばれた地獄の処刑台の上で、体中の関節から骨が抜け出るまできつく引き延ばされた。彼らの体は鉄の輪で目鼻から、時には手足から血が吹き出るまで締め付けられた。彼らの手は蝶ネジと鉄の篭手によって粉々にされ、足は中にクサビが打ち込んである鉄のブーツへと、肉が溶け骨がバラバラになるまで無理やり押し込められた。彼らは全く立つことも、座ることも、寝ることもできないように巧妙に作られた檻の中に何日も閉じこめられた。(『読本』㈢)

チャイルドはこれらの残虐きわまりない拷問が、キリスト教徒の手によって、際限なく行われてきたことを強調し、「異端審問の拷問は、宗教的教義の完全な相違によって生じたものである。そしてそれはインディアンにとっては、何ら関わりのない狂気の沙汰なのである」(『読本』㈢)と付け加える。人間を救済するはずのキリスト教が、もっとも非人間的行為を実行している。むしろインディアン戦争よりキリスト教徒間の宗教戦争の方が人間を狂気へと追い込む病的根拠を作り出している、と見ているのである。

さらにチャイルドは、「これ以上あげると本稿の残りの余白は、かつて白人国家によって行われてきた残忍な拷問のことで埋め尽くされてしまう」(『読本』㈢)、といいながら列挙を続け、さらに最先端の「文明国」イギリスの例を挙げている。

エリザベス女王治下のイギリスで、法の下での国家反逆罪によって有罪判決を受けた者は、首をロープでくくられ、生きたままの状態で体を切り裂かれ、内臓をえぐり取られ、青息吐息の本人の前で焼き払われた。最後になってやっと彼の首と手足が切り取られ、それを公衆の面前で晒し物にしたのである。ピューリタン革命の際、モントローズ伯爵がチャールズ一世への忠節を誓ったため、反乱の廉で斬首に処せられたのはわずか二百年前のことである。彼の体

は切断され、手足は様々な市街の門の上で死臭を漂わせながら晒され、人間の道徳心を麻痺させた。(『読本』三)

これが文明人のやることか、とチャイルドは叫んでいる。しかし同様なことはメルヴィルも書き記している。メルヴィルは『タイピー』において、食人種として知られるタイピー族が、その悪評のわりには、「文明人」より「文明化」しているのではないか、と考える。たしか復讐の意図をもって敵対する部族の人肉を食らうこと、それも野蛮な習慣かもしれない。しかし、

こう尋ねてみたい。人の肉を食うということ、ただその一点で、ほんの数年前まで文明を謳歌しているというイギリスで行われてきた慣習をはるかに凌ぐほど野蛮であるといえるのだろうか、と。確信犯の国家反逆者、おそらく彼は、誠実、愛国、またはその類の罪によって有罪とされたのであろうが、巨大な鉞で首を刎ねられ、内臓は引き出され、燃える火の中になげこまれているのである。その一方で、彼の四肢は引き裂かれ、首は晒し台のうえに晒され、公衆の行き交う所で、朽ち果て、死臭を放つにまかせられたのだ。(『タイピー』一三五)

おそらくチャイルドとメルヴィルは同じ史料を参照して、記述していると思われる。そして両者の主旨は全く同じものである。一言でいえば、キリスト教の優越性を誇示する傍らで狂気の沙汰を行うほど、文明人は精神的に「病んでいる」ということになる。

しかもメルヴィルは決定的な指摘をもって断言する。「ありとあらゆる殺人兵器の開発に見せる、文明人の悪鬼のごとき技術の進展、戦争を遂行するに際してのその異常な執念深さ、それに付随して生ずる悲惨と荒廃、等々を見れば、白人の文明人を、すぐれて地上における最悪の野獣と規定するのに十分ではないか」(『タイピ

ー』一三五）と。

さらに付け加えれば、この引用およびその前の引用は、ともに『タイピー』のアメリカでの改訂版では、削除の憂き目をみるほどの直言となっており、メルヴィルに新たな戦略的レトリックを強いることになる因縁の部分である。先輩作家ホーソーンへの手紙の中の一節、「私が最も大きく心を揺すぶられて書きたいと思うこと、それが禁じられています。それを書いても金にはならないでしょう。でも他の書き方は私には決してできません」（『書簡集』一九一。強調メルヴィル）、という告白は、この事情を端的に説明するものである。それゆえここから、メルヴィルとチャイルドの「未開人」問題に対する微妙なスタンスの相違が生じてくるとさえいえるのである。

それに比すと現実社会の活動家としての一面を有するチャイルドの方は、保守的な白人大衆からの圧力に抗しつつも、一貫した姿勢を堅持して著作活動を続けてゆく。チャイルドは、キング・フィリップの反乱（一六七五―七六）、フレンチ・インディアン戦争（一七五六―六三）、セミノール戦争（第一次、一八一八―一九、第二次、一八三五―四二）さらにはフレモントの西部進出、等々を例に挙げ、それらのインディアンと白人たちとの衝突においては、例外なく白人の側に不正があったことを証明する。「対インディアン和平委員会」の結論を再確認するように、彼女は言う。「同じ人類という名の家族の一員であるインディアンや黒人に対するわれわれ白人のこれまでの対応は、ほとんど一貫して暴力と欺瞞に満ちた歴史であったというのが明白な事実なのである」（『読本』六四）。

キング・フィリップ酋長の反乱では、エリオット牧師のもとで改宗して「祈るインディアン」が多数出現していたが、ささいなトラブルから白人のだまし討ちに発展し、部族の破滅に帰したのであった。当然のことながら、「エリオット師の尽力も水泡に帰した。正直なインディアンたちにこのような一片の正義もない宗教をどのように信じろというのか」（『読本』六五）とチャイルドは告発する。

またフレンチ・インディアン戦争に先立つ、ニューイングランドでの英仏の確執についてチャイルドは、「荒野の教会」（一八二八）という歴史小説を残しており、荒野のただ中で宣教に尽くすフランス人神父師セバスチャン・ラレの苦闘を描いている。彼は植民地列強、英仏の利害の衝突するまっただ中に投げ出され、その確執のあおりをうけて全てが破綻する。チャイルドは「アピール」の中で同様の事件を次のように記している。「メイン州のノリッジウォクのインディアン部落は、イギリス人入植者の一団によって奇襲攻撃され、男、女、子供もすべて虐殺された。インディアンが心から慕っていた白人カソリック神父は報復として撃ち殺され、頭皮をはがされ、頭をトマホークで粉々にされ、手足はずたずたに切り裂かれた」（『読本』㈤）。

さらにチャイルドは、セミノール戦争に見られた白人奴隷主の醜悪さ（彼らは、クリーク族に逃げ込んだ逃亡奴隷が、もし逃げなかったら、子供が生まれて奴隷市場で売れたはずだとして、「損害賠償」を求めた）、インディアン指導者オセオーラに対するだまし討ちによる逮捕と破滅、等々に触れたあと、皮肉をこめて「われわれはこのような方法で、インディアンと博愛の精神をもつキリスト教徒とを仲良くさせようとしたのである」（『読本』㈥）、と記す。

注意すべきは、チャイルドの眼には概してキリスト教がインディアンを文明化する上で有効でないばかりか、欺瞞を増幅するように映っていることである（もっとも彼女は、クェイカー教徒を例外とするが）。チャイルドは、先にも触れたエリオット牧師に、あるインディアンが問いかけたエピソードを記している。そのインディアンはつぎのように言ったのだ。「われわれはイギリス人と二六年間接してきた。彼らのいう神の教えがかくも正しいものであったのならば、なぜもっと早くに教えてくれなかったのか？　もし、そうしていたらわれわれはもっと早く神の教えを理解していただろうし、多くの罪は未然に防げたであろうに」（『読本』㈣）と。これは裏を返せば、キリスト教も政治的利害に翻弄されて、宣教の本義が挫折しただけでなく、最終的にキリスト教の教義とは対極的な武力が導入されて、インディアンたちに幻滅をもたらした例が多かったことを物語っている。このような宗教は疫病以上の「疫病」としてインディアンの間で精神的害毒を増幅させたことであろう。

メルヴィルもポリネシアの原住民の中に進出してゆく宣教師たちに懐疑の視線を送っている。宣教師たちは、ポリネシアの島民たちに自然な生活習慣を禁じ、代わりに彼らの「天上」的ドグマを押しつける。それゆえメルヴィルはやはりアメリカの改訂版で削除された一節で次のように主張する。

しかし、宣教によって期待さるべきその偉大な目的が、いかに神の恩寵を受けたものであっても、それを貫徹すべく神を代行する行為は、紛れもなく地上的なものである。たとえその目的が多大の善を実現するように向かっても、その代行者によって悪を生み出すことだってある。手短にいえば、宣教事業というものは、いくら神に愛でられた仕事であっても、それ自体は、単なる人間の業でしかない。だから人事一般と同様に、過ちや悪弊に陥りやすいものなのだ。(『タイピー』一九七)

再びチャイルドの「文明人」対「野蛮人」論に戻ると、彼女はこの問題の結語として次のように言っているが、この意見には、メルヴィルも全く同感であったと思われる。

これまで私が述べてきた事実から考えてみると、インディアンの好ましくない特性を考慮して判断したとしても、数世紀前のわれわれの先祖の方が、彼らよりはるかに残虐だったのではないかと思われる。その子孫であるわれわれが文明化を達成できるというなら、インディアンも同様に達成しうると考えても無理ではないはずだ。だがその前に、われわれは本当に文明化しているといえるのだろうか？　われわれがインディアンに対して過去に行ってきたこと、そして現在行っていることをよく考えてみると、私は心からわれわれが文明化しているなどとどうしても断言できないのである。(『読本』(七))

三　象徴化する「疫病」

チャイルドは「アピール」の中で、インディアンには白人に劣らぬ長所があるとして、次の八項目を挙げている。まずインディアンは「約束を破らない」ことである。これにはインディアンと交渉に当たった白人軍人の当事者たちの証言がある。次に、インディアンは「恩を仇で返すことはしない」ことである。これにはインディアン教化に当たったエドウィン・コリーの証言がある。またインディアンは「白人女性捕虜に無礼をはたらかない」。これにはインディアン管理局の行政官を務めたスクールクラフトの証言がある。次に彼らは「子供を殴らない」ことである。チャイルドには白人少年のインディアン捕囚体験を作品化した中編小説『ウィリー・ウォートン』(一八六三)があるが、その冒頭でチャイルドは、道をはずれて白人の家に一泊したインディアンの少女に対して、迎えに来たインディアンの両親が手を上げなかったことを、印象深く描いている。さらに彼らは、「誇り高く、奴隷にはできない」。これは彼らの戦闘に見られる勇敢さを考えれば明白である。また彼らは無表情を維持するが、「家族への愛情がきわめて強い」。これは、先にあげた例のほかに、チピック族の子供が亡くなった時の両親の様子を加えると、十分理解できる。そしてまた彼らは、「道徳心が強く、知性ある文化を有している」。インディアン出身のスクールクラフト夫人の知性や美徳については、インディアンに関する著作を出版している高名な作家ジェイムソン夫人の観察がある。さらに彼らは「農耕技術についても優れている」。狩猟民族と思われがちなインディアンのこの一面については、一七九四年のインディアン戦争を戦ったウェイン将軍の証

言がある。(『読本』九〇-九四)

とはいえ以上は一般論へと流れがちなものであり、その中には、例外もあったかもしれない(もっとも例外があったにしても、その事例に白人の責任が問われるものも多かったであろう)。しかし上記の八項目は何を意味するのか。チャイルドはあえて明言していないが、インディアンの方が、拝金と独善に染まった「白人キリスト教文明人」よりも、はるかに「文明」の本来の意味を理解している存在である、と考えていることは明瞭である。このような存在に、さらに言行不一致や曖昧性をもって混乱させるキリスト教が必要であろうか。チャイルドはある宣教師のエピソードを紹介する。

モラビア派の宣教師たちがデラウェア族を改宗しようとした時、酋長の一人は「神の御許にたどり着く道は二つある。一つは白人の、そしてもう一つはわれわれインディアンのための道だ。しかし、われわれの道は白人のよりも一直線であり、短い。もし「大いなる精霊」がこの地上に降臨し、あなたがたのいうように、救世主となり、手ひどい仕打ちを受けたとしても、その責めは、われわれではなく、あなたがた白人のみが受けるべきだ。あなたがたの聖書に関して言えば、難しすぎて、わけがわからない」と言った。すると宣教師はこう言い返した。「理解できない理由を教えて上げましょう。悪魔は暗黒の世界を統治する王子なのです。そして悪魔はあなたの心をも支配しています。ゆえにあなたは神と神の言葉が何も理解できないでいるのです」。宣教者たちはこのような愚かしい会話では改宗者など得られるはずがないことに、全く気づかずに、まるで決まり文句のようにこんなことを繰り返しているのだ。(『読本』九九)

『タイピー』の宣教師批判でも指摘したように、とくに教化を必要としていない原住民にキリスト教を伝えようとする宣教師の傲慢さについては、チャイルドのみならずメルヴィルも懐疑の念を抱いていた。しかし、メルヴィルの方は、「削除」の衝撃があり、また職業作家の生活を維持してゆく上で、チャイルドのような直接的アピールを控え、微妙なレトリックのもとに、キリスト教の曖昧性に対する懐疑を言葉に移し換えねばならなかった。そのような微妙なレトリックを解読する上で、代表作『白鯨』（一八五一）の第四二章「鯨の白さ」は恰好の分析対象となると思われる。

『白鯨』という作品においてこの「鯨の白さ」ほど、メルヴィルが自らの認識を、象徴主義を駆使して表出した章はないであろう。第一章で語り手イシュメイルは、「ナルシッサス伝説」に言及し、水に映る幻影を「そいつは生の捉えがたい妖怪の幻影そのもの。そしてこのことが全てを解き明かす鍵なのさ」（『白鯨』五）といっているが、ナルシシズムを自己陶酔ではなく、自己表出のコンテクストで捉えうると、「鯨の白さ」の章は全体が、まさしくメルヴィル自身の心中をよぎるイメージや意味を対象化した章であることが分かる。つまりメルヴィルは語り手イシュメイルの心に浮かぶイメージを対象化することにより、内部に微妙に隠匿されている自己の「真実」を表出しているといえるのである。

「白」という色、それは明度のみが果てしなく膨張力を持つ色であり、その純一性のゆえに、「高貴」なもののシンボルとなりうる。それゆえ白は「最も厳粛な宗教の秘儀において、神性の汚れなさと権威の象徴となる」のであり、「カソリックの神聖な儀礼において、白という色はとりわけ我らが主の受難を讃えるものとして用いられたのであった」（『白鯨』一八九）。

しかしそれでも「この色についての観念の深奥部に何か究めつくせぬものがある」（『白鯨』一八九）ことを直観する者は、自然界における白い生物、たとえば白熊や白鮫に、ある種の戦慄を感ずる。それは、「純白の生」の裏側に盲目的な殺意を感じとるからである。さらに推し進めて考えれば、白い建造物、たとえばロンドン塔の

「ホワイト・タワー」にしても、暗黒の歴史を背景として、「殺意」または「死」のイメージに充満したものとなる。つまり、白はまごうかたなく「死」をもたらす恐怖の色へと変質するのである。

たしかに白は曖昧な色だ。「白」こそ「霊的存在のもっとも深い意味を示す色、一方で、まさしく『キリスト教の神性』の表面を飾る色だ。しかしそうでありながら、それが同時に、万物に潜む、人類にとってもっとも畏怖すべき、強力極まりない神の代行者（agent）の存在を示唆する色でもある」（『白鯨』一九五）。

ここでいう「代行者」とは何か。この語を用いてイシュメイルは、「キリスト教の愛の神」とは似て非なる存在を示唆しているのではないか。むしろ「殺意」をもって「死」をもたらす存在が、彼の内面に圧力をかけ、迫ってきているのではないか。

一六三七年ササカス酋長が率いて、イギリス軍に立ち向かい、全滅させられたインディアン部族、ピーコット族の名前に由来するピークォド号を率いるエイハブ船長も、第三六章「後甲板」での演説で「代行者」に言及している。

彼は、「白鯨」が自分を囚人化する「壁」となっていると言い、「わしにとって、あの白い鯨こそ、詰め寄ってくるその壁だ。ときには、その向こうには無しかないと思う時もある。だが、そんなことはもういい。やつは、わしに重荷をかけ、圧し潰そうとするのだ。やつの中には、名付けようもない悪意で筋張った、凄まじい力がある。その名付けようもないものこそ、わしの最も憎悪するもの。やつが代行者であれ、はたまた主神そのものであれ、わしはこの憎悪をやつの上にぶちまけてくれるわ」（『白鯨』一六四）と叫ぶ。

この引用中、「代行者」が「主神」よりも先に言及されていることに注目せねばならない。『ピェール』（一八五二）を含むメルヴィルの全作品を振り返ってみても、彼はあくまでもキリスト教の「主神」を直接否定するような作品を描いたことはなかった。『タイピー』でも彼の攻撃の的は、（存在論的には「無」でしかないかもしれぬ）「神」そのものではなく、「神」を代行するとして、むしろ精神的「疫病」を拡散する宣教師であった。そのコンテクストで考えれば、この「代行者」とは、「主神」の不在を逆手にとって、「神」のごとき権力を世界に及ぼす、欺瞞的存在ということはできないか。

事実イシュメイルは、キリスト教の高貴な色「白」に関わらせて、「主神」の不在を強く示唆する。

このつかみどころの無さのためであろうか、白という色は、宇宙にあって中心を持たぬ虚空と無際限を映し出し、とくに銀河の深みを眺めるときわれわれを背後から虚無の感覚で突き刺すのである。あるいはまた、白というのはその本質において、目に見える色を持たぬ状態と言うよりは、同時にすべての色を具体化する色とは言えないか。そうであるがゆえに、広大な白銀の世界を眺める時、意味に充溢していながら、黙する空漠が広がり、――まさしく色を持たず、しかも全色の無神論ゆえに、われわれの身を竦ませるのではないか。（『白鯨』一九五）

この高度にキリスト教的シンボリズムが充溢している表現の中にあっても、「虚空」、「虚無」、「空漠」、「無神論」等々の言葉が頻出していることに気づかねばならない。「白」の一面が示す、キリスト教の「神」の本質は、「空無」であることが、強く示唆されているのである。そして、「神」が「空無」であるとすると、「白」の別の意味が浮き出てくる。つまり「神」によって創造されたとする、目に見える存在の形態や意味を保証するはずの色が、実はすべて「空無」から投射されたものかもしれない。もしそうであるとすれば、地上のすべての創造物は「神の代行者」が恣意的に「色づけ」を及ぼしている怪しい存在となるのではないか、という疑いが生ずるのである。ここには、グノーシス派シンボリズム、すなわち、世界は悪しき創造神「デーミウルゴス」によって不完全に創造され、欠陥あるものとなっている、という懐疑的思考を許容するものがある。

さらにイシュメイルはその懐疑を推し進め、ついには「白」がいかがわしい色であり、自然を含め、すべての色には病的な意味が付与されることを指摘して結論に代える。

蝶々のすべやかな羽根のきらめき、乙女らの蝶にもたとえられる抜けるような白い頬、こういうものはすべて、その存在固有に内在するものではなく、ひたすら外部から投射されただけの、奸知きわまりない欺瞞に他ならず、それゆえ神々しい「自然」も、つまるところ、内部に秘めた亡者の館を覆って人を魅惑しようとする売春婦のごとく、面を白く塗りたくるものでしかない。さらに考えをすすめ、自然のそれぞれの色を生み出す謎めかしい顔料、すなわち光の偉大な原理によって白色を捉えると、それ自体は白光あるいは無色でありながら、ひとたび、媒介もなく、物体に働きかけるとき、全ての対象、たとえチューリップであろうがバラであろうが、その空漠たる色に包まれてしまう……以上をすべて考察し抜いて見直すと、病み疲れた宇宙が、われわれの前でライ病患者のように横たわることになるのだ。(『白鯨』一九五)

かくしてイシュメイルとエイハブからの情報をもとに見直すと、この病的「代行者」とは、キリスト教の「神」の不在を逆手にとって、世界を病的な存在にしてしまう、きわめて「地上的」な権力、そして、「真実」を究明しようとするイシュメイルやエイハブのような探求者に対しては、圧殺の力を及ぼすものであることが感知される。さらに、イシュメイルが拝金主義の横行する「陸」で疎外され、エイハブが白人キリスト教徒に全滅させられたピーコット族を擬した「ピーコッド」号を率いているというコンテクストに注目すると、この「代行者」の意味の中に、資本主義の精神を支えるプロテスタント倫理、そしてインディアンを「悪魔」と規定して、絶滅を正当化してきたピューリタニズムに見られるような、自己正当化のイデオロギーが深く関わっていることが理解される。とくに「白」が白人キリスト教の病的一面を示すことは、インディアンの白人への蔑称である「青白い顔」の意味する、病める宗教的人間、に結びつく。

かくしてこのきわめて観念的な瞑想のように考えられる「白色」の考察は、病的な「キリスト教文明社会」という、歴史的現実を密かに示唆するものとなる。それゆえ「キリスト教」と一言で言っても本質的に曖昧性があるのである。そこには、キリスト教の「愛」や、蓄財の放棄を唱えながらも、完全に背反する行為を推進する一部のキリスト教徒、そしてそれを合理化する宗教的「代行者」の病めるイデオロギーが確かに介在するといえる。それらが「未開人」へのキリスト教宣教者を含む、この「代行者」という一言に象徴的に集約されているのではないか。メルヴィルとチャイルドは少なくともそのように考えているように思われる。

四　蔓延する狂気

『白鯨』第七一章でピークォド号は、ナンタケット船籍のジェロボウム号とすれ違い、「交歓（ガム）」を行う。しかしこの船には、悪性の伝染病が生じており、正常の「ガム」は行われず、他船への訪問はなく、ジェロボウム号からの短艇が近づいて、情報を交換するのみである。この短艇にはメイヒュー船長のほかに一人の異様な船員が乗り合わせている。それが狂信的なシェーカー教徒、「ガブリエル」である。彼はナンタケットで巧妙にジェロボウム号に乗り組むや、自らを大天使「ガブリエル」と名乗り、迷信深い水夫たちの心を奪い、船長以上の権力を振るう。

疫病が突発するや、彼は乗組員の上に一段と権力を及ぼすようになり、この悪疫こそ、わが力のみが思うままにできるものであり、わが思うままに、この船にとどまるものだ、と宣言した。水夫たちは、ほとんどが心の貧しいものたちであり、縮みあがって、彼に媚びへつらうようにさえなり、何でも彼の指示に従って、時には彼の神を怒らせぬよう、彼を個人的に崇拝するようにさえなった。こんなことは、信じられぬことに思われるかもしれない。しかし、どんなに不可解なことのようであっても、真実そうなのだ。狂信者の歴史をみても、なかば驚愕させる事実は、狂信者自身が測り知れぬほど巧妙に自分をごまかすことではなく、測りしれぬほどの影響力をもって、驚くほど多数の人々をたぶらかし、破滅への道に進ませることだ。(『白鯨』三二五)

メルヴィルが『白鯨』を執筆していたピッツフィールドの隣町には、シェーカー派が多数住むハンコック・ヴィレッジがあり、彼の所蔵書のなかにもシェーカー教徒の紹介文があり、メルヴィルは、この独身主義共同体の宗派に関心を持っていたことが窺われる。シェーカー教徒はキリスト教の外装を装いながらも、千年王国を狂信的に信ずる、一種のカルト集団といえるが、ジェロボウム号は、「ガブリエル」を「神の代行者」とすることにより、肉体的のみならず精神的「疫病」の蔓延する、密閉された空間へと変容するのである。しかしこの状況は小宇宙と化した「アメリカ」の一面を象徴してはいないだろうか。

さらに「ガブリエル」は、譫言めいた警告を発し、モビー・ディックを「聖書に字義通り示される、シェーカー教徒の『神』の化身に他ならぬもの」(『白鯨』三二六)として、攻撃しようとする船長や一等航海士メイヒューを冒瀆者と非難する。にもかかわらず、メイヒューは白鯨を攻撃するが、その間、「ガブリエルは、本船のメイン・マストの頂点に上って、片腕を狂ったように振り回し、自分の神を冒瀆する攻撃者の速やかな破滅を予言する絶叫を上げ続けた」(『白鯨』三二六)。そして実際、メイヒューは白鯨に跳ね上げられ、海中に没し再び帰ることはなかった。「ガブリエルは」、「阿片が入っている」とおぼしい「第七の秘薬瓶」の効用が顕現したとして、勝利の叫びを上げる。

この恐ろしい出来事は、「大天使」にさらなる権威を付け加えた。というのも、彼を信じがちな追随者たちは、その予言が、単なる誰でも可能な一般的な予言ではなく、広く散開したたくさんの的の中から、見事に的中させるという、特定して予告したものだったからだ。彼は名付けようもない畏怖の念を及ぼす存在になった。(『白鯨』三一七)

「阿片が入っているとおぼしい」とイシュメイルは推定している。彼の健全な観察眼の下で、「ガブリエル」は無知な群衆にたいして「疫病」を拡散する者であり、また「白い」モビー・ディックは、その「疫病」に根拠を与えるものになっていることが暗示されているとみることができる。ふりかえってみても、イシュメイルが「白鯨」を想起するとき、その出現の予兆は、「タウン・ホー号の話」を例外として(といっても、そこに出現する「白鯨」にしてもホラ話に登場する「デウス・エキス・マキーナ」を越えるものではないが)、つねに、病的な形容が付されていた。まず第一章の結びにおける「宙に浮かび出る雪で覆われた丘のような、あやしくも白い覆いを被った巨大な妖怪」、第三二章の二等航海士スタッブの悪夢に現れた「背に瘤のある海坊主」、そしてすでに指摘した第四二章の「鯨の白さ」での「ライ病患者の横たわる」イメージ、さらには第五一章の月夜における、「あらゆる空間に……生気を失わせるような」銀色の「妖しい潮吹き」、そして第五九章の白鯨の異なれる分身とも言うべき「生の亡霊」と形容される「大烏賊」、第一一九章の「蒼白のゆえに一段と異様に光る」炎「セント・エルモの火」等々、致死性を帯びた「青白く」病的なイメージに包まれていた。この視角から再度考察すると、モビー・ディックそのものが、キリスト教(とりわけインディアンなど異教徒を「悪魔」化してきた、ピューリタン・イデオロギー)の病める側面を表象している、という解釈が成立するように思われる。

この解釈を補強するものとして、チャイルドの短編小説「チョコルーアの呪い」（一八三〇）、そしてメルヴィル自身の『詐欺師』（一八五七）中の一挿話「インディアン憎悪の形而上学」を取り上げてみたい。

チャイルドの「チョコルーアの呪い」は、白人とインディアンとの衝突に関する短い作品であるが、ここには、ピューリタンとインディアンの共存の絶望的な困難さが、鮮やかなほど明確に提示されている。背景となる時期はイギリスの王政復古直後であり、スチュアート王朝のチャールズ二世の復権によって、クロムウェルに従った主人公、コーネリアス・キャンベルは、アメリカのニューハンプシャー州の奥深い山地に逃れざるをえない。荒々しい山地での生活は苦難を極めるが、それでもキャンベルにとって、親に逆らってまでもついてきた妻キャロラインとの家庭生活は、逆境を緩和するものであった。

しかし、現地人インディアンとのわずかな誤解が全てを破綻に追い込んでしまう。インディアンの予言者として知られる、チョコルーアの息子が、キャロラインの優しさに応じて、キャンベル家を頻繁に訪れるようになり、好奇心のあまり、狐を駆除する毒薬を飲んで死亡する。これを恨んだチョコルーアは、コーネリアスの留守中にキャンベル家の妻、子供を全員虐殺してしまうのである。その時のコーネリアスの心境は、メルヴィルの「インディアン憎悪者」に共通するものとなる。

そのような目にあった者の心の中で、悲嘆の感情は、ほかのすべての感情同様、嵐が吹きすさぶようであった。家庭こそこの険しい荒野の生活の中で、唯一の緑豊かな安息所であった。妻や子供の中に彼は心の糧を蓄えてきたのだった。今は全て自分の手から切り離されてしまった。彼らの愛の記憶も、おぼれる者が必死にすがろうとし、しかし、少しずつ沈み続け、しまいには暗闇や死へと向かうものでしかない。この気持ちに続いて冷静さがやってきたが、それはむしろ千倍も恐ろしい性質のものであった……その身悶えるような絶望の苦悶、しかも抗う術は全て閉ざされてしまっているのだ……

「それはまるで、すでに死んでいるものが、

肌の上を這い回る蛆虫を感じるようなものだった」（『ホボモック他』一六五）

チョコルーアへの復讐は凝固したものになってゆき、チョコルーアの死の苦悶に悶える姿を想起するとき、キャンベルの口元に笑みが浮かぶ。彼の破滅に対してはキャンベルの全ての「理性」が動員される。ついに彼の指揮する一隊が組織され、「退路を全て断って」、チョコルーアを崖の上で射殺し、遺体をそのまま放置する。しかし、チョコルーアは、絶命する前に、呪いをかけているのである、「呪いがお前たち白人の上に下るように！……悪しき精霊が息を吹きかけ、お前たちの家畜を滅ぼすように！　お前たちの墓がインディアンの戦いの道の下になって埋もれんことを！　お前たちの骨の上で豹が吠え、オオカミが肥え太ることを！　このチョコルーアは大いなる精霊のもとにゆく……だがわしの呪いは白人のもとに留まるのだ！」（『ホボモック他』一六六）と。そして実際彼の呪いはその後成就してゆく。

彼の呪いは入植地の住民の間に留まり続けた。インディアンのトマホークや頭皮を剝ぐナイフが白人に対して休みなく振るわれた。突風が木々の太枝を折って吹き飛ばし、彼らの住居を破壊した。彼らの穀物は台無しになり、家畜も死んだ。さらには疫病がひろがり、最も頑健な者にすら取り付いた。とうとう残された者たちはこの不吉な土地を見限り、より人口の多い、うまくいっている入植地へ移動していった。コーネリアス・キャンベルは一人世捨て人になり、同朋と交わろうとしなかった。二年後彼は自分の小屋で死んでいるのが発見された。（『ホボモック他』一六六）

そしてその地は、今に至るまで、家畜を襲う疫病で有名であり、近隣にはチョコルーアがいまだ呪いをかけ続けている、という伝説が伝わっているのである。

この「疫病」は、インディアンの「呪い」に由来するとされるように、単純に肉体的実害が及ぶ疫病、と断定することはできない。たしかにチョコルーアの息子の死は、偶然の過失によるものであり、チョコルーアの残虐行為が正当化されるとはいえない。しかし、チャイルドが後年「アピール」で、「インディアンの妻や娘に振るわれた白人の暴力に対して、復讐しようとすると、すぐに野蛮人が白人たちに戦争を仕掛けてきたぞ、という怒号が飛び交い、軍隊が鎮圧に出動する。しかもその出動にあたっては、その問題の原因への究明すらなされないのだ」(『読本』(七) と記すように、白人キリスト教徒とインディアンとの間で、わずかの誤解によって事件が生ずるとき、かならず白人の方が過度に反応して、個人的な事件を一般化し、武力で残虐に弾圧してきた歴史を記録していることを忘れてはならない。換言すれば、この呪いにおける「疫病」とは、むしろピューリタンたちが自己正当化してきた歴史に対する応報の意味を持つといえる。

それゆえこの作品で問題となるのは、チャイルドの、キャンベルの内部に凝固する「インディアン憎悪」の描き方である。わざわざ、「それはまるで、すでに死んでいるものが、肌の上を這い回る蛆虫を感じるようなものであった」と表現されているが、その背後には、インディアンがすでに、絶滅すべき「蛆虫」へと変容する心的構造の表出が、認められる。これをさらに象徴的に考えれば、チョコルーアの呪いの中の「疫病」とは、白人たちの無意識下にあった「インディアン憎悪」の情念が過度に噴出することによって、宿命的に白人の間に蔓延することになったものと解釈することもできるのである。そこで次にそのアナロジーが顕著な例として、『詐欺師』のなかで「インディアン憎悪の形而上学」を「疫病」に関わらせて展開したメルヴィルの場合を考えてみようと思う。

『詐欺師』は高度にレトリカルな作品である。すでに指摘してきたように、メルヴィルは『タイピー』のアメリカでの改訂版で、最も主要と思われる部分を「削除」されており、それ以降の作品でも、「削除」の心理的制約を感じていたと思われる。それゆえ『白鯨』でも、キリスト教の「病的側面」に対しても「白」という色のシンボリズムを援用して、微妙に暗示するという、きわめてレトリカルな戦略をとらざるをえなかった。『詐欺師』になると、そのレトリックは一段と複雑化し、読者は、舞台となっているミシシッピー河の外輪蒸気船「フィデール（忠誠）」号という「愚者の船」に乗り合わせたように、翻弄される。

まずこの船の上では、「信用」できる人間がほとんどいない。八回仮装を繰り返して、船客から金銭を詐取しようとする「信用詐欺師」はいうまでもない。詐取される船客にしても、詐欺師と交わす会話の中で、自らの拝金主義や、偽善的対応が暴露されるのである。さらに時間と場所も油断ならない設定となっている。時は「万愚節（エイプリル・フール）」の四月一日の朝から深夜までであり、この日はすべての虚偽が許される、ということを前提にしなければならない。また場所であるが、西部への入り口セント・ルイスからケイロを経て南部へ下る、という航路となっているが、西部や南部へ向かうということで、「ホラ話（トール・テイル）」が混入してくることも警戒しなければならない。さらには、わずかしか触れられることがないが、南北戦争直前の騒然とした時代状況であることも留意しなければならない。

このように、読者が警戒するなか、「フィデール」号は、ミシシッピー河中流の町ケイロに停泊する。ほかならぬこの地で「インディアン憎悪の形而上学」が展開されるのである。ところで、『詐欺師』に挿入された五つのエピソードのなかでも、「インディアン憎悪の形而上学」のエピソードは、最もページ数が多く、また最も詳しく書き込まれているエピソードであり、作品全体の中でこのエピソードの持つ重要度が最も大きいといっても過言ではない。そのことを念頭において、われわれは「インディアン憎悪の形而上学」のエピソードが始まる直前の第二三章に注目してみよう。

ケイロにあっては、「熱病と瘧（おこり）」の株式会社が、昔ながらの根を張って、いまだにおわりのない商売に精を出している。クリオールの墓掘病、黄熱病イエロー・ジャック等々……そいつらは手につるはしやシャベルを握って、ずる賢く出番をねらっている。チフス・ドン・サターニヌスは死神と気心を通わせている最中だ。生ける屍カルヴィン・エドソンと三人の葬儀屋は、じめじめした風土の中、毒気を加えた微風を吸い上げている。うっとおしい黄昏時、蚊がブンブンと群れ飛び、蛍が灯火を点滅させる中、船はケイロの桟橋に泊まる。（『詐欺師』一三九）

メルヴィルの全作品を振返ってみても、これほど露骨に「疫病」が蔓延している情景描写はないであろう。一体なぜ、このように疫病の蔓延が強調されるのか。その答の第一の鍵はやはり、「ケイロ」という地点にあるといえよう。なぜなら、優れた注釈をつけたH・ブルース・フランクリンが指摘するように、「ケイロという地点で、この作品は明確に二二章ずつの前後二部に分断される。……このケイロは沼沢地であり、疫病の発生で悪名高い所であるとともに、南部へ下る航路では自由州の最後の地点である。それゆえここからフィデール号は両岸に絶えず奴隷州を見ながら航行することになる」(8)のである。それゆえ、ケイロを経由して南に下る、ということは、とりもなおさず、「詐欺師」第八番目のそして最後の仮装、「世界人」の活躍を通して、奴隷制やインディアン撲滅の正当化という「疫病」に罹っているアメリカの精神風土を直接的に問題とすることにほかならない。従って、ケイロは白人の独善的議論が「疫病」のように広がり、蔓延している町を象徴的に示唆するものである、と考えることができる。そしてその問題の場に、「インディアン憎悪の形而上学」を「世界人」にむかって展開するチャーリー・アーノルド・ノーブルが登場するのである。

すでに指摘してきたように、このノーブルにしても手放しで信用できるような人物ではない。彼の語る「インディアン憎悪の形而上学」は、幾重にも複合したレトリックによって、病的なほど歪んで提示されているのである。

まずノーブルは話を始める前に、この話は自分の父の友人であったジェームズ・ホール判事から聞いたと言い、語るにあたっても判事の語り口をまねることにする、と前置きする。ここにすでに最初の歪曲がある。彼はこの話の大部分の責任をホール判事に転嫁するのである。事実話の終了時点で、彼は、「さてと、話はここまでだ。分かってくれるね、話の中身は、僕のものじゃないし、僕の考えでもない、他の人のものなんだ」(『詐欺師』一五五)、と念を押している。

そこでわれわれは、「他の人」と指摘された「ホール判事」に注目してみたい。というのもこのジェームズ・ホール判事という人物は歴史上実在の人物(一七九三―一八六八)であり、メルヴィルは彼の執筆した『西部の歴史、生活、習慣の断片』の中の「インディアン憎悪……その憎悪の源泉……またモアドック大佐についての短い言及」をこのエピソードの直接的な原典としているからである。そこでこのホールの原典(以下「言及」)とノーブルの「インディアン憎悪の形而上学」(以下「形而上学」)との対比を行うことにより、メルヴィル自身がこの問題をどのように処理しようとしたのか考えてみる。

ホールの「言及」とノーブルの「形而上学」がいくらかの相違点を残しながらも共有する、ほぼ同様の記述は、大きく二つあるように思われる。一つは、「奥地人」と呼ばれるフロンティア最前線に孤立して居住する白人の性格と教育についてであり、もう一つは、代表的「インディアン憎悪者」としてのジョン・モアドック大佐の記述である。とくに、モアドック大佐の記述には重複する点が多い。

第一点については、両者ともに「奥地人」を、「孤独で、独立心の強い人間である」と美化した上で、実際に現実のインディアンに出会う以前に、「奥地人」が「インディアン＝悪魔」という偏見にこり固まってしまう経緯を語っている。しかし、ホールの場合と異なり、ノーブルの「形而上学」ではその偏見を具体的な言葉で列挙している。「嘘をつくインディアン、盗みをはたらくインディアン、二枚舌を使うインディアン、血に飢えたインディアン、悪魔主義のインディアン……」（『詐欺師』一四六）等々の言葉がノーブルによって強調されている。むしろノーブルはホールの「言及」での偏見を一段と深化させているのである。

さらには、ホールの「言及」では、「奥地人」の先入観について触れた後、「こういったことが、フロンティアに住む者に影響する感情、そして事実の幾つかをなすのだ」（『詐欺師』五〇六）と控えめに表現しているが、ノーブルの「形而上学」では、「こういったことが事実なのだ」（『詐欺師』一四六）という断言で片づけられ、曖昧性をいっさい残さない表現となっている。いいかえれば、ノーブルには、非現実の先入観的イメージを「現実化」させようという意図が窺われるのである。

そして第二点の、ジョン・モアドック大佐のイメージでもかなりの相違がみられる。たしかに彼が白人の間で明るく寛容な人間であった、という点では同様の記述になっている。しかし、彼を知事のような政治家に推挙しようとする声が上がった時の、彼の固辞の理由については、両者の記述に明確な相違がみられる。ホールの「言及」の記述では、主として名誉を拒絶した形をとっているのに対し、ノーブルの「形而上学」では、政治家になると、憎悪しているインディアンと和平条約を結ばねばならなくなり、また習い性となってしまった「数日間出かけて人間（インディアン）狩りができなくなるので」（『詐欺師』一五三）拒否した、となっているのである。

以上の例で、すぐに理解されることは、たとえホールとノーブルが共通の題材について語っていたとしても、メルヴィルの創造したノーブルの方が、歴史上のホール判事よりもはるかに偏見を強化するように話をすすめている、ということである。そして両者の間の相違点となると、この傾向は一段と強調される。とくに目立つ相違点は、ホールの「言及」には欠如していながら、ノーブルの「形而上学」では、時にさりげなく、時に誇張気味に付加され、偏見差別を明確化するように意図して挿入された表現がある、ということである。それを大きく三点に絞って考えてみたい。

まず第一点は、「最高裁判所」へのさりげない言及である。ノーブルは、「奥地人」が一人種（インディアン）に盲目的な偏見を抱くことの危険性を予め理解しているかのように、ホール判事の口をかりて、まことしやかに、次のように言う。

実際のところ、インディアンたち自身が、奥地人の自分たちに対する見方に抗議しているのも確かなのだ。われわれの中には、インディアンたちの反発する理由の中にはまことにもっともなものもあり、またあまりにも中傷に満ちた言動に対して彼らが憤りにかられるのも、その通りもっともである、と考える者もいる。しかしこういった件や、また他の件に関しても、インディアンたちが、他の者たちの証言を排して、自分たちの利益のために証言することが許されるかどうか、という問題については、最高裁の判決に委ねられる事案となるだろう。（『詐欺師』一四六-一四七）

いうまでもなく最高裁にインディアンの判事はいないし、またインディアンの弁護士がいるわけもない。ホール判事も判事である以上、その事実を知っているはずであり、それゆえ彼の「言及」には、「最高裁」という言葉は出てこない。むしろノーブルはさりげなく「最高裁」という言葉を陰湿に使うことによって、深くものを考えない白人大衆に正当化の口実を与えているのである。

メルヴィルがその陰湿な意図を意識しないで、ノーブルに語らせるはずはない。かつてメルヴィルはシェイクスピアの諸作品に衝撃を受け、「ホーソーンと苔」という独特なシェイクスピア論をものしたことがあるが、その中に「ハムレットやタイモン、そしてリアやイヤゴウといった暗い人物の口をついて、シェイクスピアは精妙に、そして時にはかすかな暗示を用いて語り出す」（『「ピアザ」他』二四）と書いたことがある。この「精妙な暗示」の例を、メルヴィル自身の所蔵していたシェイクスピア全集の『リア王』の一節に書き込まれた余白メモに求めてみると、三幕四場の、リアに忠実なグロスター伯が引き立てられて来た時の、悪女リーガンの台詞に付された書き込みが恰好の例となる。

リーガンはグロスターに対して、自らのリアに対する忘恩を省みることもなく、「恩知らずの狐が！　あいつこそ裏切りの男だ！」と叫ぶ。これに対して、メルヴィルは、【これこそシェイクスピア流の筆致の妙だ。あのリーガンが「恩知らず」を口にするとは！】と書き込んで、賛嘆している。[9] これをノーブルの言葉になぞらえると、われわれにとっては、【これこそメルヴィル流の筆致の妙だ！　あのホール判事が「最高裁」を口にするとは！】ということになろう。さりげなく漏らされる悪意に満ちた陰湿な意図、そして合理を装いながら、実際には、独善的に一種族を絶滅させようとする狂気、メルヴィルは周到に、ノーブルの病的なまでの差別意識の本質を露呈させることにより、究極的にノーブルを否定しているのである。

第二点として、「卓越したインディアン憎悪者」の導入がある。この神話的幻想は、ノーブルによれば、インディアンに対する愛を欠如した母親の乳を飲んで育ち、若い時期に、肉親または親しい知人が虐殺されるような体験を持った者の心の動き、という全くの架空の前提のもとに、紹介される。

> そうなると、彼のまわりの自然が孤独な彼に、その決定的体験について、いやおうなく熟考するようにそそのかす。彼もその命ずるまま、熟考を重ねるうち、ついには思考そのものが極端に抽象化されるに至る。ちょうど散開してい

た蒸気が、全方向から集合してきて、ひとつの嵐の黒雲へと凝固するように、他の様々な憤りが、核をもった思考の固まりとなって押し寄せ、それと、同化し、肥大するようになる。その果てに、彼はそれらの要因を受け入れ、確固とした決意を固めるに至るのだ。カルタゴの将軍ハンニバルをさらに強烈にした存在となった彼は、誓約する。その誓いは、恐ろしいほどの憎悪の渦巻きであって、その吸引力の強さは、あの罪深き種族、インデイアンが、いかに遠くにあって小さなかけらのようなものであっても、決して安泰が許されぬほどのものとなるのだ。(『詐欺師』一四九)

われわれはすでに、チャイルドの「チョコルーアの呪い」における、家族を惨殺されたコーネリアス・キャンベルの苦悶に触れている。「それはまるで、すでに死んでいる者が、肌の上を這い回る蛆虫を感じるようなもの」であった。そしてチャイルドは、「何日もコーネリアス・キャンベルはそんな状態にあった。彼を知っており、また彼を尊敬する者たちは、彼から理性の火が消え去ったのではないかと恐れた。しかし理性の火は再びともった。けれども今度はそれに荒々しくも悪魔的な復讐心が伴っていた」(『ホボモック他』一六五)と続ける。

ノーブルもこの「理性と狂気」の混在した病的な心境を十分に把握している。しかも彼は、その心境を、「体験を経ない」他の大衆に共有させるように、様々な形容を付加して議論を誘導する。そこには、ローマに対して終生怨敵となることを誓った「ハンニバル」のみならず、「修道士となることを誓ったスペインの青年」、クーパー流の「革脚絆を履いたネメシス(復讐神)」等々の西欧文化伝統が動員され、「卓越したインディアン憎悪者」を、「悪鬼」インディアンとは対極の存在、あたかも生まれながらの聖なる遍歴の騎士のごとき存在へと祭りあげてゆくのである。

しかし、「卓越したインディアン憎悪者」はあくまでも非存在の神話的幻想でしかない。そのことを予め意識しているノーブルは、さらなるレトリックを駆使して、「非現実の現実化」を計るのである。彼はまことしやかに言う、「興味ある向きには、幸いなことに、意志の幾分弱いインディアン憎悪者のような者も存在する」（『詐欺師』一五〇）と。そして「意志の幾分弱いインディアン憎悪者」のだらしなさに触れたのち、彼は決定的な人物を登場させるのである。それが、「インディアン憎悪者」の実在例としての、ジョン・モアドック大佐である。

しかもその紹介にあたってノーブルは、「ジョン・モアドック大佐は、卓越したインディアン憎悪者とはいえなかったが」、といって彼の「卓越したインディアン憎悪者」性を一応は打ち消すのであるが、それでも「意志の幾分弱いインディアン憎悪者」であることは断固否定し、むしろ彼のイメージの中に、インディアン殺害に関しては「理性」を最大限駆使した戦術を立てる「卓越したインディアン憎悪者」の現実化を図る、という偏執狂的な「理性」的レトリックを働かせるのである。もはやノーブルはジョン・モアドック大佐に劣らぬほど、彼自身狂気のレベルにある。この事情を理解する上でわれわれは、メルヴィルの遺作『ビリー・バッド』のクラガートが無実の青年ビリー・バッドを破滅に至らせる時の狂気を想起する。

> そのひとが平静な気質、そして慎重な様子ゆえに、心をひたすら理性の法則に従わせているように見えるにも拘らず、心中では、その法則の制約から完全に抜け出そうと、少なからぬ反乱をおこしており、明らかに理性とは全く関係を持たないにも拘らず、非理性的な目的を達成するためにのみ、理性を二心ある手先のように用いるのである。すなわち、恣意的な残虐行為におけるように、狂気じみた目的の達成に向かえば、直ちに、分別もあり健全ですらある冷静な判断力を行使するのである。こういう人間は狂人だ。しかもきわめて危険な類の狂人である。というのも、その狂気は連続するものではなく、ある特定の対象によって突如引き起こされるからである。[10]

ジョン・モアドック大佐やコーネリアス・キャンベルの「恣意的な残虐行為におけるように、狂気じみた目的の達成に」向かう時の、「理性」の行使、そしてそれが「ある特定の対象」によって生じること、これは、上記の引用でほぼ完全に説明される。しかし、同時に、その心境を他者にも共有させようとして、巧妙なレトリックを駆使することまでくると、もはや精神的な異常を想定せざるをえない。「理性を行使する狂人」、ノーブルは、メルヴィルが終生「きわめて危険な類の狂人」と呼んだ人物の一人といえるだろう。むしろこのような人物が精神的「疫病」を拡散する一種の「代行者」としての「地位」を獲得しているといえる。現代アメリカにおいても、「合意（コンセンサス）」理論を主張する「研究者」は、まさしくこの危険を予め意識しておかねばならないのである。

第三点は、「敬虔な感情」の追加である。ノーブルは話を結ぶにあたって、「インディアン憎悪は、他の観点からはどのように思われようとも、全体として敬虔な感情のなせる業でないとはいえないものである」（『詐欺師』一五三）、と結論している。この結論は、それまでのレトリックから、自然なものと思われるだけにいっそう重大な意味をもつ。つまり「インディアン憎悪の形而上学」がキリスト教によっても正当化されるかのごとき幻想を生じさせてしまうからである。とりわけ危険なのは、宗教的文学では『天路歴程』のようにアレゴリカルな単純化がもっとも有効な教化手段となっているだけに、インディアン＝悪魔、インディアン憎悪者＝聖なる戦士、という構図を固定し、他の白人大衆の意識を誘導してしまうことである。事実初期の研究者シュレーダーや現代の研究者ハーシャル・パーカーですら、その構図を維持しているのである。[11]

アレゴリカルな解釈の危険性は、なによりもその単純化のゆえに、読者や聞き手に頭を使わせず、「わかりやすい論理」をあたえて、複雑な問題を手軽に処理したり、回避させたりする点である。初期の鋭い研究者ロイ・ハーヴェイ・ピアスはただちにシュレーダー批判を行ったが、パーカーに対する批判としては、ジョイス・アドラーのものが、最も説得力を持つ。彼女は、アメリカの西部への進出の記録に残されている「歴史」のなかで、白人の犯した罪が、この「インディアン憎悪の形而上学」におけるように、正当化され、崇拝されることさえあるとして、次のように指摘する。「モアドックの物語は、アメリカ文明社会自身が犯した犯罪を、インディアン殺害者というアメリカ文明社会の代行人へと置き換えてきた『歴史』の、無実を装った欺瞞的表層をあきらかにするものである」(12)。

おそらくメルヴィルはアドラーのような研究者が早晩出現することを見越した上で、とりあえず大多数の白人の潜在意識に迎合し、アレゴリカルな設定を「ホラ話」風に誇張して「インディアン憎悪の形而上学」を展開したのであろう。そこに、四月一日という「万愚節」において、無意識に肯定されている価値を曖昧に裏返し、「疫病」に感染しきって、自らの愚かしさに気付かない読者を、密かに笑い者にしているメルヴィルの戦略があるといえるのである。

結び

キリスト教を悪用してインディアン駆逐を正当化し、「合意」を推進する、ノーブルのような「明白な天命」の代行者あるいはその手先。このような「理性と狂気」を使い分ける病的な人物に対しては、メルヴィルのみならず、チャイルドも糾弾し続けたことであろう。

チャイルドは「アピール」の中で、インディアン担当の白人行政官が堕落していることを繰り返し指摘している。「政府が注意してこの哀れなインディアンたちに対処できる、正直で公正で寛容な人材を登用しない限り、宣教師や教化施設員が努力したところで、ほとんど効果を上げることはできない。ゆえに、これまで社会の無法者がインディアン問題に携わってきたことは国家の不幸であり、恥辱であったといえるのである」(『読本』八)。

「社会の無法者」とは、おそらくはノーブル流のレトリックに絡め取られ、「疫病」に無自覚な階層の白人たちを指示するものと想定される。しかし、このような「行政官」の存在は、インディアン強制移住のみならず、二〇世紀半ばの、戦時の日系人強制収容にいたるまで継続しているのである。リチャード・ドライノンは『強制収容所の看守たち』という研究書で、インディアン居留地の行政担当員が、日系人強制収容所の担当員となって赴任し、同様の差別意識で取り扱った経緯を記録している。彼らのなかには、インディアンについて言ったのと同じく、「死んだ日本人が、一番良い日本人だ」と言う者さえいたのだ。[13]

それではアメリカの少数派に希望はないのであろうか。この問いに対し、メルヴィルとチャイルドは、ほぼ同じ意見に達している。それが、クエィカー教徒の存在である。チャイルドはウィリアム・ペンという名前を具体的に挙げ、この反戦平和、友愛至上主義の集団に期待をよせている。「なぜなら、彼らは他のどんな人々よりも、真摯な心でインディアンに対処でき、インディアンに難しい教義など説かず、全ての人間に簡単に理解できるような道義心を教えるからである」（『読本』八〇）。

他方メルヴィルは、ノーブルに、「インディアンを友愛会（クエィカー派）の会員のごときものとして見る見方が、いかに慈愛にみちたものであるとしても、インディアンのことをしらず、インディアンの潜む土地を通って長い道のりを孤独に旅する者に、そのように保証することは、実際のところ、単に有害というよりは、むしろ残酷なものとなる」（『詐欺師』一四六）、と言わせているが、これを裏返しに聞けば、クエィカー派が、いかにノーブルの拡散する「疫病」に「免疫力」をもっていたのかが逆証明されるのであり、またタシュテゴらインディアンと共闘するピークォド号の船長たちが、なぜ「闘うクエィカー」（『白鯨』七三）であったのかが、理解されるのである。

しかし、多数派の白人キリスト教「文明人」たちはクエィカー教徒すらも弾圧してきた歴史をもつ。[14]「疫病」

の蔓延する一九世紀アメリカでインディアンたることは、白人大衆の盲目性を皮肉に眺める存在でしかなかったように思われる。それを示唆するかのように、チャイルドですら痛烈な皮肉をもって「アピール」を閉じているのである。

インディアンは礼儀正しい精神の持ち主であるがゆえに、表立って他人の宗教の教義を嘲笑したり反論を加えたりはしない。しかし宣教師たちが、罪人たちは地獄で永遠の苦しみを与えられると語るとき、「もしそのような場所が本当にあるなら、それはきっと白人だけの為にある場所なのだろう」と答えるインディアンの反応には、われわれへの皮肉が潜んでいるにちがいないのである。(『読本』九四)

おそらく再び、メルヴィルもこの意見に賛成したことであろうと思われる。

(メルヴィルの著作からの引用はとくに断らぬ限り The Writings of Herman Melville, Evanston : Northwestern UP & The Newberry Library により、作品名とともに文中カッコ内に記す。)

(1) Sacvan Bercovitch, *The Rites of Assent* (New York : Routeledge, 1993), 35, 290, 320. 「明白なる天命」は白人多数派の幻想を満足させるものでしかない。

(2) Etsuko Taketani, "The 'Omnipresent Aunt' and the Social Child : Lydia Maria Child's Juvenile Miscellany", *Children's Literature* (New Haven : Yale UP, 1999), また大串尚代氏の口頭発表「バビロン・シスターズ『ニューヨークからの手紙』(一八四三) に見る女性遊歩者としてのチャイルド」(一九九九年日本英文学会) など。

(3) Carolyn L Karcher, *The First Woman in the Republic—A Cultural Biography of Lydia Maria Child*

(Durham : Duke UP, 1994), 175.

（4） Lydia Maria Child, *Hobomok & Other Writings of Indians*, ed. C. L. Karcher (New Brunswick : Rutgers UP, 1986), 158. 以下この著作からの引用は『ホボモック他』とし、頁数とともに文中カッコ内に記す。

（5） Lydia Maria Child, *A Lydia Maria Child Reader*, ed. C. L. Karcher (Durham : Duke UP, 1997), 89. 以下この著作からの引用は『読本』とし、頁数とともに文中カッコ内に記す。

（6） 富田虎男『アメリカ・インディアンの歴史』（東京：雄山閣出版、一九九五）、五〇、九四―九五頁。

（7） Lucy Maddox, *Removals* (New York : Oxford UP, 1991), 73. 以下『リムーヴァルズ』とし、頁数とともに文中カッコ内に記す。

（8） Herman Melville, *The Confidence-Man*, ed. H. Bruce Franklin (Indianapolis : Bobbs-Merrill, 1967), 180.

（9） Walker Cowen, *Melville's Marginalia II* (New York : Garland, 1987), 468.

（10） Herman Melville, *Billy Budd, Sailor*, ed H. Hayford & M. Sealts, Jr., (Chicago : U. of Chicago Press, 1962), 76.

（11） John W. Shroeder, "Sources and Symbols for Melville's Confidence-Man", *The Confidence-Man*, ed. Hershel Parker (New York : W. W. Norton, 1971), 313, Hershel Parker, "The Metaphysics of Indian-hating", *ibid.*, 324.

（12） Roy Harvey Pearce, *The Savages of America* (Baltimore : Johns Hopkins UP), 250. Joyce S. Adler, *War in Melville's Imagination* (New York : New York UP), 116.

（13） Richard Drinnon, *Keeper of Concentration Camps* (Berkeley : U. of California Press, 1987), 39.

（14） クエィカー迫害は、一七世紀のニューイングランドで頻繁に生じたが、ホーソーンの短編 "The Gentle Boy" にもその経緯が描かれる。

バートルビーの「ある神秘的なる目的」
——バーコヴィッチ的、and／yet 反「共和国」的

荒　このみ

一　バートルビーの死

たしかにバートルビーは死んだ。収容された刑務所にバートルビーを訪ねた語り手の私は、中庭に横たわるバートルビーの手を取る。すると全身を突き抜けるような震えがきた。語り手はバートルビーの目を閉じてやる。刑務所の食事係に「そうか！　寝ているのか？」と聞かれ、「そうだ、王や議員とともに」(1)と私はつぶやくが、バートルビーは死んでいたのだった。

メルヴィルの短編作品「書記バートルビー」の登場人物バートルビーを、アメリカ合衆国におけるアメリカ・インディアンの存在になぞらえるのは、『リムーヴァルズ——先住民と一九世紀アメリカ作家たち』を著したルーシー・マドックスである。「バートルビーはワシントン・アーヴィングの描く西部のインディアンを都会化したような人物である」(2)とマドックスは書き、アーヴィングにとってインディアンが謎であったように、バートルビーは謎であると主張する。さらにインディアンにとって「絶滅の傾向」(3)は自然のなりゆきであったとアーヴィングは考えていたが、マドックスもまたバートルビーの死を認め、アメリカ・インディアンの死は歴史の流れで

あったと考えているようである。

メルヴィルの作品のなかで、バートルビーがどのような人物であるのか、あるがままのその人自身のほかには何も伝記的事実を知るよすがはないと語られている。けれどもマドックスはメルヴィルが「バートルビー」を書くにあたって影響を受けていると思われる作品を取り上げて検証し、実在の弁護士とその部下であったインディアンの青年とのかかわりが、作品のなかの語り手の弁護士とバートルビーとのかかわりに似ていると主張する。ワシントンにいた弁護士で連邦政府のインディアン交易局の指導者だったトマス・L・マッケニーは『公的および私的な回顧録』（一八四六）を残している。それによるとマッケニーが親しく指導していたチョクトウ族のインディアン、ジェイムズ・ローレンス・マクドナルドへの姿勢が、作品のなかの語り手のバートルビーへの姿勢に似ているという。マッケニーはインディアンを文明化し同化しようと努力するのだが、結局はうまくいかずにインディアンを閉じ込める「強制移住」政策を取るようになっていく。バートルビーも事務所から「強制移住」をさせられ、刑務所の閉じ込められた空間で死を迎えている。マッケニーとマクドナルドの関係を語り手とバートルビーにたとえる見かたは、すでにマイケル・P・ロギン[4]が問題にしているところでもある。

マドックスはメルヴィルに影響を与えたであろうもうひとつの作品として、ワシントン・アーヴィングの『アストリア――あるいはロッキー山脈を越えた向こう側の事業の逸話』（一八三六）[5]を挙げる。「アストリア」とは実在の事業家ジョン・ジェイコブ・アスター（一七六三―一八四八）のことを指している章題で、アスターはアーヴィングの友人だった。マッケニーの『回顧録』がジョン・ジェイコブ・アスターに捧げられ、メルヴィルの「バートルビー」には、語り手の弁護士を重用してくれた事業家としてアスターが登場してくることを考えると、たしかに実在のジョン・ジェイコブ・アスターは「バートルビー」解釈に意味をもってくるのだろう。毛皮交易で金儲けをしたアスターのインディアンとの関係は深かった。毛皮の取り引きのなかでアスターは連邦政府のインディアン政策にも敏感にならざるをえなかったのである。

このようにアメリカ・インディアンへのアナロジーが「バートルビー」という作品に潜在しているのはたしかだろう。だがその主人公バートルビーが最終的には死を選び、そのバートルビーをインディアンに模して、あたかもアメリカ・インディアンの「絶滅の傾向」を暗示しているような解釈をそのまま受け入れてしまっていいのだろうか。マドックスにしろロギンにしろ、あるいはマッケニーやアーヴィングのインディアン像にしろ、かれらが主張するようにアメリカ社会における瀕死のインディアンを作中の人物バートルビーになぞらえることはいったいどのような意味を持つというのか。

「バートルビー」の語り手は、いっこうに変化しない事務所の雇人の状況を前に、ジョナサン・エドワーズ(一七〇三―五八)の『意志の自由』や、ジョセフ・プリーストリー(一七三三―一八〇四)の『哲学的必然の教養』を読み精神の健康を取り戻す。そこで語り手が悟ったのは、バートルビーにまつわる困惑は「永遠のもとに運命予定されていた」(6)ということである。「神の偉大なる摂理のもとに、ある神秘的なる目的」(7)をもってバートルビーが自分のところへ寄越されたのだと理解することであった。それでは「ある神秘的なる目的」とは何か。

サクヴァン・バーコヴィッチは、ナサニエル・ホーソーンの『緋文字』の解釈において、「緋文字の役割はまだ終わっていない」という作品の第一三章の言葉を引用して、緋文字の「文化的象徴性」を論じている。そのなかでバーコヴィッチは、明白にされていない「役割」とは「プロセス」にかかわることであり、またいっぽうで「目的=テロス」であると述べている。「プロセス」とは「原理に基づいた無限性」であり、「プロセス」と「テロス」を結びつける能力のなかに「緋文字」という象徴の一貫性があるとバーコヴィッチは主張する。これになぞらって「バートルビー」を解釈するとすれば、永遠のもとにおける「ある神秘的なる目的」とは「原理に基づいた無限性」を意味することになろう。さらにバートルビーの存在が「文化的象徴性」を担っているのであれば、それによって読者は何を読み取ることができるのか。バーコヴィッチ的分析を模倣しながら、なお最終的には反「アメリカ」的、反「共和国」的な解釈になるのだが、「ある神秘的なる目的」という語り手の弁護士の言葉にこだわりながら論を進めて行く。

二　仮定によるアメリカ社会

バーコヴィッチの「緋文字」を「緋―文字」というように分解してみるとき、この言葉自体に「バートルビー」解釈に適用しうる「文化的象徴性」を読み込んでしまうのは行き過ぎだろうか。「緋色＝赤＝赤人＝インディアン」と「文字＝言葉＝ロゴス」と展開したい衝動にかられる。「バートルビー」の語り手は常に言葉を通してバートルビーと対応する。語り手であるから当然なのだが、弁護士の思考は言葉によって展開されている。ところがバートルビーの場合はその思考過程を明らかにされないまま、結果の言葉のみが表現される。それも「好む、好まない」という人間の感情によって規定される行動原理が表示されるのである。そこで語り手がいくらその背後の論理を追求しようとしても無理なのだ。なんら実のある結果は出てこない。バートルビーは「ロゴス＝理性」によって行動しているのではない。アラン・ムア・エメリーは、バートルビーの「好み」をジョナサン・エドワーズのいうところの「意志」に置き換えてよいと主張する。エメリーはジョナサン・エドワーズの敵対相手だったジョン・ロックを引き合いに出し、ロックは「意志作用」と「好み」を区別するが、エドワーズは「好むこと」と「意志すること」はまったく同じ意味に使っていると断っている。(8)けれどもここで注意したいのはエドワーズを読んでいたのはバートルビーではなく語り手の弁護士だったことである。バートルビーは「私は好みません」と言い続けることによって自分の強い意志による返答を繰り返していたのではない。「好まない」というのはあくまでも人間の感情にかかわっているのであり、理性で認識された「意志」ではない。バートルビーを「意志の人」としてしまっては物語が展開しない。それでは強い意志をもった使用人に出くわしてうろたえている雇主の物語になり、筋の運びは単純明快になってしまう。

ウイン・ケリーは『メルヴィルの都会』のなかで、「（語り手の）弁護士は言葉を通して自分の所有権を宣言するが、バートルビーは自分の肉体的物理的、男性的自己所有によって宣言するのである」[9]と述べている。主人としてバートルビーを雇っているはずなのだが、弁護士は所有意識が持てない。かえって雇われ人によって命令され、「男らしさ」を奪われたように感じるのだ。この違いのなかに「バートルビー」という作品の究極のテーマが隠されているのではないか。

書記を仕事とするはずのバートルビーが「もう書くことはいたしません」とはっきり宣言したとき、弁護士はうろたえ、その理由を聞き出そうとするが、もちろんバートルビーは答えない。かえって「ご自分でおわかりにならないのですか」とバートルビーに逆襲されて、その目をよく見るとどんよりと曇っている。弁護士はそれでバートルビーが目を酷使していたことに初めて気がつき心を痛めたのだったが、これも弁護士の語りであり、実際にバートルビーの目が悪くなっていたのかどうかは明らかではない。弁護士が勝手にそう「仮定」したにすぎない。バートルビーが言葉で表現しないかぎり、弁護士はすべて「仮定」しなければならない。この物語はすべて語り手の弁護士が「憶測」し「仮定」していくことによって展開しているのである。

バートルビーが「永久に書くことを放棄した」[10]とき、ついに雇主の弁護士はバートルビーに退去を命じる。けれども弁護士はどなりちらして追い出そうとしたのではなかった。それはつまらぬ人間のやりかたで、自分はもっとうまく穏やかにことを運んだのだと自慢する。「バートルビーは退去せねばならないという前提」[11]で自分は動いたのだと。ここの段落では「憶測する」、「仮定する」、「前提する」という意味を含む英語の“assume”、あるいはその名詞形"assumption"が頻出し、なお作者メルヴィルはその言葉を強調し斜字体であらわしている。弁護士はバートルビーの退去を当然のことと前提しているが、また「この前提は自分自身のものであるにすぎず、バートルビーの考えではない」[12]と反省もする。そして重要なのはバートルビーが事務所を辞めるだろうと自分が仮定することではなくて、バートルビー自身が「辞めることを好む」かどうかであると考えなおしてもいるのだ。なぜなら「バートルビーは仮定の人間というよりはどちらかといえば好みの人間である」[13]からであると論理を立てる。

また数段落さきで、バートルビーが結局は事務所から退去していないことを発見した弁護士は、退去するであろうと仮定したのだがそうではないとすれば、これ以上この事態に関して何を「仮定」することができるだろうかと自問している。「前もってバートルビーは退去すると仮定することができたのであれば、あとからバートルビーは退去したのだと憶測してもいいのではないか。この憶測を正当に実行するためには、急いで自分の事務所に入っていき、バートルビーなどまったく見えなかった振りをして、バートルビーをまるで空気だと思えばいい」[14]と弁護士は自分に言い聞かせている。そして弁護士は「仮定の原則」を適用したときにバートルビーはどのように出るだろうかと不安を覚えている。このように「仮定」、「前提」、「憶測」という言葉を作者メルヴィルは何度も使い、しかも斜字体でしばしば強調する。メルヴィルは何にこだわっているのか。仮定の原理で行動する弁護士と好みの原理で行動するバートルビーは、異なる性格の持ち主であることが認識されている。「仮定」と「好み」という行動原理がどのように二人を異なる方向へ赴かせているのか。

当時の衡平法裁判において「前提」することは常套手段だったという。[15]語り手の弁護士が「前提」しがちだったのも、当時の弁護士のやりかたでは不思議ではなかった。それは「斟酌することによってある約束、契約をすること」(OED)だが、口頭でおこなわれたり、書かれた場合でも調印されていないから効力は薄い。弁護士とバートルビーの関係は一方的であったのだ。書かれるという正式な契約は成り立ちようがなかった。それはバートルビーが書く動作を放棄したときに、さらに明らかにされるのだが、バートルビーには文字と調印による契約という考えはもとよりなかったのである。

それにひきかえ弁護士は「契約」を「前提」としていた。それに対する疑いは毫もない。だからそこに「好み」によって行為する人間があらわれたときに戸惑ってしまったのだった。この断絶がなぜ起きたのかを考えるにあたって、独立後のアメリカを訪ねたイスラム教徒の見聞記という体裁を取っているワシントン・アーヴィングの文章を引用したい。

三　ロゴクラシー

『サルマガンディ』(一八〇七―八)に発表された作品は、アーヴィングと長兄のウイリアムそれにジェイムズ・カーク・ポールディングとの共著であり、どの文章をだれが実際に書いたのかを特定することはできないが、イスラム教徒ムスターファ・ラバダブ・ケリ・カーンの手紙のうちXI、XVI、XIXはアーヴィングの手によるものであろうと推定されている。[16] ムスターファによれば、アメリカ政府を動かしているのは貴族階級でもなければ、純粋な民主主義でもなく、衆愚政治になっているのでもない。アメリカ政府はそれらの形容詞であらわされるよりもなによりも「言葉の政府」であり、「ロゴス体制(ロゴクラシー)」であるとムスターファは感想を述べる。「国民はだれもが口から出てくる言葉でものごとをなす。その点ではこの世に存在するなかでもっとも戦闘的な人々のうちに数えられる。饒舌という才能をもったものがすぐにも兵隊になり、永遠に戦闘的になるのである。この国は言葉(舌)の力によって弁護されるのである」。[17] ムスターファは議会の騒々しさを描き、声の大きい者の意見が真実になって通るのだとも述べている。アーヴィングが異郷から来た訪問者の口を借りて発言しなければならなかったのは、言葉の力がそれだけ大きいことが事実だったからだろう。そしてその状況をかならずしも好意的には見ていなかったからだろう。

アーヴィングは『ニューヨークの歴史』（一八〇九）のなかで、トマス・ジェファソンを言葉に魅せられた人物であると述べている。たしかに独立宣言の草稿を書いたジェファソンは、言葉の力でもってなぜ植民地は独立せねばならないか、アメリカ植民地の人々を説得したのだった。独立宣言には「すべての人間は平等に造られ、造物主により一定の奪いがたい天賦の権利を与えられ、そのなかには生命、自由、幸福の追求の権利がある」と記されている。だが崇高な理想を述べたあとでは、イギリス王ジョージ三世の独裁を批判する文章が連なっている。ジョージ三世がいかにひどい独裁者であるか、その悪政を具体的に「王はこういうことをした」と二〇項目近くにわたって列挙しているさまは、ムスターファの言うようにまさに「饒舌の才能」が発揮されている部分である。ジェファソンはこのように「言葉の力」を借りて植民地の住人を説得しなければならなかった。まさに言葉（ロゴス）は「制度」としてアメリカの建国のときからその力を発揮しているのである。

アーヴィングのニッカーボッカーはアメリカ社会を「このお喋りな土壌」(18)とも評している。「ロゴス体制」はアメリカの特質なのだ。短編の「リップ・ヴァン・ウインクル」では、二〇年の眠りから覚めて故郷へ戻った主人公リップ・ヴァン・ウインクルが独立革命後のアメリカに入り込み、そこで新しい言葉ばかりを耳にして驚く。意味が皆目わからない新しい言葉の群れはすべて「まったくのバビロニアの隠語」のように、戸惑うリップ・ヴァン・ウインクルの耳には響いたのだった。そしてリップ・ヴァン・ウインクルが聞いた言葉がアメリカ植民地をイギリスから独立させたのであり、新しいアメリカ共和国を作っていくのである。歴史も慣習もないアメリカでは、当然のことながら人々が言葉で自分たちの住む国家を規定せねばならなかった。そうしなければ国家としてのアメリカは存在しないのだ。「独立宣言」によってイギリス国王を弾劾しなければ、なぜジョージ三世を否定しなければならないのかわからない。なぜ不安を抱きながらイギリスの保護から完全に離れなければならないのかわからない。ムスターファがいかに驚こうともアメリカにおいて「言葉の力」が強くなるのはしかたがない。言葉のほかにアメリカという国を姿形あるものにしていく手段はないのである。

このような「ロゴクラシー（ロゴス体制）」のアメリカ社会で、「バートルビー」の弁護士は仕事を引き受けて働いていた。その仕事は土地所有の権利書などを作成する法律事務所だった。難しい法廷での弁護をする法廷弁護士ではなく、きわめて基本的な法律を必要とする書類の作成がその仕事だった。自分は「まったく安全な人間」[19]であると人々から評価されていると宣言できるほどに、弁護士は素朴なアメリカ人だった。自分の仕事に対して純粋素朴になんらの疑問も抱かなかったばかりか、おそらくは生活の糧というほかにはなんらの意味も見いだしない。ムスターファのようにアメリカ社会を外側からの視点で批判する姿勢は皆無である。語り手の弁護士は「ロゴス体制」のアメリカ社会をごく自然に受け入れていたのである。そこにバートルビーとは相いれない質出してはいなかっただろう。法律とは人間の作り上げた「ロゴス体制」そのものであるという客観的な見かたな（たち）が読み取れるだろう。

土地所有の権利書、抵当権、証書の作成にたずさわる者であれば当然のことながら、弁護士自身にも「私のもの」という所有意識は強い。物語の始まりでバートルビーについての描写に入る前に、まず「自分自身について、私の使用人について、私の仕事について、私の部屋について述べておいたほうがいいだろう」[20]と語り手は言う。「私の」ことがらについて語ろうとする弁護士が多用する「私の」という所有格は、作者が意図的に使っているのであろう。それはあたかも弁護士の所有になるかのような印象を与える。たしかに事務所の三人の雇人には弁護士が給料を払っているのだし、事務所は弁護士が賃貸料を払っているのだから「私の」ものである。けれどもここでなぜ所有格が強調されているのか。そこにはおのずから所有するものと所有されるものの対立が潜んでいるのである。そして作者メルヴィルはこの作品において人間の所有欲を暗示しているのでもあろう。

この事務所の仕事は人間のあくなき所有欲と深くかかわっている。事務所の得意客であった実在の人物ジョン・ジェイコブ・アスターがこの弁護士を評価したのは、アスターにとって競争相手にならない気楽な弁護士だったからだ。野心を抱かず、法外の報酬を要求したりせず、アスターのような金持ちの所有欲を満たすために必要な基礎的な法的作業を代行する。「まったく安全な」弁護士だったのである。土地や権利の所有について両者が拮抗することはなかった。弁護士は努力するアメリカ人ではなく、ほどほどの豊かさで満足する人間だった。

弁護士はアスターの魅力を語って、「アスターという名前をなんども喜んで繰り返そう。この名前にはまろやかな球体の響きがあり、まるで金塊のような音がする」(21)と言っている。冒険家で毛皮商人で投機家だったアスターは、ワシントン・アーヴィングの伝記によれば、ドイツのライン河畔のハイデルベルクの近くのウォルドーフという「小さな誠実素朴な村」で生まれている。(22)少年時代にロンドンへ出て、そこからニューヨークへ渡る。大西洋を何度か横断していたが、一七八四年には最終的にアメリカに定住する決意をしてニューヨークへ戻る。勤勉と節約と努力という、一八世紀のフランクリンが徳目に数え上げていた資質をアスターも備え、強い向上心で富を築き上げていった。

この人物像をたどっていくと二〇世紀の作家フィッツジェラルドが生み出した『偉大なるギャッツビー』(一九二五)の主人公ギャッツビーとまさに重なってくる。ギャッツビーもまた中西部の田舎の「誠実素朴な」村に生れ、フランクリンの徳目を信条にしてアメリカの夢を求め、成功を求めた素朴なアメリカの少年だった。適わなかった恋の相手デイジーを自分の館へついに招いたときギャッツビーは、色とりどりのワイシャツを部屋いっぱいにまき散らす。その美しさに感激するデイジーの声には「金(かね)」の響きがいっぱいだったとギャッツビーは語る。その声に主人公は魅了されるのだが、「あの声は不死の歌だったのだ」[23]と語り手は結んでいる。アスターの名前を口にするたびに「金塊のような音」がして耳に心地よく感じる「バートルビー」の語り手が、アメリカで成功を果たした人物に感じる喜びにはギャッツビーとあい通じるところがあったのだろう。「アメリカの夢」とはまず第一に土地所有であったことは、一七世紀のピューリタンたちがかなり厳しく土地所有の意識を持っていたことからも明らかだし、(アーサー・ミラーの『るつぼ』は一六九二年の魔女裁判を題材にしているが、村人たちの軋轢の原因のひとつに所有地の境界線の問題があった) 土地所有の喜びを綴った一八世紀のクレヴクールの『アメリカ人農夫の手紙』を持ち出すまでもない。

アスターやギャッツビーのような強い個性がアメリカ社会を築き上げていったのだが、アスターの所有「欲」という人間の根源的な欲求を法的に正当化する作業を担っている語り手の弁護士の事務所が、「風景画家のいうところのライフ(生命)に欠けている」[24]と伝えられると、法律証書作成という営みと人間性のあいだには断絶があるのだと感じさせられる。ロゴスの支配する空間では「ライフ(生命)」が欠けるのである。事務所は閉じ込められた空間のように、「白い壁」や「盲壁(めくらかべ)」で取り囲まれている。そのような狭い空間で人間の欲望を満たす作業が行われている。けれどもまた弁護士の事務所の外での「ライフ」はいったいどこにあるのか。ときおり「家に向かって歩いた」[25]という描写で弁護士の家庭生活が暗示されそうになる。「私の住む家」[26]に来ないかとバートルビーを誘ってもいる。ところが弁護士の個人的な暮らしがほのめかされるのはそこまでで、「年配の男」であるという自己紹介があったにもかかわらず、家族がいるかどうかについては不思議なくらい徹底して明らかにされない。不自然なほどだ。法律事務所という「ロゴス体制」そのものをあらわす場所であり、「言葉の力」の凝縮したアメリカ的空間であるはずの場所に「ライフ(生命力)」が欠落しているのは、この物語において象徴的である。

土地所有という人間の欲望を権利書という文字に置きなおしていくのが法律事務所の仕事だった。所有権は法的手続きにもとづいた権利書がないかぎり確定しない。人間の欲望を確かにする作業が事務所の仕事だった。常に確認する作業が行われていたのだし、書記同士が写した書類を読み合うのもひとつの確認の作業だった。ところがその事務所に奇妙な人間が入り込んできた。この書記は事務所にきたてのころは「異常なほどの量の書類を書き写した。まるで写すことに飢えているようだった」[27]のだが、そのうちに写すことを「好まなく」なり、しまいにはちょとした使い走りすら拒否するようになる。語り手は物語のはじめで「バートルビーに関して何かを突き止めることは出来ない、そういう類いの人物だった」[28]と述べている。ただ「好まない」と繰り返す人物に向かって、暖簾に腕押し、弁護士は対話すら阻まれてしまうのだった。

確定することの出来ない現象はどうにも不可解である。土地の権利に関してなら、この人の所有でなければあの人の所有と区別し確定しうる。そのように区分けされることが一般に望まれる。けれども理由の判明しない拒絶は苛立ちの原因になり、さらに不安と恐怖の原因になる。バートルビーのみならず事務所で働く弁護士の部下は、三者三様に問題を抱えており完璧な人格ではなかった。だがすくなくともバートルビーのような理解不能の人々ではなかった。バートルビーに関しては何が問題なのかを確定することができない。そこに弁護士は不安を覚える。だからこそたとえバートルビーの伝記が生涯を綿密にたどることはできず、ほんの部分を描くことしかできなくとも、語り手はバートルビーについて「ひとつのむなしい報告書」[29]を提出せねばならなかったのである。そうしなければ語り手は自分の精神の安定をうることができないように思えたのだった。

物語の始まりに弁護士は「私の」を繰り返したが、そこに欠落していたのは「私の家」だった。「私の家族」だった。弁護士はある日曜日の朝、有名な牧師の説教を聞きに行こうとひとりでトリニティ教会へ出かけている。日曜日の礼拝という家族の行事を弁護士はひとりで行おうとしている。「ロゴス体制」の支配する都会に暮らす弁護士に欠落していたのは、バートルビーと同じように「家族」であり「故郷」だったのではないか。書類を写すという生産性に欠ける生業は、精神的な故郷喪失をうながしていたのではないか。

都会に住む弁護士はまわりの人々が生み出す騒音（ロゴス）と共に生きている。バートルビーの問題に心を奪われていた弁護士は、「バートルビーは事務所から姿を消しているだろう、いやまだいるかもしれない」と、堂々巡りの思いにふけっているうちに賑やかなブロードウエイとキャナル・ストリートの角にやって来る。弁護士が耳にしたのは「かれがそうはしないというほうに賭けよう」という声だった。弁護士は思わず「そうはしないだって？　賭けた」(30)と叫ぶ。街角で議論していたのは選挙の候補者についてだったのだが、弁護士は自分の思い込みでその議論に加わる。もはや弁護士と都会の群衆との間のつながりは断たれ、ずれ込みが生じてしまっているのだ。ロゴスの秩序の混乱が起きている。バートルビーにはそれがどこであれ「生まれた場所（ネイティヴ・プレイス）」へ戻ったらどうかと勧めた弁護士だったが、弁護士自身が「ロゴス体制」の都会で精神的な故郷を失いつつあった。

バートルビーが自分の事務所を「家（ホーム）」にして、机の引き出しにバンダナで包んだ貯金箱を隠し持っているのを発見した弁護士は、バートルビーの深い孤独を感じる。憂鬱な気持ちは「恐れ」に変容し、哀れみは心の痛みになって弁護士を襲う。そこで結論づけたのはバートルビーはもはや魂を病んでいるということだった。そうであれば対話（ロゴス）によって弁護士がバートルビーを救済することはもはや不可能だ。バートルビーには適当な額の金をやり、事務所を出ていってもらうよりほかに方法はない。けれどももう一度バートルビーを訪ねて静かに話しかけ、「その履歴など」(31)について聞いてみようと思う。そしてバートルビーは答えないだろうと予測しながら、なおバートルビーの履歴＝過去の物語を聞き出そうと考えるのだ。弁護士はあくまでもバートルビーの存在をロゴスによって組み立てなければならぬ衝動にかられている。このとき弁護士は教会へ行くのをあきらめていたが、それはなぜか。弁護士は、「私が目にしたものゆえに、どういうわけかそのとき教会に行く資格がないと考えたのだった」[32]と言う。著名な牧師の説教は「ロゴス」で精神の問題を解決することになるだろう。けれども今、ここに目撃した深い孤独はそのような言葉で解決することができるのだろうか。バートルビーの表象する魂の問題は言葉としてではなく、具体的に物理的にそこにあった。

弁護士の事務所にはキケロの石膏像が置いてあった。ロバート・A・ファーガスンによれば、当時の法律事務所ではキケロの像を飾るのがはやっていたという。[33]古代ローマの政治家で哲学者で雄弁家だったキケロは、弁護士たちの崇拝の対象だったから、「バートルビー」の弁護士の事務所にその石膏像が飾られていても何の不思議もない。キケロは雄弁の象徴であり、法律家の徳の象徴だった。そのキケロ像があるときバートルビーにたとえられる。初めてバートルビーの拒否にあった弁護士は驚天動地、バートルビーが普通の人間らしい資質を備えていたら、すぐにでも力づくで追い出してしまっただろう。ところがバートルビーには普通の人間らしさを感じられなかったから、追い出してもキケロ像を外に投げ出すようなものだと弁護士は思い直している。それはもちろん石膏像であって人間の血が通っていないことを指しているのであるが、像がキケロであるところが気にかかるのだ。また別の場面で、弁護士がバートルビーに自分のことについて何でもよいから話してくれないかと語りかけたのに対し、バートルビーはいつものように「そうすることを好みません」[34]と答える。そのように返事をするバートルビーは、弁護士の顔を決して見ようとせず、その背後に六インチほど突き出ているキケロ像に視線を固定してる。

目の前にいる弁護士を越えてキケロ像を見るバートルビーは、そこに古代の時間を見ていたのだろうか。たった今、バートルビーが饒舌に自分の歴史を語ったとしても、それはつまらない瞬間の出来事の羅列にすぎない。キケロの雄弁術が代表する古代からの知恵や真理を追求することにはつながらない。「ロゴス体制」のアメリカ社会で、人々が賑やかに弁論を振り回そうとも、むなしいから騒ぎでしかない。本来の雄弁であることからはかけ離れている。アメリカの民衆の「言葉」には瞬間的な意味しか付与されない。ところが古代の雄弁家の弁論術は何世紀を経てもさらに人間の社会に影響を与え語り続けている。アメリカ社会のロゴスの空回りを、その無意味さをバートルビーは認識していたのではなかったのか。弁護士事務所が仕事にしている権利書の作成もまた瞬間のむなしい作業でしかない。抵当権を確立したり土地所有権を明示したところで何の意味があるというのか。時間を越えて生き延びる意味を一枚の法律文書がどこまで証明できるのか。弁護士と親しく、その証書作成を手伝ってやったジョン・ジェイコブ・アスターもこの世にはもういない。土地所有のはかなさ、さらにその証書を作成することのはかなさを、バートルビーの拒否の動作は示していた。キケロ像を見続けるバートルビーは、目の前の弁護士にこのむなしさを訴えているのだろう。

四　「ディス／オーダー」あるいは「オーダーの解体」

弁護士はバートルビーが精神的な病いにかかっていると思い込もうとする。「この書記は生まれつきの、治癒の見込みのない不調（ディスオーダー）」[35]の犠牲者だと納得しようとする。ここで「不調（ディスオーダー）」という言葉にバーコヴィッチ的にこだわりたい。

バートルビーの生身の状態は、弁護士から見れば「精神不調」であり「秩序の混乱」である。しかもこの病いは「生まれつきの」病いであり治る見込みはない、と弁護士は断定する。バートルビーの存在は「無秩序」をあらわしている。あるいは「秩序（オーダー）」の否定されている（ディス）状態がバートルビーそのものである。ただそのままに「ディスオーダー」を「体の不調」や「精神の不調」と理解するのではなく、「ディス／オーダー」あるいは「秩序の否定」をバートルビーが体現しているのだとしたら、それはアメリカ共和国の歴史の流れのなかで、どのように重要な意味を持ってくるのか考えねばならない。バートルビーは普通の書記として語り手の弁護士事務所へやってきたのではない。神の「ある神秘的なる目的」を担いながら、夏のある朝、事務所の戸口に姿をあらわしたのだった。そう弁護士は理解し始めていた。

弁護士には否定的に「ディスオーダー」と映ることも、バートルビーには「好ましいこと」として感得される。オーダー（秩序）とはロゴス（理性）によって支配される状況であり、「言葉の力」を否定したように口をきかないバートルビーは「秩序」とは反対の極にあるといえる。秩序を生み出し推進する方向はロゴス主義の働くところであり、それは近代化を意味する。世界の歴史の展開のなかで、アメリカ共和国は近代になってなかば無理やりに人工的に建設された国家である。そのようなアメリカ社会は言葉（ロゴス）の力によって国家の秩序を保つ努力をせねばならない。ワシントン・アーヴィングのムスターファによれば、ロゴス主義とはアメリカ主義であった。そのアメリカ主義をバートルビーが批判しているとすれば、「ディス／オーダー」、あるいは「オーダーの解体」はバートルビーにとっては望ましき状態であり、「秩序」の否定される状態こそバートルビーにはかえって健全な状態だったことになる。だから「ディスオーダー」はバートルビーにとって病いの状態ではない。理性よりも感性（好み）を主張するバートルビーは、ロゴス主義、近代化主義、アメリカ主義に疑問符を投げ掛けていたのである。

ふたたびキケロ像の意味を問い直したい。当時、芸術の領域で古典主義への復古運動があった。彫刻家のホレイショウ・グリーノウをはじめとしてアメリカ人はヨーロッパ、とりわけイタリアで芸術の修業をした。「グリーノウのジョン・アダムズ像（一八二九）やハイラム・パワーズのアンドルー・ジャクソン像（一八三五）と古代ローマの元老院議員や皇帝の胸像のあいだに見られる緊密な関係性」[36]を指摘されているが、かれらは古代の彫刻を模倣しながらアメリカ人像を彫った。ローマにある「キャピトルの丘」のキケロ像は、オーガスタス・セイント・ゴーデンスやポール・エイカーズがレプリカを作成している。(37)

ギリシャ・ローマの古代を模範にしたいという欲求は芸術面ばかりでなく、アメリカ国家の政体のありかたにもおよんでいた。「古代ローマの共和制がアダムズやジェファソンの想像力を満たしていた」(38)という。その民主主義を基本理念にアメリカ国家を建設する。「一九世紀前半の上院議員のうち何人かは自分たちをキケロの後継者とみなしていた。雄弁家としてだけではなく、すぐれた愛国者として、危機にある国家を賢く雄弁に救済する者と自分たちをみなしていた」(39)のである。キケロは自由の象徴であり、アメリカの模範となる人物であった。するとバートルビーの視点がキケロ像へ向けられるのは、アメリカ国家の模範を思い出させる行為だったのではないか。目の前にいるアメリカ人の弁護士は通過して、その背後のキケロ像へ読者の視点が向くように誘われているのである。

ギリシャ、ローマあるいはエジプトの古代世界が、バートルビーのニューヨークにあらわれているのは偶然のことではないだろう。初期のアメリカ共和国は母国だったイギリス王国を捨てながら、新しい国家を形成しなければならない。しかもそれはイギリス王国に似たものであってはならない。かならずや違った理想を抱く新しい国でなければならないのだ。無の状態から構想し築き上げるのは難しい。そのとき模範となるのは繁栄した古代ギリシャ、ローマ、エジプトであっただろう。

弁護士はバートルビーを「廃寺の円柱」にたとえている。バートルビーに業をにやした弁護士はとうとう事務所を出て行ってもらおうと給金を払い、鍵をドアマットの下に隠しておいてくれと必要な指示を与える。ところがバートルビーはいつものようにひとことも発しない。「まるで廃寺の最後まで残った円柱のように、他にだれもいない部屋のただなかに押し黙ってぽつんと立ち続けていた」(40)のである。周囲に何もないところでなお立っているバートルビーの姿は、いずれ破滅していくものの象徴というよりは、かえって廃寺になりながら、なお崩れることのない古代の歴史の主張を感じる。ギリシャ・ローマの古代文明を想像させるバートルビーは、奇妙な現代人ではもはやなく、失われた「文明」を象徴し、ロゴス主義によって建設されるアメリカ共和国には存在しないもの、欠落しているものの象徴になっている。沈黙のバートルビーとは何か。

沈黙とは存在しないことではない。ロゴス主義のアメリカ共和国ではしばしば沈黙は存在の否定につながってしまう。だがバートルビーが弁護士にとって決して非―存在ではなく、それどころかそのゆるぎない存在にてこずったように、バートルビーは沈黙によってかえってその存在を強調している。その偉大なる沈黙の力を認識したからこそ、弁護士は恐れおののいたのではなかったか。バートルビーの「ある神秘的なる目的」はアメリカ社会に欠落しているもの、沈黙として目を伏せられて無視されているものへの認識を促すことであった。

バートルビーの「受け身の態度」[41]がしばしば弁護士をいらつかせる。しかもバートルビーは自分から語りかけることはなく、常に質問に対して答えるのみである。弁護士や仲間たちと積極的に交わることはない。バートルビーからの働きかけを示すベクトルの動きはひとつもない。にもかかわらずバートルビーは「私の部屋に固定してあるもの」[42]であり、「不動のもの」[43]であり、「建物に取り憑いて」[44]いるのである。ウイン・ケリーはバートルビーの固執をアスターのような土地所有者の所有権にもとづくものではなく、「土地を占有しようとする賃貸者（テナント）の力であり、その行為によって大家の力を制限しようとするものである」[45]と説明している。移民が増加していたニューヨークでは人々は政治的に敏感になっていた。自分たちの利益になるように政治に影響を与えようとかれらは積極的に投票所へ赴いたという。

たしかに「バートルビー」のなかで盛んに政治論議をしている群衆の描写があった。しかもどちらが勝つか、賭けの対象になるほど政治論議は大衆化していたのである。このような時代状況を「バートルビー」のなかに読み込むことは可能だろう。だがはたしてバートルビーはケリーが主張するように、「賃貸者（テナント）の力」を見せつけていたのだろうか。いやそうではない。ただここではケリーが「賃貸者」と「所有者」の問題を提起した点を評価しよう。

アメリカという新世界を「発見」したとき、コロンブスはそこに先住民の存在を認めている。それで新世界の北アメリカに植民地を建設しようとしたイギリス人は、ある「仮定」をしなければならなかった。先住民をあたかもいないものとすることである。すると賃貸者（テナント）はいったい誰になるのか。ウイン・ケリーはそこにバートルビーを当てはめる。けれども本当の賃貸者はジョン・ジェイコブ・アスターに代表されるアメリカ人だったのだ。ヨーロッパから来た植民者たちは先住民から土地を本当は「借りて」いたのだった。語り手の弁護士はさらに土地所有者や建物の所有者から事務所を賃借している二重のテナントなのである。もちろんバートルビーは白人であり、弁護士の雇われ人なのだから事務所に居住し始めたとき、三重のテナントになったと見なすことも可能である。だが『リムーヴァルズ』のマドックスのように、死にゆくバートルビーを「インディアン」の表象とみなしたらどうなるか。

バートルビーは当然の権利を主張していることになる。植民者による「仮定」のためにこれまで逆転していた「賃貸者（テナント）」の関係をふたたびもとへ戻そうとしているのだ、と考えることができるだろう。そして消え行くインディアンと想定したマドックスによれば、バートルビーの反抗はむなしい結果に終わることになるのだが、「バートルビー」の物語はそのように「哀れな」インディアンの運命を暗示して終わっているのだろうか。「バーコヴィッチ」的、それでもなお反「共和国」的な解釈を試みれば、インディアンを表象するバートルビーは永遠に死にゆくことはない。

五　沈黙による主張

この作品のなかでしきりに強調されるのはバートルビーの沈黙と受け身の態度である。けれどもそうだから消えゆくとはならない。それは否定的要素では決してなく、沈黙と受け身に備わる強さを読者は読み取らねばならない。「インディアンネス（インディアン性）」とはまさにこの点にあるのではないだろうか。ロゴスによる積極的で攻撃的な姿勢が評価されるアメリカン・イデオロギーとはまったく反対であり、そのためにアメリカ人を苛立たせるのである。語り手の弁護士は「バートルビーの受け身の姿勢がときおり私を苛立たせた」[46]と告白している。

さらに弁護士が雇っている書記たちの人生を描きたいと考えても、バートルビーの場合には資料がほとんどない。類推することすら不可能なのだ。それもまた苛立ちの原因だった。バートルビーがインディアンの表象となり得るのはこの点においてもそうである。文字をもたなかったインディアンには書き記す伝統はない。あらゆる事柄は口承で伝えられなければならない。ナバホ族の呪術にかかわる砂絵は吹き消されなければならない。語りも砂絵もそれだけで力を持つのであり、それが文字化や絵画化という手段で恒久なものになる必要はないのである。

ヨーロッパからの植民者は本来はインディアンがいない無人の地を「発見」し、移住したと「仮定」したかった。『グレート・ファーザー――連邦政府とアメリカ・インディアン』（一九九五）を書いたフランシス・ポール・プルーチャは、建国のころのアメリカ人指導者たちはインディアンの絶滅を望んでいたのではなく、「ヒューマニティーと慈愛」の気持でインディアンとかかわろうとしていたと主張している。なぜならアメリカは世界のなかにおける「共和主義」の模範的な国家であらねばならず、指導者たちは「共和主義」の理想に燃えていたからであるという。[47] プルーチャのように、そこまでアメリカの「共和主義」を美化してよいのだろうか。合衆国憲法はアメリカの黒人を一人の市民とは認めず、その人口のうち五分の三しか数に入れることをしなかった。そしてインディアンは「除外する」と記されている。それはインディアンの部族国家を外在するものとして認識していると諒解することでもあろうが、インディアンを「無化」することでもある。いないものと「仮定」することである。

ベンジャミン・フランクリンはラム酒を与えればインディアンはすぐに絶滅するであろうと予言した。フランスの刑法学者のアレクシス・ド・トクヴィルは、一八三〇年に制定されたインディアン強制移住法により南東部のインディアン部族がミシシッピ川の西へ追いやられるのを目撃して、インディアンの未来を絶望した。多くの為政者たちがインディアンはやがてアメリカ社会から消えていくであろうと「希望的」に予測していたのである。ジェファソンは一八〇三年の手紙で次のように記している。「我々の力とかれらインディアンの弱さは、今やかくもはっきりしているのであり、われわれが拳を握りさえすればかれらを押しつぶすことなどいとも容易だということをかれらは認識すべきである」。[48] 白人たちが労働力として強制的に連れてきた黒人奴隷とはちがって、すでに先住していたインディアンの部族社会をいちおうは認めながらも、アメリカ共和国と並んでインディアンの部族国家が共存しうるとは考えていなかった。

一八三一年三月一八日のチェロキー・ネイション対ジョージア州の裁判に関する最高裁判決がある。チェロキー・ネイションが自分たちは独立した国家であり、ジョージア州の土地法には準拠しないという主張をしてジョージア州を訴えた。最高裁主任判事のジョン・マーシャルは、チェロキー・ネイションを「自治力があり他の自治体とは独立した政治社会（ポリティカル・ソサエティ）である」[49] ことは認めながら、インディアンは「外国（フォリン・ステイト）」ではないと断言した。「合衆国に居住するこれらの部族が厳密に正確を期せば外国と呼べるかどうかはきわめて疑わしい。より正しくは、おそらく国内にあって依存する『国家』である」[50]という表現をして、チェロキー・ネイションの訴えを却下したのだった。この文言にも明らかなように、インディアン国家とアメリカ合衆国との区分けは微妙に難しい問題になっている。比較級を使用したり、曖昧化の副詞を多用しているところにも、アメリカ合衆国の苦しい立場が読み取れよう。それは建国の指導者たちもインディアン問題に関しては「仮定」に頼らねばならなかったからである。

アメリカ合衆国のなかにおいて、二つの国家が共存することなどありえなかったのである。だからといってインディアンが白人の政府の構成員になることもありえない。それで窮余の策がインディアンの封じ込めである「インディアン・テリトリー」という構想だった。領土の一部にインディアンを押し込み、そこにインディアンの自治州を設けることであり、それは今日、中身を変えながら「インディアン保留地」という姿に変容して存在している。

前述のプルーチャは、ジェファソンにはインディアンに対する偏見はなかったと強調した。『ヴァージニア州に関する覚書き』のなかでジェファソンは、インディアンは白人に劣らず勇敢で行動的で情愛が深いのであり、精神面でも白人に変わるところがないと記している[51]。そしてチーフ・ローガンの演説を例に取り、キケロの雄弁さに匹敵するとさえ述べていると、プルーチャは指摘する。だがジェファソンが『覚書き』で未開人の擁護をしたように見えるところは、フランスの博物学者デュ・ビュフォン（一七〇七―八八）がアメリカ大陸の動植物の劣等なることを叙述したことに対する反論であることを差し引いて考えねばならない。さらにジェファソンのインディアンと白人の「アマルガメイション（混交）」を推奨するような発言をどこまで真実とみなしてよいのか。「実際、かれらの究極的なしあわせと安泰は、我々の社会とかれらの社会が一緒になり、混交し、ひとつの民族になることだ」[52]とジェファソンは述べ、それは実現の方向へ進んでいたのに、一八一二年の戦争でイギリスが、インディアンの心にアメリカに対する敵愾心をふたたび植えつけてしまった。それゆえ「この不幸な人々を救済しようという我々の骨折りはくじかれてしまった」[53]のだと嘆いている。奴隷所有者だったジェファソンには黒人への偏見はあったが、インディアンについては偏見がなかったとプルーチャは主張している。けれども「この不幸な人々を救済」するのだと書くジェファソンは、すでに高みからインディアンを眺めているではないか。「アマルガメイション」といっても白人の文化・伝統にインディアンを染め直すことにほかならない。

白人の文明とキリスト教によってインディアンを染め直し、「アメリカ化」することが、かれら植民者およびアメリカ共和国の建国の指導者がもくろんでいたことだった。「バートルビー」の物語の時代設定に近い一八四〇年代は、アメリカにおいて改革運動がとくに盛んになった時代であるという。[54]キリスト教徒の倫理観をあらわす「慈愛」、「博愛」、「完全性」という言葉がはやった。[55]「慈愛（チャリティ）」や「博愛」という言葉は、『詐欺師』のなかでメルヴィルがこだわって使用しているし、「バートルビー」の語り手も「慈愛」や「博愛」という言葉をよく使う。たとえば事務所を出るようにという要請にもかかわらず、バートルビーが頑として出て行かないのに語り手は業を煮やすが、思い直してバートルビーの行動を「慈愛深く」理解しようとする。「自己利益のためだけだったとしても、それでもあらゆる人に慈悲（チャリティ）と博愛の心を起こさせる」[56]のだからと論理づけて、博愛の精神でバートルビーに対応しようとするのだ。バートルビーに悪意があるのではないし、苦しい人生だったのだから大目に見てやらねばならない、と語り手はキリスト教徒らしい寛大さを示している。このような博愛主義の考えは、それまでの権威主義だった教会制度から離れてもっと民主的な宗教を求める動きとかかわるのだろう。一九世紀前半のアメリカでは、メソディスト派やバプティスト派、黒人教会などが信者の数を大幅に増やしていった。[57]キリスト教会の民主化が行われていたのだった。いっぱんに一九世紀を通して、物理面や精神面における改良・改革運動の勢いは強かった。そしてその流れのなかでインディアンの「アメリカ化」が考えられることもあったのだろう。

だがプルーチャがいみじくも漏らしてしまったように、そのとき「アメリカ生活の中心領域（メイン・アリーナ）から脇へ移されていたインディアンを文明化しキリスト教徒にすること」[58]が計画されていたのである。インディアンがもはや「メイン・アリーナ」には存在しないことがはっきりしたときに、政府はインディアンの「アメリカ化」を行おうとしているのである。インディアンは強い合衆国政府の保護の下に置かれたほうが、かれらにとってしあわせであるという発想である。ヨーロッパ世界から来た人々には「文明と幸福」は結びついていたのであり、文明化されていないインディアンはすなわち不幸だった。かれらの蒙を開くことは、キリスト教徒であるアメリカ人に神が委ねた「使命（ミッション）」だったのである。「バートルビー」の語り手もバートルビーに対して「使命」を感じ、「私の君に対するこの世の使命（ミッション）は、君がいたいと思うだけ事務所の部屋をあてがっておくことだよ」[59]とつぶやいている。このような父権主義（パターナリズム）がピューリタニズムの特質でもあった。慈悲深いキリスト教徒は父親のように、弱者のインディアンや女たちを保護しなければならない。

狩猟生活をしていたインディアンを「文明化」するとは、まず第一に生活形態を根本から変えさせ、農業に従事し定住させることだった。荒れ野は耕さねばならないというのがかれらピューリタンたちの信仰でもあった。物理的にであれ精神的にであれ、「耕すこと（カルティヴェイト）」は文明なのである。狩猟生活を送るインディアンは文明からもキリスト教の教えからもほど遠い暮らしをしていることになる。インディアンたちが農業従事者になり一定の土地に定着すれば、白人にとってきわめて都合がよかった。狩猟のために駆け巡る広大な土地はもはや必要ではなくなり、インディアンにはごく一部の領域を当てがっておけばよい。これまでかれらによって占められていた土地は、かわりに白人が使用することができる。インディアンの「文明化」という大義名分のもと、その実、白人の土地所有の欲望を満たすことができるようになるのだ。

ジェファソンは一八〇三年に議会で次のように演説した。「このようにかれらを農業、工業へ向かわせ、文明へ導くことによって、かれらと我々の感情を一にすることによって、そして究極的にはかれらを我々の政府の恩恵に参加できるように準備することによって、我々はかれらが大いに利益をこうむるように働いているのだとかたく信じている」[60]。たしかにインディアンにとって利益がゼロではなかったのかもしれない。だが一七世紀に初めてヨーロッパの文明にさらされたアメリカ大陸のインディアンは、それまでは自分たちの暮らしかたで不都合もなく、何万年のあいだ同じ土地で生きのびてきたのである。一五世紀末のヨーロッパ人の新世界への侵入は歴史の必然であったのだろうか。インディアンたちは遅かれ早かれヨーロッパの近代文明に触れることになったのかもしれない。だがそれをまず行ったアメリカ植民地のイギリス人は、そしてその後のアメリカ合衆国は、先住民の取り扱いにおいて未来の方向を決定してしまったという点で、あらゆる責任を負うことになり、同時にまたその「権利」を獲得してしまったのである。

『リムーヴァルズ』のマドックスは、メルヴィルに影響を与えたインディアン関係の人物としてトマス・L・マッケニーを挙げていた。マッケニーは一八一二年からインディアンを強制移住させるようになる一八三〇年代にかけて、最初はインディアンとの交易の監督者として、その後、インディアン局の局長として連邦政府のインディアン政策を大きく左右した[61]。クエーカー教徒だったマッケニーは福音主義者の思いでインディアンの文明化を望んでいたようだ。準州の知事がインディアンにどのような態度で臨んでいるのかマッケニーは関心を示し、一八一八年に次のような手紙を書いている。「ギャス知事がインディアンを人間とみなしているように切に願っている。もしそうでなかったら、知事にとって聖書は異端の書になってしまうからである。聖書には『一つの血の』と書かれているのであり、神はあらゆる民族がこの地上で居住するように造られたのである」[62]。この書簡から判断すればマッケニーは白人とインディアンの平和的共存を願っているように見える。だがインディアンがまず白人の文明を取り入れなければ、平和的共存などは考えられなかった。この大きな「仮定」をマッケニーは疑うことなく当然のこととみなしていたのである。

インディアンを相手に商売をする交易所は「ファクトリー・システム」と呼ばれていた。マッケニーはこのシステムを商売はもとよりインディアンを文明化する体系として活用したいと考えていた。白人の支配者や宣教師にとって、まずインディアンを農業労働者へ変えることがもっとも重要な課題だった。農業に従事するようになればインディアンは自分の耕作する畑地という認識を抱くようになるだろうし、そうなればヨーロッパ人の「私有地」という概念をかれらも持つようになるだろう。そして勤勉に働くことを教え込み、定住する意味を与えれば、キリスト教の宣教師たちが布教する基盤の共同体を建設することが可能になるからである[63]。すべてはここへ行き着く。ヨーロッパ近代の白人の、私有地への欲望であり、キリスト教の支配欲である。マッケニーが「インディアンも人間である」[64]と述べ、自分たちと同じように喜怒哀楽の感情があることを強調しようとも、異端ではあるが悪魔や野獣ではなく「人間」であるから布教が可能であり、布教の対象にしなければならないと主張しているにすぎないのだ。当時はインディアンを野獣とみなし、あるいは悪魔とみなすことは一般によくあることだったから、マッケニーの「人間」を強調する姿勢もその視点から理解しなければならない。そしてキリスト教の布教とは異端の宗教を否定し、改宗しなければその魂は救済されず消滅するのであるという信念から始まる。これもまた偉大なる「仮定」である。だが当時は素朴にそう信じている宣教師たちがインディアンのなかに入って布教活動をしていたのだ。それが「慈愛」であり「博愛」であるとかれらはかたく信じていた。

「私有財産」や「私有地」という概念をインディアンのなかに広め、白人の望む形でアメリカ大陸を支配していくというのが連邦政府のあくなき要請であった。インディアンの土地に対する概念を変えようという魂胆である。けれども「私有地」の概念を植えつけたところで、連邦政府はアメリカ大陸の土地をインディアンとどのていど共有していこうと考えていたのか。これまで居住していたかれらの土地を「私有財産」と認識させ、そののち対等の立場で売買をする。連邦政府の考えでは、そうやってインディアンから正式に土地所有権を獲得しようとしたのだった。そうすれば全土を確保するのもたやすいと考えていたのではないか。いったいインディアンの土地所有権をどこまで認めようとしていたのか疑問が残る。「原住民の権利は土地の占有権に限られるのであり、究極的な所有権ではないという点に関しては、すべての者の意見が一致していた」[65]という裁判記録がある。ここですべての者とは上院議員とジェファソン大統領を指している。「私有財産」の概念も土地所有の概念も、すべては先住民の居住地をあたかも合法的に白人のものにするための「大前提」だった。大いなる「仮定」だった。

インディアンの定住化を計り、ミシシッピ川の西へ強制移住させせたジャクソン大統領は、インディアンの故郷＝土地＝ホームへの愛着を知らない白人を代表していた。一八三〇年にチョクトウ族の指導者に向かって次のように語っている。「先祖の骨が埋まっている土地へあなたがたが感じる思いはよく知られています。我々の先祖も同じことを体験しました。はるか以前に、幸福を得るために大洋の向こうの故国を離れ、この遠く未踏の領域に新しく静かな故郷（ホーム）を求めてやってきました。もしそうしていなかったなら、かれらの子供たちは今ごろどこにいたでしょうか。それに今日、その子孫が享受している豊かさはどこにあるというのでしょう。旧世界はかれらに経済的な余裕を与えることがほとんどありませんでした。けれども先祖が針路を変えたおかげで、その子孫は繁栄し幸せになったのです。未来において、同じことがあなたがたの子供たちに巡ってくるでしょう」[66]。ジャクソンはこのようにインディアンたちの移住が子孫の幸福につながること、白人も故郷を捨ててきたのであるからインディアンの故郷への思いはわかるが、それは結果を見れば無視できると言う。だがここで忘れてはならないのは、旧世界から大西洋を渡ってきた白人は、自分たちの意志で故郷を捨てたのだった。その大前提を見逃して、白人によかったことはインディアンにもよいはずだ、と「仮定」することには大いなる無理がある。実際、移住法が制定されてから、移住係官はジャクソンの論理などを用いて部族の人々を説得しようと努力するのだが、自発的に移住を望む部族は少なかった。「ほとんどの部族が今いる場所に居住することを『好み』[67]」、自分たちにはその権利があると主張したのである。

バートルビーが「好んだ」ように、アメリカ・インディアンも代替地をあてがわれたところで、先祖の昔から住み続けていた土地を「好む」のは当然である。バートルビーの弱々しいが頑固に変わることのない「自分は好む」という宣言は、いまや連邦政府との交渉でインディアンが言い続けてきた返答のように響く。

六 「奇妙な生き物」が取り憑く

何も仕事をしなくなったバートルビーを弁護士仲間は「奇妙な生き物」がいると噂するようになっていた。「事務所に奇妙な生き物を飼っている[68]」と周囲の者がささやきあっている。語り手の弁護士はこの生き物が「かなり長生きするのではないか。そして私の部屋を占有して、私の主導的権威を否定するのではないか[69]」と不安になってくる。さらに自分より長生きして、「私の部屋を永続的に占有していたのだから、その所有権は自分にある[70]」と主張するのではないかと心配になってくる。ここでは明らかに占有権と所有権の問題が提起されている。インディアンには占有権を認めても、所有権はまったく別であると考えた建国の支配者たちの見解と重なってくるのである。そして法的には明瞭であるようでいながら、「先住民インディアンの土地」であったアメリカ大陸の占有権と所有権という区分けがいささか曖昧であることも暴露されている。

「奇妙な生き物」、「部屋の亡霊」と周囲からバートルビーを厳しく非難されはじめた弁護士は、だんだん不安になってくる。ついには、「この堪え難い夢魔」[71]を永久に追放しようと決意する。けれども出ていったのは弁護士だった。バートルビーは借り主の代わった事務所のある建物から出ていこうとしない。「昼間は階段の手すりに寄り掛かり、夜は入り口で寝ている。そうやっていわば建物に取り憑いたままだった」[72]バートルビーは、語り手の弁護士の憂慮の対象であることから、さらに広がって建物を借りているすべての人々の憂慮の対象になる。気味悪がって客が逃げていってしまい営業妨害にもなっていた。

バートルビーは結局、法的手段によって強制的に退去させられ、牢屋に入れられることになるのだが、それは「亡霊のバートルビー」が弁護士の部屋を出て徘徊し、建物全体の問題になったからである。弁護士個人の問題から「バートルビー問題」は、いわばアメリカの問題へ発展していった。バートルビーは部屋や建物の所有権を主張しているのではなかった。ただ「占有権」に関して「好み」という表現で主張し、強制移動を拒否した。「いかなる変化も好みません」というバートルビーの言葉は、移住を勧め文明化を図ろうとしたアメリカ政府のインディアン政策に抵抗した部族の姿勢に呼応する。かれらはアメリカ政府の望むようないかなる「変化」も欲していなかったのではないか。

脅迫されてもそれをものともしない不動のバートルビーは、だれにも脅威だった。物理的にも精神的にもバートルビーは不動だった。そして部屋から追い出されてもなお建物に取り憑くバートルビーは、未来のアメリカ社会に亡霊のように取り憑くインディアンを想像させる。一九六九年の「全部族のインディアン」によるアルカトラツ島の占拠は一九カ月におよんだ。この出来事でも明らかなように、「インディアン問題」は今日でも解決していないわけではない。アメリカの連邦政府は、バートルビーが建物から追放される代わりに弁護士のほうが出ていかねばならぬ事態を避けねばならない。雇主の弁護士がたまたまちょっとした仕事を頼むにも恐れを感じて逡巡してしまうようになり、バートルビーが仕事を拒否するのを前にして手をこまねいているようであれば、「秩序」の崩壊を招くことになる。アメリカ全体が混乱し、恐怖におちいることになる。弁護士の恐怖は連邦政府の恐怖になっていくのだ。それを避けるには法的にバートルビーを閉じ込めるしかない。現在では保留地がある意味で包囲と閉じ込めを行っているのだろうが、バートルビーの場合はそれが牢屋だった。

バートルビーは牢屋で死んで行く。「墓場」と通称されている刑務所、「正義の館」は厚い壁で囲まれている。それは驚くほど厚い壁で周囲の騒音をすべて遮断していた。現実のアメリカを離れ、ここには特殊な領域が生みだされているようでもある。バートルビーを訪ねた語り手はエジプト風の石造りの建物に気が重くなるのだが、「足もとには監禁されたように柔らかい芝生が生えていた。まるで永遠のピラミッドの中心（ハート）のようだ。割れ目からは不思議な魔法によるのだろうか、小鳥が落としていった草の種が育っていた」[73]と語っている。古代エジプトとピラミッドへの言及は時間の永遠性を示している。ここでバートルビーは死んで行くのだが、その死は消滅ではなく永遠に存在するのである。それがこの場面の描写の意味だろう。「不思議な魔法」によって囲い込まれた墓場のような刑務所の中庭に生命がもたらされている。芝生や草は再生を象徴し、バートルビーは死んでも身代わりの「自然」が育っている。

二度目に「墓場」を訪れた語り手の弁護士は、まったき静寂の中庭にやせ細ったバートルビーが横たわっているのを見つけている。その姿はまるで「胎児」のようだった。「壁の下で、膝を曲げ頭を冷たい石につけ、体を奇妙に丸めて横になっていた」[74]と描かれるバートルビーの死に姿は硬直してはいない。死者を抱くエジプトのピラミッドのなかで、まるでこれから生を受ける胎児のように沈黙しているのである。死のなかの生である。

マイケル・ロギンはメルヴィルの小説『イズラエル・ポッター』を論じて、「イズラエルはロンドンのピラミッドのなかばかりか、自身の革命運動の墓場のなかで生きたまま埋められたのである」[75]と述べている。イズラエル・ポッターは船を降りてロンドンの町はずれでレンガ作りに従事した。そのレンガで都会が建設されて行く。ロンドンはこの作品のなかで死の都のイメージでとらえられ、「ファラオのエジプト」にたとえられる。「煤煙で黒くなった橋は、石造りの長い墓石のようなアーチ状であった」[76]ように、都会、石造りの建造物、レンガ（バートルビーの盲壁や牢屋を取り囲む壁などが思い出される）が死と結びつけられている。そしてイズラエル・ポッターも「生きたままの死」にたとえられている。

「バートルビー」の最後の場面は死と生の交錯する領域なのである。エジプトのピラミッドが死者を生きているもののごとくに扱い、死者を保存し永遠を追求しようとするように、バートルビーが強制的に入れられた牢屋の、「永遠のピラミッドの中心（ハート）」に生命のよみがえりを暗示することによって、バートルビーの死は永遠化する。「ハート（心）」は長編詩『クラーレル』において「人間のなかにある神性」であり、「ハート（心）は人間的なものと神的なものとをつなぐハイフン」であると、『クラーレル』論を書いたスタン・ゴールドマンは指摘している。[77]これを「バートルビー」論にあてはめれば、「墓場」の中心に生える芝生と草は「人間のなかにある神性」をあらわし、バートルビーの死は普通の人間の普通の死であることをやめ、普遍化され永遠化されるのである。神の「ある神秘的なる目的」はそこにあったのである。

ゴールドマンは『クラーレル』における生と死のかかわりを論じて、「逆説的ではあるが、『クラーレル』に見られる生命の永遠性は、常に死ぬべき運命の領域において示される」[78]と述べている。『クラーレル』でメルヴィルが描くエルサレム近くの谷間は、「宇宙という偉大なる棺桶のなかの墓場」[79]のように映る。「谷間は眠り――／警告の夢のなかにぼやけている／恐ろしい空を屋根にいただき重苦しく／空の星は銀色の釘の頭のように輝き／命の消えた瞼を突き刺す」[80]。この谷間の描写は、バートルビーの牢屋が墓場にたとえられているところに相応じるだろう。だがそのような谷間にも希望はあり、メルヴィルは「絶望」と「希望」とをよりあわせながら、この長編詩を書いている。ゴールドマンは『クラーレル』ではキリスト磔刑の十字架ですら死の象徴ではなく、「キリストの神に答えてもらえぬ叫び」[81]をあらわすのでもなく、十字架は「罪のない痛みから芽生えたある平安」を象徴することが可能であると言う。[82]

「それではどういうことか。死は書籍の巻末の白紙か？／これから向こうはないというのか？　もしあるとしたら／死はどのような足跡をつけるのか？　どうやって出し抜いて／永遠と知り合いになるのか？／進歩があって、年を積み重ねるのか？／木は倒れた瞬間のまま／横たわっているのではない／人の言葉がいかに語ろうと／神の言葉と意思は作られたもの／未完成の天国はどれも認定されてはいない」[83]。木が死を迎えて倒れたとしても、そのままの姿形で残るのではない。朽ちて溶解していくこともあろうし、化石となることもある。朽ちても木は土に戻り、そこで再生が行われている。死は瞬間的な断絶ではなく、その向こうが予期されるのである。死のあとに来る天国はただ一つの天国が決定されているのではない。メルヴィルは死をこのようにとらえていた。「バートルビー」のいわば「あとがき」によると、弁護士事務所へやってくる前のバートルビーは、どこまで確かなのかは疑問だが、ワシントンの配達不能郵便係で下級郵便局員をやっていたという。連邦政府のあるワシントンという場所とバートルビーが配達不能郵便、「デッド・レター（死んだ手紙）」の係りだったという報告は、バートルビーの生涯をさらに特異なものにしている。語り手の弁護士はこの報告に動揺する。「デッド・レター（死んだ手紙）だって！　まるでデッド・マン（死んだ人間）に聞こえるじゃないか」[84]と弁護士は、「死への絶望」にもっとも近い仕事をバートルビーはしていたのだと恐れおののく。「局員は荷車いっぱいのデッド・レターを一年に一度、火にくべる。畳んだ紙のなかからこぼれ落ちた指輪をこの青白い局員が手に取ることがある。指輪はすでに墓場で朽ち果てている人の指にはめられるものだったのだろう。慈悲をすぐに与えようと送られた紙幣。その金で命をつなぐことができた人物は、もはや食べることもなければ飢えることもない。絶望しながら死んでいった人々への許し。希望も抱かずに死んでいった人々への希望。なごむことのない悲惨に息を止められ死んでいった人々への嬉しい知らせ。人生の使いを果たそうとしながら、手紙は死へと急いでいった」[85]。

語り手による「配達不能郵便」の説明はバートルビーの人生を重ねながら、あらたにさまざまな物語を描き込んでいる。指輪は若い婚約者が遠くの地からようやく貯めた金で買ったものかもしれない。ひとり待ち続けた娘は見捨てられたと思い込んで、別の人生を歩んでしまったのかもしれない。貧困に悩む家族が一時的に飢えをやわらげ、その紙幣を手にして明日への希望を抱いたかもしれない。苦しみ続きだった家族にも、ときおり嬉しい便りがあって、それが生きる精神的な糧になったかもしれない。だがすべては配達されずに終わった手紙だった。指輪も紙幣も嬉しい知らせを書いた便りも、それぞれ確実な存在があったのに、その意味が無化されてしまった。手紙を受け取らなかったために死んでいった人々がいたが、手紙そのものが死んでいったのだった。バートルビーはそのような死をみつめる仕事をしていた。

七　死の手紙／死んだ手紙

「配達不能郵便（デッド・レター）」は手紙そのものが死を迎えたのだが、一九世紀のとくに前半のアメリカで、「死」を知らせる手紙や結婚、出産などを通して死に対する態度をしたためた手紙が多く書かれて残っている[86]。ヨーロッパではこのような文書は「まったく存在しなかったか、あるいは消失してしまった」[87]とアリエスは述べているが、ヨーロッパとアメリカの違いはなぜか。いわば「死亡通知」はおもに貧しく素朴なアメリカの開拓民によって書かれている。かれらは親類からも遠く離れて暮らしていたから、孤立した不安をやわらげる方法は手紙しかなかっただろう。決して書くことに慣れていない開拓民でも書かずにはいられない開拓地の孤独があった。

そしてその心理の深層には身近な者の死を知らせることによって、死者のみならず自分の存在を確認したい気持ちがあったのではないか。他の者に伝えることによって存在を認識してもらうのである。そしてヨーロッパよりもアメリカにおいて「死亡通知」が盛んだったとすれば、それだけアメリカの開拓地の暮らしが厳しかったからである。

またこのようにも考えられる。旧世界の小さな村では葬式は地理的にも身近だった。わざわざ手紙で知らせることもなく、死者にゆかりの人々は目の前でその死を悼むことができる。ところがアメリカの開拓民にはそれがほとんど不可能だった。見知らぬ他人にみとられて死んで行くのが運命だとしたら、やはり不安になるのではないか。自分と親しい人々に知ってもらいたい。血縁の者に死を知らせるには手紙しかほとんど手段がなかった。そして一九世紀のアメリカでは、人の死をみとることは「特権」であったという。[88]愛する者の最期を見守り、安らかにあの世へ旅だたせてやることができたら、それに越した喜びはないのだった。そのとき見守る者は自分の死を想像しているのだろう。自分もこのように死を迎えるのだろうかと。

おそらく多くの死亡通知は一緒に暮らしたことも会ったこともない者の死を知らせるものだっただろう。それでも開拓民が文法的にも間違いだらけの不器用な文章で死亡を知らせる手紙をしたためたのは、そうしなければ死者が実際にこの世に存在したのか定かでなくなってしまうからである。物理的に身近なときに可能な「口こみ」ではなく、一九世紀の開拓民は書かれた言葉（ロゴス）によってその死をぜひとも確認せねばならない衝動に駆られていた。死者の忘却は恐怖だった。

このころ死者の埋葬に対する考えかたも変わってきた。町なかの教会の裏手にある陰鬱な墓地から郊外に広大な土地を確保して、そこに墓地を建設する「田園墓地」の傾向が広まってきた。ヘンリー・ディアボーンはマサチューセッツ州造園学会への報告書のなかで、「古代エジプト人のエリジオンの楽園」[89]のような墓地の建設を勧めている。三〇年代に建設されたマサチューセッツ州ケンブリッジのマウント・オーバーン墓地（創立一八三一年）やフィラデルフィアのローレル・ヒル墓地（一八三六年）、ブルックリンのグリーンウッド墓地（一八三七年）などが「田園墓地」としてよく知られている。

これらの庭園墓地は各地の墓地の模範になっていった。町なかの墓地につきまとう狭く陰鬱な雰囲気を排除し、死後の世界がカルヴィン主義の恐ろしい地獄のようなイメージを抱かせないように設計された墓地は、まるでイギリス庭園や公園のようであり、明るい雰囲気を漂わせていた。池があり丘があり並木があり、死者もここで散歩を楽しむのだろうかと思わせるような墓地である。墓石もただ標識のように薄い板石を立てたり、十字架を建てたりするのではない。広々とした墓地に小型の住居が建っている。死者はここに埋葬されているのだが、今にも扉を開けて姿をあらわしそうな錯覚を抱かせられる。あの世へいっても、あたかもこの世の暮らしが続いているかのようだ。死と生の境を崩そうという願いのあらわれだろう。

このような庭園墓地を郊外に建設するようになったのは、衛生観念の発達にもよるらしい(90)。こみあった町なかの教会の墓地は衛生上よくないと考えられた。それも理由のひとつだっただろう。だが、生と死に断絶があり、境界線があるという認識への恐怖のほうが強かったのではないだろうか。生きている者の、永遠に死者と共にいたいという願望であり、自分の死後を想像したとき、このように生きている者の世界に受け入れられたいという願望だったにちがいない。

庭園墓地の発想は、死を怖いものとして退けるのではなく、やさしく受け入れていこうとする気持ちのあらわれだった。一九世紀のロマン主義の時代に、死を厳しい最期の審判のときとしてではなく、もっと身近で馴染みのある人間の「営み」の一部にしていこうとする傾向である。マウント・オーバーン墓地の建設賛同者にユニテリアン派の信者が多かったのは、死のとらえかたがカルヴィン主義者とは違っていたからだろう。

この時代にはまた「慰めの文学」が読者の心をとらえていた。一九世紀の文化論を著したアン・ダグラスは、なかでもエリザベス・スチュアート・フェルプスが書いてベストセラーになった『開け放たれた門』（一八六八）をその最高傑作であると述べている。[91] 教会の教える永遠の死の状態が抽象的だったのに対して、フェルプスなどのセンチメンタリストは死後の世界を具体的に生き生きと描いた。その様子は地上の日常的な家庭生活に似通っており、ダグラスは、「天国は明らかにテキサスとどうように現実だった」と書く。[92] 作家たちは天国をまるで見たきたかのように、まるで見えるものであるかのように描いたのである。

中世のヨーロッパの時代から「慰めの文学」がなかったわけではない。それは賛美歌や祈禱文に書きこまれていった。アメリカでも同じようにあの世を身内で語りあったり、家族の死を悼んで祈禱文が書かれ読まれていたが、それは家族のなかや、ごく身内の人々に限られていた。小説という形式で「おおやけ」になっていったのが一九世紀であるという。[93] ダグラスは「慰めの文学」を論じた章に「天国・私たちのホーム——あの世の植民地化」という興味をそそる題を付けている。フェルプスの『門の向こう』（一八八三）で描かれる「瀟洒な家」に「地上の家との断絶はない」[94] のであり、家具調度品にいたるまでこの世の家とそっくりに描き出されているという。生から死へのつながりを、しかもそれがこの世と変わりないことを伝えることによって、多くの読者が「慰め」られたのである。そうやって死は怖いものからやさしいものへ美しいものへと変容して行く。一九世紀のロマン主義の精神は、そしてダグラスはその章題にはからずも「植民地化」という言葉を使ったのだが、資本主義的また帝国主義的征服の論理は、あの世までをも包括していったのである。「死者と休息の場は生きている者の不動産」[95] になっていった。

マウント・オーバーン墓地が「美と死の場所、憂鬱と喜びの場所」[96] であったように、一九世紀のアメリカ人は、死のなかに生を読み取ろうとする果てしない努力をしていた。生者にとっての約束の地アメリカは、同時に死者にとっての不滅のパラダイスにならねばならなかった。アメリカはこの世であろうが、あの世であろうが美しいユートピアのような「ホーム（故郷）」であってほしかったのだ。

バートルビーの死のなかの生もまた、一九世紀の「ホーム信仰」の文脈で読むことができるだろう。生命は断絶するのではないし、恐ろしい閉じ込めの場所の牢屋にさえ新しい命を育む空間があり、その命の「ホーム（故郷）」になる可能性がある。仮の宿りの牢屋は決して一時的なのではなく、喧騒の都会に囲まれてかえって命の永遠性を象徴しているのである。「バートルビー」の最後のあとがき風描写によれば、バートルビーは、政府の与党の交代によって郵便局の職を失ったということだが、都会の人間が選挙にうつつを抜かし、常に瞬間的な生きかたをうながされているのに対して、牢屋のなかのバートルビーは時間の永遠性をあらわし、死者を葬るピラミッドの永遠性を体現しているのである。

それではアメリカ社会における「ピラミッドの永遠性」とは何か。『ピエール』に書かれているように[97]、ひとつには「あの深遠なる沈黙、われわれの神のただひとつの声」に耳をすまし、それをつかみ取り理解することである。それはかならずしもキリスト教の神の声ではない。全人類の「神」の声である。

八　永遠の「ヒューマニティ」

バートルビーが「深遠なる沈黙」におちいったとき、牢屋の中庭で胎児のように横たわったとき、読者は耳をすましてその沈黙を理解しなければならない。だが、その前に、初めて「墓場」を訪れた語り手の弁護士と差し入れ係りの男との会話を思い出しておきたい。あれはいささか気がふれているのでね、と弁護士はバートルビーについて男に説明する。すると男は「気がふれているだって？　気がふれているってえことなのかい？　はてさて、あんたの友だちはてっきりお気楽な贋金作りと思ったよ。あいつら、いつだって青白くってえ、おとなしいんだ。かあいそうなもんさ。ほんと、かあいそうだよ。モンロー・エドワーズってえの知ってるかい？（略）シンシンのムショで肺病にかかって死んじまったよ。それじゃあ、何かい、エドワーズを知らねえってのかい？」(98)と聞いてくる。弁護士は贋金作りの知り合いなどまったくいないと強く否定する。

このエピソードはさりげなく付け足されているようであり、だからこそよけいに気にかかる。なぜ差し入れ係りの男はバートルビーを"forger"と勝手に思い込んだのか。贋金作りと訳した英語は"forger"であり、「偽造文書」の作成者を指す。それが紙幣であれば贋金作りにもなる。金本位ではなく紙幣が使われるようになった時点ですでに、物の価値の等位性にひずみが出てくるのだが、紙幣とは結局のところ人間が作り出した約束事である。そのために紙幣の価値が下落してただの紙同然になることがある。金と紙の間には約束事という薄い膜しかない。同じことが「バートルビー」の物語についても言えるのではないか。バートルビーが写していた土地の権利書などは、土地という実物とそれを所有する権利の間に人間同士の約束事の薄い膜があるだけである。

顔色が悪くておとなしいのが"forger"だという男の思い込みは、隠れながら日にもあたらずに偽造する作業の健康的でないことを指摘しているのであろうか。この男には人殺しや泥棒などの凶悪犯のほうは「かあいそう」ではない。殺人であれば感情のもつれによる相手への怨念という人間的感情があるのだろうし、泥棒であれば対象物を勝手に自分のものにしたいという欲望がある。偽造はそれが手段となって最終的には人間の物欲を満たすことになるのだろうが、それ自体は意味をもたないうつろな作業である。その生産的ではない作業のために刑務所送りになり、わびしい刑房で病んで死んでしまうとしたら、これほどつまらないことはない。権利書をいくら筆写しようとも実質あるものを生産しているのではない。筆写した者が土地の所有者になるわけでもない。実際は「権利」を生産することにもならない。そして文書偽造とは言葉をだまして作り上げるのであり、ロゴスの操作である。ロゴスのからくり作業である。「墓場」の男が感じていたのは、人間のこのようなロゴス操作のむなしさだったのではないか。

「気がふれているだって？　気がふれているってえことなのかい？」と弁護士に問い直す男は、バートルビーが「気がふれている」とは思っていなかったのだ。むしろなぜ弁護士がバートルビーを「気がふれている」と決めてかかるのか不思議だった。バートルビーは理性を失っていると弁護士は主張する。アメリカはにぎやかなロゴクラシーの世界だと、ワシントン・アーヴィングのムスターファは批判していたが、そのロゴスの世界の価値観で暮らす弁護士にすれば、バートルビーは理性（ロゴス）を失った、気のふれた人間だった。けれどもバートルビーのようにロゴスのからくりを知り、ロゴクラシーの世界に異議を唱える、あるいは疑義を感じているものには、かえって弁護士の要求のほうが常軌を逸していたのである。

「墓場」の男は知識人ではなかったから、文書偽造という知的からくりへの理解はない。ただその犯罪者をあわれに思う気持ちだけがある。人間がこの罪を犯してしまうことへ、感覚的に反応している。その感性の欠落しているのが弁護士だった。弁護士は若いころから「もっとも安易な暮らしかたがもっとも良いものであると確信していた」[99]のであり、「権威」による褒め言葉に素直に満足する人物だった。「権威」の意味を問い直そうともしない。理性（ロゴス）もほどほどの、そして感性においては鈍感な人物だった。そこに理性（ロゴス）だけでは説明のつかない人間の営みを、感性をも代表するバートルビーという人物があらわれたのだった。弁護士にとっては青天の霹靂のみならず、まったく異なる世界の人間の出現だった。その「深遠なる沈黙」を読み取ることは不可能だった。最後に顔を出した「墓場」の男は、「そうか！　眠っているんだね、そうだね？」[100]と弁護士に問いかける。もちろんもう死んでしまっていたのだが、「王や議員とともに」と弁護士はひとりつぶやく。聖書のヨブ記第三章に出てくるこの言葉は、生を否定し胎児のときに死を迎えなかったことを嘆いている。「なにゆえ、わたしは胎から出て、死ななかったのか。（略）そうすればわたしは安んじており、自分のために荒れ跡を築き直した地の王たち、参議たち、あるいは、こがねを持ち、しろがねを家に満たした　君たちと一緒にいたであろう」（一一―一五節）。バートルビーの姿が胎児のようだったことが重なってくる。聖書のヨブは死ななかった。胎児のバートルビーは死んでいくのだが、眠っているような錯覚を抱かせる。その場所はエジプトのピラミッドのような牢屋である。そこでバートルビーはいにしえの高貴な人々と一緒に眠っているのだろうか。バートルビーはひとりではなく、死んでいるのでもない。ただ眠っているだけなのだ。「食事はしないで生きている」と言って弁護士は自分を慰めている。この世からあの世へのつながりを必死になって求めている。

　だが弁護士に「深遠なる沈黙」は聞こえたのか。物語の半ば近くで弁護士は、「共有するヒューマニティの絆[101]」があるので、バートルビーを思うと憂鬱になるのだが、それは「兄弟どうしが共感する憂鬱[102]」であると悟ったように語っている。自分たちは二人とも「アダムの息子たち[103]」なのだと。ところが「ヒューマニティの絆」を口にしながら弁護士は、結局、バートルビーを死へ追いやった。だからこそバートルビーに向かって、「ここへ連れて来られたのは自分のせいではない[104]」と弁明しているのだ。しかも言わずもがなの「それに、みんなが思うほど悲しい場所でもないじゃないか。ほら、空も見えるし、草だって生えている[105]」と付け足している。バートルビーは弁護士に話しかけられても、あなたとはいっさい話したくありません、と拒絶し、自分が今どこにいるのかわかっています、と弁護士をさえぎる。語り手の弁護士が「深遠なる沈黙」を聞くことは、とうとうできなかった。

　バートルビーが表象するものは、アメリカ社会における「ヒューマニティ」である。弁護士が口にした「共有するヒューマニティ」こそ、本来は弁護士の「使命（ミッション）」であった。「まったき賢さの摂理（神）のある神秘的なる目的」によってバートルビーは弁護士のところへ寄越されたのである。それはアメリカ共和国における「ある神秘的なる目的」と解釈してよいだろう。

バートルビーの沈黙の叫びは、アメリカ共和国建設のもとで指導者によって「無化」されようとしていた先住民インディアンの叫びと読むことができる。バートルビーがインディアンを表象しているというのではない。「ヒューマニティ」によりインディアンを思い出させるのであり、アメリカにおけるインディアンは「ヒューマニティ」を思い出させるのである。バートルビーは牢屋に入れられながら、「自分が今どこにいるのかわかっています」(106)とはっきり答えている。あれほど言葉を倹約するバートルビーが、最後に、自分の存在する場所は自分がよく知っていると断言するのである。この言葉は、沈黙しながらもアメリカ社会で消滅することなく生き長らえてきたインディアンが自分たちの存在を主張する声と響きあうのである。

ポタワタミー族のチーフ・ポカゴンは「コロンブスの時代にわたしたちの先祖を訪問した白人ピーター・マーターの記録」として次のような文章を引用している。「これらの人々の土地は太陽や水とまったく同じように共有のものであります。（略）ほんの少しの物でかれらは満足していますので、このように大きな国で不足というより余剰の状態にあります。広々とした境界のない庭園に、防壁に囲まれもせず、垣根によって区分けもされず、壁でふさがれたりもしないで、苦役のない黄金の世界に住んでいるようです」(107)。

それが真実であったかどうかはわからない。実際に「黄金の世界」であったかどうかは。けれども少なくとも白人の目にそのように映ったということが、きわめて重要な「事実」である。一五世紀の白人にとって「壁」のない先住民の暮らしは印象的だった。「バートルビー」という短編の副題が「ウォール街の物語」であり、「壁の通りの物語」であることを考えると、バートルビーが壁を凝視するその視線の強さが、なおいっそう意味を深めてくる。ニューヨークのウォール街の壁はもともと一七世紀の植民者が、インディアンの襲撃に備えて建設したものだった。「壁」によって自分たちを守りながら、他者を疎外しようとする心理は「ヒューマニティ」からほど遠い。その「壁」をバートルビーは見続けていたのである。

「バートルビー――壁の通り（ウォール・ストリート）の物語」は、壁＝ピラミッドの永遠性にたとえながらアメリカ共和国の先住民インディアンの永遠性を描いている。生のなかの死、死のなかの生を描きながら、永遠の「ヒューマニティ」を語っている。

（1） *The Writings of Herman Melville, The Piazza Tales and Other Prose Pieces, 1839-1860* (Northwestern UP and The Newberry Library, Evanston and Chicago, 1987), p. 45.

（2） Lucy Maddox, *Removals : Nineteenth-Century American Literature and the Politics of Indian Affairs* (Oxford UP, 1991). 丹羽隆昭監訳『リムーヴァルズ』（開文社出版、一九九八）、一一七頁。

（3） 『リムーヴァルズ』、一一七頁。

（4） Michael P. Rogin, *Subversive Genealogy : The Politics and Art of Herman Melville* (U of CA Press, 1985), p. 197.

（5） Washington Irving, *Astoria or Anecdotes of an Enterprise Beyond the Rocky Mountains* (AMS edition, 1973, [1836]).

（6） *The Piazza Tales,* p. 37.

（7） *The Piazza Tales,* p. 37.

（8） Allan Moore Emery, "The Alternatives of Melville's 'Bartleby'," *Nineteenth-Century Fiction,* vol. 31, no. 2 (Sept. 1976), p. 172, n.b.

（9） Wyn Kelley, *Melville's City : Literary and Urban Form in Nineteenth-Century New York* (Cambridge UP, 1996), p. 206.

（10） *The Piazza Tales,* p. 32.

(11) *The Piazza Tales*, p. 34.
(12) *The Piazza Tales*, p. 34.
(13) *The Piazza Tales*, p. 34.
(14) *The Piazza Tales*, p. 35.
(15) Kelley, p. 204.
(16) Christopher Looby, *Voicing America : Language, Literary Form, and the Origins of the United States* (U of Chicago Press, 1996), p. 78.
(17) Washington Irving, *History, Tales and Sketches*, p. 144.
(18) Washington Irving, p. 494.
(19) *The Piazza Tales*, p. 14.
(20) *The Piazza Tales*, p. 13.
(21) *The Piazza Tales*, p. 14.
(22) *Astoria*, p. 51.
(23) F. Scott. Fitzgerald, *The Great Gatsby* (Charles Scribner's Sons, 1925), p. 97.
(24) *The Piazza Tales*, p. 14.
(25) *The Piazza Tales*, p. 29.
(26) *The Piazza Tales*, p. 41.
(27) *The Piazza Tales*, p. 19.
(28) *The Piazza Tales*, p. 13.
(29) *The Piazza Tales*, p. 13.
(30) *The Piazza Tales*, p. 34.

(31) *The Piazza Tales,* p. 29.
(32) *The Piazza Tales,* p. 29.
(33) Looby, p. 161.
(34) *The Piazza Tales,* p. 30.
(35) *The Piazza Tales,* p. 29.
(36) William L. Vance, *America's Rome I : Classical Rome* (Yale UP, 1989), p. 188.
(37) Vance, p. 188.
(38) Vance, p. xxiii.
(39) Vance, p. 17.
(40) *The Piazza Tales,* p. 33.
(41) *The Piazza Tales,* p. 24.
(42) *The Piazza Tales,* p. 32.
(43) *The Piazza Tales,* p. 37.
(44) *The Piazza Tales,* p. 40.
(45) Kelley, pp. 206-7.
(46) *The Piazza Tales,* p. 24.
(47) Francis Paul Prucha, *The Great Father : The United States and the American Indians* (U of Nebraska Press, 1995), p. 32.
(48) Prucha, p. 31.
(49) Prucha, p. 209.
(50) Prucha, p. 209.

(51) George McMichael ed., *Concise Anthology of American Literature* (Macmillan Publishing Company, 1985), p. 214.

(52) Prucha, p. 137.

(53) Prucha, p. 138.

(54) Prucha, p. 283.

(55) Prucha, p. 284.

(56) *The Piazza Tales*, p. 36.

(57) Nathan O. Hatch, *The Democratization of American Christianity* (Yale UP, 1989), p. 3.

(58) Prucha, p. 284.

(59) *The Piazza Tales*, p. 37.

(60) Prucha, p. 139.

(61) Prucha, p. 141.

(62) Prucha, pp. 141–2.

(63) Prucha, p. 148.

(64) Prucha, p. 148.

(65) Prucha, p. 60.

(66) Prucha, p. 197.

(67) Prucha, p. 197.

(68) *The Piazza Tales*, p. 38.

(69) *The Piazza Tales*, p. 38.

(70) *The Piazza Tales*, p. 38.

(71) *The Piazza Tales*, p. 38.
(72) *The Piazza Tales*, p. 40.
(73) *The Piazza Tales*, p. 44.
(74) *The Piazza Tales*, p. 45.
(75) Rogin, p. 228.
(76) Herman Melville, *Israel Potter : His Fifty Years of Exile* (Northwestern UP, 1997 [1855]), p. 159.
(77) Stan Goldman, *Melville's Protest Theism : The Hidden and Silent God in Clarel* (Northern Illinois UP, 1993), p. 155.
(78) Goldman, p. 118.
(79) Goldman, p. 118.
(80) Herman Melville, *Clarel* (Hendricks House, 1973 [1876]), p. 510.
(81) Goldman, p. 119.
(82) *Clarel*, p. 277.
(83) *Clarel*, p. 70.
(84) *The Piazza Tales*, p. 45.
(85) *The Piazza Tales*, p. 45.
(86) Philippe Aries, *The Hour of Our Death*, trans. by Helen Weaver (Penguin Books, 1981), p. 446.
(87) Aries, p. 446.
(88) Aries, p. 448.
(89) John F. Sears, *Sacred Places* (Oxford UP, 1989), p. 100.
(90) Ann Douglas, *The Feminization of American Culture* (Avon Books, 1978 [1977]), p. 249.

(91) Douglas, p. 268.
(92) Douglas, p. 257.
(93) Aries, p. 450.
(94) Douglas, p. 271.
(95) Douglas, p. 256.
(96) Douglas, p. 252.
(97) Goldman, p. 103.
(98) *The Piazza Tales*, p. 44.
(99) *The Piazza Tales*, p. 14.
(100) *The Piazza Tales*, p. 45.
(101) *The Piazza Tales*, p. 28.
(102) *The Piazza Tales*, p. 28.
(103) *The Piazza Tales*, p. 28.
(104) *The Piazza Tales*, p. 43.
(105) *The Piazza Tales*, p. 43.
(106) *The Piazza Tales*, p. 43.
(107) Cheryl Walker, *Indian Nation : Native American Literature and Nineteenth-Century Nationalisms* (Duke UP, 1997), p. 215.

『ヘンリー・アダムズの教育』補記
——空白の（削除された）二〇年

岡本正明

はじめに

『ヘンリー・アダムズの教育』には、二〇年間の「空白部分」があることはよく知られている。第二〇章（「失敗」）と第二一章（「二〇年後」）のあいだ、つまり一八七二年から一八九一年にかけてのアダムズの「教育」が全く記されていないのである。

この「空白部分」については、これまでいくつかの研究がなされてきた。アーネスト・サミュエルズは、評伝『ヘンリー・アダムズ』の第二部において、この時期のアダムズの「教育」全体にわたって詳細な研究を行っている。(1) また、エドワード・チャルファントは『ヘンリー・アダムズ伝』の第二部において、この「空白部分」に光をあてており、とりわけ『アメリカ史』の執筆過程について詳細な研究を行った。(2) そして、「空白部分」の研究の中でもとりわけ注目に値するものとして、ユージェニア・カレディンの『ヘンリー・アダムズ夫人の教育』があげられる。(3) これは、フェミニズムの観点から書かれた、アダムズの妻マリアンの評伝であり、マリアンの「悲劇」を、〈男性〉中心的文化において抑圧・排除された〈女性〉の「悲劇」としてとらえている。同時に、へンリー・アダムズが、マリアンとの結婚生活、そして、マリアンの自殺という悲劇的事件をつうじて、いかに己れのアイデンティティーを変化させていったか、男性中心主義（ロゴス中心主義）に疑問をいだくようになっていったか、というアダムズの「教育」について詳しく論じた労作である。「空白の二〇年間」における「歴史家」としてのアダムズについては、ウィリアム・ドゥージンベアが詳しい研究を行っている。[4] 彼は、歴史家としてのアダムズ、とりわけ「空白の二〇年間」におけるハーヴァード大学の歴史学の助教授アダムズ、『アメリカ史』を書いたアダムズは決して「失敗者」ではなかったことを実証し、アダムズは妻の自殺以後みずからを「失敗者」と規定してから歴史家としての自分に「失敗者」のレッテルをかぶせようとしたのであり、それは彼が自分のまわりにつくりあげた「神話」であると結論づけている。「空白の二〇年」における「政治」とアダムズのかかわりについては、ブルックス・D・シンプソンが詳しい考察を行っている。[5] シンプソンは、とりわけグラント政権に対するアダムズの批判、彼の政治改革運動を中心に考察し、同時代の政治に対して「影響力」をおよぼそうとしたがそれに「失敗」したアダムズの「政治教育」について述べている。

その他、「空白の二〇年」について言及している研究者としては、ロバート・F・セイヤー[6]とウィリアム・メリル・デッカー[7]があげられる。前者は、「空白の二〇年」を境に『ヘンリー・アダムズの教育』は第一部と第二部に分けることができ、三三歳のアダムズと五三歳のアダムズのコントラストを強調するには二〇年間を説明するより空白にした方が効果的であるゆえ、アダムズはこの部分を「空白」にしたのだと推論している。また後者は、『ヘンリー・アダムズの教育』は公的生活にかんする自伝であり、主として私的な出来事から成る二〇年間を削除することでアダムズの教訓が私的なものになることを防いでいる、と述べている。両者とも、テキストの美学的側面から「空白の二〇年」（の妥当性）を説明しようとするものである。

また、わが国にかんして言えば、日本におけるアダムズ研究の草分けである刈田元司氏は、アダムズの妻との生活から妻の自殺にいたる時期を明らかにすることは、「アダムズの性格を解明する一つの鍵となるであろう」と述べている。[8] そして巽孝之氏は、二〇年の「空白部分」について、「その間には妻マリアンの自殺（一八八五年）と日本をも含む海外旅行（一八八六年）という、セクシュアリティとエスニシティの点ではあまりにも重要な経験がひそんでいる」[9] と述べている。

本論文は、これら先行研究の成果を十分ふまえつつ、『ヘンリー・アダムズの教育』の「空白の二〇年」に光を投じようとする一つの試みである。テキストにおいて一見〈不在〉であるが、〈伏流〉のように〈存在〉しているアダムズの「教育」を解明しようとする試みである。「空白の二〇年」におけるアダムズの伝記的事実、自己形成のプロセス（心理的変化、認識論的変革等）はいかなるものなのか？　また、アダムズはなぜこの二〇年をテキストの中で「空白部分」とした（削除した）のか？

以下の論考は、これらの問に、可能なかぎり答えようとするものである。

一　政治改革運動

「空白の二〇年」のアダムズの「教育」、それは、政治改革運動ではじまる。

いわゆる「金ピカ時代」のアメリカにおいては、政府と産業の癒着、ジェイ・グールドなどの新興資本との癒着がはげしくなり、とりわけグラント政権において数多くの汚職事件がおこり、政治腐敗が進んだ。共和党内の一部の人々は、このような状況に反発し、「リベラル・リパブリカンズ」（自由共和派）を結成し、政治の浄化、改革を訴えた（彼らの多くは、グラント、ブレイン、コンクリングといった共和党の新指導層から排除された人々であった）。彼らは、党に対する忠誠・献身の身返りとして官吏を任命する「スポイルズ・システム」こそ政治腐敗の原因であるとし、「任用試験制」（能力と業績にもとづき官吏を任命する制度）を唱えた。

ヘンリー・アダムズも、リベラル・リパブリカンズの改革運動に共鳴し、自らが編集する『北米評論』を主な舞台として、グラント政権を批判し、改革運動に加わった。このリベラル・リパブリカンズのメンバーたちは、カール・シュルツ上院議員を中心的存在として据え、アダムズの父チャールズ・フランシス・アダムズを次期大統領に選出しようとした。しかしながら、リベラル・リパブリカンズは、穏健派と反・グラントを標榜する改革派（ヘンリー・アダムズもその一人）との間で分裂し、結局は、改革に積極的ではない（グラント政権と仲たがいしたときのみ官吏任命制度の改革を唱える日和見主義者である）ホラス・グリーリーを大統領候補として支持する。が、一八七二年の選挙では、グラントは北部の州すべてを制し圧勝し、グリーリーは惨敗する。

このようにして、アダムズの政治改革運動の第一幕は「失敗」に終わったのであるが、一八七四年ごろになると、彼は再び政治改革運動にのりだす。グラント政権全体を巻き込んだクレディ・モビリエ事件（これはユニオン・パシフィック鉄道の建設を請負った建設会社が、公有地の払い下げなどを期待して、政治家たちに会社の株を半額で贈与した一大汚職事件である）、一八七三年からつづく経済不況、それらを反映した、一八七四年の中間選挙での民主党の勝利、これらの状況をみた改革者らは、一八七四年、「独立党」(Independents) と称する新党を結成した。

「独立党」において、アダムズは中心的メンバーとなり、再びグラントの反対勢力であるシュルツと組み、グラントの三選、あるいは、下院議員、下院議長を歴任した共和党のジェイムズ・G・ブレインの大統領当選を阻止するべく立ちあがった。アダムズは、共和党において自分たちの意にそった候補が出されればそれを支持し、さもなければ、民主党の候補を支持しようと考えていた。そしてアダムズらは、有力な大統領候補として財務長官ベンジャミン・ブリストウを支持しようとした。ブリストウは、名目上はグラント政権の一員であるが、政府内の不正をきびしく追及していることで知られていたからである。

ところが、独立党内部での意思統一はなかなかうまくゆかなかった。ブリストウを支持する者あり、民主党の候補として有力なティルデンを支持しようとする者あり、独立した行動を唱える者あり、党内は分裂状態にあった。しかも、党の中心人物であるシュルツは、共和党から完全に抜け切っておらず、既成政党と一線を画してそれに影響を与えようとする「第三党」としての独立党という考えに完全にコミットできなかった。また、シュルツは、もし共和党がふたたび政権をとったら政権内の有力ポストを得たいと考えている、私利私欲にみちた政治家であったため、共和党と一線を画そうとはしない。独立党として誰を支持するかということに関しては、なかなか立場を明らかにせず、共和党大会で誰が指名されるかを待ってから己れの態度を明らかにしようと考える老獪きわまる人物であった。

このように独立党が分裂状態にあるなか、一八七五年、オハイオ州知事選において共和党のルザフォード・B・ヘイズが勝利し、共和党内においてにわかにヘイズが次期大統領の有力候補とみなされるようになる。ヘイズはブレインと並ぶ有力候補となる。そんなさなか、一八七六年四月、ブレインのユニオン・パシフィック鉄道会社とのあいだの汚職事件が発覚する。すると、ブレインよりもヘイズの方が有力視されるようになる。また、ブリストウの勝利の見込みがないとわかってくると、共和党内におけるブリストウの支持者たちは、ブレインが大統領になることを阻止するため、グラントの側近であるコンクリングらと結びつき、ヘイズ支持に転じる。共和党内の主流派（グラントの三選をめざすストールワート派〔頑固派〕）とこれに対抗したハーフブリード派〔中間派〕との間に妥協が成立したのである。ヘイズは改革推進派として期待されていた。そのため、独立党のメンバーの多くは、このような情勢をみて、ブリストウからヘイズ支持に転じ、共和党へ傾き、吸収されてゆく（シュルツも、ヘイズ支持を表明する）。そして一八七六年六月、共和党の大統領候補としてヘイズが指名される。

独立党の多くのメンバーにとり、改革を唱えるヘイズが共和党の候補になったことは歓迎すべきことであった。しかしながら、アダムズにとってはそうではなかった。なぜなら、共和党とは一線を画した「第三党」として独自の路線を歩もうとした独立党が、ヘイズ支持によってふたたび共和党内部に吸収されることになり、既成政党に取って代わろうとした「第三党」としての独立党は、実質的には死に絶えたからである。

アダムズを含む、共和党と一線を画す独立党のメンバーは、六月、ヘイズの指名をみて、民主党のサミュエル・ティルデンを支持することを表明する。ティルデンは、かつてアダムズと共にジェイ・グールドを批判したこともあり、ヘイズよりも改革推進派とおもわれたからである。しかしながら、一八七六年一一月の大統領選挙では、結局ヘイズが勝利を収めることになる。かくして、アダムズの政治改革運動の第二幕は「失敗」に終わるのである。

アダムズの政治改革運動の第三幕は、新党結成という直接的行動ではなく、政治小説の執筆というかたちで演じられる。すなわち、小説『デモクラシー』である。

すでに述べた通り、一八七六年六月の段階で、すでに独立党の構想は潰えており、アダムズは、直接的行動によって政治にはたらきかけるのが不可能であることを知った。そして彼は、七月になると、すでに一八六七年から書きはじめ一時中断していた政治小説にふたたびとりかかる。執筆はものすごいスピードですすみ、四月に発覚したブレインの汚職事件を素材にとり入れながら、一八七六年九月ごろにはほとんどが完成されたと推定される。(10)

このようにアダムズが『デモクラシー』の執筆を急いだのは、もしヘイズが当選した場合政治腐敗の元凶であるブレインを有力ポストにつけるのではないかと危惧し、この実話小説（汚職事件をおこす政治家はブレインをモデルとしている）の出版によってそれを阻止しようともくろんだからである。しかしながら、ヘイズが当選して以後、ブレインが有力ポストにつく見込みがないと確信すると、一八七六年にこの小説を出版する必要はなくなった。

結局『デモクラシー』は、一八八〇年四月、匿名で出版される。四年前にはほとんど完成していたにもかかわらず、一八八〇年四月にあえて出版したのはなぜか？ それは、この小説の出版によってブレインの汚職をあらためて明るみに出し、二カ月後の共和党大会でブレインが大統領候補に指名されるのを阻止するためである。

さて、そのような意図をもって出版された『デモクラシー』とはいかなる小説か？ ここでその内容をごく簡単に要約しておこう。

この小説の主人公ライトフット・リーは、好奇心の旺盛な才色兼備の若き未亡人である。金と暇をもて余し、ニューヨークにおける退屈な暮らしに耐えられなくなったリーは、或る日、「政治」について知りたいがために、妹のシビルを伴いワシントンにやって来る。彼女はそこで、「政治」という「機構」(＝machine)を、「政治」という劇が演じられる「舞台からくり」(＝machine)を知るために、「政治」の世界へのアリアドネーを探し求める。はじめ彼女は、キャリントンという人物をアリアドネーとして選ぶのだが、しばらくして、「政治」という「機構」の中枢にいるラトクリフ(Ratcliffe)という共和党の「幹部」(＝machines)の一人に出会い、以降、彼を「政治」へのアリアドネーとみなすようになる。イリノイ州出身の上院議員ラトクリフは、次期大統領の最有力候補と目されており、リンカーンの再来とまで評される人物である。リーは、このようなラトクリフの内に民主主義の理想を見い出し、彼の「力」(「権力」)によって、高潔な民主政治が実現されることを確信しつつ、彼の支援者となる。が、しだいに彼女はパトロンの域を越え、ラトクリフを恋するようになる。一方、ラトクリフも、自分が将来大統領になる上で彼女の助力がどうしても必要であり、かつまた長い独身生活のわびしさと孤独から解放されたいがため、彼女を恋するようになる。

ここからは、政治における権力闘争は、恋愛における「権力闘争」とパラレルに進行する。それらは全く別々ではない。なぜなら、民主政治の実現、政治の浄化の手段として「権力」（＝Power）を求めるリー夫人を魅きつけるには、ラトクリフは党（＝party）内における「権力」を手中におさめなくてはならないし、他方、ラトクリフが将来大統領の地位を得るためには、社交的な集まり（＝party）におけるリー夫人の「権力」を、そして彼女のきらめく知性を必要としたからである。

ラトクリフは、党内での権力闘争において、政敵である大統領の側につく者を失脚させようと、さまざまな陰謀をめぐらす。が、なかなか思うようにはいかない。敵もさる者、大統領は、ラトクリフを入閣させることでその権力を弱めるという懐柔策をとる。はじめラトクリフは、この策をワナだと見破ってそれに決して従おうとはしない。しかしながら、恋するリーが入閣を勧めたがゆえに、結局は入閣の申し出を受け入れることになる。恋が政治に勝ったのである。もちろん、それは、将来、機が熟するのを待って政治において勝つためでもある。

他方、恋の世界における「権力闘争」は、政治におけるそれよりもはるかに熾烈である。政治においては、なかなか勝利をおさめることができないでいるラトクリフは、恋の「権力闘争」においては、リーの主催するパーティーに集まってくる政敵ならぬ恋敵を次々に蹴落としてゆく。最大のライバルであるキャリントンに対しては、自分の政治力を利用して、ワシントンから遠くはなれたメキシコにおける官職を紹介することで、リーの partyから排除する。そして、「権力闘争」に完全勝利をおさめたと確信したラトクリフは、ついにリー夫人にプロポーズする。

リーは、ラトクリフの申し出を受け入れようとする。が、そのとき、妹シビルが彼女に手渡したキャリントンの手紙によって、ある衝撃的な事実を知らされる。それは、ラトクリフが過去において、ある船会社から賄賂をもらい、自らの権力をもちいてその船会社に有利な法案を可決させた、という事実である。なんと、高潔な民主主義の鑑と思われたラトクリフ（＝Ratcliffe）は、実のところ、腐敗した政界を泳ぎまわるドブネズミ（＝Rat）であったのである。ラトクリフという「リンカーン」の唱える「民主政治」とは、「人民の、人民による、上院議員のための」政治にすぎなかったのだ。[11]

この事実を知ると共に、リーのラトクリフに対する恋は急速にさめてゆき、民主主義の理想としてのラトクリフ像はこなごなに打ち砕かれるのである。それと同時に、それまで彼女が徐々にではあるが感じとっていた「政治」という劇のおぞましさ、空しさ、滑稽さ（たとえば、党、あるいは派閥の存続、利益のためならいかなる手段も正当化されうるというマキャヴェリズム、レセプションにおける大統領夫妻の「人形のような」、「おもちゃのような」ふるまいに示された、「権力」というものの空しさ、喜劇性）をあらためて認識する。そして、「政治」という「喜劇」に、「大統領夫人」の役で参加しようとした自分に嫌悪しつつ、ニューヨークに戻り、その後、腐敗した政治の現実を忘れようと、ピラミッドの上に輝く北極星を夢みつつ、エジプトへと旅立つ。

これが、リーの「実験」の結果であった。彼女は、「高潔な共和制」は、現実にはもはや存在し得ないことを知ったのであり、アメリカの政府が「他の政府と何ら異なるところはない」（第一三章）という認識に達し、ヨーロッパから「脱出」したアメリカという考え、アメリカ例外主義が、現実には存在しない「神話」であることに気づくのである。

以上が、『デモクラシー』という政治小説（あるいは幻滅小説）の主な内容である。この作品は、今日では、いわゆる「金メッキ時代」のアメリカの腐敗した政治状況を写し出したものとしては高く評価されているが、小説作品としてはあまり高く評価されていない。たとえば、『アメリカの政治小説』のゴードン・ミルンは、この作品における人物が、著者アダムズの代弁者にすぎず肉体性を欠いている点を批判し、[12]また、ルイス・オーチンクロスは、作品全体を通して「平板（flat）な」印象を与えると断じている。[13]たしかに、この作品における登場人物の多くが、アダムズの「政治」に対する探求の単なる媒体、道具として創造されており、多くの場合、人物同士の関係のディアレクティークによって物語が展開せず、アダムズのテーマに沿って目的論的に物語が進行してゆくために、この作品を小説作品として高く評価することは難しい。もちろん、マウント・ヴァーノンへの小旅行を描いたピーコック風のメニッペア・サタイアー、作品の終わり近く、ラトクリフの本性むき出しの悲劇的、かつ喜劇的なアポロギアなど、ドラマチックな箇所は散見されるが、全体としては小説的興趣を読者に与えてくれない。

が、このように小説自体としては、あまりドラマチックではない『デモクラシー』は、小説外コンテクストにおいて実にドラマチックな小説となった。それは、二つの点でセンセイションをまき起こしたからである。一つは、この実話小説（Roman à clef）のモデルがブレインであったことは誰の目にもあまりにも明白であったため、ブレインにとって再び汚職が発覚したようなスキャンダルとなった（最有力候補であったブレインは、小説の出版の二カ月後の党大会では指名されなかった）。第二に、それが匿名で発表されたことにより、その作者についての推測が世間の大きな話題となった（作者がアダムズの妻マリアンではないかという説が有力であった）。『デモクラシー』という小説自体よりも、それが世間にまきおこしたセンセイションの方が、より「小説」的であったと言えよう。

『デモクラシー』という政治小説は、右に述べたような政治的目的を有しており、また、同時代の政治（腐敗）を批判した書であるが、そればかりではない。一方で、この作品は、主人公リーを通して示されるように、「政治」に対する「幻滅」、そして「政治」との「訣別」を表明した作品である。この小説は、その大部分が一八七六年の七月から九月にかけて書かれており、それは、アダムズの「独立党」の改革運動の挫折（六月）の直後である。すなわち、アダムズはこの書において、「政治」批判のみならず、己れの政治改革運動の「失敗」、そこからくる「政治」への「幻滅」、そして「政治」に対する「訣別」を語っていると考えることができる。

事実、アダムズは一八七六年を境として、『デモクラシー』のリー夫人のごとく、「政治」に直接かかわろうとはしなくなる。政治改革運動の「失敗」と「幻滅」は、「政治」との「訣別」につながってゆくのである。そして、改革運動の挫折によって、アダムズの関心は、同時代の政治とは別の領域にうつってゆくのである。別の領域とは何か。それは、「歴史」である。「政治家」アダムズの挫折は、「歴史家」アダムズの誕生であった。

二　『アメリカ史』の執筆

「空白の二〇年」におけるアダムズの歴史「教育」は、一八七二年のマリアンとの新婚旅行にはじまる。旅行中、ベルリンに立ち寄ったアダムズは、歴史家ジョージ・バンクロフトと出会う。当時ベルリンは歴史学のメッカであった。すなわち、原史料（文書、書簡、日記等、当事者が書いた史料）の客観的・批判的研究に基づいたランケの「批判的歴史学」の拠点であった。ここでアダムズは、バンクロフトに紹介されたジーベル（彼はランケの弟子であり、「プロイセン学派」の中心的存在であった）を通して、ランケの開拓した批判的歴史学の洗礼を受けることになる。

一八七三年、アメリカに帰ったアダムズは、教鞭をとっているハーヴァード大学で、ドイツの大学で知ったゼミナール形式を採用し、批判的歴史学の方法論に基づいて歴史を講ずることになる。はじめは、中世史にこの方法論をとり入れていたが、一八七四年になると、アメリカの歴史を批判的歴史学の方法によって研究することになる（彼は、この年、“Colonial History of America to 1789”と題した講座を設けている）。さらに、一八七六年から七七年にかけて、新しい講座“History of the United States from 1789-1840”を設けている。そしてそれは、のちの『アメリカ史』の出発点となる。

一八七六年、政治改革運動が挫折した後、アダムズは「政治」を断念し、アメリカ史研究に専念するようになる。そして、アルバート・ギャラティンの著作、文書の整理をその息子に依頼されると、ハーヴァード大学を辞職し（一八七七年）、ワシントンに赴く。ワシントンに来てからも、アダムズの主な関心は、同時代の政治ではなく、「歴史」である。一八七七年から七九年にかけて、アダムズは――主として国務省において――『アメリカ史』の原史料を蒐集し、入手した（この頃になると、『アメリカ史』がジェファソン、マディソンの時代を扱ったものになるという計画の大枠はほぼ出来あがっていた）。しかしながら、『アメリカ史』の外交史の部分の原史料をすべてワシントンにおいて入手するのは不可能であった。そこでアダムズは、一八七九年六月から約一年間、マリアンと共に、ヨーロッパに原史料蒐集の旅に出かける。

マリアンとの二度目のヨーロッパ旅行は、イギリス（ロンドン）→フランス（パリ）→スペイン（マドリード他）→フランス（パリ）→イギリス（ロンドン）→フランス（パリ）という遍歴の旅であり、それは時間との戦いの中でなされた「強行軍」であった。また、それは単に史料を集める旅でなく、時として冒険ロマンスの色彩をおびる。とりわけ、スペインにおいて、偶然出会った人物の紹介によって目的とする史料にたどりつくというエピソードは、「小説よりも奇」なる事実といえよう。この一年にわたるヨーロッパ旅行の間、アダムズは――かつてランケがそうしたように――ヨーロッパ各地の文書庫を経めぐり、『アメリカ史』の外交関係の史料を蒐集した。また、大英博物館では、毎日、新聞等の資料蒐集のため、朝から晩まで研究をつづけたという。

このヨーロッパ旅行から帰国する（一八八〇年九月）と、アダムズは、いよいよ『アメリカ史』の執筆にとりかかる。途中、ジョン・ランドルフの伝記や小説『エスター』の執筆等で、何度か中断はするが、ほぼ一〇年間のあいだ、アダムズは『アメリカ史』に全身全霊を注ぐことになる（彼は、一八八四年のマグワンプ派の改革運動にも大して関心を払わない)。そしてついに、一八八九年から九一年にかけて『ジェファソン・マディソン政権下のアメリカ史』全九巻が上梓される。(14)

『アメリカ史』は、アダムズの個人的なコンテクストにおいてとらえるならば、アダムズ家伝来の理念(とその破綻)、アダムズの政治改革運動(とその挫折)を色濃く反映している。アダムズ家伝来の理念である、「建国の父祖たち」(ファウンディング・ファーザーズ)の理想主義、倫理主義、貴族主義は、『アメリカ史』の主役であるジェファソンをつうじて示され、またそれら理念がアメリカの物質主義、政治腐敗の現実と相容れないものだったという事実は、ジェファソンの政治的理念と現実の乖離というかたちで暗に示されている。また、アダムズの政治改革運動とその「挫折」は、ジェファソンの理想主義とその「挫折」というかたちで暗に示されていると思われる。

次に、『アメリカ史』を史学史的コンテクストにおいてとらえてみよう。

(一) 第一に、『アメリカ史』は、文学的歴史から科学的歴史への過渡期に生み出された書であり、それはいまだ文学的歴史の要素を色濃くとどめている。それはマコーレー、プレスコット、モトレー、パークマンなどの文学的歴史の伝統に根ざした作品である。『アメリカ史』におけるプロット、人物描写、人物同士の関係、それは小説さながら多様で、複雑で、ドラマチックである。たとえば、さまざまな人物たちが画策し、網の目のように張りめぐらす「陰謀」、「企て」(=plot)。それらは、そのまま作品の「筋」(=plot)となっている(とりわけ、ナポレオンの「陰謀」=「企て」は、『アメリカ史』のプロットをおし進めてゆく——それも予測可能な方向に——原動力となっている)。そして人物たちの行為のドラマ性。これは、たとえば、ナポレオンの嵐のごとく激しい動き、悪役アーロン・バーのカメレオン的な政治的変身ぶり、ジャクソン将軍の英雄的行為、などに示される。あるいは人物の性格の多様性。ジェファソンの決然たる態度、頑固一徹な性格、それと好対照をなすマディソンの優柔不断。バーの自己劇化の衝動、自己顕示欲（クーデターの計画をすすめながら、それが世間に知れ渡るようにふるまう自己矛盾的行為にそれは顕著）、ウィルキンソンの日和見的態度。ナポレオンの謎だらけの複雑な心理。これらは、その顕著な例である。人物同士の関係としては、二つの例をあげよう。まずは、ジェファソンと最高裁首席判事のマーシャルの対決。これは『アメリカ史』を通じてもっともドラマチックな関係である。そして、モンローらアメリカの外交官とヨーロッパの外交官の関係。それは、歴史の動きに翻弄される悲喜劇であり、国際関係の複雑性をそのまま写し出す。また、暗号めいた外交文書の発信と到着の時間的なずれがひきおこすアイロニカルなドラマ性、文書の解読における推理小説的サスペンス、これらも、『アメリカ史』をよりいっそう複雑で興味ぶかいものにしているのである。

(二)　このように、『アメリカ史』は、文学的歴史の伝統につらなる作品なのであるが、それは同時に、ランケ伝来の批判的歴史学の強い影響のもとに書かれた作品であることは、すでに述べた通りである。が、それは、ランケの方法論を用いているとはいえ、ランケの「客観主義」を全面的に受け入れているわけではない。そのことは、『アメリカ史』の多視点性、解釈の多様性を通じて示されている。つまり、「事実」は「客観的」にとらえうるものではなく、数多くの人物の「視点」によってさまざまにとらえられ、またさまざまなコンテクスト（たとえば、国内史と外交史のコンテクスト）において多様な意味づけがなされる、ということである。[15]『アメリカ史』は、ランケを批判的に継承することで出来上がった作品なのである。

(三)　第三に、『アメリカ史』を、アメリカ史学史の（アメリカにおける歴史記述の）コンテクストにおいてみてみよう。この点に関しては、以下、具体的に詳しく述べてみたい。

アメリカの歴史学者ディヴィッド・W・ノーブルは、その著『アメリカ史の終焉』（一九八五）の中で、一八九〇年を境にアメリカ史像が大きく転換したことを明言している。[16] 彼は、一八九〇年以降、それまで自明のものとして受け入れられてきた歴史観が崩壊してゆくという事態を、アメリカの四人の歴史家（ターナー、ビアード、ホフスタッター、W・A・ウィリアムズ）、および政治思想家・神学者であるニーバーの作品を通じて明らかにしようと試みている。それは、具体的には次のようにまとめることができる。すなわち、一八九〇年までのアメリカ史像を支えてきたレトリックである、「高潔な共和制」の理念、ヨーロッパからアメリカへの「脱出」という比喩が、一八九〇年以降、疑問符をつきつけられ、一九四〇年代以降（とりわけ、アメリカの第二次世界大戦への参戦以降）、もはや自明なレトリックとして通用しなくなったということである。

このような「アメリカ史像の転換」というコンテクストにおいて、今、一八九〇年という時期をはさんで相次いで出版されたアダムズの『アメリカ史』を読み直してみよう。するとどうであろう。アダムズがこの厖大なテクストを通じて一貫して述べようとしたことの一端が見えてくる。それは何かというと、アダムズが、それまでのアメリカの歴史家のアメリカ史観に対するアンチテーゼとして、この『アメリカ史』を書いたということである。つまり、「高潔な共和制」の理念の不可能性、そして、ヨーロッパ（旧世界）からアメリカ（新世界）を分かつ「脱出」比喩の非妥当性を示しているということだ。アダムズは、アメリカの歴史を、「高潔な共和制」の理念の破綻のプロセスとして、「反―脱出」のプロセスとして読みかえ（再解釈）しようとしているということである。そうすることで、バンクロフトらアメリカ例外主義者の historiography を支配している「神話」＝「物語」を打ちこわそうとしているのである。以下、それについて、詳しく検討してみよう。

㈢―A　「高潔な共和制」の不可能性

「高潔な共和制」とはいかなるものか。それは、『アメリカ史』の第一巻、第五章―七章にかけて詳しく述べられている。そこでは、第二の「独立宣言」とも言うべきジェファソンの「大統領就任演説（第一次）」を中心にして、「高潔な共和制」が説明されている。この「高潔な共和制」の理念においては、ピューリタン以来連綿と受け継がれてきたレトリックが支配的である。ヨーロッパの「堕落」、「腐敗」、「罪」、「愚行」から「脱出」した「無垢な」、「選ばれた」、「アメリカ」、「アメリカ人」。「神に祝福された選民」である「アメリカ人」を待ちうける幸福な「未来」、「ユートピア」の「約束」。そのような「約束」が「成就」するという「預言」……等のレトリックである。これらレトリックをもって示される「高潔な共和制」の主な「原則」、「原理」とは、箇条書きにすれば、以下のようになる。

(a) 調和と一体化。政治的寛容
(b) 多数意思の尊重
(c) すべての人々に対し、平等かつ的確な正義が行われること
(d) すべての国と平和的、通商的関係を結び、いかなる国とも複雑で入り組んだ同盟関係（entangling alliances）を結ばないこと
(e) 自営農民の土地所有を基盤とする農業共和国
(f) アメリカが他国と敵対した場合、戦争によって対処せず、平和的手段（とりわけ経済制裁）によって対処すること

ジェファソンは、これら諸原則、諸原理（＝「預言」、「約束」）が実現（＝「成就」）してこそ、「高潔な共和制」という「実験」は成功すると言っている。はたして、この「実験」の結果はどうであったのだろうか。『アメリカ史』に記される、ジェファソン、マディソン時代の歴史的現実に即しつつ、これら諸原則、諸原理の一つ一つについて、くわしく検討してみよう。

(a)　ジェファソンは就任演説において、次のように明言している。「われわれは皆共和主義者であり、またわれわれは皆連邦主義者なのであります。」このあまりにも有名な文句は、アメリカ人が、意見の相違、党派の利害をこえて、「高潔な共和制」の「成就」に向けて、一体となって和してゆくことを、そして、他の党派の存在を許す政治的寛容の必要性を説いたものであるが、はたして現実にこのような「調和」、「一体化」、「政治的寛容」はありえたのか。アダムズの答は否定的である。『アメリカ史』全体を通じて示されるのは、リパブリカンとフェデラリストの間の憎悪にみちた醜い争いであり、かつまた、リパブリカン党内の派閥争い、分裂である。とりわけ、フェデラリストが牙城とする、マーシャルを頭にいだく司法と、リパブリカンからなる行政との争いが、訴訟のたびごとに露呈し（たとえば、マーベリー対マディソン裁判（一八〇三））、また、リパブリカン党内の分裂は、二党間の争いと結びつき、ピッカーリング（フェデラリスト）とバー（反・ジェファソンのリパブリカン）を中心とする連邦解体の陰謀へとつながるのである（Jefferson I, Vol.2, Chap.VIII）。このようにアダムズが我々に示すのは「不調和」と「分裂」ばかりであり、「調和」と「一致」は、ジェファソンが「高潔な共和制」の根幹にすえた「平和」の原則が破られ戦争に突入した時にのみ「成就」するというアイロニーが示されているだけである。

(b)　多数意思の尊重。これについては、一例をあげるだけで十分である。マディソンが一八一二年の戦争に踏み切るところを描く際、アダムズは次のようにコメントしている。

一八一二年の戦争は、始めから終わりまで、とても多くの市民によって激しく抵抗された、という点で際立っている。

(Madison I, Vol.2, Chap.XI)

そしてアダムズは、当時五分の四の国民が戦争を回避するべきだと思っていた、と推定している。彼はここで、多数意思の尊重という「高潔な共和制」の中心的な原理が無視されたことを示しているのである。

(c) すべての人に平等に正義が行われたか。アダムズは、ジェファソンのインディアンに対する政策を記す際に、この問に対する否定的見解を示している。ジェファソンのインディアン政策(インディアンに、自分の土地を耕作し、そこに農民として根づくように勧める政策)は、一見、博愛主義的、人道的にみえるが、アダムズは、その影にかくれた、ジェファソンの、正義に反した非人道的政策をあばいてみせる。それは、インディアンの部族の長に借金を負わせ、いや応なしに彼らの土地を手離さざるを得ないようにしむける策である。また、ジェファソンが、インディアンを追い出し、滅ぼす行為を奨励し、インディアンの絶滅した土地は政府のものであると主張していたという事実を、アダムズは資料的に裏づけている。

(d) これは、「中立国」としてのアメリカを主張した原則である。この原則は、アミアンの条約によってヨーロッパに一時的に平和が訪れていた間はかろうじて守られたが、フランスとイギリスが再び戦争をはじめてから、徐々にくずれてゆく様子をアダムズは示している。中立国としてヨーロッパから「脱出」しようとするアメリカが、結局は、ナポレオンのシステムに組み入れられてゆく「反-脱出」のプロセスが示されているのだ。

(e) ジェファソンは、自営農民の土地所有を基盤とする農業共和国を理想とし、商業の発達を、「大地に汗する神の選民」にふさわしくない「堕落」として、副次的なものとみなしていたが、この原則は、彼自身の「高潔な共和制」の一原則である「平和的手段」(経済制裁)によって打撃をうけるというアイロニーが『アメリカ史』には記されている。つまり、農産物の輸出に依存していた国内産業は、「出港禁止令」(embargo)によって大打撃をうけたということである。このような打撃を前にして、ジェファソン自身が「農業共和国」の「成就」を断念し、商業に力を入れるようになるのである。

(f) いかなる場合も、戦争という手段を避け、平和的解決策をとるという原則は、ジェファソンの「高潔な共和制」の理念の中で最も重要なものであった。彼は、「アメリカ」という「新世界」だけは、「ヨーロッパ」という「旧世界」で行われた「血を流した戦い」=「愚行」=「罪」から「自由」であるべきだと唱え、「永久平和」を心の底から信じていた。それゆえに、イギリスと戦争になりかけた時も、すでに述べたように、「出港禁止」という平和的手段=経済制裁にうったえたのである。アダムズは、この「出港禁止」の政策がうまく機能せず、結局はジェファソンの政治的生命を断つ様を詳しく描いている。そして、マディソン政権下では、このジェファソンの「原則」がほとんど完全に無視され、一部の若い「タカ派」の議員たちにひきずられるようにして、アメリカが、国民の反対にもかかわらず戦争を始めるという悲劇を、冷徹な眼差で描き出している。

以上述べてきたように、アダムズは、『アメリカ史』において、「高潔な共和制」という理念の不可能性を、それが現実には不可能な「夢」であることを実証している。「周囲を腐敗の海に囲まれて浮かぶ政治的、経済的に高潔な島」[17]としての「アメリカ」が「神話」にすぎないことを示している。が、アダムズは、「高潔な共和制」の「実験」が「失敗」に終わったからといって、この「実験」を全面的に否定しているわけではない。彼は、バンクロフトや晩年のビアードのように、ジェファソンを神格化することは決してないが、ジェファソンの理念の内のあるもの、とりわけ、「経済制裁による戦争の回避」という試みに対しては賛辞を惜しまない。それは、ジェファソン政権のアメリカ史を締めくくる次の言葉に明らかである。

ジェファソンの政治家としての能力と天才は、平和ということに存する。

そしてアダムズは、ジェファソンが後年、「経済制裁の効果が出るには時間が必要であった」と悔しさをこめて回想している箇所をあえて引用している［. . . he（=Jefferson）spoke of it（=embargo）as "a measure which, persevered in a little longer, . . . would have effected its object completely".］(Jefferson II, Vol.2, Chap.XX)。これは、ジェファソンの死の直前に書き記された手紙の中の言葉であり、いわば彼の遺言である。おそらくここでアダムズは、ジェファソンの「遺言」を通じて、経済制裁の効果があらわれるのを待たずに性急に戦争にふみきったアメリカ政府を、暗に批判しているのであろう。

(三)－B　「反-脱出」

すでに私は、「高潔な共和制」の不可能性について述べる際に、「脱出」のレトリックについて言及した。なぜなら、「高潔な共和制」の実現は、同時にアメリカのヨーロッパからの「脱出」を意味していたからである。私は、これまで、「脱出」の理想とその不可能性について、つまり、「反-脱出」のプロセスを、主として国内的な観点から述べてみた。そこで、以下の論述においては、それを主として国際的な観点から、アメリカの外交という観点から述べてみようと思う。

アメリカにおいては、モンロー主義に代表される孤立主義の伝統ゆえに、「アメリカ史家の眼は、自国をとりまく多様な世界へではなく、自国の特質を育成した国内的諸条件に焦点をあてる」[18]ことが多かった。しかし、第二次大戦後、国際主義を反映して、外交史も大いに発達する。とりわけ、ウィリアム・アプルマン・ウィリアムズに代表されるように、アメリカ史は他の世界の歴史と切りはなすことができないという立場が自明のものとなってくるのである。「ウィリアムズは……外交史は国内史の外部にあるという主張には共鳴しなかった。むしろウィリアムズは……外交史から始めることこそ二〇世紀アメリカ国内史を理解するために必要であると信じたようである。」[19]第二次大戦後、「自国をとりまく多様な世界」からアメリカ史を逆照射し、外部からアメリカをとらえる史観が発達するのである。

このようなアメリカ史像の歴史に照らして、アダムズの『アメリカ史』を読み直してみると、実に驚くべきことがわかってくる。それは、アダムズが、第二次大戦後のアメリカの歴史家たちに五〇年ほど先がけて、国内史と外交史、アメリカ史と世界史の不可分なつながりについて記述を試みているということである。『アメリカ史』は、ヨーロッパ史のなかのアメリカ史であり、アメリカ史のなかのヨーロッパ史なのであり、そのようなものとしては先駆的な作品であるといえよう。このような壮大な意図をもって書かれた『アメリカ史』は、「脱出」のレトリックとは無縁である。アメリカの「内部」と「外部」が複雑にからみあう彼の歴史記述《ヒストリオグラフィー》自体が、アメリカの「内部」に跼蹐する歴史記述《ヒストリオグラフィー》を支える「脱出」の神話へのアンチテーゼになっていると言える。[20] が、そればかりではない。書き方自体に「反-脱出」の方向性が示されているばかりでなく、書かれている内容もまた、「反-脱出」のプロセスについての物語なのである。

たとえば、「フロリダ」をめぐる領土問題。この「フロリダ問題」において、アメリカはナポレオンの「力」を必要とするのだが、知らず知らずのうちに、ナポレオンにだまされ、「大陸体制」に組みこまれはじめる。そして、ついには、その後、「中立国」としての立場を捨て、フランスの「同盟国」となり、一八一二年六月一八日、イギリスに宣戦布告することになる（この「反-脱出」のプロセス、そこにみられるリゾーム的な複雑な「外交ゲーム‘diplomatic game.’」(Jefferson II, Vol.2, Chap.V) については、以前、他の論文で詳述したので、ここでは省略する）[21]。これは、「高潔な共和制」、「脱出」という夢が打ち砕かれた瞬間であった。アメリカは、フランスと「複雑に入り組んだ同盟」を結び、選ばれた「アメリカ」を「大虐殺をもたらす動乱の地」にしてしまうのである。

以上が、史学史的コンテクストにおいてみた、『アメリカ史』の三つの主な特性である。

『アメリカ史』は、出版されると、第一番目の「文学的歴史」として人々に理解され、高く評価された。しかしながら、その「方法論」、「思想性」、「多元性」については、ほとんど理解されなかった。政治改革運動の「失敗」をきっかけに、「政治」から「歴史」へと転じたアダムズであったが、自らの歴史書の「真価」を理解してもらえなかったという意味では、「歴史家」としても「成功」しなかったと言える。

そして、アダムズは後年、歴史家としての自分に対して、とりわけ『アメリカ史』について否定的評価を下し（それは『ヘンリー・アダムズの教育』、およびアダムズの手紙の随所に見い出される）、『ヘンリー・アダムズの教育』のなかで、自らを「失敗」した歴史家であると規定している（第二〇章「失敗」）。また、「失敗者」と規定するばかりか、自らの歴史「教育」の主要部分（歴史の方法論を学んだ一八七二年から『アメリカ史』の出版が終了した一八九一年まで）を全く記していない。

しかしながら、アダムズが自らを「失敗」した歴史家と規定し、さらには二〇年間を「空白部分」にしたのは、単に『アメリカ史』が世間の人々に理解されなかったという理由によるのではない。それには、もっと大きな、深い理由がある。それを、以下、明らかにしてみたいと思う。

三　妻マリアンの自殺

一八八五年一二月六日、この日を境に、ヘンリー・アダムズの人生は真二つに引き裂かれる。彼の妻マリアンが、この日、突然自殺してしまったのである。

ヘンリー・アダムズは一八七二年六月、マリアン・フーパー（通称クローバー）と結婚する。彼女は、幼くして母をなくし、眼科医の父に男手一つで育てられる。そのためか、父と娘の精神的きずなは強く、娘が結婚するとき、父はかなりショックを受けた模様である。娘の方も、新婚旅行ではじめて父のもとを長期間離れた際、一時的な抑うつ状態におちいったという。

マリアンは、非常に教養豊かな、才気煥発の、自主独立の気風の強い女性であった。母の影響（その多くは母の書きのこした文章による）ゆえ、エマソンに傾倒し、また、幼いころよりほぼ男性と対等の教育をほどこされたこともあって、女性の自立を当然のこととみなすフェミニストであった。彼女は、結婚後は、ボストン、ワシントンにおいてアダムズ家のサロンの華であり、歯に衣着せぬ毒舌と容赦ない辛辣な批評によって、ときに人をおどろかせたという（アダムズの父は、マリアンのこの点をきらっていた）。

ヘンリー・アダムズは、マリアンとの結婚生活のなかで、彼女の超越主義、フェミニズムに強く感化され、己れの受けた伝統的教育、アダムズ家伝来の貴族主義、ニューイングランドの「お上品な伝統」、ピューリタニズム、そして男性中心主義に修正を加え――ユージニア・カレディンが言ったように――自らの「アイデンティティー」を「変化」させ「再定義」していった。[22] とりわけ、マリアンのフェミニズムに影響をうけて書かれたのが、『エスター』という小説である。この作品は、妻マリアンをモデル（主人公エスターはマリアンの分身である）にしており、それは、宗教と科学の対立をあつかった観念小説であると同時に、〈男性〉に従属することを拒む〈女性〉をえがいたフェミニズム小説である。また、マリアンは、アダムズの『アメリカ史』の執筆を励まし、史料の蒐集にあたってはその語学力をもって（彼女はヨーロッパの多くの言語に通じていた）アダムズに協力した。『アメリカ史』は、マリアンの協力があってはじめて成立したとさえ言える。

ところが、一八八五年四月、マリアンの父が死ぬと、彼女の精神状態に異常がみられるようになる。彼女は、極度のうつ状態に悩まされるようになる。病状は、一時的には快方にむかったが、一八八五年の暮れになるとしだいに悪化し、一八八五年一二月六日、アダムズが不在のとき、マリアンは、青酸カリを飲んで自殺してしまう。

マリアンの自殺の原因は、直接的には、彼女と精神的きずなの強かった（それは「癒着」といっていいほどのものである）父の死による抑うつ症であり、多くの研究者がそれを認めている。しかし、カレディンの言うごとく、複合的な要因が考えられるであろう。カレディンは、マリアンの自殺の原因を、主として文化史的、社会学的、心理学的文脈において重層的に論じている。第一に、〈男性〉中心主義文化のなかで抑圧された、自由な精神を有した〈女性〉の「悲劇」としてとらえている。第二に、アダムズとの結婚後、過去の友人、家族とのつきあいがとだえ、「アノミー」状態になったこと。そして第三に、彼女が幼いころ共にくらしていた母方の伯母が自殺した（彼女はその現場を目撃したと推定されている）という事実が、彼女のなかで「トラウマ」になったことをあげている。カレディンは、この他にも数多くの要因をあげているが、マリアンの自殺はこれら多くの要因が複合的にからみあって生じた事件であると結論づけている。

妻マリアンの自殺は、アダムズにたいへん大きな衝撃を与えた。彼は、それを境に自らの人生は終わったと考え、直後は誰とも話そうとはしなかったという。また彼は、マリアンの自殺について、「地獄」（"this Hell"）と手紙のなかで書いている。

この悲劇的事件の後、アダムズは、妻を救うことができなかったという罪悪感に責めさいなまれ、そのような自分を「失敗者」とみなすようになる。また、妻の自殺という巨大な「謎」をつきつけられて、世界に対する懐疑の念をつよめてゆく。同時に、孤独と絶望のなかで、いいようのないペシミズムをいだくようになる。『ヘンリー・アダムズの教育』の「失敗者」としての自己意識、自嘲的な態度、全編をつらぬく懐疑精神とペシミズム、これらには、妻の自殺という事件が大きく影響しているように思われる。

第二に、妻の自殺以後、アダムズは、「女性」を単に現実的・社会的存在としてではなく、観念的・象徴的・

宗教的存在としてとらえるようになる。死んだ妻マリアンは、時とともに聖なる存在としてイメージされるようになる(彼は、妻の分身である『エスター』を聖なる作品と考えるようになる)。[23] とりわけ、ロック・クリーク墓地のマリアンの墓につくるブロンズ像(セント・ゴードンズ作)に聖なる女性のイメージを重ねあわせ(彼が日本旅行で見た長谷観音がそのモデルとなっている)てゆく過程において、死んだマリアンを聖化し、「永遠の女性」として思い描くにいたるのである。一方でアダムズは、妻の死後、己れの心の空白を満たすがごとく、妻の友人エリザベス・キャメロンのうちに、失われた妻の代りの存在を見い出すようになる。夫も子供もいるキャメロンに、ちょうど宮廷風恋愛のように騎士道的なプラトニックな恋をする。そして、エリザベスとひんぱんに手紙のやりとりをするうちに、とりわけ、旅行中長期間はなれている間に、エリザベスを理想の偶像としてまつりあげるようになる。このような、死んだ妻の「聖化」と、エリザベスの「理想化」をとおして、「女性」は、アダムズにとって、観念的・象徴的・宗教的存在と化すのである。そして、のちに、このような「女性」のイメージは、「聖母マリア」のイメージのうちに集約され、『モン・サン・ミシェルとシャルトル』という美しい作品として結晶するのである。

このように、「妻の自殺」は、後期アダムズへの「転換点」として重要なのであるが、いま我々が論の対象としている「空白の二〇年」との関連でいうなら、それは、アダムズの日本、南太平洋への旅と深くかかわっている。アダムズは、「妻の自殺」という「地獄」から逃れるために、それを一時的にでも忘れようとして、己れをとりまく世界から脱出しようとしたのである。アメリカからできるだけ遠い(空間的にばかりか文化的にも遠くはなれた)世界へと逃避しようとしたのである。それは、救済を求めての旅であり、再生の旅であった。さらには、それは、人類学者アダムズの「教育」でもあった。

四　日本、そして南太平洋

(一)　日本人の「笑い」

一八八六年六月一二日、アダムズは画家のジョン・ラファージと共に日本への旅に出発する。七月二日、横浜に到着。たいへんなむし暑さとコレラの蔓延するなか、二人は東京へ、そして七月一二日には日光へ向かう。妻マリアンのいとこで医者のスタージス・ビゲロー（彼は仏教徒である）、美術家のフェノロサが同行者である。日光の徳川ゆかりの寺や美しい風景に接したアダムズは、日光を世界でもっとも美しい場所の一つであると絶讃している。八月二九日には横浜に帰り、九月三日、鎌倉で大仏、長谷観音を見物する。そして再び横浜に戻り、九月九日には神戸に、そして京都（アダムズは京都をほめたたえ、グラナダに比べている）、奈良へ、その後ふたたび横浜に帰る。九月末には蒲原へ行き、駿河湾周辺で富士を見る（ラファージによれば、アダムズは、「この一日だけでも日本に来た価値がある」と富士の眺めを絶讃したという）。それから一〇月二日、帰国の途につき、一〇月二〇日、サンフランシスコに到着する。

三カ月間にわたる日本滞在のあいだのアダムズの見聞は、主として彼の手紙をつうじて知ることができる。手紙を読むと、そこには、(1)日本における美術品の購入についての詳細な記述、(2)日本の建造物の美しさ、風光明媚をほめたたえる記述、(3)日本における生活について不平をのべたくだり（とりわけむし暑さと食事のまずさ）、(4)日本(人)論、が見い出されるが、ここでは(4)の日本(人)論について少し詳しく見てみよう。

日本人、および日本について、アダムズは、ちょうど小人国にやって来たガリヴァーよろしく、「おもちゃ」のようだと述べている。そして日本人を「子供」のようだと言い、時として、「猿」のようだとやや軽蔑的な発言をしている（ひどい場合には、日本人に「性」はなく「性はアーリア人種とともにはじまる」とレイシズム的な発言をしている）。それよりも顕著なのは、日本人の「笑い」についての記述である。アダムズは、日本人はまじめなこと、悲劇的なことについてさえ「笑う」と記述している。[24] そしてアダムズ自身――マリアンの悲劇以来ひどくふさぎこんでいたアダムズ自身――「笑う日本人」のなかにあって「笑う」ようになった。アダムズは手紙のなかで言っている。「ぼくは、日本に着いてからひっきりなしに笑っていたよ。[25]」彼はまた、日本の旅について次のようにも言っている。「ぼくのユーモアのセンスは、とても早く発達したんで、ヨコハマに着いたときから、心ゆくまで笑えたよ。おどけた島の人々のことを考えると笑わずにはいられなかったのさ。[26]」そして日本の旅の収穫は、笑えて楽しめたことだと結論している。また、アダムズの手紙の書き方自体がユーモラスで読む者を笑わせてくれる。軽妙洒脱で、ときにブラックユーモアにみち、自分を戯画化してみせるスタイル、それ自体がアダムズの「笑い」を示している。[27]

五カ月にわたる旅のすえ、アダムズはようやくワシントンに戻ってくる。遠くアメリカを離れたことにより、日本において何ら義務のない気ままな「休日」をすごしたことにより、また、日本の美しい景色を見て心洗われるような気分を味わったことで、寺院を訪れて仏教的な静けさにふれ、仏像（とりわけ観音菩薩）の柔和な静けさにふれたことで、そして、右に述べたような日本人の「笑い」にふれたことで、アダムズの憂うつもいくらか晴れたのだろうか、彼は、アメリカに帰ってから、ふたたび『アメリカ史』の執筆にとりかかる。執筆はものすごいスピードで行われた。あたかも、執筆の仕事に全身全霊をそそぎこむことによって、妻の悲劇的事件を忘れようとするかのように。自分にムチ打って、精神のどん底から這い上がろうとするかのごとく……。そして、一八九〇年六月、『アメリカ史』の執筆、校正、出版の手続き、すべてを終えると、アダムズは、ふたたび旅に出かける。

(二) 南太平洋の遠洋航海者

一八九〇年、八月二三日、アダムズはサンフランシスコから南太平洋の旅に出発する。同行者は、日本旅行のときとおなじく、ラファージである。八月三〇日、ホノルル着。キラウエア火山他、ハワイ各地を見物したあと、アダムズらはサモアへ向かう。一〇月五日、サモアのツツイラ島(Tutuila)着。アダムズとラファージは、そこでシヴァ(siva)の踊りを見る。彼らは、幻想的で官能的なシヴァの踊りにとても魅了され、一種の法悦感にひたる。一〇月八日、ウポル島(Upolu)の港、アピアに到着。

サモア滞在の間、アダムズは数度にわたる冒険旅行を楽しみ(彼は自らをオデュッセイア、ロビンソン・クルーソーにたとえている)、各地の酋長の歓迎を受け、サモアの自然、人々のくらしにふれてゆく。また、アダムズは、サモアに転地のため来ていた作家スティーヴンソンと何度となく出会い、長時間にわたる会話をたのしみ、スティーヴンソンの知り合いであるタヒチのテヴァ(Teva)族の酋長タチ・サーモン(Tati Salmon)への紹介状を書いてもらう。

この滞在においてアダムズは、自らの属する文化とは全く異質な文化を見いだし、自らの文化を相対化してゆく。たとえば、シヴァの踊りにみられる性的解放、官能性のうちに、性的に抑圧されたピューリタン文化の対極を見いだしている。あるいは、戦争において女性がときには男の戦士たちをリードするという事実などから、サモアにおいては〈女性〉が〈男性〉に従属する存在ではないことを知る。

また、アダムズは、サモアの海の青さ、澄んだ空、ヤシの緑をみて、一時的にではあるが、憂うつや悲しみから解き放たれ、義務に束縛されない日々をおくっているうちに、しだいに時間の観念がなくなり、自然のリズムと一体化して日々をくらすようになる。旅行によって空間的にも時間的にも自由になり、解放された気分になる。

以上のようなサモア滞在は、約四カ月間続く。そして、年が明けて一八九一年一月二九日、アダムズとラファージはタヒチに向かう。二月四日、タヒチのパペーテ（Papeete）着。ここを拠点としてアダムズのタヒチ周遊の旅がおこなわれる。サモアと同じく、タヒチの風景の美しさはアダムズを魅了した。彼は、幾枚かタヒチの水彩画を描いているが、とりわけ“The island of Moorea seen from Papeete”（モーレアはタヒチのとなりの島でメルヴィルゆかりの地でもある）と題された絵は、アダムズが目にしたタヒチの澄みきった海の青さを今に伝えている。が、アダムズは、タヒチの美しさにひかれる反面、その悲劇的な側面も意識せざるを得なかった。それはとりわけ、サモアとの対比において自覚されてゆく。たとえば、植民地化されることで名ばかりのものとなった政治的権力（実権はフランス）。また、西欧化されることでタヒチの人々が道徳的に堕落し、本来もっていた自然性、原始的生命力をほとんど失ってしまったこと（生命感あふれる土俗的なダンス〔たとえば、サモアのシヴァの踊りのごとき〕を踊ることは、タヒチにおいては禁じられている）……等々。そして、西欧化の影響がいまだ少ないサモアと西欧化の進んだタヒチとの比較において、アダムズは自らの属する西欧文化社会の価値に対する懐疑の念をつよめていく。

また、アダムズはタヒチ滞在のなかで、植民地化される以前タヒチの支配者であったテヴァ（Teva）族の末裔であるアリイ・タイマイ（Arii Taimai）という女族長とその一族に出会う（彼とラファージは、テヴァ族の由緒ある名前を与えられ、アリイ・タイマイの家族の一員となる）。そして、アリイ・タイマイとその娘マウウ（Queen of Marau）から、テヴァ族を中心としたタヒチの伝説、歴史を聞く。アダムズはそれを一冊の本にまとめようと決心し、その断片的なメモを記してゆく（彼のタヒチ滞在の最後の一カ月はこの作業についやされる）。

約四カ月のタヒチ滞在を終えると、アダムズらはフィージーに向かう（六月一六日着）。そして、七月三一日、オーストラリア（シドニー）、九月六日にセイロン。九月二一日、セイロン出発。紅海、スエズ運河を通り、マルセイユへ。そして一〇月一〇日、パリ到着。

以上のような南太平洋の旅の結果、直接的に生み出されたのが、『タヒチ』(一八九三年。改訂版は一九〇一年)である。この作品は、タヒチの女族長の回想録という形をとったタヒチの歴史であり、そこには、タヒチの地形学的記述、神話的起源(半神 shark-god と人間の女性の結びつきにはじまるタヒチの歴史)がまず語られ、その後、主として二つの部族(Teva 族と Pomare 族)を中心として各部族の系譜が語られ、また、キャプテン・クックをはじめとするタヒチの探検者たちのこと、一九世紀の英仏のタヒチをめぐる植民地戦争のことが語られているが、『タヒチ』という作品において、アダムズは、新たな歴史観、思想的立場を提示するにいたっている。それは、次のようなものだ。

第一に、「歴史を動かす力としての女性」という考え。[28] たとえば、一七世紀半ばの革命の「原因」として、タヒチにおける〝ヘレナ〟であるタウルア(Taurua)をあげ、一九世紀の英仏のタヒチをめぐる植民地戦争を終結させた大きな「力」として、アリイ・タイマイ(の平和交渉)をあげている(これは、この作品の末尾をかざるクライマックスである)。また、アダムズは、タヒチの社会における男女平等をあげ、タヒチの部族の系譜における女性の存在の大きさについて例をあげて説明している。[29] このような「歴史を動かす力としての女性」という考えは、のちにアダムズの中で「聖母マリア」のイメージと結びつくことで、より抽象的な理念的なかたちではあるが、『モン・サン・ミシェルとシャルトル』において展開されることになる。つまり、「歴史の中の力としての『女性的なもの』」、(リーアン・アイスラー)[30] という形で。また、アダムズは、『ヘンリー・アダムズの教育』のなかでも、随所でこの考えを示している(とりわけ第三〇章「惰性の力」において)。そして、従来のアメリカ史を、女性についてほとんど言及していないという点で批判している。[31] これは、もちろん、アダムズが自分の『アメリカ史』に対して行っている自己批判でもある(すでにアダムズは、南太平洋の旅行中に、『アメリカ史』に対し否定的評価を下し、それを批判しはじめている)。[32]

『タヒチ』において新たに提示された第二の点、それは「ヨーロッパ（的価値）の相対化」である。アダムズは、『タヒチ』のなかで、ヨーロッパがタヒチの人々を社会的にも道徳的にも堕落させたこと（たとえば、それまでタヒチでは、ある族長が独裁的傾向を帯びると、他の部族の族長らが連合してそれを罰するという〝独裁制抑止のシステム〟があったが、ヨーロッパ人はある族長に軍事的に協力することで「独裁制」をおしすすめた）を示し、ヨーロッパ（的価値）を批判している。そして、ヨーロッパがタヒチより「進んだ」社会であるという「進化論的図式」の〝ネガ〟を描き出している。また、タヒチの女族長の視点からみたヨーロッパ史（ヨーロッパの帝国主義、イデオロギー）を提示することで、ヨーロッパ中心的な歴史ではなく、「周縁」からみたヨーロッパ史観を提示している。そうすることで、ヨーロッパ（的価値）を批判し、相対化している。このようなヨーロッパ（的価値）に対する批判、懐疑の姿勢、それはのちにアダムズが『ヘンリー・アダムズの教育』において明白にうち出すものであり、その意味において、『タヒチ』は、『ヘンリー・アダムズの教育』への「橋わたし」となる作品なのである。

以上、アダムズの南太平洋の旅についてやや詳しく論じてきた。これは、第一義的には、「妻の自殺」の精神的打撃から逃れるための、〝癒しと救済〟を求めての、空間的「脱出」であることは明らかであるが、右に述べたように、それは同時に、西欧中心的、男性中心的、ピューリタン的価値・システムからの「脱出」の「旅」という知的意味あいをも有していたのである。「空白の二〇年」の最後にくるアダムズの「教育」、それは、二重の意味における「脱出」の「旅」であったのだ。

結びにかえて

そろそろ議論をまとめよう。『ヘンリー・アダムズの教育』の「空白の二〇年」、それは、政治改革運動とその

「失敗」、歴史家アダムズの「教育」、妻との結婚および妻の自殺、そして日本、南太平洋の旅という四つの主要な伝記的事実を含んでいるばかりか、それら出来事がアダムズの主要な作品を生み出す契機となり、それに影響をおよぼし、あるいはそれを予示しているという点においても、きわめて重要な期間である。

しかるに、なぜアダムズは、この二〇年間を「空白」のままにし、テクストから削除しているのか？

もっとも簡単な見方をするなら、セイヤーやデッカーの言うごとく、それは「美学的見地」からなされた「削除」であると言えるかもしれない。つまり、「空白の二〇年」は、『ヘンリー・アダムズの教育』の前半と後半のコントラストを強調するための「空白」であり、また、「公的な出来事」を中心とする「自伝」の体裁を保つために「私的な出来事」が中心である二〇年間を「削除」したということだ。

しかしながら、それだけだろうか？　一八七二年という、「空白の二〇年」の最初の年号が意味するものを考えると、そのような美学的理由以外に、ある一つの深い理由があったようにおもわれる。すなわち、マリアンの自殺である。多くの研究者がすでに指摘しているように、アダムズは己れの悲劇的過去を忘れ去りたいために（まるで悪魔祓いでもするかのように）マリアンと結婚した一八七二年からの記述を「削除」したという考えである。これは、なかなか説得力があり、筆者もこの点にかんしては異論はない。

それでは、「空白の二〇年」の最後、一八九一年という年号はどうなるのか？

第一に、美学的見地からいえば、一八七二年から一八八五年（マリアンの自殺）までの一四年間を削除し、「一四年後」という章をもうけるよりも、「二〇年後」という章をもうける方が、章構成として美的であり、また歴史の断絶面がよりはっきりし、読者に与える効果、印象も絶大であるといえる。あるいは、アダムズは、一八七〇年代から九〇年代というヨーロッパ史、アメリカ史の一大転換期（たとえば、「普仏戦争」、そして「フロンティアの消滅」）を表す（そのコントラストを示す）のに、一八七二年から九一年までを「空白」にするのが効果的だと考えたのかもしれない。

しかし、やはり、一八九一年という年号とマリアンの自殺という悲劇的事件との関係は無視できないと思われる。アダムズの日本、そして南太平洋への旅、それは繰り返して言うなら、第一には、マリアンの悲劇的な死を忘れ去ろうとする脱出の旅であった。それは、妻の自殺による心理的衝撃をかかえた状態の旅であり、アダムズの心の中では、マリアンの死と切りはなして考えることのできない期間であった。その点で、アダムズの他の旅とはちがい、それは楽しい思い出を呼びおこすよりも、苦悩と孤独を思い出させる旅であったと思われる。それゆえにテキストからこの旅（それは一八九一年の末に終わる）は「削除」されたのではないか、とわれわれは推論することが可能である。また、一八九一年という年は、アダムズにとって「区切り」となる年であったと思われる。妻の自殺以後、自分をとりまく社会から「脱出」しようと旅に出たアダムズは、一八九二年、ふたたび社会に「復帰」するのであり、旅は一種の「リハビリ」であり、「再生」への期間であった。一八九二年以降、新たな人生を歩もうとしたアダムズにとって、一八九一年はひとつの終わりを意味する年であった。よって、一八九二年からふたたび記述がはじめられるのは、アダムズの新たな人生の始まりをテクストの身ぶりそのものによって示していると言えよう。

以上、「空白の二〇年」にかんして、アダムズの「教育」をたどり、またその重要性を指摘し、さらには、アダムズがそれを「削除」した理由について述べてきた。しかしながら、そのような「読み」＝「解釈」に対して、依然として立ちはだかるのが、アダムズの巨大な「沈黙」である。「空白の二〇年」、それは、読者の安易な介入をゆるさないために、アダムズがあらかじめしつらえた「見えない壁」のようにも思われてくる。そういえば、アダムズは、『ヘンリー・アダムズの教育』の私家版をヘンリー・ジェイムズに送ったとき、この作品は「墓を守る盾」であると述べていた（この箇所は、アーネスト・サミュエルズが『アダムズ伝』の序文で引用している）。そう、『ヘンリー・アダムズの教育』というテキストの「空白部分」、それはまさしく、アダムズが墓のなかに持ってゆこうとした〝秘密〟の、「見えない盾」なのではないか。そう考えると、われわれの解釈行為は、テクストに対して誠実さを欠くものであり、最良の解釈とは、逆説的ではあるが、「沈黙という解釈」なのかもしれない。

アダムズ自身、ロック・クリーク墓地のブロンズ像の完成にさいし、つぎのように言っている。

At the end of all philosophy, silence is the only true God.

（1） Ernest Samuels, *Henry Adams, the Middle Years* (Cambridge, Mass., 1958)

（2） Edward Chalfant, *Better in Darkness : A Biography of Henry Adams, His Second Life 1862-1891* (Archon Books, 1994)

（3） Eugenia Kaledin, *The Education of Mrs. Henry Adams* (Univ. of Massachusetts Press, 1994 [Originally by Temple Univ. Press, 1981])

（4） William Dusinberre, *Henry Adams : The Myth of Failure* (Univ. Press of Virginia, 1980).

（5） Brooks D. Simpson, *The Political Education of Henry Adams* (Univ. of South Carolina, 1996).

（6） Robert F. Sayer, *The Examined Self : Benjamin Franklin, Henry Adams, Henry James* (Univ. of Wisconsin Press, 1988), pp.118-121.

（7） William Merrill Decker, *The Literary Vocation of Henry Adams* (Univ. of North Carolina Press, 1990), pp. 17-18.

（8） 刈田元司「ヘンリー・アダムズの『失敗』」（『アメリカ文学の周辺』研究社、一九六二年、所収）

（9） 巽孝之「ヘンリー・アダムズの教育」（『ユリイカ――総特集二〇世紀を読む』、一九九七年四月）

（10） Edward Chalfant, *Better in Darkness*, pp.328-330.

（11） Henry Adams, *Democracy : An American Novel*, in *Novels, Mont Saint Michel, The Education* (New York : The Library of America, 1983), p.17.

（12） Gordon Milne, *The American Political Novel* (Oklahoma : University of Oklahoma Press, 1966), p.61.

（13） Louis Auchincloss, *Henry Adams* (Minneapolis : University of Minnesota Press, 1971), p.21.

（14） 『アメリカ史』の執筆過程の詳細については、Edward Chalfant, *Better in Darkness* の第一八章―二五章を参照のこと。使用テクストは、Henry Adams, *History of the United States of America during the Administrations of Jefferson and Madison* (The Library of America, 1986). 以後本書からの引用は、本文中のカッコ内に、セク

ションのタイトル、巻および章のナンバーを記すにとどめる。

(15) このような『アメリカ史』の多元的なエクリチュールの詳細については、拙論「横断する知性」(『批評理論とアメリカ文学』〔中央大学出版部、一九九五年〕、所収)を参照のこと。

(16) David W. Noble, *The End of American History* (Univ. of Minnesota Press, 1985)
邦訳は、目白アメリカ研究会訳、『アメリカ史像の探究』(有斐閣、一九八八年)

(17) ノーブル『アメリカ史像の探究』、二二頁。

(18) 大下尚一「アメリカ史像の探究」(有賀貞、大下尚一編『新版概説アメリカ史』有斐閣、一九九〇年、三頁)

(19) ノーブル『アメリカ史像の探究』、二四二頁。

(20) アダムズのこのような歴史記述《ヒストリオグラフィー》の詳細については、拙論「横断する知性」を参照のこと。

(21) 「政治(学)の物語、あるいは物語の政治学——アダムズの『アメリカ史』について——」(帝京大学文学部紀要、第二三号)

(22) Eugenia Kaledin, *The Education of Mrs. Henry Adams*, pp.6-9.

(23) To Elizabeth Cameron [13 February, 1891] (*The Letters of Henry Adams*, ed. by J.C. Levenson, Ernest Samuels, Charles Vandersee, and Viola Hopkins Winner [Harvard Univ. Press, 1982]).

(24) このことは、小泉八雲が「日本人の微笑」で述べていることを思い起こさせる。

(25) To Sir Robert Cunliffe [21 July, 1886].

(26) To Charles Milnes Gaskell [12 Dec., 1886].

(27) この点にかんして、佐伯彰一氏は、「一見軽やかで明るい、ほとんど饒舌な彼の手紙は……一種の仮面の役割を果たしたともいえ、そこにかえってアダムズの悲哀が仄見えている」と、うがった見方をしている(『アメリカ人の日本論』研究社)。

(28) Henry Adams, *Tahiti* (Scholar's Facsimiles Reprints, 1947), p.10.

(29) Henry Adams, *Tahiti*, p.10.

(30) 「アダムズの著作の上辺の背後を見てみれば、彼が歴史のなかに伝統的には無視されてきた強力な『女性的』力を認識していたことがわかる。……まことに、アダムズの分析の主要な要点は、西欧の歴史における文明化の力は彼が《聖母》と呼ぶものであったというところにある」〔リーアン・アイスラー『聖杯と剣』(野島秀勝訳、法政大学出版局)、二三九頁〕。

(31) Henry Adams, *The Education of Henry Adams* (Penguin Classics, 1995), p.418.

(32) To Elizabeth Cameron [13 February, 1891].

なお、本論文は以下の二つの論文をもとにして書かれたものである。

● 「政治(学)の物語、あるいは物語の政治学――アダムズの『アメリカ史』について――」(『帝京大学文学部紀要』第二三号、一九九二年二月)

● 「『ヘンリー・アダムズの教育』補記」(『英語英米文学』第三八集、中央大学英米文学会、一九九八年三月)

世紀転換期のサンチョ・パンサたち

――トウェイン、アダムズ、バーコヴィッチ

村山淳彦

まくら

世紀転換期と言えばドンピシャリ一九〇〇年に出版された小説『シスター・キャリー』に、見逃されがちかもしれないけれどとても気になる細部がある。小説の最終章で、どん底に落ちたハーストウッドは、厳冬の街頭にホームレスの一群とともに列を作り、「慈悲の聖母修道女会」の救貧院が提供する無料の昼食にありつこうと待っている。寒さをこらえながら長時間立ちんぼをしている連中は、誰ともなくとりとめのない言葉を発する。そのなかにこんな言葉が混じっている。「戦争でも起これば、この国もずいぶん助かるだろうにな」(1) それきりのことである。打ちのめされて知力もあやしくなった浮浪者の言葉であり、筋道立った議論をしているわけではないから、何の脈絡もない。「戦争」？　どうしてそんな言葉がこんなところに唐突にあらわれるのか。

多少詮索してみれば、ここで「戦争」というのは米西戦争のことだとわかる。この小説は、ある時代の人間の状況をかなり普遍化した物語として提示する、いわゆる「文学的」なものだから、国家や社会にかかわる歴史的事件との関連が稀薄で、ふつうの小説と同じように、物語のなかのそれぞれの出来事の年代や日付が特定される

ことなく語られている。それでも、小説の冒頭で「一八八九年八月」(一)と明記された年代をほとんど唯一の手がかりにして、ノートン版の編者ドナルド・パイザーのようにその後の物語の進行を注意深く追いかければ、あらすじの年表を作成することができる。(2) その結果、たとえばハーストウッドがスト破りを志願してひどい目にあったあのストライキは一八九五年一月のことと推定され、それは、ブルックリンのストライキが起きた歴史上の時点に符合しているとわかる。またこのような年表に従えば、あの「戦争」という言葉がホームレスの群のなかから飛び出したのは、一八九六年から九七年にかけての冬のあいだのある日のこととみなしうる。

つまり、あの言葉は、何も一般的に、窮乏している者にありがちな途方もない夢想として戦争への期待を語っているのではなく、現にまもなく起きることになる米西戦争への言及なのである。米西戦争は、一八九八年四月に両国の宣戦布告により公式に開始されたが、開戦の何年も前から戦争突入の是非をめぐって論議されていたし、とりわけニューヨークでは一八九五年ころから、ハーストの『ジャーナル』とピュリツアーの『ワールド』との過熱した競争を通じて戦争熱が煽られていた。ホームレスたちは、失業後のハーストウッドの描写にあらわれるように、拾った新聞を読みふけってありあまる時間をつぶす。そのためにイエロー・ジャーナリズムによるキャンペーンの影響をもろに受けやすい。あの場面で浮浪者が口にする「戦争」とは、歴史的にまもなくして勃発した米西戦争を、何の説明もなく暗黙のうちに指しているということは、今日では調査と考察のあげくにようやく明らかになるとしても、米西戦争の続編としての米比戦争がたたかわれているさなかに出版された当時からある時代までの読者には、ただちに了解されただろう。

米西戦争は、すでに植民地争奪に血道を上げていた欧州列強に伍して、米国がむき出しの帝国主義に転じたことをまぎれもなく示す歴史的事件だった。しかし、対スペイン開戦を主張する戦前のジャーナリズムの論調は、スペインの圧制からの自由を求めるキューバの独立運動を支援するという大義を訴えていた。にもかかわらず、

「戦争でも起これば、この国もずいぶん助かるだろうにな」というあの浮浪者の言葉は、イェロー・ジャーナリズムが正義の使徒を気取って声高に叫んでいた独立運動支援の大義ではなく、もっと実利的な戦争目的を率直に語るものである。一八九三年の恐慌以後深刻な不況に見舞われていた米国の失業者にとって、戦争とは、あらたな海外市場の獲得をめざす帝国主義の施策として関心を引きうる。クレインやノリスとはちがって戦争の取材に興味を示さなかった作者ドライサーは、浮浪者の言葉をこのような文脈に配することによって、米西戦争を帝国主義戦争としてさりげなく示している。

かくして『シスター・キャリー』の結末に近い数章は、それまで描かれてきたキャリーの私生活上の物語を、ストライキや戦争という当時の重要な公的事件に関連づけている。公的事件としてストライキや戦争が選ばれているのは、労働運動と帝国主義が一九世紀末のアメリカ社会におけるもっとも大きな問題だったと見抜いた洞察の産物であろう。しかも、ハーストウッドを打ちのめしたあのストライキは、小説のなかではやはり目立たぬながらに「労働騎士団、ブルックリンの路面電車を止める」(三九七)という新聞の見出しのさりげない引用によって、労働騎士団によるものだったと明記されているが、労働騎士団とは、労働運動史のなかで近年注目されている労組である。また、ポストコロニアル批評の台頭してきた今日、アメリカ帝国主義を文化論的に検討する課題もようやく日程に上りつつあるが、その課題にとって米西戦争とその前後の歴史は中心的なテーマとなる。

本稿は、『シスター・キャリー』からうかがえる洞察に導かれ、世紀転換期が米国の大きな転換期でもあったとみなす立場から、労働運動史と帝国主義史を参照しつつ、サクヴァン・バーコヴィッチの主張の妥当性を検証しようとするものである。その上で、バーコヴィッチの著作において特殊な地位を与えられているマーク・トウェインとヘンリー・アダムズの世紀転換期における著作も、関連するかぎりで検討してみたい。この作業は、アメリカ・イデオロギーが世紀転換期に変わらなかったどころか、新たな編成替えをこうむったし、バーコヴィッチの見方にそぐわない対応をした作家もいたということを明らかにするであろう。

まず、バーコヴィッチの主張に対する私なりの理解の仕方について述べておこう。(3)

イギリス人マーカス・カンリフは、ペンギン・ブックス『合衆国の文学』初版の「序説」で、出版当時一九五〇年代の世界情勢にふさわしく、つぎのように述べていた。

一　バーコヴィッチ

一世紀昔のアメリカの状況と、今日のロシア――あるいは、もっと的確には一九二〇年代のロシア――のそれとのあいだには、ある程度の類似点がある。両国とも、新しいラディカルな実験国家であり、他国からは反体制的な国、ないし、少なくともその野暮な独断的姿勢の点で不愉快な国と目された。両国とも他国に対して多少とも敵対的であり、この世にあらわれると同時に他国の国家原理を排撃するようになった。（中略）両国いずれにおける作家も、イデオロギーの勝利を早めなければならないという道義上の責務を負っていた。(4)

バーコヴィッチはおそらくカンリフの見方に連なり、「一世紀昔のアメリカ」だけでなく今日の米国さえも、旧ソ連に劣らずイデオロギーによって立つ国家であるとみなしている。そのためにアメリカの作家は責務を負ったというならば、バーコヴィッチの『同意の儀礼』におけるつぎのような言葉を想起してもいい。

われらが一流作家たちはたいてい、最終的挫折を予想するなどということには、あまりにも苦痛を伴うので耐えられないと感じた。ほかの点においてと同様この点でも、エマソンの反応は代表的である。その反応が強力に立証しているのは、コンセンサスに伴う修辞の破滅的な罠、最良かつ／あるいは最後というダブルバインドである。(5)

バーコヴィッチは、「アメリカが人類の最後の、最良の希望である」という見方を「アメリカ・イデオロギー（the American ideology）」と呼び、アメリカ文学史は究極的にはこのイデオロギーへの合意（consensus）の歴史だったと論じる。ここで「アメリカ」とは、地名というよりも理念の名称である。アメリカ批判とも見える「エレミア風の嘆き節（Jeremiad）」も、「アメリカ・イデオロギー」に最終的には回収され、合意に荷担せざるをえなくなると見られる。この点に関しては、一九世紀末の社会主義者も、フレデリック・ダグラスも、人民戦線に行き着いた共産主義者も、一九六〇年代の反体制運動家も、変わりはない。その種のラディカリズムは、ピューリタンの新大陸移住や独立革命などというアメリカの歴史的事業を先導した思想のなかに、はじめから内包されていたとされる（六二、三五五、六四）。

さて、合衆国ではラディカルたちも「アメリカ・イデオロギー」を乗り越えることができなかったと論じることは、このイデオロギーのしたたかさを礼賛することになるのか、それとも、ラディカルたちの不甲斐なさを批判してこのイデオロギーを真に克服する道を示そうとすることになるのか、にわかには見定めがたい。なるほど、バーコヴィッチのように、いかなるラディカルなアメリカ批判も結局は「アメリカ・イデオロギー」への合意に終わると説くことは、階級分裂や階級間の葛藤の歴史的な意味を矮小化する保守主義的史観として、冷戦期のアメリカ歴史学を支配したコンセンサス学派の主張に連なるようにも見える。合意を強調すればするほど、アメリカ社会の均質性、その無階級性ないしミドルクラス性を暗黙の前提としていると思えてくる。そこにカンリフの見方との共通性もあらわれる。しかし、その共通性は、カンリフが「民主主義のイデオロギー」に対して距離をおくのと同様に、バーコヴィッチが「アメリカ・イデオロギー」に対して距離をおく、その姿勢にも及んでいるのである。アメリカ文学研究の最新の潮流の親玉と目されるバーコヴィッチは、カナダ出身であるためか、古いタイプの学者でありながらやはり外国人であるカンリフと、合衆国の主流イデオロギーに注ぐこの皮肉な視線を共有している。

だから、バーコヴィッチの主張は「アメリカ・イデオロギー」の単なる礼賛であるとは言いにくい。そもそも「イデオロギー」という命名には、はじめから何らかの批判が含意されていると考えるべきなのだろう。少なくとも彼自身がコンセンサス学派と同列にみなされたくないと思っているらしいことは、つぎのような一節からうかがえよう。

コンセンサスの外側から観察すれば、一九世紀中葉のアメリカは［たとえばコンセンサス学派の主張とは］たいへん異なる様相を呈していた。それは、階層に分かれ、闘争に満ち、民族間の分裂や階級分裂がはびこる社会であった。（四六）

このパラグラフはこのあと、アメリカ社会における対立や葛藤を延々と数え上げる。アメリカ社会の歴史的現実は、コンセンサス学派が前提としがちな無階級性やミドルクラス性とは大いにかけ離れている。その方面についてのホームワークの成果を列挙してみせることによってバーコヴィッチは、そんなことは百も承知だ、とでも言いたげな素振りを誇示する。体制への異議申し立てが体制に取り込まれてしまうことを述べたあとで、「こう言ったからといって私は、これらの改革者たちのたたかいを見くびるつもりはない」とつけ加えて、コンセンサス学派とは違うという点に念を押すのを忘れない。こういう箇所が時にあらわれるからこそ、バーコヴィッチの論述には皮肉がこめられているとわかる。彼はイデオロギーを、「定義からして虚偽意識であった」と見るのではなく、「文化を解明するための鍵としての真理価値」を有するものととらえる点で（そうしたからといってマルクス主義を否定したことになるのかどうかはさておき）、マルクス主義から距離をおくと同時に、「アメリカにイデオロギーが少しでも存在したとは認めない」コンセンサス学派からも距離をおいて、アメリカにも存在してきたイデオロギーを注視し、それを、イデオロギーという、批判のニュアンスのこもった言葉で名指して論じるのである（五〇、一三―一四）。

だが、いかに皮肉がこめられていようとも、バーコヴィッチの論述の前景を占めるのは、しゃにむにコンセンサスを強いるだけの力を持った「アメリカ・イデオロギー」である。彼はこのイデオロギーを「アメリカの神話」とも呼び、「この神話との関連においては、このような［階級、人種、ジェンダー、地域などの］差異は重要ではなかった」し、この神話の中心を占めるアメリカ国民とは「アメリカのミドルクラスの生活という単純にしてありがたい報酬」を享受する人民のことだった、と言う。また、「もちろん、私が問題にする思考様式は、一面の真実しか明らかにしてくれない」と言って、みずからの方法の限界を自認してみせる。しかし、みずからの方法は、そういう限界を引き受けても余りある意義を有するという弁明も、同時に用意されている。つまり、差異と葛藤に満ちた歴史的現実を検討するという課題を犠牲にしても、「イデオロギー上の並々ならぬヘゲモニーの呪縛を受けた文化」を注視し、「コンセンサスに伴う修辞の重要性」を説くのが、彼のテーマだと言うのである（三九、四六―七）。

したがって問題は、文化の問題に限定すれば、「アメリカ・イデオロギー」が合衆国の文化をはじめから今日にいたるまで貫徹し、その外側には結局だれも出られなかったという見方は正しいのかという点にある。それが正しい見方だとすれば、合衆国の文化には今後変わりうる可能性は見いだせないという診断を下すことになる。

この診断は、アメリカ文化に対するもっとも手厳しい批判と受け取ることもできるし、アメリカ文化の乗り越えがたい支配力を容認した諦観と受け取ることもできる。

　バーコヴィッチの皮肉な批判をコンセンサス学派の史観と区別することは重要であるが、その批判の有効性はあらためて検討してみなければならない。バーコヴィッチは、上記の引用にも言及されているように、研究を文化の問題に限定することの正当化を、文化にヘゲモニーが隠れている点に依拠しておこなっている。ヘゲモニーとは、イタリアのマルクス主義者アントニオ・グラムシから借りた概念である。この点は、『同意の儀礼』では明記されていないが、前著『アメリカのエレミア風嘆き節』では、「私はここで『ヘゲモニー』という語をアントニオ・グラムシが使ったのと同じ意味で用いる」(6)と断っている。支配は国家という暴力装置によってのみ可能となるものではなく、市民生活における文化的価値への合意にも依存していると喝破したグラムシは、そのような合意をかちとることのできる能力をヘゲモニーと呼んで、暴力的な軍事謀略ではなくむしろヘゲモニーを確立する戦略を伴うものとして革命を把握した。文化研究に集中することは、この見地から正当化しうる。しかしバーコヴィッチは、右の引用と同じ脚注のなかで、すぐに続けて「われわれが今日アメリカと呼んでいるものの発展過程においては、その［グラムシが注目した］たぐいの重要なイデオロギー闘争は見られない」と述べて、はじめから闘争を排除している。その後の著書ではさらに「ヘゲモニーの概念は変革の弁証法を巻き込むものだけれども、その代わりに変革の方向は、ヘゲモニーの拘束を受けた諸事項からの決定的な影響を受ける」（ＲＡ四七）と述べている。つまり、ヘゲモニーの概念は、変革をめざす見地からよりも、既存の支配階級のヘゲモニーの脱却しがたい拘束力を確認する見地から用いられているのである。

　バーコヴィッチは、文化における修辞の問題に視野を狭めようとしただけではない。彼が取り上げるのはもっぱら「われらが一流作家たち」であるという意味でも、その研究範囲は限られている。この結果彼の視野に入ってくる文化英雄は、「その出自がいかに低劣であろうとも、労働者階級の一員ではなかったし、成功後も成金ではなく、間違っても上流階級になることはなかった」（RA四七）ということになる。だが、「われらが一流作家たち」を正典として選定したのは文化的ヘゲモニーを握る勢力であり、そのようにして選ばれた正典がそのヘゲモニーの拘束を抜け出すことがないというのは、循環論法の帰結として当たり前であって、この当たり前さがバーコヴィッチの説得力の秘密である。

ラッセル・ライシングはこの点をつぎのように批判している。

> 彼の研究は、その主張によればアメリカ文学の特徴だとされる免れがたい「合意形成儀礼」を、表向きは批判しようとしているものの、その批判は功を奏していない。なぜなら、ミドルクラスのヘゲモニーを支える動的で強力なイデオロギーを暴き立てると称しながら、一面的にしか把握されていない文学伝統に肩入れすることによって、実際にはそのイデオロギー的拘束を補強しているにすぎないからである。(7)

「一面的にしか把握されていない文学伝統」は、「アメリカ人の想像力に対するピューリタン的修辞の支配力を弱める可能性を秘めた数々の要素」（八七‐八）を排除した上で構築されている。そういう要素の例として、ライシングはリチャード・ライト、セオドア・ドライサー、アプトン・シンクレアをあげている。確かにこれらの作家たちについての言及は、バーコヴィッチには見られない。だが、バーコヴィッチの議論から排除されているものをあげていけば、きりがないだろう。アメリカの文化をその始まりから現在に至るまで一貫して変わらぬ伝統として説明し、また、そのような文化伝統こそが「アメリカの意味」（RA二九）であって、その他の矛盾や対立はその意味を曖昧にする夾雑物であるとみなすような、きわめて包括的な主張が成り立つためには、その種の排除はおそらく不可欠の手順であろう。バーコヴィッチは、重要性の尺度から素材をきわめて選択的に限定することについて、大体は弁解しようともしないのだが、先に見たように、対立や葛藤にみちた社会現実を結局は捨象するみずからの方法について釈明する場合もある。あるいは、「われらが一流作家たち」を一括して「アメリカ・イデオロギー」の担い手であると主張する直前で、つぎのように注釈しているように、弁解じみた保留をつける場合もある。

たいていの一流作家たちは、希望を掲げる一派に与するにしても、それほど簡単に方向を決めたわけではなかった。ヘンリー・アダムズのように、破滅が待ち受けているという暗い見方に落ち着いた者も、少数にしろいた。マーク・トウェインのように、意に反しつつ、また、解きがたく矛盾した思いにさいなまれつつ、そういう見方に落ち込んだ者もいた。さらに、メルヴィルのように、希望と破滅との二つの可能性のあいだで動揺した者もいた。(六三)

このあとに、「だが、われらが一流作家たちはたいてい、最終的挫折を予想するなどということには、あまりにも苦痛を伴うので耐えられないと感じた。……」と続き、先にあげた引用につながる。そして、「たいてい」という保留は目立たぬままに忘れられるし、アダムズやトウェインなどの「暗い見方」はけっして正面から取り上げられない。だから本稿では、ヘゲモニーをめぐる「重要なイデオロギー闘争」によって特徴づけられる世紀転換期に深く結びつく「われらが一流作家たち」、アダムズとトウェインを吟味してみようと思うのだ。

二　ミラー

バーコヴィッチがみずからの方法について釈明するときの口振りは、ペリー・ミラーが『使命を帯びて未開地のなかへ』の「序文」で、「アメリカの経験の無比無類さ」をバーコヴィッチと同じく「アメリカの意味」[8]として探り当てようとする意図を宣告するときに、やはり社会現実を捨象することについてつぎのように釈明したのを想起させる。

「私のアメリカ像を二〇世紀世界に対してどうしても弁じなければならないということを」悟ったときに、（もしかしたら）不幸なことに、事柄の性質から与えられたうち消しがたい確信によれば、「社会」史家と呼んでもいい人々が蓄積してきた膨大な業績は、いかに貴重な資料であろうとも、根源的なテーマ群に到達するものではない——あるいは、真に根源的な唯一のテーマなどというものがあると仮定して、そういうテーマに接近することすらできない。……あんなもの［＝社会史的資料］もすべてアメリカ史の基礎ではある。……そうではあっても、私が追い込まれた分野の研究は、ああいうものとは別の（より上等なとは言わないが）種類のものだった。（[vii]〜viii）

いや、バーコヴィッチがミラーを想起させるのは、じつはこの点だけではない。両者を読み比べるうちにつくづく感じさせられるのは、両者の共通点が、ともにハーヴァード大学英文科の教授職を手に入れたということだけにあるのではなく、ともに同じ問題に取り組みながら、バーコヴィッチが一世代を隔ててミラーに応答しているということだ。「アメリカの意味」の起源をピューリタンの言説に求め、しかもそれが現代においても決定的な役割を演じていると論じる構想そのものが同じである。

バーコヴィッチはミラーをただ反復しているのではないとしても、両者の関係はもっと考察してみなければならない。『使命を帯びて未開地のなかへ』の「序文」でミラーは、ピューリタニズムに遡って「アメリカの意味」を闡明しようとする構想を、アフリカのジャングルのなかで「エピファニー」（[vii]）のように与えられた、なかば宗教的な使命として語る。エイミー・カプランが『合衆国帝国主義の文化』に寄せた序論でこの「序文」を詳細に分析して明らかにしたように、ミラーはアメリカ帝国主義に深くコミットしていた。バーコヴィッチがミラーに呼応したとすれば、アメリカ帝国主義への荷担まで反復していないだろうか。

「合衆国をもっとも奥深くから推し進める力と思われるものについて説き明かすという使命（mission）」（viii）をみずから負ったミラーは、その「力」とは「アメリカの意味」のことだと見定めることによって、学者としての自分の使命を、ピューリタンの負った「使命（errand）」を受け継ぐものとみなすことになる。ミラーは、「使命」という言葉の「二重の意味」を説明した上で、ピューリタン革命後のアメリカのピューリタンが、誰かのための「使い走り」という「使命」の第一の意味を失い、行為の「目的それ自体、心のなかで意識された意図」という第二の意味における「使命」をみずから見出さなければならなくなった歴史的状況に注目する（三）。第一の意味を失い、第二の意味を探求しなければならないという状況は、本質から出発できなくなった状況で実存に目覚めることを重視する実存主義の問題設定にも似ている。

ピューリタンの「使命」については、「[ウィンスロップの語ったモデルを]ピューリタンたちがアメリカに建設し、……そしてそれが聖徒たちの予言どおりに機能するならば、ヨーロッパですでに開始されたけれども一時的に頓挫した革命を完成させる仕事にいかに取りかかるべきかを、カルヴィン主義インターナショナルに正確に知らしめることになる」（一二）と語られている。これは、ミラーの時代に即して言えば、共産主義インターナシヨナルから革命の使命を与えられて世界中に送り込まれた革命家集団という図に似通っている。革命は精鋭の少数集団によって起こされるという、冷戦司令官たちの抱いた世界認識としての陰謀説である。ミラーは、彼と同時代のこの構図を比喩的になぞっているのではなく、ピューリタンを字義どおりの革命家集団ととらえている。だが、一七世紀アメリカのピューリタンは、クロムウェルの指導によって裏切られ、イギリス中央からの指令にしたがって行動する手先としてのみずからの（第一の意味における）「使命」を失ったために、自分たち自身が中央になりかわって、裏切られた「革命を完成させる」という（第二の意味における）「使命」をあらためて見出さなければならなくなった。

彼らの使命は、この言葉の第一の意味において挫折したので、彼らには第二の意味しか残されていず、その使命の内実は、彼ら自身が、彼ら自身の内部から築き上げた意味で満たさなければならなくなった。世界中の目を丘の上の彼らの町に釘付けにすることができなかったので、彼らは世界から孤絶して、残る頼りはアメリカだけになった。(一五)

この意味における「使命」は、外部の権威からあらかじめ与えられた本質として定まっているのではなく、たえず実存から出発してあらたに見出されなければならない。冷戦時代においては、真のアメリカ人とは、反共自由主義革命の「使命」を自覚した革命家集団でなければならない。だが、現実には事実存在としてのアメリカ人は、この「使命」を自覚した真実存在になりきれていない。そのために、アメリカに移民したピューリタンの第二世代以降に見られたのと同じような「エレミア風の嘆き節」を、ミラーは再演してみせる。ヒロシマが、「［アメリカ］共和国の恐るべき力を如実に示す象徴」(ix) たる原爆のために「世界の終末」の先触れとして、あたかも「丘の上の町」であるかのように注目を集めるようになったのは、ミラーから見れば嘆かわしい。

核爆発は、純然たる物理的簡明さを帯び、終末の舞台効果に必要なもっとも神さびた諸要素をそなえていて申し分ないとしても、結局は……待望されていたものとは違うとわかる。こんなもののために使者が未開地のなかへ送り込まれたわけではなかったし、これからもこんなもののために使者が送られるはずはない。破局は、それだけで十分というわけにはいかないのだ。(三元)

終末つまり歴史の終わり(=目的)は、やはり「アメリカ」が、真の「丘の上の町」として世界の注目を集めながら演じなければならない。このような「使命」観に立って「アメリカの意味」をアメリカ人たちと世界中の人々に向かって説き明かし、それに注目させること、それがアメリカ研究においてミラーの担った「使命」だった。

バーコヴィッチはいくらミラーに応答するとしても、このような「使命」観を共有することはできないであろう。バーコヴィッチは何と言っても、カナダのユダヤ人社会という外部からの出身だし、そのことをエッセイで回想してみせるような人間である。私がアメリカで聞いたうわさ話によると、彼のサクヴァンという風変わりな名前は、熱烈なコミュニストだった父親が、サッコとヴァンゼッティを合成してつけたという。娘にはレーニンのアナグラムであるニネルと名づけたとも言われる父親。そんな父親のいる家庭で育ったバーコヴィッチは、留学生としてやってきて住み着いた米国で「アメリカ・イデオロギー」が強靭な支配力をふるうさまを見せつけられ、なかば驚き呆れて批判がましい思いを抱きつつ、その力に魅せられて追いかけ続けたとしても、みずからがその「使命」を担う気にはなれなかったのではないか。『アメリカのエレミア風嘆き節』で彼は、「私が分析を進めていく過程で明らかになるものと期待したいが、これらの「アメリカ・イデオロギーを肯定し推進しようとする」エネルギーを記述することは、そういうエネルギーを支持するのと同じことではない」(xv)とわざわざ断っている。

ミラーとバーコヴィッチのあいだのこの距離は、ミラーによって予測されていたものだった。

最初の思想表現の文献群として私が手がかりにしえたものは、たまたまプロテスタント神学の文献群だったてまえ、この教義をそれ独自の言葉づかいに従って探究しようと決めた。……これらの思想を、歴史的な意味以外のいかなる意味でも、現代人にわかりやすく説明してやろうなどという大それた考えは、私は一度も抱いたことがない。(ix)

このように言うミラーは、たとえ「これらの思想に尊敬を払うことは、それらを信じることと同じではない」(ix)などと、バーコヴィッチと同じような言い方でピューリタンの教義に距離をおいてみせはしても、信仰のレベルとは異なる「アメリカの意味」を体現したテクストとしては、ピューリタンの言葉を字義どおりに受け取るべきだと主張していることになる。ピューリタンが無数に残した嘆き節説教を読む場合もそれは変わらないが、他方でミラーは、自分とは異なる読み方をする者もあらわれることを予想して、「文化人類学者は、これらの嘆き節をやや斜めに見るであろう。それらを額面どおりに受け取ることに対しては、方法論的な警戒心を見せるであろう」(八)とも言う。

バーコヴィッチは、ヴィクター・ターナーからクリフォード・ギアツにいたる文化人類学者をあちこちに引用し、彼らの用語法をたっぷり借用しているから、ミラーの懸念した文化人類学的な読みに頼っていることは明らかである。じっさいバーコヴィッチは、ピューリタン文献を「額面どおりに受け取る」のではなく、修辞として解釈すると明言している。修辞として扱うとなれば、本音がむき出しに表出してはいないという理解に立っていることになり、誠実さを何よりも尊ぶ実存主義者の神経を逆なでするように、修辞に潜む不誠実ないし自己欺瞞(mauvaise foi) を当然の前提としている。「アメリカ・イデオロギー」は、少数精鋭集団の陰謀などではなく、構造主義=反ヒューマニズムの見地から理解されたシステムであるとみなすのがバーコヴィッチである。

バーコヴィッチは『アメリカのエレミア風嘆き節』でも『同意の儀礼』でも、「私は、ドン・キホーテだらけの国に入ってしまったサンチョ・パンサのような気がした」(AJ二、RA元) という述懐を、ほぼ同一の文で繰り返している。「エレミア風嘆き節」を「額面どおりに受け取」ったミラーは、バーコヴィッチから見るとドン・キホーテということになるのだろう。バーコヴィッチは、風車を巨人だと言い張る憂い顔の勇者をどこまでも追いかけ、そんな不思議なことを口走る者たちの異質の文化を文化人類学者風に観察、記述することに熱中している。だが、ドン・キホーテを追いかけるサンチョ・パンサも、同じ遍歴の道連れであるという共犯性を免れることはできまい。それどころか、前篇の結末でいったん帰郷したサンチョが妻に、「正直な男が、冒険を求める遍歴の騎士の従士になるより楽しいことは、この世の中にゃねえってことよ」(9) と語っていることからも、また、後篇において「島」の統治者になる経過からも、サンチョのキホーテ化がしばしば見られることは知られている。サンチョは主人に近づき同化していくのだから、サンチョ・パンサとドン・キホーテの対立もあやしくなる。一般にはサンチョ・パンサとドン・キホーテは対立する取り合わせとみなされ、バーコヴィッチもこの対立を前提にして「ドン・キホーテだらけの国に入ってしまったサンチョ・パンサ」という表現を使っている。それはそれで意味があるけれども、サンチョ自身の二重性もしくは二面性も見落とせないはずである。

ミラーとバーコヴィッチが同行する遍歴とは、ピューリタン起源の「アメリカの意味」を、字義どおりにとるか、修辞としてとるかの見方の違いはあれ、米国のもっとも首尾一貫した強力な文化的資産であると言い立て続ける旅であり、アメリカ例外主義の道をたどるものである。「これ［＝アメリカの意味が米国社会の隅々に浸透していると見られる事態］は、『コンセンサス学派歴史家たち』の語る［アメリカ社会の］同質性ではなかった。ジョージ・バンクロフトからルイス・ハーツにいたるアメリカ例外主義者たちが提出したのは、ミドルクラスの革新主義的統一性のイメージだった。私が見出したのは、細分化と不和の上に築かれた集合的なアイデンティティだった」（RA元）とバーコヴィッチは主張して、コンセンサス学派やアメリカ例外主義者から距離をおこうとしているが、「細分化と不和」を強調したところでアメリカ例外主義から免れるわけではない。そのことは、現代アメリカ例外主義者のまぎれもない雄セイモア・マーティン・リプセットによって、つぎのように確言されている。

アメリカ例外主義の概念を批判する者のなかには、アメリカ例外主義者はアメリカの歴史がコンセンサスの歴史だったと信じているなどと言う者もいる。……これほど事実に反した見方はない。……ここでは、サクヴァン・バーコヴィッチ……をはじめとする多くの人々が力説したように、合衆国の特徴は、集団間の敵対的な関係を強調する点にあるということだけを指摘しておきたい。(10)

この一節からも明らかなように、バーコヴィッチはリプセットによってアメリカ例外主義者の仲間に入れられている。アメリカ例外主義とは、米国が他の国、特にヨーロッパ諸国とは異なる特別な国だと考える立場の謂だとすれば、きわめて強靭な拘束力を持つ「アメリカ・イデオロギー」を他に並びなきものとして論じるバーコヴィッチの立場は、まさにアメリカ例外主義であろう。じじつ『アメリカのエレミア風嘆き節』では、「この本が、アメリカ例外主義の立場を支持するとしても、ミドルクラスのヘゲモニーが徐々に浸透していったという見方を支持するかぎりにおいてである」(AJ xiii)と、自分がアメリカ例外主義に連なることをもっと率直に認めていた。いかに「細分化と不和」が認められても、「それでもなお、すべての党派が同じ使命を慶賀する」(RA 二九)と論じるところにこそ、バーコヴィッチの主張の特徴がある。なるほど、米国の「不和の調和(concordia discors)」(RA 二九)は独特かもしれないが、「不和の調和」自体はいわばどこにもあるのではないか。「不和」に意味を見出すか、「調和」に意味を見出すかが、それぞれ真に独特な姿勢なのであって、バーコヴィッチのアメリカ例外主義は、「調和」に意味を見出そうとした姿勢からもたらされた効果であるとも言えよう。バーコヴィッチはアメリカ例外主義に連なりながら、彼自身が暗にドン・キホーテに見立てたミラーからどれほどの距離をとりえているだろうか。

三　労働騎士団

アメリカ例外主義は、今日ではピューリタンの使命観から始まり綿々と続く伝統として論じられることもあるが、本来はリプセットが説明しているように、「『アメリカ例外主義』という観念は、合衆国労働者階級のラディカリズムの弱さを説明しようとする努力との関連において広く用いられるようになった」(三三)。この議論の初期の著作として必ずあげられる『合衆国に社会主義がないのはなぜか』(一九〇六年)の著者ウェルナー・ゾンバルトのように、一九世紀末以降世界最大の工業国になった米国に西欧諸国のような労働政党や社会主義運動の高まりが見られないことを弁解しようとして、米国は例外だと主張したのは、社会主義発展を法則と見たがっていた一部の左翼理論家たちだった。米国には例外的に社会主義の発展はありえないという理論に保守派が飛びつき、ピューリタンの伝統などをも例外主義に結びつけて論じるようになったのは、もっと後のことである。したがって、アメリカ例外主義を出発点に遡って考察するには、一九世紀末から世紀転換期にかけての労働運動史に目を配る必要がある。

キム・ヴォスの『アメリカ例外主義の成立——労働騎士団と一九世紀の階級形成』は、この問題に直接取り組んでいる。ヴォスは労働騎士団の盛衰を、詳細な統計分析や特定の地域における事例研究、西欧諸国労働運動との比較を通じてあとづけ、一九世紀末の米国の労働運動の実態を把握することに努めている。一八六九年にフィラデルフィアで結成された労働騎士団は、一八八〇年代中葉にはそれまでの最大の労組に成長して大きなストライキをいくつも打っていたが、一八八六年にヘイマーケット事件が起きてアナーキストが爆弾犯として処刑され、他方でアメリカ労働総同盟（ＡＦＬ）が対抗的に結成されるという逆風が吹き荒れる動向のなかで、一八九〇年代には急速に衰退した。ヴォスは、労働騎士団の衰退がアメリカ例外主義の成立を可能にしたと論じ、つぎのように述べる。

アメリカ労働運動が例外主義の道を取り始めた「契機」は、労働騎士団の頽落である。それをつきとめてしまえば、合衆国労働者階級の組織や政治運動が弱い理由としてこれまであげられてきた諸要因の大部分は、その説明力を失う。とりわけ、アメリカ社会の不変の特徴を強調してその理由にするやり方は、信憑性がなくなる。たとえば、自由主義や個人主義が行き渡っているからとか、アメリカ資本主義が大盤振る舞いをするからとか、そのおかげで合衆国の労働者はヨーロッパの仲間に匹敵するようなやり方で集団的に行動しなくなったなどと主張しても、もはや信じられなくなる。(11)

ヴォスの分析によれば、労働騎士団が急速に衰退したのは、労働運動内の弱点のせいであるよりも、使用者団体や政府側の過酷な弾圧のせいである。「学者は、騎士団の衰退を説明しようとするときに、たいていは労働運動内部の弱点に目を向けてきた。それは、もっと一般的に言えば、学者が労働運動の発展を説明しようとするときに、関係する当事者のうちの一方――つまり労働者――だけに焦点を絞るのがごくふつうのやり方になってきたのと、ちょうど同じことである」(三三七)。こうヴォスが言うように、下からの反権力的運動が敗北する原因について考察しながら、運動内部の弱点だけを問題にする傾向は一般的なものだが、それは、「不和」を軽視し「調和」を重視するバーコヴィッチの方法にもつながる傾向であり、反権力的運動や反体制的文化を公平に評価しようとするなら、正されなければならない傾向である。「要するに、アメリカの使用者やアメリカ国家のほうがアメリカの労働者よりも異常だった」(三三九)。アメリカが例外であると言うならば、労働者階級が異常だったのではなく、一九世紀末における権力による弾圧のすさまじさのほうが、西欧諸国に比べて例外だったのである。

新労働運動史学派の一人で、労働騎士団見直しに向けて大きな功績をあげたレオン・フィンクは、雑誌『ジャーナル・オヴ・アメリカン・ヒストリー』に発表した論文「新労働運動史と歴史的悲観主義の力――コンセンサス、ヘゲモニー、および労働騎士団の事例」において、反権力的な運動や文化を研究する際の思想上の諸問題という一般的な次元にまで議論を及ぼしている。これは表向き、ジョン・P・ディギンズとT・J・ジャクソン・リアーズに対する批判論文だったので、その後同誌上に両者からの反論が掲載され、加えてジョージ・リプシッツ、メアリ・ジョー・ブーレ＝ポール・ブーレ夫妻も論争に介入するコメントを発表したあげく、最後にフィンクの回答が掲載されてこの論争はうち切られた。この間のやりとりのすべては、フィンクの近著『労働者階級を探し求めて』の一部として再録され、おかげで興味深い討論の全容が一望できるようになった。

フィンクは、ディギンズとリアーズが対立的な立場に立ちながらも、労働騎士団の歴史的重要性を認めない点では一致していることを見とがめる。ディギンズは、一九世紀末のアメリカ文化主流の圧倒的な支配力に比して、労働騎士団が用いた「労働共和主義」の修辞は非力すぎると一蹴した。他方リアーズは、労働騎士団の努力に同情を示しつつも、この運動に内在する理論面での弱点のために敗北が宿命づけられていたとみなした。フィンクは、このような両者の解釈を批判して、「ディギンズが提出する分析は、アメリカ史を文化的コンセンサスによって解釈するやり方を復活させることにつながるし、リアーズは、アントニオ・グラムシの文化的ヘゲモニーという概念に息を吹き込もうとするものである」と論じる。フィンクから見ると、コンセンサスは右派的用語、ヘゲモニーは左派的用語という違いはあれ、いずれにしても「歴史的悲観主義の力」に屈している。バーコヴィッチが用いるヘゲモニーという概念も、この文脈において再検討してみるとよい。

フィンクの視点からすれば、バーコヴィッチは、コンセンサス学派からは距離をおき、ヘゲモニーを重要なキー・ワードとして用いていることから、どちらかと言えばディギンズよりもリアーズに近いと言えようが、そんな差はじつは大して意味がなく、「歴史的悲観主義の力」に屈しているという意味では大同小異ということになるだろう。論者たちに共通するこのような傾向について、フィンクはつぎのように懸念を表明する。

私の心配は、二〇世紀晩期の政治的悲観主義が、文化というシチューを裏漉しして、愚かにも、そのもっとも風味のある汁を捨ててしまったのではないかということにある。一九五〇年代には「彼らはなぜ敗北したのか」などと論じていい気になっていた風潮は、一九八〇年代には、それに劣らず視野狭窄的に「われわれはなぜ敗北したのか」を弁解するシニシズムに変わっただけだった。(二一〇)

フィンクによれば、ディギンズは、「ヘンリー・アダムズ、マーク・トウェイン、あるいはリチャード・ホフスタッターのような論者たちが抱いていた、民衆文化に対する懐疑主義」(九三)を共有している。「民衆文化に対する懐疑主義」というよりは民衆不信というほうが正確ではないかと思うが、とにかくここでフィンクも、バーコヴィッチと同様に、世紀転換期の作家のなかからアダムズとトウェインを一括して「歴史的悲観主義」の代表者とみなしていることが注目される。民衆にはもともと勝ち目がないと見切ったところからディギンズは出発しているとすれば、リアーズは（バーコヴィッチと同様に）、反権力的運動にとっての勝ち目を探ろうとしながら、ヴォスが指摘した、運動が敗北した原因を運動内部の弱点だけに求める学者たちの傾向にも似て、運動に参加した人々の意識における知的理論的整合性のみに勝ち目を求めるあまり、文化的ヘゲモニーの乗り越えがたさを承認してしまう「歴史的悲観主義」に陥っている、そうフィンクは考えているようだ。

労働騎士団は、大体は「労働共和主義」と呼ばれる理論に依存していた。それはたしかに、文化的ヘゲモニーを構成する主流イデオロギーに取り込まれやすかったとしても、このような理論的弱点だけを敗因とみなすのは、文化的ヘゲモニーを過大評価することになる。労働者が騎士を標榜したことは、資本主義への抵抗の意志をあらわしていたけれども、ドン・キホーテの狂気を真似ようなどとしていたわけではない。労働運動の指導者が、共和主義の修辞やキリストのイメージを用いるのは、なるほど、既存の観念に頼り、みずからが独自の理論や思想を持っていないことを糊塗しているしるしかもしれないが、だからといってそれが必ず敗因になるとは限らない。フィンクに言わせれば、「歴史における『勝者』（たとえば一七八三年におけるアメリカ独立革命家たち、あるいは、一九三三年におけるドイツのファシストたち）」（二〇四）の例からもわかるように、古い観念を間に合わせで組み合わせただけの首尾一貫しない理論や思想でも勝利しうる。それどころか、「反権力的な運動が支配的文化に巻き込まれ、部分的には同化することすらも、政治的な強さのしるしであって、弱点ではないのかもしれない」（二〇三）。「たいていの社会運動というものは、ヘゲモニーを握っている敵陣営と同様に、頭の切れる設計士などであるよりも、昔から受け継いだ思想を不器用に作り換えるだけのよろず修繕屋である場合が多いとわかったからといって驚くにあたらない」(一〇五)。古い出来合いの観念や修辞に頼っているからといって、はじめから体制側に取り込まれることが宿命づけられているとは限らない。「労働騎士団は、矛盾に満ちた価値観や内的緊張をどっさり抱えていたにもかかわらず、リベラルな雇用主や政治家や専門家たちに盲従したり、呑まれたりしたわけではない。むしろ、そういう連中の結託した攻勢にうち負かされたというほうが正確だろう」(一〇三)。

そのうえ、フィンクの問題提起に呼応してコメントを寄せたリプシッツが言うように、「勝利と敗北は、互いに排他的なカテゴリーではない」(一二九)。マルクスは、パリ・コンミューンの敗北を予想し、その指導原理の思想的限界に批判を抱きつつも、その運動を支持した。たとえ敗北しようとも、民衆があの種の歴史的経験を持つことが重要であり、また、その経験から教訓を引き出すならば、敗北も無駄にはならない。さらに、勝者の側にも問題が残っている。「勝者はみずからの勝利を、打破された側の目から見ても正当性が認められ、必然的なものであると見せる必要がある。この正当性を認めてもらう作業は生易しいものではない。そのためには、打ちひしがれた住民に譲歩しなければならない。対立抗争し合う集団のあいだに協力関係をうち立て、維持していかなければならない」(一三七)。たとえば、労働騎士団は敗北したとしても、当時の労働者が要求した八時間労働制はその後実現したし、メーデーは労働運動の国際的示威の日として定着した。このような勝者と敗者のあいだの交渉を具体的に分析するほうが、権力やヘゲモニーが歴史を貫徹していつも勝利することを確認する作業よりも、はるかに意味がある。

四　帝国主義

世紀転換期の記憶されるべき敗者である労働騎士団の研究は、アメリカ史における一貫した勝者のヘゲモニーに視野を限定するバーコヴィッチの方法（ないし思想）に対して再検討を迫ってはいないだろうか。だが、捨象されているのは敗者だけではない。世紀転換期のもう一つの勝者と言っていい帝国主義も、バーコヴィッチの論述のなかでは、その犯罪性が暗黙のうちに諒解済みとされて、「アメリカ・イデオロギー」とのその深い関係は、具体的に分析されることがない。「アメリカ・イデオロギー」とは何よりもアメリカ帝国主義のイデオロギーであることを思えば、論述上のこのような粗略は看過するわけにはいかない。先に見たように、「これらの「アメリカ・イデオロギーを肯定し推進しようとする」エネルギーを記述することは、そういうエネルギーを支持するのと同じことではない」と彼がわざわざ断っているのも、記述の仕方に「支持」していると見られても仕方がないと思える節があることに気づいているからで、そんなことを心配するくらいなら記述の仕方を変えればいいはずなのに、そうしないのは、サンチョ・パンサの狡猾さによるものだろうか。

「アメリカの意味」をピューリタンにまで遡って打ち立てようとする企ては、アメリカ帝国主義をイデオロギー的に裏打ちしようという動機に導かれたものであった。そのことは、カプランが暴露したように、ミラーにおいては、イデオロギー構築の作業である以上は当然のことに重要部分の隠蔽を伴いながらも、なかば告白されていた。米国の世界支配を、二〇世紀中葉の現状のままで合理化するだけでなく、聖なる領域にまで根拠を求めて「アメリカの意味」に対するアメリカ人の自覚を高めようとしたのが、ミラーの業績である。ミラーがこの作業に邁進した一九三〇年代から一九五〇年代にかけての時代は、米国が英国から世界最強帝国の座を受け継いでグローバルな覇権を確立した段階にあたる。

この英米間での世界覇権交代劇序幕は米西戦争だったが、ミラーは「アメリカの意味」の起源をこの戦争に求めようとは、ついぞしなかった。米西戦争をアメリカ帝国主義の起源とみなすのは、なるほど、カプランのいわゆる「合衆国帝国主義を、米西戦争後の短期間における逸脱ないし束の間の挿話であると説明し去る、歴史学の長い伝統」[13]に荷担する危険がある。カプランは、この「歴史学の長い伝統」についての考察を文化研究の欠落という論点へずらしているが、より根本的な論点は、アメリカ帝国主義は歴史の挿話どころか、今日においても猖獗を極める米国の深い性格であり、さらに問題なことには、植民地時代から続く性格ではないのかという点にある。

この点については、日本のアメリカ史研究者清水知久が早くから問題提起をしていた。彼の著書『アメリカ帝国』では、一九六六年の日本西洋史学会でおこなった報告にもとづく「アメリカ帝国についての覚え書」にもっとも簡明に定式化されているように、「建国以後のアメリカ合衆国の歴史を帝国の形成・発展の歴史として把握を試みる」[14]構想が打ち出されていた。この構想に伴ってあらわれる洞察は、「アメリカ独立革命は、フランス革命と同様、市民社会における人間の本来的な自由の観念を現実化するとともに、この観念を国家に投影して、国家もまた自由であるべきことを宣言したわけであるが、国家が自由であるためには、帝国でなければならないこと、あるいは独立を保障するためにはみずから帝国を形成しなければならぬということ」(六八)を見抜く。この洞察の問題性は、アメリカ史像として「アメリカで圧倒的であり、わが国でも有力な『民主主義の歴史』『民主化の過程史』的全体像が、すでにその客観的な基礎を喪失している」(七四)という帰結に結びつく点にある。つまり、この見方に従えば、米国が少なくともある時点(あからさまな帝国主義に転じた契機となる米西戦争)までは民主主義を先導して世界史における先進的役割を果たしたなどと評価しにくくなり、もっと一般的には、市民革命や市民社会的自由の意義を単純に讃えるわけにはいかなくなる。そこにニューレフト一流の全面否定の論理がうかがえるが、アメリカ帝国主義に対する根底的な批判が含まれていることも間違いない。

アメリカ独立革命は、イギリス帝国の圧制からの自由を獲得したという近代世界史の模範となる意義からのみとらえるわけにはいかず、インディアンを撲滅して領土を拡大する自由や、黒人奴隷を輸入する自由を確保するという動機にも駆り立てられていたという事実を見なければならない。こうなると、米国は建国時からすでに帝国だったという清水の主張に説得力が出てくるが、さらに遡って、ピューリタンの使命感も、彼らの言葉をバーコヴィッチのように修辞として読み解き、その宗教的形式の外被のうちに帝国主義的な企てを秘めていたとみなせるならば、植民地時代の最初から米国は帝国だったということになる。植民地時代から米国は帝国だったとズバリと言ってのけたのは、清水も影響を受けたニューレフトの歴史学者集団ウィスコンシン学派の統帥ウィリアム・アプルマン・ウィリアムズだった。

　ウィリアムズは、アメリカ外交史研究の長年にわたる業績の上に立って、『生活様式としての帝国』というユニークな憂国の書を歴史学の形式にとらわれずに書き上げた。この本で彼は、「帝国とか帝国主義という言葉は、今日たいていのアメリカ人が内心で快く迎えられるものではない[15]」し、「合衆国が現在帝国であるとか、かつて帝国だったなどと言われると、憤慨して否定する」(四)という事実を指摘し、スペードをスペードと呼ぶべきであるように、まず米国が帝国であると認めるところから出発しなければならないと主張した。彼は、アメリカの最初の植民者たちがイギリス帝国主義の先兵だったとみなし、クロムウェルが「十字軍戦士で帝国主義者」(三二)だったように、ピューリタンも生活様式としての帝国主義に染まっていたと考える。「もしもレヴェラーズその他の革命運動内の過激派が、国の支配権を獲得していたら、アメリカ植民地を解放し、その他の帝国主義的冒険に終止符を打って、共和制のもと自国内に腰を落ち着けて農業に従事しただろうと考えられないこともないが、それはきわめて可能性が薄い。彼らは帝国主義的生活様式から生まれた子どもたちだっただけでなく、独自の真実を熱心に説く福音伝道家たちでもあったからだ」(三二)というウィリアムズの見方は、インディペンデンツ派の「裏切り」(EW三)がなければニューイングランドのピューリタン本来の使命は見失われなかったかのように言ったミラーに対する批判的コメントとなる。

ピューリタンの言葉をもっと字義どおりに受け取り、ピューリタンの精神を帝国の現実から区別して、その精神を現代に回復しようとするミラーは、現実の帝国主義を本来の精神からの逸脱と見る。これに対してバーコヴィッチは、ミラーの後を追いかけながら、ミラーが巨人と思っているものの正体は風車にすぎず、名馬ロシナンテと思っているものの正体は老駄馬にすぎないことを見抜いている。にもかかわらずバーコヴィッチは、ウィリアムズとは異なり、ニューレフト風にスペードをスペードと呼ぶような失礼を犯さず、サンチョ・パンサ然としてドン・キホーテのお供をし続ける。

しかし、バーコヴィッチもウィリアムズも、米国の性格が植民地時代から今日にいたるまで基本的に変わらないという見方に立っている点では一致している。この見方からすれば、世紀転換期にアメリカ合衆国が危機を迎え、労働騎士団の衰退と米西戦争における勝利をてこにして大きく変貌を遂げたという事実は、たいして歴史的意義を持たぬことになる。だが、この時代が米国にとって一大転機だったしるしはたくさんあり、多くの論者たちによって注目されている。なかでも一般にもっとも広く知られているのは、一八九〇年の国勢調査でフロンティア消滅が宣言され、一八九三年にフレデリック・ジャクソン・ターナーが「アメリカ史におけるフロンティアの意義」を発表して、アメリカ史が曲がり角にさしかかったと明確に指摘した事実であろう。アメリカ民主主義はフロンティアの存在によってはじめて可能になったというターナーのテーゼは、フロンティアが消滅したらアメリカ民主主義はどうなるのかという危機感を伴っていた。この危機感から、海外に新しいフロンティアを見出す帝国主義があらわれたともみなしうる。

サミュエル・ダンフォースが一六七〇年におこなった説教つまり嘆き節のタイトルに出てくるウィルダネスも、ターナーが重視したフロンティアも、未開地を意味する同義語である。だがミラーにとって未開地は、ピューリタンの使命を歪曲する力だった。未開地のアメリカ人は、「環境に適応し、フロンティアを拡張し、邸宅を建設し、商業的な冒険に乗りださなければならない」が、それらをミラーは「アメリカの経験」、「フロンティアの事実」、「アメリカ化の過程」、「アメリカ的な光景」などと呼ぶ（九）。未開地での営みは、「必要に迫られてなされるだけでなく、興奮に駆られてもおこなわれる」（九）ものだから、ジョン・ウィンスロップの懸念したとおりピューリタンの使命を忘れさせる危険性を帯びている。おまけにピューリタン革命後にはジョン・ロックやアダム・スミスのような人たちがあらわれて、この営みを個人の権利や自由として理論化した。こうなると、フロンティアで育成されるアメリカ民主主義は、「『アメリカ』とは、この地に根を下ろした人々を中心にすべく逆転された帝国主義だった」（RA七）とバーコヴィッチが言うように、人権や自由を御旗に掲げる帝国主義にほかならなくなる。バーコヴィッチは「彼ら［＝ピューリタン］は、出エジプトや制覇に関する聖書の神話を、帝国主義を事前に正当化するために利用した」（RA三）とも言い、この帝国主義は、「アメリカ・イデオロギー」が「自由企業システム」のイデオロギーであると何度も確認される上に、「アメリカではこのシステムの基礎は一七世紀に据えられた」（AJ xiii）とも言っているからには、この帝国主義と民主主義や自由主義とは、はじめから切っても切り離せないものとしてとらえられている。

だが、アメリカ民主主義のためにはフロンティアが必要だというターナーの主張は、むき出しの領土欲を語るもので、ミラーにはそのまま受け入れることができない。イギリス帝国主義ですら、未開人のためにキリスト教の御利益ではないとしても文明の恩恵をもたらす「白人の責務」によって海外進出を合理化したように、近代以降の帝国主義は領土欲を粉飾せずには成り立たない。ミラーが論文「使命を帯びて未開地のなかへ」の「まえがき」と題された弁明のなかで、ターナー理論に自説を結びつけられないように釘をさしているのは、当然の成り行きだった。「フロンティアに支配的かつ強制的な力があるとするターナーの構想からは、どんな文化的綜合へ達する道筋も見えてこない」（三）と批判するミラーは、「『未開地［＝ウィルダネス］』よりも『使命』を強調」

（二）し、しかも「『使命』も『未開地』も比喩である」（三）と念を押している。ターナーのように「未開地」に入っていくことを字義どおりに強調すれば、「使命」をむき出しの領土欲に格下げすることになると懸念しているのであろう。このように、ピューリタンの言葉を字義どおりに理解するべきだと主張していたミラーは、ターナーから距離をおこうとするときにはそれを比喩つまり修辞として解釈しようとしている。この矛盾をバーコヴィッチは突き、「皮肉」なことだと揶揄している（AJ一〇n）。

とはいっても、ターナー理論を一蹴したがっている点においては、バーコヴィッチもミラーと変わらない。バーコヴィッチは、フロンティアという言葉の意味がアメリカで独自の変遷を遂げたことから「ターナーのテーゼの信憑性」（AJ一六四n）には問題があるとみなしたある学者の説を引き、ターナー説をピューリタン由来の修辞の伝統に回収している。だが、重要なことは「ターナーのテーゼの信憑性」などではなく、それが世紀転換期の米国における危機感の兆候だったということである。この危機感を突きとめようとしないのは、「アメリカの意味」をピューリタン以来一貫して変わらないという主張に固執するあまり、世紀転換期アメリカの変化を軽視することではないか。清水の言うように、ジェファソンの構想した「自由のための帝国」における「植民地化によらぬ膨張方式、すなわち植民地が一定の期間を経て合衆国に加入する方式」（六七）も、「これを文字どおりに理解すれば、一定の期間植民地が存在したということであり、西部への膨張が不断の過程であったことを考えるとき、不断に植民地が存在したことが意味される」（六八）からといって、フロンティアが消滅するまでのアメリカ大陸内での膨張と、その後の海外への膨張とのあいだに、質的変化を認めなくてもいいものだろうか。米西戦争の結果フィリピン領有が現実のものとなって海外の植民地をはじめて獲得した米国の政界で、「これ以後、『帝国主義論争』はいかなる形でもアメリカで起こったことはない」（一一五）と言われるほど空前絶後の椿事たる、いわゆる「帝国主義論争」が起こったのは、新しい変化の兆候だと考えてもいいのではないか。

この変化によって新たに登場したのは、ビル・ブラウンの表現を借りれば、大陸帝国に海外植民地を接合する「帝国の補綴術」だった。この「補綴術」はさまざまな新しい産物をもたらしたが、そのなかには、今日では「世界権力」と呼ばれる「国際主義的ナショナリズム」も含まれる。「国際主義的ナショナリズム」などという形容矛盾を含んで、異質なパーツを組み込んだサイボーグのようなイデオロギーに施された補綴の縫合部は、世紀転換期にある。「この国際主義的ナショナリズムというのは――第一次世界大戦で裁可を受け、湾岸危機のあいだは絶え間なく人口に膾炙した――今では、すっかりお馴染みになっているが、これは、合衆国をカリフォルニアまで『推し進めた』あの『明白なる宿命』からのかなり大きな切断をなすものとみなされるべきである」と論じるブラウンは、世紀転換期における「かなり大きな切断」を指摘している。「というのは、この国は今や、「自国のみならず」『世界』にほぼ等しい社会に奉仕し、その意志を体現すると言われるにいたったからだ」[16]。

米国は植民地時代以来基本的に変わっていないという見方を受け入れるとしても、それは、世紀転換期に大きな変化があったという見方を排除するとは限らない。変わっていないと同時に変わったという矛盾を、その具体性において把握することが必要であろう。

五　トウェイン

変化はマーク・トウェインがたびたび用いたプロットだった[17]。ハックルベリー・フィンが、ジムの居場所を告げる手紙を書いたあとで迷ったあげく、「よし、それならおれは地獄へ行ってやる」[18]と言って手紙を破るにいたった、あの有名な心変わりの場面は、トウェインの好んだ変化のプロットの一例にすぎない。『王子と乞食』や『間抜けのウィルソン』では、変化は二人の人物が入れ替わることによってあらわされるし、『アーサー王宮廷のコネティカット・ヤンキー』では、タイム・ワープによって主人公の立場に変化が起きるが、トウェインがもっとも関心を持っていたのは、一人の中心的人物の心の内部に起きる変化だったと思われる。間違ったよこしまな生活から、内的な葛藤を経て、目覚めと改心へいたる変化を求める努力の成否、それが彼の著作にも彼の実人生でも繰り返しあらわれるテーマだった。個人の心のなかで起きるこのようなドラマは、ピューリタンの宗教生活で重視される回心体験に通じるところがある。

トウェインはしばしば自分を、大きな変化を遂げた人間としてあらわした。たとえば、世紀転換期に反帝国主義者としての立場を公にしたときも、まず自分の心変わりを強調した。一九〇〇年一〇月、トウェインは、それまで長期にわたって滞在していたヨーロッパから帰国したときに、ニューヨークで何人もの新聞記者たちから受けたインタビューで反帝国主義の姿勢を明らかにしたが、その発言は、かつての罪を悔いる宗教的回心者の口調を帯びていた。ウィリアム・マクノートンが『作家としてのマーク・トウェインの晩年』で紹介しているところによれば、トウェインは記者に答えて曰く、「私はヴァンクーヴァーから出航してこの国を離れたときは、熱烈な帝国主義者だった」けれども、その後、米軍が米西戦争中にフィリピンに対しておこなった行為を知った結果「私は反帝国主義者になった」と宣言したのである。[19] このような完全な回れ右は、いかにもトウェインらしいものであり、あらたに見出した立場の厳しさを強調する点では、「地獄に行ってやる」というハックのあのせりふにも似ている。

しかし、マクノートンは、この記者会見前後の事情を詳しく考察した上で、トウェインが「それ［＝みずからの発言］に最大限の影響力を持たせるために工夫をこらそうと決めていた」（一四三）のであり、「印象では当意即妙の回答であるかのように見えるけれども……帝国主義の問題について問われると、じつはその質問を待ちかまえていたし、じっさいに質問を受けたときには用意がすっかり整っていたと思わせるほど、きわめて辛辣で明晰な答えを与えた」（一四四）と観察している。この見方が正しいとすれば、「熱烈な帝国主義者」から「反帝国主義者」へ一八〇度の変化を遂げたというトウェインの主張は、額面どおりには受け取れなくなる。そこには、世間の反響を期待した計算が働いており、芝居がかった身振りが感じられるからである。

その上もっと厄介なことには、「熱烈な帝国主義者」と「反帝国主義者」との違いにどの程度の意義があるのかという点も、疑わしくなっている。というのも、ウィスコンシン学派の歴史学者たちの主張によれば、世紀転換期に国論を二分した「帝国主義論争」は、じつは戦術をめぐる意見の食い違いにすぎなかったからだ。

『アメリカ帝国主義成立史の研究』の著者高橋章は、ウィスコンシン学派による議論を整理して、「帝国主義論争」における「三つの路線」を、「反帝国主義的膨張主義者」、「帝国主義的膨張主義者」、「実際主義的膨張主義者」と呼んでいる[20]。「反帝国主義的膨張主義者」とは、米西戦争の実態を知って反発した「北東部上流階級、西部の農民、反体制的文筆家、民主党の政治家、マグワンプなど」（四六）からなり、「反帝国主義連盟」を結成した勢力である。トウェインがこの陣営に属したことは明らかであり、やがてまもなくこの連盟の守護天使とも目されるようになった。トウェインが世紀転換期に書いた多くの反帝国主義的著作は、この連盟の要請を受けて執筆されたり、この団体関係の出版物に発表されたものが多い。米比戦争を研究するジム・ズウィックが、トウェインの反帝論集を編集した本の「序文」で述べている言葉に従えば、「マーク・トウェインは、一九〇一年から一九一〇年の彼の死まで、この戦争に対して組織された反対勢力としての反帝国主義連盟の副会長を務め、彼の著作の多くはこの組織との関係に影響された[21]」。

しかし、ウィスコンシン学派の見方によれば、「反帝国主義的膨張主義者」は、セオドア・ローズヴェルト、ジョン・ヘイ、ヘンリー・カボット・ロッジなど「名門出身の卓越した人物が多いが少数者」（高橋四六）と特徴づけられる「帝国主義的膨張主義者」や、工業資本を代弁したウィリアム・マッキンレーなどの共和党主流派からなる「実際主義的膨張主義者」を激しく非難したが、軍事力の使用や領土併合を伴わないかぎりは合衆国の海外における経済進出を支持したという意味において、やはり膨張主義者であることに変わりはなかった。「反帝国主義者」は、レーニンの『帝国主義論』のなかで「あどけない願望」に執着する「ブルジョア民主主義の最後のモヒカン族」と呼ばれている。(22) クーパー嫌いのトウェインは、それを知ったら何と言っただろうか。この観点からすれば、「熱烈な帝国主義者」と「反帝国主義者」との対立も、同じコインの表裏の違いにすぎないものとなる。

「熱烈な帝国主義者」から「反帝国主義者」へ変わったと主張するトウェインの言葉は、一八八九年出版の『コネティカット・ヤンキー』で彼自身がすでに示していた帝国主義に対する洞察にも反する。一九世紀の米国から六世紀の英国へタイム・スリップしたハンク・モーガンは、文明の進歩の図式に従えば決定的に後れをとっている国に突然侵入して圧倒的な優位を享受する。トウェインが風刺のためにしきりに用いた趣向としてのアナクロニズムは、後進国の時代錯誤（アナクロニズム）という帝国主義愛用のシナリオに通じている。ハンクは、一七世紀イギリスの海賊でジャマイカの副総督に成り上がったサー・ヘンリー・モーガンに由来するその名前にふさわしい帝国主義者とみなしうる。ハンクは、未開地に民主主義と文明をもたらす善意の開明論者として活躍したみずからの冒険の数々を、明らかに自賛の念をこめて得々と語るのだが、それは、侵略によって得た政治的経済的利益を民主主義と文明の美名のもとに隠蔽する帝国主義者の修辞と変わらない。後進国のために強力に改革と開発を進める「反帝国主義的膨張主義者」としてのハンクは、自分の行動が植民地の住民への善意から発していることを疑わない。だが、自分の持ち込んだ革命が思いどおりに進まないとなると、「サンド・ベルトでの戦闘」(23) における大虐殺に見られるように、「熱烈な帝国主義者」としての裏面をあらわにする。

このように見れば、『コネティカット・ヤンキー』解釈において批評家たちを悩ましてきたハンクの二面性は、同じ戦略のもとでの戦術的変更として統一的に把握できる。つまり、ハンクは「反帝国主義者」から「熱烈な帝国主義者」へ変わったと言えるにしても、その変化はやはり同じコインの表裏が入れ替わっただけのことである。「熱烈な帝国主義者」が「反帝国主義者」になったという世紀転換期のトウェイン自身の変化も、方向は逆にしてもハンクの変化と同質のものと見れば、それをあたかも大回心であるかのように主張するのは、ハンクの物語を忘れるに等しいことではないか。

しかし、トウェインは、一方ではハンクの二面性を見通しながら、他方では未開地に民主主義と文明をもたらす改革者としてのハンクに魅惑されている。そこに、「熱烈な帝国主義者」と「反帝国主義者」との差異を過大評価する余地も生まれる。善意のハンクを慈しむトウェインは、のちに「反帝国主義者」としてあらわれるトウェインである。トウェインは、善意の改革者と熾烈な軍事的征服者とが、未開地への侵入者のなかに同居しているさまを小説では描き出しえたのに、自分が善意の改革者＝「反帝国主義的膨張主義者」になるときに伴う危険性を見抜きれなかった。その原因を指摘して、すぐれた『コネティカット・ヤンキー』論を書いたジョン・カーロス・ローは、「トウェインが『コネティカット・ヤンキー』や晩年の反帝国主義的著作において十分に視野に入れていないものは、のちに『自由貿易帝国主義』と名づけられるようになったものである」[24]と論じている。「自由貿易帝国主義」とは、ロナルド・ロビンソンとジョン・ギャラガーが共同執筆し、一九五三年に発表されてよく知られるようになった論文のタイトルだが、二〇世紀に米国主導で世界を支配するようになった新植民地主義＝新帝国主義の特徴を言いあらわしている。ローは、トウェインがこの新しい帝国主義を見抜きれなかったにもかかわらず、この新しい帝国主義に対する批判を先取りしていたと論じ、つぎのように言う。

トウェインは、主人公のなかのこの根本的な分裂を処理しようとするうちに、一八九八年から一九〇五年にかけて執筆した風刺的著作においてあれほど明示的にあらわすことになる反帝国主義的な見解の大部分を見越してしまう。圧政者が通例みずからを、啓蒙の担い手であり、したがって専制的な支配や日常の耐えがたい労働からの解放をもたらす者であると粉飾するようになるさまを暴露することにおいて、トウェインは、新帝国主義が消費者を作り出す過程で「心情も知性もさらっていく」その戦略に対して、もっと後の時代にあらわれた批判を先取りしている。これこそ、ハンク・モーガンによる一九世紀末の資本主義的帝国主義と、地球上の「闇の奥」へ入り込んでゆく欧米植民地主義の「使命」との両者の嫡子たる、現代の多国籍企業体を連想させるたぐいの新帝国主義である。（一七八－九）

これではトウェインがあまりにもものをわかっていたことになるが、ローも論文の後半ではさすがに保留をつけ、トウェインは「自由貿易帝国主義」を「十分に視野に」入れていないと言う。さらに「トウェインは、自分自身が書いたものを理解していなかった。あるいは、こう言ってよければ、文化のなかの無意識の層から電送されてきて、トウェインを媒介にしてあれほど奇怪なあらわれ方をしたものを理解していなかった」（一八八）とも言い、「欧米帝国主義に対する彼の批判は、政治的支配に頼る一九世紀の方式から、商業的・科学技術的支配に頼る二〇世紀の方式に変化したことを説明しそこねていた」（一八九）とも言う。このことから、トウェインの「反帝国主義者」としての姿勢には、帝国主義へのアンビヴァレンスがつきまとうことになる。

『コネティカット・ヤンキー』をトウェインの帝国主義へのアンビヴァレンスのあらわれとして読むことができるとすれば、トウェインの帝国主義へのこだわりは、世紀転換期に突如あらわれたのではなく、もっと早くから認められることになる。世界史から置き去りにされたような孤島にアメリカ人が乗り込み、「帝国」を樹立しようとして失敗する経緯を語った短篇「ピトケアン島の大革命」(25)（一八七九年）も『コネティカット・ヤンキー』の原型だとすれば、帝国主義へのこだわりはもっと早い時期にまで遡りうることになる。トウェインの経歴を、特に世紀転換期を境にした晩年のペシミズムへの変化を強調して時代区分する傾向に対してローが警告を発するのは、時代区分によって、このようなトウェインの一貫した関心の所在を見失わせるおそれがあるからにほかならない。

それにしても、帝国主義に対するトウェインの早くからの関心は、何に由来するのであろうか。それはおそらく、トウェインの南部に対するこだわりにつながっている。彼がみずからを大きな変化を遂げた人間として世間に示した実例のなかでももっとも根本的な変化は、南部の奴隷主の家庭に育ち、南部同盟軍にも加わったことのある、政治的な目覚めの遅れた田舎者から、北部の奴隷制廃止論者を岳父とする上層の家族の忠実な婿へ転身したことである。この結果彼には、奴隷解放を推進したことに典型的にあらわれた北部の進歩的ヒューマニズムを掲げて、世界の後進地域ないし未開地を解放する使命を担う必要が生じた。同時に自分の故郷が、南北戦争に敗北した結果合衆国内における植民地としての地位に貶められた南部の一部として見えてくるにつれ、植民地住民との紐帯を自覚せざるをえなくなる。民主党や南部勢力は、世紀転換期の「帝国主義論争」において、他民族支配を批判する民主主義の原則からではなく、非白人を米国の一部に組み入れることへの反対からだとしても、帝国主義反対陣営に属した。アダムズの小説『デモクラシー』におけるキャリントン、ハウエルズの『一旗揚げるための冒険』におけるウッドバーン大佐などの例に見られるように、旧南部の元軍人が、脇役ながら金ぴか時代の米国を道徳的に批判する人物として登場するのと似た力学が、トウェインに対しても働いていた。

あるいは、トウェインは西部の作家ともみなされることも多いから、北部と南部の対立に身を引き裂かれていたというよりも、西部と東部の分裂にさらされていたと言うべきかもしれない。そうであったにしても、トウェインの出身地西部はフロンティア＝未開地として、作家トウェインの根拠地東部＝メトロポリスに対して、やはり植民地の地位に立つことになる。いずれにしてもトウェインは、帝国主義的な北部ないし東部と、植民地的な南部ないし西部とのあいだで、どちらにも心を引かれていたとみなせる。この分裂した忠誠心と、彼の帝国主義に対するアンビヴァレンスとは、深くつながっていたにちがいない。

このアンビヴァレンスは、ミラーが遺稿集『自然の国民』所収の「ロマンスと小説」で論じた、ロマンスに対するトウェインのアンビヴァレンスに通底している。ミラーは、スコットやクーパーのロマンスに対するトウェインのよく知られた激しい憎悪を、南北戦争後ハウエルズ、ジェイムズ、アダムズと並んでロマンス撲滅運動に乗りだしたトウェインの作家活動の中核をなすものとして論じながら、この論文の結末をつぎのような言葉で結んでいる。

わが国の創作文学は、小説とロマンスという二つの基準のあいだで全領域の設定がなされたときに、つまり、物語の技巧が発達するためには一方あるいは他方への忠誠を表明するほかなくなったときに、誕生した。これら二つの基準のあいだの緊張が、わが国の近代以降の文学における最良の作品に対してどのような関連を有しているかということを検討すれば話は長くなるから、さしあたっては棚上げにしておくほかない。しかしながら、私が主張したいのは、これこそ、トウェインが象徴としても守護神としても重要だと言える理由であるということだ。というのも、ロマンスの大敵にして、騎士道伝説における武者修行をあの世へ吹き飛ばそうとした張本人たるマーク・トウェインこそ、だれよりも放縦なロマンス作家として現代に生きているからである。(26)

この見方は、アンビヴァレンスを指摘しているかぎりで正しいが、ミラー自身の期待するロマンスに引きつけようとするあまりに、トウェインは究極的には「ロマンス作家」だと結論づけているとすれば、せっかくの正しい指摘を台無しにして、トウェインのロマンス撲滅者としての側面を無視する暴論となる。トウェインは『ミシシッピの川面での暮らし』で、「一巻の本が益をもたらしたり害をもたらしたりする力については、『ドン・キホーテ』の影響と『アイヴァンホー』の影響とがおもしろい見本を見せてくれる」(27)と言う。続けて、南部の堕落を招いた元凶としてのスコットを貶して、「前者は、中世の騎士道のばかばかしさに対する世間の賞賛を吹き飛ばしたのに、後者はそれをよみがえらせた。われらが南部に関するかぎり、セルバンテスが成し遂げた功績はほとんど忘れ去られている。スコットの有毒な作品はそれほど効果的に前者を葬り去ったのだ」(五七八)と主張している。ロマンスにとりつかれたドン・キホーテに対する風刺から得た霊感がトウェイン文学の核心となっていることを思えば、セルバンテスへの賛辞は異とするに足りない。トウェインはもちろん、風車を風車と見抜くサンチョ・パンサに与している。トム・ソーヤーがドン・キホーテの雛形だとすれば、ハック・フィンがサンチョの雛形であることは、いかにも見やすい構図である。

だが、ハンクとサンディの道中はどうか。鎧甲に身を固め、長槍抱えて馬にまたがるハンクの見かけはドン・キホーテそっくりで、彼の従者をつとめるサンディはサンチョ・パンサだが、風車を風車と見抜くだけの近代的な現実感覚はハンクにあり、ブタを魔法にかけられた姫と思いこむのはサンディである。主従もジェンダーも倒置してみることで滑稽味を出さずにいられないのは、トウェインの弱み。そのために風刺のねらいははっきりしなくなる。後期になるにつれて、トウェインにおけるサンチョ的人物像は混濁していくのではないだろうか。間抜けのウィルソンも、サンチョらしく風車を風車と見抜いたと言えるかもしれないが、彼がもたらしたのはもはや哄笑を喚起する喜劇ではなく、この小説の副題に示唆されるごとく「悲劇」である。とはいっても、ウィルソン自身は何事もなす人ではなく、ただひたすら見るだけの人なのだが。風車を巨人と思いこむような「ばかばかしさ」を露呈するのは、シャーバン大佐に虚仮にされた衆愚のような小市民たちである。しかし、このような小市民には、ドン・キホーテのような、おかしくも行動的でどこか壮大なところが欠けている。もしもこの世が

「ドン・キホーテだらけの国」で、「忌々しき人類」は無数のドン・キホーテからなっているとして、それでもサンチョをあくまでも求めたら、そのサンチョは、この世ならぬところからやってきた、ナンバー四四のような超人的存在ないし悪魔ということになるのもやむをえないのかもしれない。

『ナンバー四四』はトウェインの生前ついに未完のままに終わったが、最晩年に匿名で出版した『人間とは何か』では、ペシミスティックで迷妄説に立った人生哲学が開陳されている。ここに登場する老人は、夢多き青年の迷妄を解くべく、人間はいわば巨人などではなく風車にすぎないと喝破してみせる。この老人は、トウェインが公刊した書物のなかで最後に描き出したサンチョ・パンサ型の人物と言えよう。この老人の説は、自然主義作家たちの人生哲学に通じている。じじつドライサーは、一九三〇年代に書いた文学評論の一つでトウェインを取り上げ、晩年のトウェインの見地に鋭く反応した。ドライサーによれば、トウェインは二つに分裂しており、だいたいは「気質的にほんとうは自分が属してもいず、心底では恨んでさえいた社会にすでに引き込まれていた」のだが、晩年に「本来の自我」を取り戻した「第二のトウェイン」があらわれて、「世界をその真にあるがままの姿で観察するようになった」[28]。この分裂したトウェインという見方は、ヴァン・ワイク・ブルックスがすでに一九二〇年の『マーク・トウェインの試練』で発表した見方の延長上にあるもので、それ自体として格別新しいとは言えないが、ドライサーの論文のタイトル「二重のトウェインをマークせよ」は、トウェイン研究への戒めを巧みな洒落であらわし、今日においてもなお有効な箴言として記憶するに値する。

しかし、二重のトウェインのうち「第二のトウェイン」を単独に取り出して、こちらだけを強調するならば、「ロマンス作家」にトウェインを一面化する気味のあるミラーの見方とは逆の方向にしろ、せっかくの箴言をないがしろにするやり方である。トウェインの二重性はサンチョ・パンサの二面性としてとらえ返される。サンチョ・パンサの二面性とは、一方ではドン・キホーテが狂気にとりつかれていることをよく知りながら、他方ではドン・キホーテを結局は見捨てられず、いつまでも付き従って遍歴を続けることから生じている。この二面性は、同じコインに閉じこめられているかぎり、その表裏の同質性を免れることはできない。ハンクが善意の改革者から大量殺戮者に変わったとしても、同じ帝国主義者の表裏の差でしかなかったように、「文明」を拒絶するハックは、『人間とは何か』のシニックな老人と表裏をなしている。バーコヴィッチは、米国を「ドン・キホーテだらけの国」とみなすために、ドライサーをはじめとする多くの作家を「われらが一流作家」の範疇から除外するだけでなく、誰しも「われらが一流作家」と認めるトウェインをも排除する。それは、バーコヴィッチ以外にもサンチョがいたことを隠蔽する仕業だ。たとえ米国におけるただ一人のサンチョを自任しても、彼もサンチョの帯びる二重性を免れることができなければ、「希望」ではなく「破滅」を見つめるトウェイン晩年の「暗い見方」を視野の外に追いやったところで、いつかはドン・キホーテと見分けがつきがたくなるおそれもある。

六　アダムズ

ヘンリー・アダムズは、トウェインの『人間とは何か』の結末に近い箇所で言及されている。人間は機械にすぎないという老人の哲学を知った青年が、「そんな見方が正しいとすれば、人間は二度と朗らかにはなれず、生きている価値もなくなるでしょう」(29)と懸念をあらわしたのに対して、老人は、自分は憂鬱になったことはなく、不幸になるのは気質のせいで、人生観のせいではないと言う。そして、幸福になる気質の例としてコロンビア大学政治学教授ジョン・ウィリアム・バージェスをあげ、それと正反対にアダムズは、不幸になる気質であるとされる。「二人ともよく知っておる」(802)という老人の言葉は、トウェインとアダムズとの個人的な関係を示唆している。老人のように「暗い見方」に立てばアダムズのようになるのが当然ではないかという青年の観測を、老人は、気質が違えば必ずしもそうなるわけではないと否定しているのだが、そうすることによってトウェインは、自分とアダムズとの違いをわざわざ目立たせる一方、アダムズの世に聞こえた「暗い見方」を共有していることを秘かに認めているともみなしうる。

アダムズは、トウェインとはいろいろな点で対照的とも言えるほど異なっていたが、両者の共通点は意外に多いのも事実だ。二人とも無類の旅行家であり、時間的空間的に遠いヨーロッパ中世や南太平洋の島々を好んで逍遙したし、ともに世紀転換期のマグワンプだった。晩年に、著作の出版には慎重になって、世間にどう受け入れられるかを気にしたあげく、しばしば匿名出版に及んだ点でも似ている。トウェインの文章に頻出するぷっと吹きだしてしまうようなおかしみほどわかりやすくはないかもしれないけれど、『ヘンリー・アダムズの教育』の文章には、おそらく韜晦と自嘲からくる抑制されたユーモアが随所にこめられている。また、アダムズもトウェインも女性を重んじることでは相譲らない。両者に共通する女性崇拝は、女性についての本質主義的な理解に立っている点で今日のフェミニズムの立場から見れば反動家とみなされそうだとしても、アダムズが聖母マリア、トウェインが聖女ジャンヌ・ダルクを著作において賛美したという事実によって よく知られている。

『ヘンリー・アダムズの教育』のなかでももっとも有名な第二五章「ダイナモと聖母」には、つぎのような一節がある。

〈女性〉はかつて至高の存在であった。フランスではどうやらまだ女性は、単に情趣としてではなく力として強烈たりえている。アメリカでは女性が知られざるままになっているのは何故か。一目瞭然のことだが、アメリカは女性を恥じ、女性はみずからを恥じている。さもなければ、女性が体中にあれほどたっぷりイチジクの葉をまとっているはずはない。女性に真の力があった時代には、女性はイチジクの葉など知りもしなかった。だが、月刊誌をお手本にしているアメリカ女性の体つきには、アダムの目に留まるような女らしさがない。そういう特徴というものは悪評をよぶし、滑稽なことも少なくない。だが、ピューリタンのなかで育った人は誰でも知っているように、性は罪なのである。以前はどの時代でも、性は強さだった。芸術も美も無用だった。ピューリタンだって誰だって知っているように、エフェソスのダイアナも、東洋のどの女神も、美しいから敬われたわけではない。その力ゆえに女神だったのだ。生命のあるダイナモだった。あらゆるエネルギーのなかでももっとも偉大でもっとも神秘的な力——つまり生殖力だった。多産でありさえすればよかったのだ。(30)

先に触れたようなユーモアがこの文章にもうかがえる。ここで主張されているのは、女性の力を体現した聖母マリアが中世ヨーロッパの諸力に結集点を与えたという『モン・サン・ミシェルとシャルトル』の基本テーゼである。トウェインが聖女ジャンヌ・ダルクを讃えるのも、一九世紀のナショナリズムを一五世紀に投影してジャンヌ・ダルクを愛国者に仕立て上げる当時の風潮に乗っただけではないかと疑われるものの、国民を結集した力とみなす点で、アダムズの聖母観に通じている。『モン・サン・ミシェルとシャルトル』でアダムズは、軍事的、男性的な大天使ミカエルをまつるモン・サン・ミシェルから、芸術的、女性的な聖母マリアの君臨するシャルトルまでの旅を語りながら、中世西欧社会を統一した求心力が、軍事的な力さえも吸収した聖母マリアに見出せるとしている。この聖母マリアの力こそ、『ヘンリー・アダムズの教育』のなかで打ち明けているように、『モン・サン・ミシェルとシャルトル』を「一三世紀の統一に関する研究」（二一七）という副題で考えていたときに念頭にあった「統一」の源泉だった。これに対して、『ヘンリー・アダムズの教育』は「二〇世紀の多様性に関する研究」（二一七）という副題で考えられており、『モン・サン・ミシェルとシャルトル』の姉妹編と位置づけられている。

しかし、中世の「統一」も現代の「多様性」も、彼がどれほど信じていたかはっきりしない。「統一」という語は、冷戦後の米国の覇権主義者がめざす一極支配構造と響き合うとさえ思われ、「大西洋連合」(一二〇)について語るくだりでは、その志向へのアンビヴァレンスが感じられる。むしろ、ダイナモが示す「新しい力は、無政府状態を招来するものだった」(一〇六八)ととらえられているように、歴史はやがて混沌へたどり着くほかないと見通されている。どこまでまじめで、どこまで修辞なのか見分けがつかないけれども、アダムズは歴史法則を最新科学理論で裏づけようとして進化論にさんざんこだわってみせ、結局はその虚妄性を嘲弄したあげく、カール・ピアソンの『科学の文法』から「混沌は自然の法則であり、秩序は人間の夢である」(一一三三)という言葉を引いたり、第三四章では「加速の法則」を持ち出して混沌へたどり着くのはそう長い先のことではないと言ったりしている。アダムズが熱力学からエントロピーの法則を学び、それを歴史に適用すれば社会には進化どころか退化しかないという見解を述べた「アメリカの歴史学教師への手紙」を歴史学会に送ったのは、『ヘンリー・アダムズの教育』出版後、トウェインの亡くなった一九一〇年だったが、この歴史に関するエントロピー理論を待つまでもなく、彼の悲観的な歴史観、つまりあの「暗い見方」は晩年の著作に明らかだった。

他方でアダムズは、「自国が世界権力として物事を考える」(一一四三)ようになったことに深い関心を寄せた。イギリス人的な生活を送りながら、イギリス帝国に対抗すること——「英国をアメリカのシステムに組み入れるという目的」(一〇五二)——を、曾祖父以来の家族の伝統として信条にしてきたアダムズは、米西戦争を境目に英米両国が接近したことで現実化してきた世界覇権交替の始まりを目にしたときの格別な感慨を語っている。今日のNATOを先取りして、大西洋に面した西欧諸国を「石炭エネルギーによる連合」として打ち立て、「各国政府を連合させようというこの資本主義的計略」を巧みに進める親友のヘイを師匠と見立てるアダムズは、「おそらくこの瞬間に、生徒は到達しうる最高の知識をきわめた」などと、冗談めかして自分を「生徒」の立場になぞらえる（二〇七）。だが、マッキンレー、ローズヴェルト二人の大統領のもとで国務長官を務めたヘイは、高橋が二〇世紀アメリカ帝国主義の基本戦略とみなす「門戸開放帝国主義」の提唱者である。高橋は、英米間における世界覇権交替にヘイの「門戸開放宣言」が果たした役割を注視し、「世紀転換期の合衆国もまた、……一九世紀中葉の英国と同様に、一定の海外拠点（公式帝国）を確保しつつ、世界の門戸開放と非植民地的膨張（非公式帝国）による『門戸開放』帝国主義の道に乗りだしたのである」（高橋七二）と論じる。

アダムズは、合衆国がこの「門戸開放帝国主義」に乗りだす過程を遠くから傍観していたのではなく、この政策が練られる現場に立ち会っていたばかりか、もしかしたら荷担さえしていた。ヘイはクラレンス・キングとともにアダムズのいわゆる三人組の親友を構成した一員であるだけでなく、ワシントン在任中もほとんど毎日アダムズといっしょに散歩をしながら、外交政策の策定について相談を持ちかけた。ヘイだけでなくローズヴェルトも、アダムズとは家族ぐるみの交際をしており、アダムズの住まいでのパーティにしばしば訪れた。アダムズは、自分が政府に一度も重用されなかったことを自嘲気味に強調し、それが『ヘンリー・アダムズの教育』の一つの大きなテーマになっているのであるが、私的な場面を通じて政府の施策に影響を与えたかもしれないのである。

だが、『ヘンリー・アダムズの教育』は、合衆国の「世界権力」としての帝国主義的冒険が、歴史の進歩ではなくて必然的に「退歩」に通じることを予言する。政府がこの道に乗りだしたことに自分は責任がないことを弁明することが、この「自伝」の目的だとも思える。結末で「過去千五百年間を通じてはじめて真の〈ローマの平和〉がほの見えてきたし、それが成功すれば、その恩恵はヘイのおかげによると言えよう」（二八〇）とヘイの業績を讃えながらも、ヘイの死に際して「あとは沈黙」（二八二）と、ハムレットばりのせりふを吐くことによって本書を閉じている。この「沈黙」には、帝国主義的外交政策立案の内幕を知りすぎた者としての守秘の決意がこめられているかもしれないが、その主たる意味合いは、反帝国主義の詩人としてさえも文名を馳せたこともある友人ヘイが、公職に就いたことによって帝国主義の設計者になってしまったことに対する苦々しい思いと、これ以上自分が関与することへの拒絶とにある。「彼［＝アダムズ］は、ヘイの国内政治にも対外政治にも何の関係も持っていなかった」（一〇五六、一〇五九）と、わざわざほとんど同じ表現で繰り返して述べているように、アダムズは親友であるがゆえに荷担を疑われることを予想して、明確な弁明の言葉を書き付けておかずにいられなかった。「彼［＝アダムズ］の友人たちは、権力についたとたんに死んだも同然となり、彼らを救おうとして何もかも台無しにする危険を冒すには、彼は人生を知りすぎていた」（一一〇一）とも言う。まして大統領になったローズヴェルトに対しては、かつてハーヴァード大学の教職にあったアダムズは、教え子に等しい同窓の後輩として接していたが、「彼［＝アダムズ］の勝手な思いこみながら、公職というものは毒である。それは人を殺す――肉体も魂も」（一〇五四）という見方を有すれば当然のことに、やはり「死んだも同然となった」（一一〇三）とみなす。

とはいってもアダムズは、ヘイやローズヴェルトとのつきあいを最後まで続けた。じっさい『ヘンリー・アダムズの教育』には、米国の帝国主義を当然の前提とする姿勢も見える。米西戦争について述べるくだりで、「プエルトリコは奪取しなければならないとは彼［＝アダムズ］にもわかっていたが、フィリピン群島には手をつけずにいられたら、その方がいいと思っていた」（一〇三三）というのは、あの「反帝国主義連盟」と同じ立場であり、帝国主義へのアンビヴァレンスを露呈している。また、「百五十年にわたって家族が従事してきた事業［＝英国に米国の原理を認めさせるという、アダムズ家が代々おこなってきたこと］は、突然、真の帝国建設の壮大な見通しのなかに収まり、ヘイの仕事は、この帝国建設を芸術的な手腕で始めることなのだ、と彼［＝アダムズ］にはわかった」（一〇三三）という言葉には、アダムズ家の一員としての自覚がうかがわれる。弟のブルックス・アダムズは、のちにウィリアムズや彼に学んだ高橋によって「アメリカ帝国のイデオローグとして見直されるようになった」（高橋一〇九）と言われている。ブルックスは、主著『文明興亡の法則』では兄の影響も受けてヨーロッパ文明没落の必然性を論じていたのに、「一八九六年ころからオプティミスティックなアメリカ帝国の唱道者へと転回して」（高橋二五）いった人物である。この経緯からは、ヘンリーによっても共有されていた文明没落論には、もともと帝国主義へのアンビヴァレンスが潜んでいたという見方の裏付けを得ることもできよう。

アダムズ身辺のドン・キホーテたちのなかでももっとも鮮明な姿は、ローズヴェルトに見られる。彼は大著『西部の獲得』によって、ターナーよりも早くフロンティアの意義を説いた。米西戦争に際しては、西部のカウボーイ、ハンター、対インディアン戦争のベテランなどをかき集めて編成した義勇軍を率いて、米軍によるキューバ侵攻に参加し、「かつて合衆国の軍服を身につけただれにも負けない騎士らしい戦士からなる連隊の四カ月にわたる生活」[31]を得々として綴った『ラフ・ライダーズ』という戦記を出した。彼の作家、ジャーナリストとしての仕事は、二〇世紀に向けて新しい「アメリカ・イデオロギー」を構築することに大いに貢献した。ダコタのバッドランズに広大な牧場を経営した経験から多くの西部物語を書き上げ、「ワイルド・ウェスト」の神話化にも手を貸した。西部小説をジャンルとして確立したオーウェン・ウィスターの『ヴァージニアン』は、彼に献じられている。コロンビア大学教授の批評家ブランダー・マシューズは、今日では『ハックルベリー・フィンの冒険』に文学的な評価を与えてその門出を飾った功労者として知られる程度でも、ロレンス・オリヴァーの評伝によれば、当時のアメリカ文壇ではハウエルズに並び、また凌駕するような大御所的存在だったのであり、ローズヴェルトはこのマシューズと結託して、アメリカ文学にナショナリズムを鼓吹しようとした。[32] ローズヴェルトの政治家、大統領としての強気な政治がアメリカ帝国主義の基礎を築いたことについては言うまでもない。さらに、アフリカでのサファリという道楽さえも、アメリカ帝国建設のために必要とされる冒険者の手本を示すキホーテ的な行為だった。

晩年のアダムズは、交友関係においても家族においても、帝国のロマンスにとりつかれたドン・キホーテを何人も間近に目にしていた。『ヘンリー・アダムズの教育』結末におけるあのハムレットぶりは、ツルゲーネフによって確立されたハムレットとドン・キホーテとを対照させる見方に倣って、周囲のドン・キホーテたちからの疎隔を強調しようという意図がこめられているのかもしれない。しかし、アダムズは、ドン・キホーテたちとのつきあいをいつまでも続けていたという意味では、むしろサンチョ・パンサに近いのではないか。

ドン・キホーテに対するアダムズの直接の言及は、『モン・サン・ミシェルとシャルトル』で宮廷恋愛について述べる箇所にあらわれる。つまり、「エレノアとシャンパーニュのマリーが抱いた理想は、宗教の一形態だった。その伝道者を見たければ、直接ダンテやペトラルカ、あるいは、お好みならばラ・マンチャのドン・キホーテに赴くのがもっともよい」(五三七)というくだりである。宮廷恋愛やロマンスは、一二世紀から一三世紀にかけて大弾圧を受けて消滅したカタリ派あるいはアルビジョア派と呼ばれる、アジア起源の神秘主義的なキリスト教異端が、聖母マリアを讃える秘儀に伴って発達させた詩歌に発するもので、その宗教的起源が弾圧によって記録が失われて忘れられているだけらしい。このことを、比較的最近の研究にもとづいて学問的に明らかにしたのは、ドニ・ド・ルージュモンの『愛について――エロスとアガペ』である。

「愛」と理想的「女性」の崇拝という強力で普遍的とも言えるこの傾向に対抗して、ローマ教会と聖職者は信仰と礼拝の形式を考案して、一般の人々の心に生じる同じような深遠な欲求に答えないで、安閑としているわけにはいかなかった。あえてその欲求を抑圧せずに、正統キリスト教の強力な流れのなかにうまく引き込み、それを「回心させる」ことが必要だった。そのために一二世紀初頭以来、聖母マリア崇拝を起こすための数多くの努力がなされることになったのだ。(33)

したがって、アダムズの聖母マリアに対する関心は、キリスト教への習合以前の神秘主義にまでロマンス的伝統を遡ろうとする志向においてルージュモンに先駆け、ルージュモンの問題意識と重なるところがある。小説『エスタ』においても、ペトラルカのソネットを重要な要素として用い、ややキホーテ的な画家ウォートンを登場させているところに、アダムズのロマンス的伝統への関心があらわれていた。『モン・サン・ミシェルとシャルトル』は、姪を伴って北フランスの寺院遍歴に出るツーリストが書いた旅行記ないしガイドブックの体裁をとって、聖母マリア崇拝の力の秘密を、アルビジョア派という宗教的起源がまだよく解明されていない段階で、教会建築とロマンスと中世神学のなかに探ろうとした試みと見ることができる。そういう関心のなかでドン・キホーテは、もっとも手近な指標として利用されている。

しかし、聖母崇拝に惹かれながらも、それにツーリストとしてしか接近できないことを自覚しているアダムズにとって、ドン・キホーテは、共感はできるけれども、真似をしたいなどとはとても思えない人物像である。「宮廷恋愛についての彼女［＝シャンパーニュのマリー］の理論は、セルバンテスの嘲弄とドン・キホーテの愚行［ないし狂気］(folly) から知っているにすぎないにせよ、誰にとっても多少は馴染みのあるものだ」(五三九)と言って、読者のための便を図るアダムズは、「ドン・キホーテの愚行［ないし狂気］」を見抜いていると自負している。

アダムズは、ローズヴェルトやヘイのような身近のドン・キホーテに対して『ヘンリー・アダムズの教育』ではかなり手厳しい批判を書いているのだが、真っ向から対決した形跡はない。むしろ彼らの行状をはらはらしながら観察しつつ、自分の無力を皮肉に衒う姿勢が顕著だ。自分を「歴史の浮浪者」(一一四七)とか、「学生ツーリスト」(一〇九四)とか呼び、一種のドロップアウトとして描き出している。なかでももっとも皮肉な自己規定は「キリスト教無政府主義保守派」(一〇九四他)という呼び方であろう。この捨て鉢なふざけた自己規定は何度も繰り返されるのだが、そこには、「彼［＝アダムズ］は当然マルクス主義者になってもおかしくはなかった。……とにかく黙っていないぞという覚悟はあった。あたかも世界がまだ十分ひっくり返っていないかのように、世界がもっとひっくり返るのをみたいと思っていた」（九三五‐六）などと洩らす心情が隠されている。「キリスト教」や「保守派」がくっついているにしろ、「無政府主義」というのは、社会主義や共産主義と並んで、いや、もっとも身近な危険と思われていた点ではそれら以上に、世紀転換期の合衆国で危険視されていた。労働騎士団が衰退を強いられた原因も、一八八六年五月四日シカゴのヘイ・マーケット広場で八時間労働制とメーデーを要求する労働者の集会がおこなわれたときに、警官隊に爆弾が投げつけられ、これが労働騎士団内の無政府主義者による犯行と断定されて、翌年四人の無政府主義者が処刑されたことにあった。これは権力による労働騎士団つぶしの謀略だった疑いが濃いのだが、無政府主義者のテロを理由に労働運動が弾圧されるのは、いわば常套になっていた。

このヘイ・マーケット事件による無政府主義者の処刑に対してハウエルズが抗議の声を上げたのは知られている。しかし、やはり無政府主義者のかどでサッコとヴァンゼッティが処刑されたときのような、作家、知識人による広範な抗議運動は起きなかった。一方、ヘイ・マーケット事件が起きる二カ月足らず前、一八八六年三月二二日には、トウェインがハートフォードの「マンディ・イヴニング・クラブ」で実業家や知識人を前にして、労働騎士団を擁護する講演をおこなった。この講演「新しい王朝」は、フィリップ・フォーナーが評価するように、「一八八〇年代の労働運動擁護論としてはもっとも雄弁なものだったし、アメリカ史全体を通じてももっとも雄弁な擁護論の一つであることに疑問の余地はない」[34]。だが、このスピーチにおいてさえも、「彼［＝労働者の王］は、社会主義者、共産主義者、無政府主義者、浮浪者、『種々のニセ改革』を説く利己的な扇動家たちに対する永遠の楯、守護者になってくれるであろう」[35]という言葉があって、無政府主義者らの脅威は、健全な労働運動を育成するための根拠になっていた。スピーチがブルジョア社会の有力者に向けたものだったからそんな脅威を持ち出した可能性もあるが、トウェインの立場は、無政府主義者を脅威とみなし、「労働共和主義」の枠を出ていないという事実に変わりはない。労働騎士団を「新しい王朝」の騎士として讃える修辞は、騎士ドン・キホーテの狂気を見抜くサンチョ・パンサには似つかわしくない。トウェインはこのスピーチに冗談一つ入れずに雄弁をふるっているけれども、慣性の遠心力がもたらす混沌を希求するような無政府主義者をなかばふざけて自称するアダムズと比べて、どちらがサンチョ的であろうか。

ジョナサン・アラックのいわゆる「国民的物語」としての歴史学に見切りをつけたアダムズにとって、ある種の論説的文章は耐えがたくなっていたであろう。アラックは、『ハックルベリー・フィンの冒険』の超キャノン化(hypercanonization)を告発し、そこに一九世紀末以来の「文学的なものへの拝跪」を見出して、ハックが奴隷の人間性という問題に突き当たっても、クーパーの書いたような「国民的物語」を斥けて「人種や国民をめぐる当時の問題意識に直接取り組まない」トウェインを、個人の内心の葛藤にもっぱら注目する「文学的物語」を創出した作家の一人とみなしている。[36]「国民的物語」をドン・キホーテ的な作物とみなして斥け、「文学的物語」のなかに立てこもろうとするのが、サンチョのサンチョたるもう一つの所以であろう。その意味で、晩年に歴史学から独特の文学に転じたアダムズもサンチョだったと言える。

あるいは、アダムズの無政府主義を真正面から受けとめるポール・ボーヴェの言うとおり、アダムズが歴史を科学法則で説明したり、無政府主義者と自称したりするのは、ほとんど本気だったかもしれない。アダムズは、混沌とエントロピーを足場にして、「完成可能性、秩序、効率、力の誘導ないし管理などを信じるアメリカ的な信念」つまり「アメリカニズム」に対するもっともラディカルな批判を提起していたかもしれない。[37]アダムズの「暗い見方」の内実がそのようなものだったとすれば、アラックが言うように、「あらためて作り直された国民的アレゴリーへ文学的物語を再統合する」(一四八)のがアメリカニストのめざす目標であるかぎり、たしかに、ニュー・アメリカニストたるバーコヴィッチの構想する「国民的アレゴリー」にアダムズを組み込むのは困難だろう。しかし、アダムズ晩年の著作にはたえず、わずかながらも文学的な修辞の気配が漂い、どんな体系に対しても、ドン・キホーテに対するサンチョのと似た警戒心を保ち続けていることがうかがえるのではないか。

むすび

『ヘンリー・アダムズの教育』では、『ローマ帝国衰亡史』の著者エドワード・ギボンがしばしば引き合いに出されている。アダムズは、はじめてローマのサンタ・マリア・ディ・アラ・コエリ教会を訪れたときに、その石段に腰掛けて、ギボンがそこでローマの衰亡史を書く決意をしたと自伝で述べていることに言及しながら、アメリカ帝国の衰亡を思う。ローマ帝国が、そしてまたアメリカ帝国が、没落するのは何故か。

要するに、このツーリスト［＝アダムズ］よりも大して多くを語りえた先学は誰もいなかった。このツーリストはあの永遠の問いを繰り返し続けた――何故か！　何故か‼　何故か!!!　――と。彼の隣人、つまり、教会の石段でとなりに座っている盲いた乞食がしていることと変わらない。この問いに、他人が満足するような回答を出した者は誰一人いない。しかしながら、頭か心のある人ならば誰でも、いかなる答えを受け入れるべきか、遅かれ早かれ決断しなければならないと感じている。ローマという言葉の代わりにアメリカという言葉で置き換えてみよ。そうすればこの問いは、他人事ではなくなる。（八〇四）

このように語るときのアダムズの口調は、やはりひねくれたユーモアを帯びているものの、ただの軽口とは受け取れない。しかし、アメリカの運命を思ってギボンを想起したのは、アダムズだけではなかった。ミラーもまた、『使命を帯びて未開地のなかへ』の「序文」でギボンの自伝の同じくだりを引喩に用いている。それはアダムズからの引喩かもしれない。そこでミラーは、「私は、「ギボンのように、そしてアダムズのように（?）」没落の始まりから始めるのではなく、始まりの始まりから始めるのだ」（viii）と語って、ピューリタニズム研究に集中した自分の学問を弁護する。アダムズのようにアメリカ帝国の「没落の始まり」を思索の出発点とするなどということは、ミラーには想像もつかなかったにちがいない。

ミラーは、「私は、第一次世界大戦のおかげであの『冒険』という賜物を与えられた年上の同時代人がうらやましくて、『冒険』を求めてあの地［＝アフリカ］へ行った」（vii）とも告白している。「年上の同時代人」とはおそらく、誰よりもまずヘミングウェイによって代表される。第一次世界大戦に米国が正式に参戦する以前から、わざわざ志願して欧州の戦場に騎士気取りで出かけていった若者たちは、ローズヴェルトによって煽られた冒険のロマンスに酔ったドン・キホーテたちだった。彼らは戦場の現実に触れて、巨人だと思っていたものがじつは風車だとわかったあと、幻滅から出発する新しい世代の文学を生み出した。ローズヴェルトは捨てられ、トウェインやアダムズがもてはやされるようになったのは、ドン・キホーテよりもサンチョ・パンサのスタイルのほうが好まれるようになったからだろう。それでもヘミングウェイが戦後アフリカに冒険を求めて、ローズヴェルトと同じようにサファリにも出かけたりしたのは、風車が風車にしか見えないのは魔法のせいだと考えたのか、それとも、ドン・キホーテの姿を追い求めるサンチョの悲しいさがのなせる業か。

トウェインも、アダムズも、そしてバーコヴィッチも、ドン・キホーテに言及するが、その言及において、前景化された「ドン・キホーテの愚行」のかげに自分たちのサンチョ・パンサ性に対する自負を忍ばせている。そのとき、ドン・キホーテとサンチョ・パンサとが互いに別れがたく結びついて同じ旅の経験を共有しているということに、どれほど思いが及んでいるのか、探りたくなるけれども、サンチョにいかに二重性があろうとも、メルヴィルのようにエイハブとイシュメールを通じてドン・キホーテとサンチョとの両者に同化してみせるには、「ドン・キホーテの愚行」をあまりに知りすぎてもいた。他方、ローズヴェルトもミラーも、サンチョなどに興味はなく、むしろ、ドン・キホーテのとりつかれたロマンスに実存を賭ける。ミラーは「年上の同時代人」にあこがれ、第一次世界大戦の冒険は逃しても、アフリカの冒険には、モラトリアム中の小遣い銭稼ぎをかねて出かけていった。アフリカでは、ローズヴェルトやヘミングウェイのようにサファリを経験したわけでなく、コンラッドの『闇の奥』の世界に接しただけだが、それでも、ピューリタン研究を通じて「アメリカの意味」を見つけるという新しいロマンスを首尾よく手に入れた。そんなドン・キホーテにアンビヴァレンスを抱くバーコヴィッチは、トウェイン、アダムズという世紀転換期の立派なサンチョたちを、妬みによるにせよ、憬れによるにせよ、無断で排除して、今度の新たな世紀転換期を迎えている自分だけが、無数の「ドン・キホーテの愚行〔ないし狂気〕」を見分けられるサンチョ・パンサであると豪語している。

＊本稿執筆に至るまでには福士久夫氏にたいへんお世話になった。氏は、このプロジェクトに私を加えてくれたうえ、資料を紹介し、有益な示唆を与えてくれた。ここに記して感謝の意を表したい。

（1） Theodore Dreiser, *Sister Carrie : An Authoritative Text, Backgrounds and Sources, Criticism ; Second Edition*, ed. Donald Pizer （New York : W. W. Norton & Co., 1991), p. 359. 以下このテクストからの引用箇所は、本文中の括弧内に頁数を示す。なお、その他のテクストからの引用箇所も、初出箇所で注をつけて書誌を記した後は、本文中に括弧内に頁数を示すが、本文中の記述から出典が明確でない場合は、必要に応じて書物の略号を用いる。

(2) Ibid., pp. 576-7 の年表参照。

(3) この節の論述は、拙稿「バミング、スラミング、マックレイキング――アメリカ文学における階級のリプリゼンテイション」(『アメリカ研究』第三二号、アメリカ学会、一九九八年三月、一九一三九頁)と一部重複している。

(4) Marcus Cunliffe, *The Literature of the United States* (London: Penguin Books, 1954), p. 16.

(5) Sacvan Bercovitch, *The Rites of Assent: Transformations in the Symbolic Construction of America* (New York: Routledge, 1993), p. 63. 本書はRAという略号で示す。

(6) Sacvan Bercovitch, *The American Jeremiad* (Madison: The University of Wisconsin Press, 1978), p. xiii, n. 本書はAJという略号で示す。

(7) Russell Reising, *The Unusable Past: Theory & the Study of American Literature* (New York: Methuen, 1986), p. 87.

(8) Perry Miller, *Errand into the Wilderness* (1956; Cambridge: Harvard University Press, 1996), p. ix. 本書はEWという略号で示す。

(9) ミゲル・デ・セルバンテス・サベードラ著、会田由訳『才智あふるる郷士ドン・キホーテ・デ・ラ・マンチャ前篇』、『セルバンテスI』(筑摩書房「世界古典文学全集」、一九六五年)、三四一頁。

(10) Seymour Martin Lipset, *American Exceptionalism: A Double-Edged Sword* (New York: W. W. Norton & Co., 1996), pp. 25-6.

(11) Kim Voss, *The Making of American Exceptionalism: The Knights of Labor and Class Formation in the Nineteenth Century* (Ithaca: Cornell University Press, 1993), p. 235.

(12) Leon Fink, *In Search of the Working Class: Essays in American Labor History and Political Culture* (Urbana: University of Illinois Press, 1994), p. 91.

(13) Amy Kaplan, "'Left Alone with America': The Absence of Empire in the Study of American Culture," Amy

Kaplan & Donald E. Pease, eds., *Cultures of United States Imperialism* (Durham: Duke University Press, 1993), p. 13.

(14) 清水知久『アメリカ帝国』（亜紀書房、一九六八年）、六〇頁。

(15) William Appleman Williams, *Empire as a Way of Life: An Essay on the Causes and Character of America's Present Predicament along with a Few Thoughts about an Alternative* (New York: Oxford University Press, 1980), p. viii. 私は何人かのリベラルなアメリカ人にウィリアムズのこの言葉を紹介してみたが、彼らは、アメリカ人の政治的後進性を指摘されて憤慨したのか、ウィリアムズの見方はもはや真実でなく、アメリカ人のなかには自国の帝国主義を認める者もあらわれていると主張した。この反発自体がウィリアムズの指摘を逆説的に裏づけているかもしれない。アメリカ人の認識が変化した証拠として、カプランとピーズの編集による『合衆国帝国主義の文化』の出現をあげた人もいた。この本はたしかに画期的だが、主として大衆文化を扱っており、惜しいことに、「われらが一流作家たち」と帝国主義イデオロギーの関係にはほとんど触れていない。ウィリアムズのいわゆる「たいていのアメリカ人」とは、もちろんウィリアムズ自身のような左翼を除いたアメリカ人のことであり、そういう「たいていのアメリカ人」が合衆国の帝国たることを認めないということについては、ドナルド・ラジアもつぎのように述べている。「アメリカの国家宗教の特徴には、ニュースや娯楽のメディアから、〈帝国主義〉とか〈植民地主義〉などといった言葉が、〈プロパガンダ〉とか〈資本主義〉などの言葉と同様に排除されているという事実も含まれている。」(Donald Lazere, ed., *American Media and Mass Culture: Left Perspectives* (Berkeley: University of California Press, 1987), p. 475)

(16) Bill Brown, "Science Fiction, the World's Fair, and the Prosthetics of Empire, 1910-1915." Kaplan & Pease, eds., *op. cit.*, p. 149.

(17) この節の論述は、京都アメリカ研究夏期セミナー（立命館大学、一九九九年七月三〇日）で私がおこなった報告("A Response to Professor Shelly Fisher Fishkin's Keynote Address") と一部重複している。また、トウェインとアナクロニズムやアナーキズムとの関連については、拙稿「アナクロ・アナルコ・アドベンチャー——『ハックルベリー・フィンの冒険』を冒険小説として読む」、井川ほか編『いま「ハック・フィン」をどう読むか』（京都修学社、一九九七年）を参照されたい。

（18） Mark Twain, *Adventures of Huckleberry Finn* (Berkeley: University of California Press, 1986), p. 271.

（19） William R. Macnaughton, *Mark Twain's Last Years As a Writer* (Columbia: University of Missouri Press, 1979), p. 144.

（20） 高橋章『アメリカ帝国主義成立史の研究』（名古屋大学出版会、一九九九年）、四五―七頁。本書は、高橋という略号で示す。

（21） Jim Zwick, ed., *Mark Twain's Weapons of Satire : Anti-Imperialist Writings on the Philippine-American War* ([Syracuse] : Syracuse University Press, 1992), p. xi.

（22） レーニン著、副島種典訳『帝国主義論』（大月書店「国民文庫」、一九六五年）、一四四頁。

（23） Mark Twain, *A Connecticut Yankee in King Arthur's Court* (Berkeley: University of California Press, 1984), Chapter 43.

（24） John Carlos Rowe, "How the Boss Played the Game: Twain's Critique of Imperialism in *A Connecticut Yankee in King Arthur's Court,*" Forrest G. Robinson, ed., *The Cambridge Companion to Mark Twain* (Cambridge: Cambridge University Press, 1995), p. 184.

（25） Mark Twain, "The Great Revolution in Pitcairn," *The Complete Humorous Sketches and Tales of Mark Twain*, ed., Charles Neider (Garden City, NY : Doubleday & Co. Inc., 1961), p. 394.

（26） Perry Miller, *Nature's Nation* (Cambridge: Harvard University Press, 1967), p. 278.

（27） Mark Twain, *Life on the Mississippi, The Complete Travel Books of Mark Twain*, Vol. II, ed., Charles Neider (Garden City, NY : Doubleday & Co. Inc., 1967), p. 577–8.

(28) Theodore Dreiser, "Mark the Double Twain," *The English Journal*, Vol. XXIV, No. 8 (October, 1935), p. 626.

(29) Mark Twain, *What Is Man? Mark Twain : Collected Tales, Sketches, Speeches, & Essays 1891-1910* (New Yoork : Library Classics of the United States, Inc., The Library of America, 1992), p. 802.

(30) Henry Adams, *Henry Adams : Novels, Mont Saint Michel, The Education* (New York : Literary Classics of the United States, Inc., The Library of America, 1983), p. 1070.

(31) Theodore Roosevelt, *The Rough Riders* (New York : Da Capo Press, 1990), p. 229.

(32) Lawrence J. Oliver, *Brander Matthews, Theodore Roosevelt, and the Politics of American Literature, 1880-1920* (Knoxville : The University of Tennessee Press, 1992).

(33) ドニ・ド・ルージュモン著、鈴木健郎・川村克己訳『愛について——エロスとアガペ』（岩波書店、一九五九年）、一六二—三頁。

(34) Philip S. Foner, *Mark Twain Social Critic* (1958 ; New York : International Publishers, 1966), p. 226.

(35) Mark Twain, "The New Dynasty : Hartford Monday Evening Club" (1886), *Mark Twain : Collected Tales, Sketches, Speeches, & Essays 1852-1890* (New Yoork : Library Classics of the United States, Inc., The Library of America, 1992), p. 888.

(36) Jonathan Arac, *Huckleberry Finn As Idol and Target : The Functions of Criticism in Our Time* (Madison : University of Wisconsin Press, 1997), p. 135, p. 212.

(37) Paul A. Bove, "Anarchy and Perfection : Henry Adams, Intelligence, and America," Kathryne V. Lindberg & Joseph G. Kronick, eds., *America's Modernisms : Revaluing the Canon* (Baton Rouge : Louisiana State University Press, 1996), pp. 41-2.

サクヴァン・バーコヴィッチの批評モデルの現在
――『アメリカの嘆き』から『同意の儀礼』へ

福士久夫

はじめに

私は以下において、先ず、サクヴァン・バーコヴィッチの一九七八年の『アメリカの嘆き』をとりあげ、そこで主張されているアメリカ・ピューリタン起源のレトリック装置「アメリカの嘆き」の分析的な紹介を試みることにしたい。そしてその上で、一九八六年の『アメリカ文学史を再建する』の「まえがき」、同年の『イデオロギーとアメリカ古典文学』の「あとがき」、一九九一年の『緋文字』の任務』を適宜参照しながら、一九九三年に刊行された『同意の儀礼――アメリカの象徴的構築における諸変容』の「序章」論文である「アメリカの歌」と巻末論文「ディセンサス時代におけるイデオロギーの問題」に主として即しながら、[1] 彼の批評モデルの「現在」像を再構成することとしたい。今日一定の隆盛を誇っているイデオロギー批評（ideological criticism）の方法論議に一定の貢献をなしうると考えるからである。遺憾ながら私は、本稿執筆の段階で、右記一九九三年の『同意の儀礼』以後のバーコヴィッチの業績を確認していないので、ここでの「現在」とは一九九三年現在のことである。

一　『アメリカの嘆き』の「まえがき」

最初に先ず、『アメリカの嘆き』の主として「まえがき」によりながら、いくつかのことを述べておくことにしたい。「まえがき」においてバーコヴィッチは、本編の趣旨を要約すると同時に、本編で使用しているいくつかの用語が限定的に使用されていることを指摘し、またいくつかの言いわけもしており、本編のナイーヴではない理解をあらかじめうながしている。

バーコヴィッチは「アメリカの嘆き」＝「アメリカ型エレミアの嘆き」のレトリックを、「植民地から国家へ」の「発展の中心的事実」をなすもの、すなわち「中産階級的アメリカ文化の（しばしば暴力的であるとしても）着実な成長」と「関連付ける」としている（xii）。さらにバーコヴィッチは、彼の「主張」は「イデオロギー的コンセンサス」、すなわち「一連の社会化の儀礼」と「ニューイングランドにおいて定着し、その後西部の領土と南部にも広がった、ある包括的な、公的に承認を与えられた文化的神話」に関するものであって、「量的に測定された『社会的現実』」（xii）に関するものではないとしている。これは、「アメリカの嘆き」のレトリックというイデオロギー装置＝「社会化の儀礼」を通じて、アメリカが「植民地」期においても、アメリカ合衆国という「国家」として成立したあとも、「中産階級的アメリカ文化」が「量的に測定された『社会的現実』」としてはともかく、「イデオロギー的コンセンサス」として存続しつづけたという主張として読むことができる。

バーコヴィッチは「文化」という用語に以下のような限定をほどこしている。バーコヴィッチにとって、「文化」という用語は右でみたような「イデオロギー的コンセンサス」が成立している社会、すなわち「結合している状態（cohesion）」（xiv）としての社会を言いあらわすためのものである。バーコヴィッチに即して別の言い方をするならば、「文化」という用語は「ある一つの社会」、その「規定的な性格」が「生活様式」にあるような社会（xix）、すなわち「継起する各時代のアメリカ人たちが彼らの生活様式を、彼ら自身に対して、また広く世間に対して、正当化するために紡ぎ出した『意味の織物』に規定的な性格があるような社会」（xix）を指し示すためのものである。要するにバーコヴィッチの強調点は「文化」としての社会にあるのであって、「量的に測定された『社会的現実』」にあるのではない。

次に右との関連において、バーコヴィッチが以下のように述べていることに注目しておきたい。――「私の方法が社会的経済的対立、心的な緊張関係、地域間格差などを単純化する傾きをもつとすれば、ある一定の様式のレトリックとヴィジョンを強調しようとしたためである。本書がアメリカ例外主義の観念を支持するとしても、中産階級のヘゲモニーが徐々に浸透していったという見方からそうしているに過ぎない」（xii-xiii）。これは言いわけでもあり、一定の居直りでもある。バーコヴィッチは、「事実上ありとあらゆるレベルの思考と行動のもとにまで及んだ」と言えるほどの「イデオロギー的コンセンサス」という主張は、「量的に測定された『社会的現実』」の中に見てとることのできる「社会的経済的対立、心的な緊張関係、地域間格差」などを「単純化」しないことには説得力を持ちにくいことを意識しており、そのことに一定のやましさを自覚するがゆえに、こんなことを書いているのであろうが、それはまた、そうした「対立」や「緊張関係」や「格差」は百も承知という居直りでもある。またバーコヴィッチは、「中産階級のヘゲモニー」がそうした「対立」や「緊張関係」や「格差」にもかかわらず「徐々に浸透していった」という主張が、それ自体イデオロギー的言説体系である「アメリカ例外主義」の主張と重なることを知っており、ここでもまた、彼はそのことに一定のやましさを覚えるがゆえにこんなことを書いているのであろう。しかしそれは同時に、「アメリカ例外主義」ではないかという批判は百も承知という居直りでもある。

だから、われわれとしては、折角のやましさの吐露なのであるから、それを多とし、「中産階級的文化」のイデオロギー装置、レトリック装置としての「アメリカの嘆き」が、「事実上ありとあらゆるレベルの思考と行動のもとにまで及んだ」とする主張を割引して受けとめなければならない。バーコヴィッチが具体的な証拠を示して論証している限りでなら、「ピューリタン的表現様式」(xi)としての「アメリカの嘆き」が「持続」し、一定の伝統となって、「支配的文化」としての「中産階級的な文化」を「反映し生成した」(三六)とする主張はありうる話であるし、本書はありうると思わせるだけの説得力を有している。もっとも、右で指摘したように、バーコヴィッチがいわゆる「文化中心主義」(2)的手法をとっていることには留意が必要であるが。

バーコヴィッチは「中産階級」という用語にも独自の限定をほどこしている。それは厳密な「階級呼称」として使われているのではないとされている。彼によれば、「階級呼称」としての「中産階級」は、「一九世紀前半の合衆国において発展し始めた類の特定の資本主義経済に限定して使用される」べきである。しかしバーコヴィッチは、ここではそれを、「自由企業システム」の「諸規範」をあらわす用語として用いている(xiii)。この「自由企業システムの土台」は、バーコヴィッチによれば、「一七世紀のニューイングランドにおいて据えられ」(xiii)、「のちに西部の領土と南部にまで広がった」(xii)ものである。彼はこうも書いている。「ピューリタンたちがニューイングランドにおいて作り上げたものは、事実上、ある新しい階層秩序であった。つまり、農民階級から貴族階級及び王位へと到る秩序体系ではなくして、相対的に流動的な自由企業構造体の、下層からより高い階層へと到る秩序体系であった」(xiii)。「中産階級」に関連して、バーコヴィッチはこんなことも書いている。――「ピューリタン社会は、もちろん、その成員のほとんどが『中くらいの』収入を得ていたという意味においてさえも中産階級的ではなかった。当時、この国においてはつねにそうであったように(一九世紀を経てわれわれ自身の時代にいたっても)、大多数の人々は『下層階級』であった」(xiii)。

とすると、ここで、興味深い事実が浮かび上がってくる。すなわち、イデオロギー的には「中産階級的文化」が「着実」に「成長」し、「徐々に浸透していった」にもかかわらず、経済的、階級的には、つまり、「量的に測定された『社会的現実』」としては、アメリカ国民の「大多数の人々」は植民地期においても、一九世紀を経て今日の時代においても、「下層階級」を形成しつづけてきたという事実である。「ピューリタンたちのニューイングランド」が「下層からより高い階層への」移行を可能にする「相対的に流動的な自由企業構造体」であり、それが今なおつづく「秩序体系」であるにもかかわらず、「大多数の人々」が「下層階級」を形成しつづけているという事実は、「下層からより高い階層への」移行が、全体としては「大多数の人々」を「下層階級」にとどめおく形でしか現実化しえないものであることを物語っている。ここから、バーコヴィッチ自身が認めてかかっている「社会的経済的対立」や「心的な緊張関係」が発生してくるのは理の当然と言わなければならないであろうが、他方では、「自由企業システム」を是とする「中産階級的文化」の「イデオロギー的コンセンサス」が成立しているのである。であるならば、「中産階級的文化」のイデオロギー、バーコヴィッチが「アメリカの神話」(xiv)とも言い換えているイデオロギーが、「アメリカの嘆き」をイデオロギー装置としつつ、右で見たような「対立」や「緊張関係」や「格差」を慰撫し、それが決定的なものになるのを抑止しつづけているのだと考えなければならない。

次に、すでに引いた「中産階級的なアメリカ文化の（しばしば暴力的なものであるとしても）着実な成長」という箇所にもう一度立ち返ってみなければならない。注目すべきは、「(しばしば暴力的なものであるとしても)」という括弧つきの部分である。これまたすでに引いたが、バーコヴィッチは他方で「中産階級のヘゲモニー」という用語を使用し、「ヘゲモニー」にアントニオ・グラムシ経由の解釈をほどこしているからである。バーコヴィッチのグラムシ理解によれば、「ヘゲモニー」とは、「国家の強圧的な権力によって強要されるイデオロギーとは区別される、真正な文化的リーダーシップと自発的な同意にもとづいた歴史的に有機的なイデオロギー」の謂である。そうであれば、「中産階級的アメリカ文化」の「(しばしば暴力的なものであるとしても)着実な成長」という言い方と、「真正な文化的リーダーシップと自発的な同意」という言い方との間には、括弧ぐらいでは遮断しえない軋みが生じてくるのではないか。「暴力的な」という形容辞は、「真正な文化的リーダーシップと自発的な同意」よりは、なんらかの「強圧的な権力」の介在を強く示唆する言葉である。したがって、右の二つの言い方が矛盾なく両立するためには、「ヘゲモニー」を「国家の強圧的な権力」の介在を当然の前提とした覇権と受けとるか、あるいは、イデオロギーとしての「中産階級的アメリカ文化」、あるいはそれを「反映し生成した」イデオロギー装置としての「アメリカの嘆き」のレトリックが、「暴力」や「国家の強圧的な権力」と親和的で、それに「自発的な同意」を与える性格をもつという理解が必要になる。

バーコヴィッチがペリー・ミラーの「暗い側面を強調」する「嘆き」解釈に対して、「楽観」性と「肯定」の側面を強調するにもかかわらず、「嘆く者たちはもっとも楽観的なときでさえ、ある深い不安を表明している。肯定がある根底的な絶望――現在と直面することを拒否する態度、未来に対する不安、『アメリカ』を事実の中では決して検証し得ないがゆえに精神の中で機能するヴィジョンへと翻訳しようとする努力――を露にすることもまれではない」(xiv)と書いていることにも、あらかじめ注目しておかなければならない。「嘆き」のレトリックは、すでに引いた引用によって明らかなように、アメリカ人たちが彼らの「生活様式」を「自分自身」と「世間」に対して「正当化」するときのレトリック装置である。しかし「正当化」である限り、そこには、「不安」が呪いのように伏在している。「現在」と「未来」との間の距離、「事実」と「ヴィジョン」との間の距離が、否応無しに「不安」を生み出すのである。しかし、ここで本編に先回りして言えば、「アメリカのピューリタン型嘆き」はこの「不安」をむしろ手段化するレトリック戦略である。「序章」に、「ピューリタン型嘆き」の「機能」は「使命」という「事業の成功のために必要とされる仮借ない『前進的な』活力を解き放つ助けとなるような不安の空気を作り出すことであった」(三三)という記述、さらには、「嘆き」は「不安をその手段にするのみならずその目的にした」(三三)という記述も見える。「アメリカの嘆き」は「現実にメタファーを押しつけようとする努力から生まれた。それは歴史を傲然と無視すると同時に、共同体を形成しつつある歴史の力と深部で符節を合わせてもいる想像力によって育まれた」(六三)のである。

バーコヴィッチのもう一つの言いわけにもふれておかなければならない。バーコヴィッチは「嘆き」のレトリックが歴史的現実を「肯定してみせる活力」を「記述すること」は、それを「支持することと同じではない」(xv)と書いている。「中産階級的なアメリカ文化」はバーコヴィッチによれば、「農本社会から都市化、輸送革命、信用経済、工業化、法人化、そして拡張主義的な金融までの諸段階」、彼が社会科学者たちから借用している別の言いまわしで言えば、「近代化の過程」をへて、「社会的経済的対立、心的な緊張状態、地域間格差」などを生み出しながら、「着実な成長」を遂げてきたのであるが、「嘆き」のレトリックはこれに対する「嘆き」でありながら、基本的に「肯定」=「肯定してみせる活力」でもってのぞんできたのである。「嘆き」でありながら「肯定」を本質とするという、「嘆き」のレトリックの逆説的な特質を、バーコヴィッチは的確にも「自己正当化の過程」と呼んでいる。そのようなものとしての「肯定してみせる活力」を「支持」していると受け取られることを、バーコヴィッチは気にかけているのだ。なにしろ彼は、このレトリックが、現実に対する批判を取り込むことによってことごとく頓挫させるという解釈を示しつづけるのだから。

最後に、「支配的文化」という用語にもふれておくのが適当であろう。「(レイモンド・ウイリアムズの用語を使って言えば)のちにわれわれの『支配的文化』となる文化」という一節からはっきりわかるように、この用語はウイリアムズからの借用である。バーコヴィッチはマイラ・ジェーレンの説明によりながら、ウイリアムズは

「当該社会の『支配的文化』」と、「その支配的文化に対して『オルタナティヴ』であるか、あるいはそれと『対抗的』でさえある、その他の一定の『慣習、経験、意味、及び価値観』」とを「区別している」としている(xiii)。しかしバーコヴィッチが本編においてもっぱら用いるのは「支配的文化」であって、「オルタナティヴ」ないし「対抗的な」文化は事実上ほとんど問題にされることはない。バーコヴィッチに即すならば、ピューリタンたちの時代以後、一貫して「支配的文化」としての「中産階級的アメリカ文化」が「浸透していった」からである。しかし、別の可能性として、「オルタナティヴ」あるいは「対抗的」と規定しうるかもしれない文化を抽出できるような文献や歴史の事実が排除されたか、あるいはそのように規定しうる文化が「嘆き」のレトリックによる取り込みの事例としてしか語られなかったからである、という想定もなりたつのではないか。バーコヴィッチの言う「中産階級的アメリカ文化」=「自由企業システム」が、全体として、あるいは基本的に、別の文化、別のシステムにとって代わられたという事実はアメリカ史の中にはない。その意味では、「中産階級のヘゲモニー」はたしかに「浸透」したのである。しかし、そのことと、「オルタナティヴ」な、あるいは「対抗的な」文化がアメリカ史の中にほとんど存在してこなかったかのように表象することとは、別の事柄である。

「ピューリタンたちは一七世紀の前半を通じて」「のちにわれわれの『支配的文化』となる文化の中心的な教義を確立した」とバーコヴィッチは書き、「彼らがすばやく見捨てた時代遅れの〈旧世界〉的秩序以外には、代わりとなるような価値体系は一つも存在しなかった」と補足している。この記述において問題なのは、「ピューリタンたち」という主語の限定と、「すばやく見捨てた」という動詞と、その目的語である「〈旧世界〉的秩序」の中身であり、さらには「代わりとなるような価値体系は一つも存在しなかった」という一文である。ピューリタンたちは北米大陸に建設された植民地を形成した人々の一部でしかなかったわけだから、右の記述はその限りでしか妥当しない。「時代遅れの〈旧世界〉的秩序」を「すばやく見捨てた」という言い方も、誤解を招きやすい記述である。ピューリタンたちが「〈旧世界〉的秩序」を「すばやく見捨て」て手にしたものが、「のちにわれわれの『支配的文化』となる文化の中心的教義」であるが、これはバーコヴィッチの別の言い方で言いかえれば、「自由企業システム」であり「近代化」である。ところが、こうした「近代的な」システムの初期的形態はすでにヨーロッパにおいて始まっていたものなのであり、それがアメリカの植民地に持ち込まれたとするのが、最近の歴史研究の見方であろう。つまり、最近の歴史研究は、ヨーロッパとヨーロッパが建設した北米大陸の植民地との間に、歴史的な断絶よりも連続を見るようになっているのである。(3) そして、「代わりとなるような価値体系は何一つ存在しなかった」という記述に関して言えば、植民地人たちは先住の原住民たちを征服し、駆逐しようとしたのであるから、「価値体系」は「存在しなかった」のではなく、植民地人たちがそれを排除し、圧殺したのである。しかし、こんなことをバーコヴィッチが知らないはずはない。にもかかわらず、ひとまずは右の引用のように書いてしまったところに、「ピューリタン的表現様式」としての「アメリカの嘆き」のレトリックの「持続」を証明しようとしたバーコヴィッチの、この時点での政治的無意識が露呈していると見るべきであろう。

二　「アメリカ型エレミアの嘆き」の抽出

『アメリカの嘆き』の本編においてバーコヴィッチは、彼の言う「アメリカの嘆き（the American jeremiad）」＝「アメリカ型エレミアの嘆き」の基本形を、説教形式としての「嘆き」についてのペリー・ミラーの解釈をしりぞける形で抽出している。バーコヴィッチの解釈のポイントは、アメリカ初期のピューリタンたちがヨーロッパから植民地へ携えてきた「嘆き」という説教形式が、いわゆる〈大移住（the Great Migration）〉の時期にすでに「アメリカ型」に変質し始めていたこと、そしてその「アメリカ型」には「肯定と歓喜の主題」が「浸透」

していること、「曖昧性」と「二極性」を特質としていること、そしてこの二つを特質としているがゆえに、時代を超えて一九世紀に至るまで、いや今日においてもなお、生命力を維持し得ているという主張などにある。

バーコヴィッチは「ダンフォースの戦略は一七世紀全体を通じての『アメリカの嘆き』の特性を示している」(一六)として、サミュエル・ダンフォースが『アメリカの嘆き』の全体を通じて、その生成、発展を跡づけている「嘆き」のレトリックの基本形を示すものといってよい。「まず第一に、共同体の規範を据える聖書から引いた前例。次に、共同体の実際の状態を事細かに言いつのる一連の非難。そして最後に、もろもろの約束の存在を明かし、来るべき好ましい状態を告げ知らせ、そして事実と理想の間の溝を言い抜ける予言的ヴィジョン」(一六)。

ミラーはこれを「三部分からなる静的な配置図」(一六)とみなしたとバーコヴィッチは指摘している。ミラーにおいては、「中央に位置する部分」が「単なる嘆き(lament)」とされ、それゆえ「嘆き」こそが「全体の意味を伝える」ものとなる。しかしバーコヴィッチは、むしろここに、「約束から経験——共同体の理想から共同体の欠点——への、そして次には、そこから一つの解決へ、すなわち、予言による保証を与えながら、約束と非難の両方をみずからの中へ合一化する解決へと向かって前進する運動」をみてとらなければならないと主張している。換言するならば、「嘆き」のレトリックには、「歴史とレトリックの間の矛盾を否定する、ある一定の様式の曖昧性」(一七)がそなわっているのである。ところがミラーは、この「曖昧性」を「対立」とうけとっているというのだ(一〇)。

バーコヴィッチによれば、ミラーが見てとった「対立」とは、「要約的に言えば」、「土地投機、成長する富、人口の分散」などに明示的にあらわれている「アメリカ的経験」(ミラー)と、「ピューリタンの嘆き」、つまり「浄化の自滅的な儀礼」に「帰着」する類の「罪深さに対するつのる悲嘆」(ミラー)との「対立」である(一〇)。

このような見方はバーコヴィッチに言わせれば、「嘆き」のレトリックに「浸透している肯定と歓喜の主題」を「除外する（あるいは軽視する）」（六）ことにほかならない。またバーコヴィッチは、ミラーの見てとる「対立」は、「方法論的に言えば」、「事実とレトリックの二分法」を暗示するものであり、「歴史的に言えば」、「教会国家の崩壊でもってピューリタニズムに終止符を打つ」立場であると指摘している（一〇）。さらにバーコヴィッチは、このようなミラー流の見方でいくと、「ニューイングランドの説教は周期的な歴史観」、すなわち「不毛で、反復的な、諸国民の勃興と没落という歴史観を具現していることになる」（一六）とも指摘している。

三 「嘆き」の「曖昧性」と自己転化

しかしバーコヴィッチにとっては、「嘆き」のレトリックにそなわっている「曖昧性」とは「二極的ではない、前進的な」もの、「二極分裂を否定するがゆえに前進的である」曖昧性のことであり、「それゆえ歴史の逆転の影響を受けることのない」（一七）性質のものである。要するにバーコヴィッチは、「嘆き」のレトリックが、ある種の「解決」へと向かって「前進」する「運動」のあらわれとしての「曖昧性」を有していることを確認しているのだ。彼はこの「曖昧性」こそは、「嘆き」のレトリックが時代を超えてしぶとく「生き残りつづけた」（一七）理由であるとしている。

ところで、右で見たような「運動」は一定の弁証法的な運動であると言うことができるし、その「運動」のあらわれとしての「曖昧性」は、ヘーゲル弁証法のいわゆる「止揚」の局面に相当すると言うこともできるであろう。『ヘーゲル用語事典』によれば、「止揚」とは「内在的な弁証法的否定」である。「止揚においては、先行するものの自立性は否定され、廃棄されるが、しかし、そのことは先行するものがまったく無と化してしまうのではなく、後続するもののうちに高められて、契機として保存されることに他ならない。いいかえると、後続するもののなかで、先行するものが否定されているとともに、保全されているのである」[4]。しかし、「嘆き」のレトリックにおける、「約束と非難の両方を自己の中に合一化する解決」としての「曖昧性」は、むしろ、島崎隆がヘーゲル弁証法に由来する「止揚概念」が一方で帯びていると指摘している、「みずからに対する批判をも自己否定的なモメントとして包摂するという意味合い」[5]に近い。「嘆き」のレトリックに「止揚」の局面が見られるとしても、それは「みずからに対する批判」をみずからのうちに「包摂」してしまうような止揚である。つまりそれは、「事実と理想の間の溝を言い抜け」、「約束と非難の両方を自らの中に合一化する」のである。島崎隆の言い方をもう少し借用するならば、これは「弁証法的な方法の悪しきレトリック化」=「イデオロギー正当化のためのレトリック」(一八七)である。

こうしてバーコヴィッチは、「ピューリタン的な表現様式」としての「嘆き」のレトリックの中に一定の弁証法的な運動を読みとることによって、その持続力を、ひいてはピューリタニズムの持続力を、つまりは「嘆き」のレトリックがみずからの中へみずからの「理想」とは異なったり対立したりする「現実」を「合一化する」ことによって、自己転化していくさまを説明できることになる。これはすでに見たように、ペリー・ミラーの「二分法」的な方法論が「教会国家の崩壊でもってピューリタニズムに終止符を打つ」ことになっているのとは、くっきりとした対照をなしている。

では、ピューリタンたちは「嘆き」のレトリックによって、どのような自己転化を遂げたであろうか。バーコヴィッチは、たとえば、こう書いている。

一七世紀の最後の数十年間に……ピューリタンの正統派は嘆きのレトリック自体の中に退却して「ゆき」……歴史の

力に押されて〈新しいイスラエル〉という彼らの理想を、一つのヴィジョンへと拡大することを余儀なくされつつあったが、このヴィジョンはその含意の範囲が非常に広く、またその適用の仕方は非常にアメリカ的な特性を帯びていたので、神政政治の失敗を踏み越えて生き延びることができた。一七世紀後半において、レトリックと社会の実り豊かな相互作用が見られたのはそのせいであった。……司祭たちは〈伝統としての〉過去を未来への伸縮自在な指針に変えた。〈古き良き方式〉の防禦を志した彼らは、その時代遅れの社会形式から、もっと大きな、もっとあやふやな、そしてもっと融通性のある象徴とメタファーの形式〈新しい選民、丘の上の町、約束の土地、運命づけられた進歩、新しいエデン、アメリカのエルサレム〉を抽出し、そしてそれゆえに、目に見える聖者からアメリカ共和国の愛国の徒への、神聖な使命から明白な運命への、植民地から共和国への、そして帝国主義的強国へと向かう動きを助長することになった。言うなれば、[植民地初期から見て] 後代の正統派は、われにもあらず彼らのレトリックを自由化し、後続の各世代のアメリカ人たちがそれを役立てることも濫用することも可能にしたのである。(九三)

「嘆き」のレトリックはこのような自己転化を遂げてきた。ここにおいて注目すべきは、ミラーの場合のように「レトリック」と「歴史」は単に「対立」しているのではなく、「相互作用」をはたすという点である。「まえがき」にあるように、「レトリックは一つの文化の中で機能する」のであり、「一連の特定の心的、社会的、歴史的ニーズを反映しかつ影響を及ぼすのである」(xi)。また「神話」は、「人々が歴史の中で行動する助けになる度合いに応じて説得力をもつ」のである(xi)。右の引用においては、「嘆き」のレトリックは、西部への膨張としての「明白な運命」や、あるいは「帝国主義」を「助長」するレトリックとして機能したとされている。

四 「嘆き」の「二極性」

次に「嘆き」のレトリックの特質としての「二極性」の問題に移っていかなければならない。バーコヴィッチは「アメリカという象徴」と題された第六章の冒頭でこう書いている。――「嘆きの儀礼は、アメリカ以外の近代文化には類例のないイデオロギー的コンセンサス――道徳的、宗教的、経済的、社会的、及び知的な問題におけるコンセンサス――の存在を証明している。そしてコンセンサスの力がもっとも明白にあらわれているのは、もろもろの嘆きがアメリカという用語に吹き込んだ象徴的な意味においてである。ひとりアメリカ合衆国においてのみ、ナショナリズムはキリスト教で言う神聖さの意味を帯びるにいたったのである。あらゆる国家呼称のうちでアメリカだけが、終末論と好戦的愛国主義の二つが結びついた力を帯びるにいたったのである。……アイデンティティーを表わすあらゆる象徴のうちでアメリカだけが、ナショナリティーと普遍性を、公民的自己性と精神的な自己性を、世俗史と救済史を、国の過去とあるべき楽園を、ある単一の総合的な理想の中に結び合わせたのである」(一七六)。これによって、「二極性」とは具体的には、「嘆きの儀礼」が反復されるにつれ、その「嘆き」のレトリックの中で「アメリカというターム」が「帯びる」にいたった二極性のことであることが明らかであろう。バーコヴィッチはこれにいかなる分析を加えているであろうか。

バーコヴィッチは「二極性」に分析をほどこしている箇所において、「歴史的あるいは社会的分析」の方法の指摘を行っている。この方法は「象徴的分析」という方法と対置されている。前者は「世俗的、相対主義的であり、それゆえに、思想と行動についてのラディカルに異なった諸体系の考察へと開かれている」(一七七)が、後者は「当の象徴それ自体」――ここでは、「アメリカ」という象徴――によって「生み出されるオルタナティヴにわれわれの可能性を限定する」(一七八)はたらきをする。踏み越えようとしている当の対象があらかじめ用意してくれている道を歩むことによって、人は結局その内部にとどまるというわけである。バーコヴィッチはハーマン・メルヴィルの『ホワイト・ジャケット』における、「アメリカ」という用語の出てくる第三六章の有名な箇所を検討した上で、この箇所における「レトリック」は「社会的な分析の代わりに象徴的分析を用いている」(一七七)としている。ということは、『ホワイト・ジャケット』は「アメリカ」という象徴が生み出す「オルタナティヴ」の限界内にとどまっているという判断をバーコヴィッチがしていることを示すことになるが、このような判断を彼にさせているのは、とりもなおさず、「歴史的あるいは社会的分析」の方法であると言わねばなるまい。

バーコヴィッチによれば、「象徴的分析」は「予期しなかった意味を提示してくれる」かもしれないが、「ある固定した、二極的な体系の内部」でそうするにすぎない。あらゆる象徴は「対立物を統一している」、あるいはそれらの対立物を「同一物として表象する」のであるから、われわれが「表象されつつあるもの」を理解するには、それを「その対立物と対照して値踏みする」、あるいはそれを、「一連の比較可能な関連する諸対立の内部に位置づける」方法によるしかない。こうして「意味の探求」は「無終であるとともに自閉的」である。われわれがいかなる「可能性」＝「オルタナティヴ」を提示するにせよ、それは必ず、「それとは異なる多数の可能性を招き寄せる」。しかも、それらの「可能性」はどれも皆、「当の象徴の中に内在している」のである(一七八)。『ホワイト・ジャケット』において、「現在との対比によって」「未来が姿をあらわし」、「アメリカ人」がフィリップ・シャフが「偽りのアメリカニズム[6]」と呼んだものとの対比によって姿をあらわす(一七八)のは、右で見たような「無終であるとともに自己閉鎖的な過程」を通じてであるほかはない。どちらの場合にも、「対照関係」は「聖」と「俗」のそれに類似しており、この類似は「象徴としてのアメリカの効用」を「特別にうかがわせる」

もの」であるとバーコヴィッチは指摘している（一七八）。「聖」は「反定立を通じて自己規定する」という特徴をもっている。「聖地」の意味は「他の地が神聖でないことに依存している」し、「選ばれた民の選民性」は「異教徒たち（goyim）」、すなわち「俗なる『地上の諸国民』との対立関係」を含意している。その上、「聖史（sacred history）」は「聖による俗の漸進的な征服を意味している」。つまり、「信仰者は精神的な成長のあらかじめ定められた諸段階をへて内なる荒野を耕し、教会は全体として、主の徐々に恐ろしさを増しながら勝利を収める一連の戦いによって、世界を悪魔から奪回する」のである（一七八）。とすれば、「ひきつづく対立」と「漸進的な達成」は「相互に支え合うコンセプト」となり、そのようなものとしてのこの二者は、「アメリカの嘆きの戦略に力強い援助の手をさしだす」（一七八）のだと言える。

　バーコヴィッチはここまで分析を進めたところで、「聖と俗の戦い」の理解に関するアメリカ的な特質を指摘している。「聖と俗の戦いは両者間の絶対的な、架橋不可能な差異をきわだたせる」（一七八）のが一般的であるのに対して、アメリカのエレミアたちはこうした「決定的な区別」を両者間に設定せず、むしろ「現世」＝「俗」と「神の」王国」＝「聖」の「分裂」を「無化」し、かくして「アメリカという象徴に聖のもつ諸属性をまとわせた」（一七九）というのである。バーコヴィッチはまた、別のパラグラフにおいて、ヤンキーのエレミアたちは「聖から俗へ」の動きを利用して、予型論的な権威の焦点をシフトさせたと指摘している。その結果彼らは、「聖書の中の歴史をアメリカの経験の中へと合一」させることになった。すなわち、「聖書的な過去を一地域の過去でおきかえ、アメリカの現在を約束から達成への動きとして聖別し、そして達成ということを、神聖な歴史の閉じられたシステムの内部における意味から、終わりのない世俗的な改善をあらわすメタファーへと翻訳した」（九三-九四）というのだ。

　こうして、「聖の啓示は世俗的な社会の価値観を矮小化し、最終的にはそれらを否定するのに役立つ」（一七九）

ことになる。「俗を非難することは精神的な理想にコミットすること」、「『偽りのアメリカ人たち』を俗なるものとして非難すること」は、「ナショナルなイデオロギーに信をおくこと」(一七九)だということになる。バーコヴィッチは次のように結論づけている。こうしたことは、「要するに」、「道徳的あるいは社会的なオルタナティヴの探求でありえたかもしれないことを、文化の再活性化を求める呼びかけへと転換する」(一七九)ことなのであると。

五 「嘆き」と「非アメリカ性」の挑発

これまで見てきた「アメリカの嘆き」の「二極性」、特に「聖と俗」の二極性は「帝国主義」を挑発し「肯定」するレトリックであることはすでに指摘した。ここでもう一つ注意を向けておきたいのは、「嘆き」のレトリックの「二極性」が、いわゆる「非アメリカ性」を挑発し、それを「否定」し「非難」する文化的、政治的行動を「肯定」し「自己正当化」するレトリックにもなりうるという点である。

バーコヴィッチはソーローの『ウォールデン』を論じた箇所で、「非アメリカ的」という用語を使用している。バーコヴィッチによれば、ソーローがアメリカを「新しい国」と表象したとき、それは「産業化された北部と東部、奴隷制度に蝕まれた南部、土地を強奪し、インディアンを大量殺戮する西部」を「除外」していた。要するに、「ソーローが非アメリカ的と考えたすべてのもの」が「新しい国」からは「除外」されていた(一八六)。こうして、ソーローにおける「非アメリカ的」なものは、彼の理想のアメリカとしての「新しい国」からは「除外」されなければならない、現実のアメリカの諸側面として抽出されている。しかし、論理構造は同一であるが、ソーローにおける「非アメリカ性」の指弾が「現体制」に対する批判であるのに対して、たとえばマッカーシズムのように、政治的な抑圧として機能する「非アメリカ性」の指弾も存在する。ここで注目しておきたいのは、この後者の「非アメリカ性」である。

陰に陽に「非アメリカ的」というレッテルを貼って、ある種の人々やある種の政治行動を指弾する類の活動は、なにもマッカーシズムに始まったわけではあるまい。「アメリカの嘆き」のレトリックが「非アメリカ性」を挑発し、かつそれを撲滅しようとする衝動と親和的なものであった以上、マッカーシズム的なものはそれ以前からあらわれていたはずである。たとえば、「悪魔」に対する「主」の「戦い」というレトリックをまとって。ソーローが指摘した「インディアン」の「大量殺戮」も事例の一つと言ってよいであろう。バーコヴィッチは「アメリカの嘆き」のレトリックがどのような反「非アメリカ的行動」を生み出したかについて次のように書いている。――「革命［アメリカ独立革命がイメージされている］を続行するというスローガンのもとで、嘆きの儀礼は驚くほど多様な、公的なあるいは自前の、非アメリカ的行動に関する委員会を生み出した。すなわち、インディアンを撲滅するための『進歩主義協会』、黒人を国外追放するための『慈善協会』、ヨーロッパ文化を禁止するための『若いアメリカ人』、外国の陰謀という妖怪に執りつかれた『ポピュリスト』、独立革命の伝統を守るための自発的連合、性の純化による社会的再生のための男たちと女たちの『改革協会』」（一五九-六〇）。

右の引用において、「非アメリカ的行動に関する委員会（committees on un-American activities）」という言い方は、無論、マッカーシズムの舞台となった「非米活動委員会（the Un-American Activities Committee）」を想起させるためである。マッカーシズム自体は、ここでは、「外国の陰謀という妖怪にとりつかれた『ポピュリスト』」として言及されている。アメリカを転覆破壊しようとする企図としての、あるいはそのように解釈される企図としての「非アメリカ的行動」は、アメリカ政治学において「破壊活動」と呼ばれ、それを摘発し撲滅しようとする活動は「反破壊活動」と呼び習わされている。マイケル・ロギンは、こうした「破壊活動」を「肯定」

し「自己正当化」するレトリックを「政治的悪魔学（political demonology）」として抽出し、その系譜をアメリカ史の中にたどっている。(7) この系譜においては、「非アメリカ的行動」は必ず何らかの「悪魔」の表象を付与され、打倒の対象とされる。忘れずに付け加えておくが、アメリカ史における「悪魔学」の系譜は、同時にまた、「政治的抑圧」の系譜でもある。ロバート・S・レヴァイン(8)は、アメリカのいわゆる「リパブリカニズム」期――代表選手はジョージ・ワシントンである――における、「陰謀家たちを敵にした国家建設のための闘い〔＝反破壊活動〕の儀礼的再演」（九）は、バーコヴィッチを引きながら、「ピューリタン的嘆きに似ていたし、論理上その嘆きの伝統の中にあった」（三八）と指摘している。

六　「アメリカの嘆き」とアメリカ・ルネッサンス

ハーマン・メルヴィルにとって、またアメリカ・ルネッサンスのすべての主要な作家たちにとって、「象徴としてのアメリカ」は、「それ独自のリアリティー、つまり、それ自体で自足した、全体的な二極システムのこと」（一七九）であったと、バーコヴィッチは書いている。この「二極的なシステム」に対して、これらの主要作家たちはどのようにのぞんだのであろうか。バーコヴィッチは結論的に次のように書いている。

われわれの古典作家にとって、アメリカ人であることは、定義上、ラディカルであること――過去に背を向け、現状を否定し、改革の担い手になることであった。また同時に、アメリカ人としてラディカルであることは、革命の衝動を根本的に変質させることであった。すなわち、内面化すること（『ウォールデン』）、拡散ないし逸脱させること（『草の葉』）、瀆神か回心かの選択との問題として読みかえること（『白鯨』）、あるいはもっとも一般的には、社会に適応させること（『共和国の運命』）によって。……いずれの場合においても、原理的に異なる社会を提起し得たはずのこの否定行為は、むしろ社会変革に抵抗する原理的な力となったのである。（二〇三－二〇四）

作家がその重点を個人におくにせよ歴史におくにせよ、社会を擁護しようとするにせよ、社会を自己に同化しようとするにせよ、彼が称揚するそのラディカルな力は文化を維持する力となった。なぜなら、そもそもこうした力を解き放った同じ理想が、ラディカリズムそのものを文化的統一性と連続性をもたらす一つの様式に変容させたからである。（二〇五）

「原理的に異なる社会を提起しえたはずのこの否定行為」は、「むしろ社会変革に抵抗する原理的な力となった」のであり、「ラディカルな力を解き放った同じ理想」が「ラディカリズムそのものを文化的統一性と連続性をもたらす一つの様式に変容させた」というのであるから、バーコヴィッチが、「われわれの古典作家たち」はその「ラディカリズム」にもかかわらず、「二極的なシステム」としての「象徴としてのアメリカ」の内部にとどまるほかはなかったと、判断しているとみてよい。もちろん、彼らは単に内部にとどまったというにとどまらない。「過去に背を向け、現状を否定し、変革の担い手になること」としての彼らの「ラディカリズム」は、それ自体、「理想」としての「アメリカ」が「解き放った」力なのであるが、結果的には、それは「むしろ社会変革に抵抗する原理的な力」となり、「文化的統一性と連続性をもたらす一つの様式」に「変容」せしめられたというのである。「二極的なシステム」である「象徴としてのアメリカ」は、「象徴的分析」の方法でそれにのぞんでも、当のシステムの中に回収されてしまうこと、また、この方法に「歴史的あるいは社会的分析」方法が対置されていることは、バーコヴィッチに即してすでに見たが、この二つの方法との関連で、右の二つの引用に示されているような、「われわれの古典作家たち」の逆説的もしくは皮肉な達成は、全体として、「象徴的分析」の方法を選びとった結果であると言えるのであろうか。バーコヴィッチが、「思想と行動についてのラディカルに異なった諸体系の考察へと開かれている」かどうかを分岐点として区別されるこれら二つの方法を持ち出してしまっている以上、そのような理解にならざるを得ないと考えられるが、彼のアメリカ・ルネッサンス分析をもう少し検討してみよう。

七 「反嘆き」の概念

バーコヴィッチは実は、序章である「ピューリタン的使命の再評価」において、早くもメルヴィルに言及している。

ダンフォースの説教からアメリカにおける市民宗教の開花までは長い道のりである。そしてわれわれは、嘆きが［その間に］さまざまな社会的、知的な変化によってかなりの影響を受けたことを見ることになるであろう。しかし、あらゆる変化を貫いて嘆きが持続したという事実は、ある驚くべき文化的ヘゲモニー、すなわち、嘆きのレトリック自体が反映しかつ形成した文化的ヘゲモニーを証かしたてている。おそらく、嘆きのレトリックのこのような発展に対するもっとも痛烈な批判は、メルヴィルの偉大な小説『ピエール』である。(二八)

メルヴィルの『ピエール』が「嘆きのレトリック」に対する「もっとも痛烈な批判」とされている。バーコヴィッチによれば、『ピエール』は「〈アメリカ方式(the American Way)〉への賛辞」で始まって、「唯我論的な空無で終わる」のであるが、これはまるで、「ピューリタン的儀礼のフィルム・リールをトップスピードで逆送りするようなもの」であると、バーコヴィッチは書き、さらにこう付け加えている。「このような運動の逆転そのものがピューリタン的使命の連続性を、それどころか、使命といった一切のものの、避けがたい闇雲ささえをも暗示している」（三八）。となれば、「嘆きのレトリック」としての「使命」は、『ピエール』にあっても、やはり、「痛烈な批判」に会って命脈を断たれたわけではないことになる。「痛烈な批判」は「ピューリタン的使命」の「連続性」や「不可避性」を確認する逆説的な結果となっているというのが、バーコヴィッチの変わらぬ読みである。バーコヴィッチは最終章において、こうした、「嘆き」の「連続性」＝「不可避性」の確認に終わるほかはない「嘆き」に対する「痛烈な批判」を、「反嘆き」という概念を使って定式化している。

最終章におけるバーコヴィッチによれば、「反嘆き」とは、「アメリカとは一つの虚偽であるという根拠に立って、聖なるものも俗なるものも含めて、あらゆる理想を痛罵すること」（一九一）である。この「理想の痛罵」はオルタナティヴを提示する類の批判行為ではありえない。バーコヴィッチはこう書いている。――「この国では、嘆きも反嘆きもともに、オルタナティヴをあらかじめ排除していた。前者は人類の希望をアメリカの意味の中に吸収することによって。後者は、アメリカの中に希望自体の不毛性と詐欺性を読み込むことによって」（一九一）。だからバーコヴィッチは、「反嘆き」という用語の設定は「アメリカ」という「ナショナルな象徴の偏在を想起するため」のものであるとしている（一九一）。バーコヴィッチによれば、「アメリカという象徴は文化を宇宙的な規模の全体性にまで拡大した」が、「同じ拡大の過程が危険な相関物をもたら」すことになった。すなわち、「もしもアメリカが挫折するなら、そのときには宇宙自体――人間、自然、そして歴史の法則、ヒロイズム、洞察、また希望の根拠そのもの――もまた挫折したことになる」（一九〇）のではないか、という「危険な」懸念が生まれることになったというのである。「アメリカ」という「ナショナルな象徴」に含まれている「理想」を否定してしまえば、後にはもうなにも残らないことになるのだ。こうして「アメリカという象徴」は、自己「拡大」をつづけていく過程の中で、「アメリカ」の「挫折」は「宇宙自体」の「挫折」でもあるという恫喝の心理学で自己武装したのである。この意味では、バーコヴィッチの言う「反嘆き」の系譜を形成するテクスト群――クーパーの『クレイター』、ジョージ・リパードの『クェーカー・シティー』から、メルヴィルの『ピエール』と『詐欺師』、トウェインの『コネティカット・ヤンキー』、ヘンリー・アダムズの『ヘンリー・アダムズの教育』などへと至るテクスト群――は、あえて恫喝の心理学に対抗したと言えるかもしれないが、しかし「［アメリカ］文化」に対して、全否定としての絶望の道しか示しえなかったがゆえに、結局はそれを「拒否」しえなかったというのがバーコヴィッチの読みである。バーコヴィッチは、「反嘆き」とは結局のところ、「文化の拒否であるよりはむしろ、ある中心的な文化的主題に関する変奏の一つ」であり、「〈アメリカ方式〉の宇宙的な広さの趣意を確認する役割を果たした」（一九四）と書いている。

八　批評モデル――「文化の諸カテゴリーの外に出る」

バーコヴィッチは「われわれの古典作家たち」を概括して、以下のようにも書いている。

われわれの古典作家たちは皆、「アメリカ」神話の内部で奮闘するのみならず、神話に抗いもした。彼らは皆少なくとも各自の胸のうちでは、アメリカニズムによる解放感のみならず、それと同程度の抑圧感も感じていた。そして彼らは皆、いかにナショナルな夢の虜になっていたとはいえ、同時にまた、その夢を使って、彼らの文化の諸カテゴリーの外に出ようともしたのである。彼らを制限していた文化の諸条件のことを語ることは、チョーサーが中世的な世界観に対して負債を負っていたことを語るのと同然であるかもしれない。しかし、それでも、アメリカの古典作家たちの事例は、私にはいくぶん特殊であるように見える。一つには、アメリカ文学の批評家たちが文化の制限的諸条件を無視するか、あるいはさもなければ、あたかもアメリカ・ルネッサンスが〈新世界〉的精神の具現であるかのように、これらの制限的条件を擬似神話的な言葉に翻訳する傾向があったからである。その種の言葉の源泉がアメリカという象徴にあることは明白である――しかし、この場合、そのような擬似神話的な言葉はわれわれの文学伝統の偉大な作品から直接的に引き出されているように思われる。このことは、われわれの文学伝統がある特定の社会の表現に他ならなかったと主張しなければならない、もう一つの、もっと重要な理由を指し示している。チョーサーは彼の文化の中から腹蔵なく書いた。アメリカの作家たちは自分自身を漂泊者や孤立者、荒野に呼ばわる予言者とみなす傾きがある。だから彼らは概して、衰退を嘆くとともにナショナルな夢を祝賀するアメリカのエレミアなのである。

(一七九―一八〇)

ここにバーコヴィッチのこの段階での批評モデルがあらわれている。「われわれの古典作家たち」は「「アメリカ」神話」＝「ナショナルな夢」＝「アメリカニズム」の、もちろん「内側」にいた。しかし彼らはその外側にも出ようとしていた。ということはつまり、彼らにとって、「アメリカニズム」＝「「アメリカ」文化」は二重性において存在していたということである。すなわち、「解放」と「抑圧」の両側面において。彼らは「夢」の「虜」になる一方で、「その夢を使って、彼らの文化の諸カテゴリーの外に出よう」ともしたのである。ここまでで確認できることは、「夢」、「神話」、「文化」などの用語であらわされているもの、つまりイデオロギーは、「解放」的であるとともに「抑圧」的でもあるという、二重性において受けとめられなければならないとする見地である。イデオロギーの「解放」的側面とは、「抑圧」的側面に抵抗し、それを否定しようとする力の源泉でもある。つまり、イデオロギー自体が「解放」へと向かう力を生み出すのである。

「アメリカ文学の批評家たち」には、「古典作家たち」の「文化的限界」、換言するならば、彼らの文化がもっていた制限的条件を「無視」したり、それを「擬似神話的な言葉に翻訳する」傾向があったが、これは退けられねばならない。そのようなやり方では、「古典作家たち」を「文化の内側から腹蔵なく書く」ことができたチョーサーと同じレベルで扱ってしまうことになるのである。彼らは「社会」=「文化」のなかで、「漂泊者や、孤立者、荒野に呼ばわる予言者」としてみずからを意識していた人々である。だから、彼らの「文化的限界」を「無視」する、つまり「擬似神話的な言葉に翻訳」して、彼らを「文化的限界」からあらかじめ超越した「神話」の世界の住民として美化するのではなく、むしろ彼らがみずからの「文化的限界」をどのように自覚し、それをどのように批判し、どのように踏み越えようとしたかが見定められなければならない。つまり、彼らがそうした「神話」=「夢」を「使って」どの程度に「文化の諸カテゴリーの外に出る」ことができたかを測定することこそが、ここでのバーコヴィッチの批評の任務に他ならない。

しかしすでに見たように、バーコヴィッチは、彼らを全体として必ずしも肯定的に評価しているわけではない。バーコヴィッチの評価はむしろ批判的な口吻を帯びている。そしてバーコヴィッチのくちぶりが、少なくとも批判的なくちぶりであることによって、彼は「歴史的あるいは社会的分析」の優位を確認していると言えるであろう。批判的なくちぶりは、そこに発しているとしか考えられないからである。しかし、同時にまたそのことによってバーコヴィッチは、「われわれの古典作家たち」にそうした批判的な評価を余儀なくさせるような対応しか許さない、「アメリカ文化」における「アメリカの嘆き」のレトリックの呪縛力をも確認したのである。

九　「ディセンサスの時代」──『アメリカの嘆き』以後へ

バーコヴィッチは今日の時代を「ディセンサスの時代」であるとしている。「六〇年代後半の政治的・学問的動乱」と「ヨーロッパ批評理論の最近におけるインパクト」（PR vii）がこうした時代認識をもたらしたのである。バーコヴィッチの指摘によれば、その結果アメリカニストたちは、「伝統的な分析の方法の欠陥」（vii）を徐々に意識するようになった。具体的には、一方において、「〈新批評〉の狭いテクスト性」、他方において「背景」あるいは「コンテクスト」としての「旧歴史主義のナイーヴ性」を意識するようになったのである（vii）。またアメリカニストたちは、彼らの「アメリカ文学史概念を形成していたコンセンサスに内在している制限的条件（restrictions）」に関しても居心地の悪さを意識するようになった。具体的に言えば、「ある一定のカノンの正統性に関係していた文学的という用語の意味に関するコンセンサス」と、「アメリカについてのある一定のヴィジョンによって正統化されていた歴史という用語に関するコンセンサス」が問題視されるようになったのである（vii）。こうして、この二、三〇年間の間に、「あらゆるコンセンサスが──左翼的なものも右翼的なものも、政治的なものも美的なものも──瓦解し、疲弊した」（vii）というのである。

バーコヴィッチはしかしながら、「ディセンサスの時代」のアメリカニストたちは、「ある程度までは」、「文学史のプロブレマティクスに関する類似した信念を共有している」としている。バーコヴィッチは五つの信念を指摘している（viii）。一つは、「人種、階級、ジェンダーは芸術の形式上の原理であり、それゆえテクスト分析にとって不可欠である」という信念。二つ目は、「言語は社会的制約条件から身を振りほどき、かつそれ独自の力学を通じて、それが反映していると思われる権力構造を切り崩す能力を有している」とする信念。三つ目は、「政治的な諸規範は美的な判断の中に刻印されており、それゆえ解釈の過程に内在している」という信念。四つ目は、「美的な諸構造はわれわれが歴史を理解する仕方を形成する、その結果、文彩や語りの装置は歴史家たちを使って一定の過去観を強制していると言えるかもしれない」という信念。五つ目として、「文学史家の任務は芸術がいかに文化を超越するかを示すだけではなく、彼らの時代のイデオロギー的限界を同定し探究し、さらにこれらの限界を、文化の諸カテゴリーによって使われるのではなく、むしろそれらのカテゴリーを使うような仕方で、文学的分析に活かすことでもある」という信念。バーコヴィッチによれば、これらの信念は、「今日の互いに競争しあっているアプローチに起因する」ものであるが、こうした信念が「応用され展開される」現場を眺めてみると、「二つの主要な方向性」を確認できるとバーコヴィッチは書いている。一つは「方法論的な」方向性であり、「歴史への回帰」と「記述し得るかもしれない」(viii)とされている。つまり、「テクスト分析を歴史の中に根拠づけること、そしてさらに進んで、歴史を美的な批評の中心的なカテゴリーとすること」(viii-ix)。もう一つは「批評実践上の」方向性であり、彼らは「対話的なオープンエンデッド性」(ix)を維持する姿勢を見せている。

そしてバーコヴィッチは、このような「ディセンサス」の認識に立って、「ディセンサスの利点」を六点にわたって数え上げている(PⅠ三七五-三七六)。ディセンサスは、第一に、「アメリカの地方主義根性(parochialism)の限定された範囲を突破する見込みがある」。ここで「地方主義根性」とは、「一つのイデオロギー的な虚構」としての「アメリカ文学のアメリカ性」(三七五)の解明に血道をあげる態度を言う。「アメリカ性に関する最新のニュースを〈旧世界〉の同学の人たちにもたらす」というのが、かつての「アカデミックなマーシャル・プラン」の「典型的なフォーマット」だったのである(三七五)。第二に、「アメリカ文学を国際的な視野で再考するためのフォーラムを提供してくれる見込みがある」。第三に、「例外主義の同語反復の代わりに、トランスナショナルな分析カテゴリー（ジャンルからジェンダーまでの、美的であると同時に文化的でもあるカテゴリー）を採用する見込みがある」。ここで「アメリカ例外主義」とは「アメリカ文学のアメリカ性」の主張と同義である。「アメリカ文学のアメリカ性」は、「アメリカ」自体の「例外」性によって裏打ちされているのである。第四に、「芸術と表現」（F・O・マシーセン『アメリカ・ルネッサンス』のサブタイトル中の一句）の「プロブレマティクスを拡大して、周辺的なまたは排除されてきたグループが生み出した作品を包含する見込みがある」。バーコヴィッチによれば、マシーセンの『アメリカ・レネッサンス』（一九四一）はロバート・スピラー等の『合衆国の文学史』（一九四八）とともに「旧コンセンサス」のヴィジョンを象徴する著作であるが（三五四－三五五）、今や、適切にも、「芸術」も「表現」も論争の対象となっているのである。第五に、「おそらくはアメリカ・ルネッサンスの中心性をそれ以前の、あるいはそれ以後のトランスアトランティックな企図に注意を払うことによって、問題化する見込みさえある」。バーコヴィッチは別のパラグラフで、「イデオロギーの制限的条件を承認することは解釈を切り開くことである」とした上で、その「利点」の一つとして、「アメリカの古典テクスト」は「どれも皆、あるディセンサスの精神において構想され受容された」のであり、それらのテクストはどれも皆、「それ以後論争含みのもの、つまりひきつづく論争、再発見、論駁をともなった見直しなどの主題でありつづけてきた」のであるが、「イデオロギーの制限的条件（limitations）を承認する」態度は、こうしたテクストの「受容の中に埋め込まれているディセンサス」を人々に「伝える助けになる」と指摘している（三七四）。第六に、「現在進行中の、自国のアメリカニストたちと『外国の』学者、批評家、理論家たち（非アメリカ的な言語形態で訓練を受けた）との対話から恩恵を受け取る見込みがある」。

右で見た五つの信念のうち、二つ目から五つ目までの信念はすでに『アメリカの嘆き』の中にあらわれていたと考えられるが、こう見てくると、右の信念なり方向性はどれも皆、バーコヴィッチその人のものでもあると言ってよさそうである。

一〇 「非超越の解釈学」としての「文化横断的批評」へ

さて、そうした信念や方向性を内在させているはずの彼自身の批評を、バーコヴィッチは「文化横断的批評(cross-cultural criticism)」(MA五)として定式化している。バーコヴィッチによれば、「文化横断的な批評」は「非超越の解釈学」(五)であり、「超越の解釈学」(四)の対極にある。何からの「超越」であり「非超越」であるかと言えば、「文化」あるいはイデオロギーの「制限的条件」からのであり、広く言えば、「コンテクスト」からのであり、「文化」からのであり、「歴史」からのである。以下で見るように、バーコヴィッチ的批評モデルにとって、一個の「テクスト」を批評しようとするとき、必ずそれを「コンテクスト」の中に、「文化」の中に、「歴史」の中に位置づけなければならない。しかし、バーコヴィッチが今日到達している見地からすれば、この両者の関係は基本的に、肯定的と否定的の両方の意味で「相補的」、「互恵的」、あるいは「共犯的」な関係である。こうして、前者の後者からの「超越」ないし「非超越」が問題となる。わけても、現実に、ステイタス・クォーに、批判的に対するとき、「超越」か「非超越」かが鋭く問われることになる。

バーコヴィッチが「超越の解釈学」と「非超越の解釈学」を主題化している箇所を具体的に見てみる前に、われわれは回り道をしなければならない。われわれがここで依拠しているバーコヴィッチの論考は、回顧による方法序説とでも言うべきものであり、彼の「非超越の解釈学」としての「文化横断的批評」は、彼がこれまでに出会ったさまざま方法ないし立場を批判的な媒介としながらたどりついた方法として提示されているのであるから、彼の回顧の中身を先に見てみようというわけである。バーコヴィッチは回顧的批判的な彼独自の総括を試みる中で、すぐ右で見たような、文化との「相補的」、「互恵的」、「共犯的」な関係という基本認識に立って、「テクスト」と「美的批評」の特権化、伝統的なイデオロギー概念、ラディカリズムや「対抗主義」、取り込み理論などを、次々と脱構築的な批判の俎上にのせている。なぜこれらの概念が脱構築されなければならないかと言えば、私の判断では、それらの概念は脱構築されない限り、彼の言う「超越」の領域内で機能することになると考えられているからである。だから、これらの概念に関するバーコヴィッチの脱構築は、そのまま、彼の支持する「非超越」の領域とは何かについての補足的な、とは言っても、本質的な説明であると考えることができる。

二 テクストとコンテクスト

バーコヴィッチによれば、神学は「聖書の意味を開示するための方法」と、「この世の経験的な真理に関する普通の書物にふさわしい世俗的な方法、経験的なアプローチ」を分離したが、この「二分法」は「テクストとコンテクストの対立」として今日の文学批評にも引き継がれている（MA二）。バーコヴィッチの説明によれば、コンテクストは「認識的批評（cognitive criticism）のアリーナ」（二）である。コンテクストは『背景』の諸領域」、すなわち「『二次的なソース』によって明らかにされる二次的な現実」を指し示すからである（二）。これに対し、「美的批評（aesthetic criticism）」とは、「『一次テクスト』の豊かさ、複雑さ、（測りがたい）深みを、それ独自の『有機的な』言葉遣いに即しながら開示する」ことを目指す（二）。「美的批評」は「内在的方法」とも呼ばれる。それは場合によっては、「コンテクストの材料——心理学、社会学、科学——にたよる」こともあるかもしれないが、「美的評価（appreciation）の目的にかなう限り」でのことである（二）。美的批評は「厳密な美的領域を踏み越えて精神の領域（道徳的真理、普遍的な価値）にいたることすらあるかもしれない」が、それも、美的批評が「精神の領域」の中に見出すものが、「真理と美が撚り合わされることによって、テクストのメタコンテクスト的な快楽へと再統合される」という条件が満たされる場合のはなしである（二）。

このような「美的批評」の具体的な実践の一つがいわゆる〈新批評〉であった。バーコヴィッチによれば、〈新批評〉は「コンテクストの不可視性」（三五）の上に立って隆盛していた。だが、バーコヴィッチに言わせれば、「文学テクストはコンテクストの諸論点の中にふかぶかと埋め込まれている」のであり、「この埋め込まれは創造的、道徳的、知的な活力の中心的な源泉」であり、従って、「そのような賦活力の源泉を否定すること」は、「文学からそのもっとも豊かな意味を抜き取ってしまう一種の美的ミニマリズム」に他ならなかった（三五）。このような「コンテクスト」の「否定」はまた、「テクストの超越的な統一性を具現するものとしてのある一定の文化的価値を不可視性のマントの下に隠しておくこと」（三五）でもあった。さらにまた、それは、文学に対する「崇敬の装いの下に」、「文学の超歴史的（transhistorical）な特質によってつきつけられているもっとも挑戦的な諸問題」、つまり、「超（trans）と歴史的（historical）との間の関係（二分法ではない）に集中する諸問題を回避すること」でもあった（三五）。バーコヴィッチは、「批評は永遠という価値判断を下すことを熱望するかもしれない」が、「批評は歴史の中で行われるのである」（三五）としている。「カノン化の形式そのものが歴史的意識によって媒介されている」。だからわれわれは、「カノン化の限界性」を「一定程度しか」、また「われわれは歴史の中で生きているのだということを認識することによってしか打破し得ない」のである（三五–三六）。

バーコヴィッチは〈新批評〉に対して右のような「異論」をいだき、それをしりぞけた。こうして、今や、「テクスト」を「コンテクスト」の中に、「文化」のなかに、「歴史」の中に位置づけることは批評の必須の要請である。また、「文学の超歴史的な特質」の問題や「カノン」形成の問題も、それを「歴史」の中に位置づけ返すことによって、はじめて具体的に論じうる問題となるのである。

一二　イデオロギーの媒介

しかし、「テクスト」にとって、「コンテクスト」が不可欠、本質的な存在であることを確認すれば、それでことが済むわけではない。バーコヴィッチによれば、イデオロギーが（あるいは「文化」が）、「テクスト」と「コンテクスト」との間を、「芸術家」と「コンテクスト」（あるいは「テクスト」）との間を媒介しているからである。「芸術作品」は「ある意味ではたしかにそれを生み出した時代を超越する」けれども、「芸術家の精神がサイコロジーを超越できないのと同じように、イデオロギーを超越できない」（ＰＩ三〇）とバーコヴィッチは書いている。またバーコヴィッチは、「イデオロギーから逃れるすべはないということ、人間が政治的動物でありつづける限り、ある程度は必ずコンセンサスによって束縛されるということ、そして人間が象徴を作る動物である限り、必ず自分自身と他者に対して、ある一定の意味において、つまり絶対的にではないが、相対的な基準に即して、みずからの象徴学の言葉は客観的であり真であると説得しようとするものであるということ」を「自明の真理」であるとしている（三六六）。

バーコヴィッチにとって、イデオロギーとは、「［象徴としての、あるいはヴィジョンとしての］アメリカ」が「アメリカ合衆国におけるアイデンティティーと結合の言葉を提供しつづけるときの回路としての文化の象徴学へと織り込まれた諸観念の体系」（三五三）である。このように考えたときのイデオロギーは、「基本的に保守的」であるが、だからといって、単に「抑圧的」であるわけではない（三五三）。「一般的な原理として」は、イデオロギーは「自発的な同意による」ときに、すなわち、「文化がみずからを正当化するときの回路としての諸観念のネットワーク」が、「押しつけられているというより内面化されている」ときに、「もっともよく機能する」。「自発的な同意」＝「内面化」という「条件」がある場合には、「文化による制限の言葉そのものが創造的な解放の源になるかもしれない」のである。換言するならば、「これらの言葉は、想像力を刺激し、改革の活力を解き放ち、多様性を奨励し、そして変化を許容する役に立つ」(三五)のである。ここで「文化の象徴学」という用語が指し示しているのは、バーコヴィッチが『アメリカの嘆き』において、アメリカ文化の中に造りつけになっているレトリック装置として抽出してみせた「アメリカの嘆き」のレトリックのことと考えてよいが、彼はもはや「アメリカの嘆き」という用語を使うことはない。

　そしてバーコヴィッチは、こうした「文化の象徴学に織り込まれた観念の諸体系」をあらわすために「アメリカ・イデオロギー(the American ideology)」(三五)という用語を使っている。これは明らかに、アメリカ文化の中に造りつけになっている、「アメリカ」という象徴ないしヴィジョンが中心的な役割を演じる「文化の象徴学」に力点がおかれている用語であるが、その象徴学に「織り込まれている観念の諸体系」には、「人種主義、帝国主義、資本主義、父権制などのアメリカの諸イデオロギー」(MA一六)が含まれているものと解される。『アメリカの嘆き』の段階では、「中産階級的文化」あるいは「自由企業システム」が、言うなれば、そうしたもろもろのイデオロギーを総称する言葉として機能していたが、『アメリカの嘆き』以降においては、「自由主義」ないし「自由主義社会」がその機能を果たしている。

　バーコヴィッチは「アメリカ・イデオロギー」という用語は、「アレゴリカルな」もの、「何らかの抽象的な合一化された一枚岩」(PI三五)を暗示するかもしれないが、実際はそうではないとしている。「アメリカ・イデオロギー」は、バーコヴィッチによれば、「ある特定的な一連の利害関係」、すなわち「アメリカ合衆国における自由主義社会の権力構造と概念形態」を「反映」している。こうして、「アメリカ」は、「すべてを包含する総合」ではなく、「レトリックの戦場」、すなわち、「多様で、ときには相互に矛盾する見地を表すようにされてきた一象徴」(三五五)である。「あらゆるイデオロギーはそれ自身の対立物を生み、あらゆる文化はそれ自身の反文化を生むのである」(三六四)。しかし、にもかかわらず「アメリカ・イデオロギー」は、近代世界において他に類例がないような「ヘゲモニー」を達成したと、バーコヴィッチは断り書きを付している(三五五)。

バーコヴィッチはこのような「イデオロギー概念」を、「コンセンサス・モデル」、「旧式マルクス主義モデル」、「多文化主義モデル」の三モデルを批判的にしりぞけ、そしてほぼ(クリフォード・ギアツ、ヴィクター・ターナーなどの)文化人類学の知見に依拠する形で獲得した(MA三)が、それは以下の三点を主張するところに特徴があるとしている。第一に、「常識的な折衷主義というイデオロギー的コンテクスト」。第二に、「イデオロギーの真理価値」。バーコヴィッチによれば、「イデオロギーの真理価値」は「宇宙を解く鍵としてではなく、文化を解く鍵として」理解されねばならないが、しかしながら、それは「宇宙の真理へのわれわれの接近を媒介する」ものである。第三に、「たとえば、多文化主義とコンセンサスのモデルの根底にあるイデオロギー的なシンメトリーに見られるような、アメリカ文化の事実上の統一性」。(以上、一四)ここでのシンメトリーとは次のようなことである。「アメリカ合衆国――そのありとあらゆる多様な『諸現実』(実用主義的な、農本的な、消費主義的な、など)における――と、アメリカの抽象的な、統一を果たそうとするもろもろの意味との、変転し、対立し、しかし互いに支え合いつづけている関係。異質混在性はそのような抽象的な意味の対極ではなかった。それはヘゲモニーの一機能であった。アメリカ合衆国のオープンエンデッドな包摂主義はアメリカの合一化しかつ排除する能力、そしてもっと正確に言うならば、排除によって合一化する能力と、直接的に相応していた。アメリカ文化は不分明で、果てしもなく過程的であった。なぜなら、それはアメリカとして、それ以外のすべてのものを、〈旧世界〉的である、と同時に/あるいは、まだアメリカ的ではないものとして閉め出したからである。そして、その逆もまた真であった。アメリカ文化は非アメリカ的なものをすべて閉め出した過程は、同時に、自由主義的な包摂の理想、すなわち、国籍、領土、言語、エスニシティーなどの伝統的なバリアを破壊し、そして最終的には、おそらく、人種とジェンダーのバリアさえ破壊することになるであろう典型的（*representative*）な開放性のヴィジョンへと向かわせる拍車でもあった」（一四、傍点原著者）。この引用の末尾の一文において、「アメリカ文化」＝「アメリカ・イデオロギー」がまるで神の手のように働いて最終的にアメリカを解放するかのような展望が示されているが、これはあくまでも、「ヴィジョン」のレベル、イデオロギーのレベルの話であることに留意しておかなければならない。「自由主義的包摂の理想」がイデオロギーのレベルで理想として認知されていても、「量的に測定された『社会的現実』」におけるその「包摂」の中身が問題なわけである。バーコヴィッチが反復指摘しているように、「ヴィジョンと事実、理論と実践の間の距離」（PI三六）を言い抜けるのは、イデオロギーの基本的な戦略の一つである。

　こうして、右のようなイデオロギー観に即応して、バーコヴィッチにとって、いわゆる「高等文学」は、「現実の模倣」でもなく、「より高次の現実へと導くプラトン的（あるいはヘーゲル的）な梯子」でもなく、その両者の「媒介」であるということになった（MA一五）。このような文学的な表象の次元を、バーコヴィッチは「イデオロギー的ミメシス」（一五）と呼んでいる。彼の説明によれば、それは具体的には、「概念的、想像的、社会的現実間の変化に富む諸関係の表象」でありながら、同時に、「それが立ちあらわれる世界のもろもろの流儀とは異なっているし、しばしば対立もしているが、しかし根本的には相補的な関係にある表象」のことである（一五）。われわれとしては、「世界」との関係が「根本的には相補的」であると主張されていることに留意しておかなければならない。

一三　ラディカリズムと取り込み理論

バーコヴィッチがアメリカ合衆国で英文科の大学院生としての生活を始めたとき、彼は「サッコとヴァンゼッティの国」、つまり「階級的矛盾、残滓的抵抗、及び勃興しつつある闘争からなる合一化されていないアメリカ」を見出すことをあらかじめ予期してさえいた（MA一八）。そして、アメリカは確かにそのようなものであった（一八）。だから彼は、ラディカリズムに直面しても驚きはしなかった。しかし、「ラディカリズム」としての「プロテスト」が、そういった「諸対立が暗示している文化の制限的諸条件を見えなくさせていた」（一八）。そして、「対立を引き起こす源泉はしぶとく存在しつづけていた」のだが、しかしそれは、アメリカ社会の「価値と神話を補強する言葉を使って述べられていた」（一八）。それがバーコヴィッチにとっての驚きであった。

バーコヴィッチは、「この国の本当の保守主義者は左翼に位置して」おり、彼らの「特徴的な戦略は、ラディカルなオルタナティヴを自国産の改革（reform）の伝統でもって取り替えること」（一九）であると結論するにいたったとしている。「ナット・ターナーの反乱に内在しているオルタナティヴは、『フレデリック・ダグラスの物語』に具現されているような典型的にアメリカ的なプロテストへと吸収されてしまった」（一九）のだ。また、「エマソンとエマソン主義者たちの文化的な働きは、資本主義に対する社会主義的あるいは共産主義的なオルタナティヴを未然に防止すること」（一九）にあったのだ。「アメリカ文化」は「それ自身の目的のために革命を手綱で操る方法を見出してしまっている」（二〇）ことをバーコヴィッチは発見した。しかし、その「手綱で操る方法自体が「変化に富んでいて、（ある点までは）オープンエンデッドなものでさえあった」（二〇）。要するに問題は、「取り込みでもディセントでもなかった」（二〇）。問題は、「取り込み／ディセントの多様性」（二〇）であった。「アメリカは一つの象徴的なフィールドであり、絶えず外在的な要因の影響をこうむり、ときにそうした影響を受けて変化していくが、しかし特徴的には、それらの影響を吸収し、それ自身の独特なパターンに適合させる」(三〇)のである。アメリカが「生み出した『もろもろのオルタナティヴとしてのアメリカ』」は「イデオロギーとユートピアが結びついたもの」(三〇)であった。「オルタナティヴとしてのアメリカ」は、「現システムに反対した」が、「現システムの理想を再確認する仕方で」(三〇)反対したのである。しかし、「再確認の過程はある一定の種類のラディカルな伝統を形成していた」(三〇、傍点原著者)。

バーコヴィッチは、「取り込み理論」の脱構築を試みている。取り込み理論は、「ラディカリズムと改革の基本的な二項対立を想定している」(三〇-三一)というのである。どのようにかというと、一つには、「あたかも人が文化全体に賛成あるいは反対しうるかのように」である。二つには、「ある一つの文化に(いかなる意味においてであるにせよ)根本的に反対していなければ、根本的にその文化の一部をなしているかのように」である。三つには、「人が何であれ社会全体を結び合わせているもの——つまり、社会が持っている結合の諸戦略——と異質な観念あるいはプログラムを擁護することによって社会変革を引き起こすことを希望しうるかのように」である。(以上、三一)ところがバーコヴィッチがアメリカで見出したのは、「ラディカルな/改革主義的な立場の「文化との」互恵性」(三一)ということなのであった。こうして、右の三つの仮定を肯定する人はみな「超越の解釈学」の立場にある人である。

ここでバーコヴィッチは、「ラディカリズム」と「改革主義」は偽りの対立であり、実はどちらも同じことを意味していているのだということ、つまり「改革主義」は「ラディカリズム」のことであると主張しているのであろうか、それとも、二つの立場は異なるものではあるのだが、前者はバーコヴィッチがここで想定している三つの「超越」形態においてしか成立し得ないと主張しているのであろうか。おそらく後者に近いのではないかと考えられる。そうだとすれば、「超越」するのでない限り成立し得ない「ラディカリズム」の立場から、「改革主義」を「取り込まれて」いるなどと批判して封じ込めたり軽蔑したりすれば、それはむしろ反動的だということになる。

一四　芸術とイデオロギーの二分法

バーコヴィッチにとって、芸術とイデオロギーの「二分法」はしりぞけられねばならなかった。一つには、芸術はイデオロギーによって媒介されているという点において。二つには、イデオロギーは「制限的」（「抑圧的」）であるとともに「賦活的」（「解放」的）でもあるという点において（ＰＩ三五六）。バーコヴィッチは芸術とイデオロギーの二分法の事例を「対抗的批評家（oppositional critics）」の中に見出している。

「対抗的批評家」という用語は最近の造語であり、「ある一定のポストマルクス主義的な文化実践」を呼称する用語である（ＭＡ一六）。しかし、バーコヴィッチによれば、この用語は、アメリカ研究の領域では、アメリカ文学研究の中にそもそものはじめから存在してきた「敵対者的スタンス（adversarial stance）」をも意味している。このスタンスを採る人々は「破壊（subversion）の学派」（一六）とも呼ばれている。つまり、「ヴァーノン・パリントン、ルイス・マンフォードからマシーセンとヘンリー・ナッシュ・スミスまでの主流の伝統」を形成し、またそれ以後もこの分野の「もっとも卓越した人物たち」を輩出してきた学派である（一六）。彼らの「対抗主義」の「原理」は、しかしながら、「つねに抑圧的な社会とつねに解放的な文学との本質主義的な対立」、つまりは「人種主義、帝国主義、資本主義、父権制などのアメリカの諸イデオロギー」と「アメリカの聖的／俗的なライブラリー」との「対置」である（一六）。このような「芸術とイデオロギーの伝統的な二分法」（ＰＩ三五九）は「テクストとコンテクストの二項対立」の一変種でもあるが（ＭＡ一六）、このような「二分法」には、バーコヴィッチの指摘によれば、「精神がもっとも十全に自己を開示する」のは「芸術としてである」（二―三）という近代のコンセンサスに立って、ナッシュ・スミスなどが担っていた学派としての「アメリカ研究」において、「美的な分析手段」が「特権的な位置を占める」（二）という事情も介在していた。「アメリカ研究」は「方法的にはコンテクストの材料に依拠」して、「認識的分析を積極的に引き出した」にもかかわらず、基本的には、それらの「認識的分析を美的評価の諸原則に順応させることを要求した」（二）とバーコヴィッチは指摘している。しかし、こうした「二項対立」は、バーコヴィッチが読んだ「アメリカ古典作家たち」の実態と相容れないものであった。つまり彼らは、「文化［＝「コンテクスト」］によって想像的に育まれていた」のだ（一六）。しかも、「彼らが政治的にそれと敵対していたときでさえも」（一六）。たとえば、「メルヴィルが発したことのあるうちで最も威風堂々たる〈雷鳴にも屈せぬ否〉は、アメリカの運命を称揚するエッセイの中にあらわれる」(9)のである（一六）。

　バーコヴィッチは、社会科学の伝統に従う場合には、イデオロギーは「生得的に疑わしい」ものであるとされていたと指摘している。たとえば、アメリカの「コンセンサス」派の社会科学においては、イデオロギーは「ドグマ、偏狭、抑圧」（三）でしかなかった。したがって当然のことながら、「分析」は「暴露、解体、脱神話化のプロセスを通じてのイデオロギーの諸限界を露にする」（ＰＩ三五八）ことを目的とすることになる。この伝統の中では、神話もイデオロギーと同様に「生得的に疑わしい」ものである。神話は、「思想と行動のための文化的に定められた指令の媒介手段」（三五八）である。しかしながら、バーコヴィッチによれば、「文学批評家たち」は「このようなイデオロギーと神話の同一視を回避する傾向を示してきた」（三五八）。彼らにとって、イデオロギーは「真理を僭称する」のであるから、「分析の任務」は「イデオロギーが提示する虚構の禍禍しい効果を理性的に暴露すること」でよいが、神話はそもそも「虚構」であるから、分析の任務はその「深部の真実」を「開示すること」である（三五八）。こうした二重基準は、「おなじみのカント的な美的能力と認識的能力の区別」を反映している。「一つの神話を批評することはそれを内側から「美的に理解し」、それを「内在的に」、つまりそれ自身の「有機的な」言葉で、説明することとである」のに対して、「一個のイデオロギーを批評することは、それを見抜くこと、その歴史的な機能を、必然的に外在的な、そして通常は敵対的な視角から暴露すること」である（三五八）。また、このような手順は、「内在批評と外在批評の教条的な区別という手段を通じて高等芸術と大衆文化を分離すること」（三五九）でもある。「古典作家たちはアメリカ神話の保持者としての名誉を与えられる」が、一方その他の作家たちは、「アメリカ版イデオロギーの代表者としての正体を暴露される」のである（三五九）。

バーコヴィッチによれば、第二次世界大戦後に学問世界の中に入り込んだ移民たちの第二世代に当たる人々の中から、「イデオロギーの批評家（ideological critics）」（三五八）と呼ばれる人々があらわれた。彼らの「イデオロギーへの［視座］転換」（三五八）は、第一世代の人々の「象徴と神話の研究」を「認識的批評様式」に作り変えようとする企てを「刻印」していた（三五九）。しかし彼らのアプローチは、「文学的な目的にとっては問題含みであったし、今もそうでありつづけている」（三五九）として、バーコヴィッチは二つの問題点を指摘している。一つは、「外在的方法はイデオロギーの否定的な局面を摑んで離さない」（三五九）という問題である。「外在的方法」の「診断」は、「社会的な病弊を材料にする」一方で、それは「公民権のレトリック」、「自然保全主義と自己実現の理想」、「自由へのアピール」――これらの事柄は当然、バーコヴィッチの言うイデオロギーの「解放」と「創造」の力が具体化されたものの事例として提出されているはずである――を、またその伝で行けば、「［アメリカ」文化の巨大な活力のみならず、その紛れもない想像的な力」の「考察を除外している」というのである（三五九）。「外在的方法」の対象が「イデオロギーの否定的局面」に偏っていることが問題視されているのだが、私には、「イデオロギーの否定的局面」＝「社会的病弊」を対象とすること自体の問題性の指摘の方に力点が置かれているように感じられる。「社会的病弊」こそはバーコヴィッチの言う「階級、地域、世代、人種などのイデオロギー的諸限界」(MA一四)の厳然たる事例であると考えられるが、そうであれば、なぜそれのイデオロギー分析が抑圧されねばならないのか。「社会的病弊」という用語は、フレデリック・クルーズが彼の書評(一九八八)の対象としてとりあげた、彼の命名になる「ニューアメリカニストたち」の著作(その中に、バーコヴィッチとマイラ・ジェーレンが編集した『イデオロギーと古典アメリカ文学』が含まれていた)を取り上げたときに使った「国家の恥部」という用語を思い起こさせる。クルーズはこの書評のある箇所で、「ニューアメリカニストたち」はカノンを形成しているテクスト群を、「歴史的決定要因の暴露が必要とされる、まったくのイデオロギー、虚偽意識」として批判しているが、彼らの「批判」が「ある独特の力」をもつのは、一つには、それが「歴史上の国家の恥部――奴隷制、『インディアンの強制移住』、攻撃的な拡張、帝国主義など」と結びついているからであると指摘して、そのようなやり口に基本的に難色を示している。(10) バーコヴィッチのここでのくちぶりは、これと似ている。

バーコヴィッチの指摘するもう一つの、「もっと重大な問題」は、「外在的方法」によって文学批評家が「文学の働きと矛盾した」立場におかれるという問題である(PI三五九)。「文学の働き」とはここでは、「美的な意味」におけるそれ、すなわち「想像的世界の構築」のことであり、それは、「読者の側に不信の念の休止状態を否応なしに作りだし、そして批評家の側においては、われわれをそうした目的へと否応なしに向かわせる作家の力の美的な理解を必要とさせる」(三五九)のであるから、「外在的方法」とは矛盾するというのだ。「外在的方法」は、「美的な理解」としての「文学の働き」に敬意を払わない立場であると問題視されているのであるが、この「文学の働き」への不敬を、「文学の働き」の点で、つまりテクストに「埋め込まれている」イデオロギーに対する「不信の念の休止状態」を作りだす「作家の力」としての「複雑さ、豊かさ、(測り難い)深み」をそなえている点で、高い評価を与えられているカノンに対する不敬であると受けとるときには、バーコヴィッチの問題視は今あるカノンの擁護を暗に主張していることになる。「外在的方法」はカノンであれ、それ以外のテクストであれ、同等にイデオロギー分析のメスを振うのだが、「文学の働き」を重視しなければならないバーコヴィッチにとっては、それはスキャンダルである。バーコヴィッチは「美的批評」を捨てたわけでは決してない。彼は「美的批評」と、イデオロギー分析を含む「認識的批評」=「外在的方法」とが統合されなければならないと主張しているのであるが、なにやら「美的批評」が、最終審級として持ち出される気配がある。

バーコヴィッチは、おそらく「イデオロギーの批評家たち」も含めての話であろうが、彼が「賛成できなかった」のは、「対抗的批評家たち」の「アレゴリーへと向かう全体的な傾向」であったとしている(MA一七)。それはバーコヴィッチに言わせれば、「破壊的なものの一種の列福化」であり、「芸術のあらゆる分野から得られる、芸術の支配的諸形式とイデオロギー的支配の諸形式との間に途切れることなく存在し続けている豊富化の働きをする互恵性のあらゆる歴史的な証拠の否定」であり、「美的批評の持っている力を政治的行為主体へ移し変えること」であり、それゆえ、「文学的分析と社会的行動の混同」であった(一七)。「破壊的なもの」の特権化、芸術とイデオロギーの「互恵性」の無視、「文学的分析と社会的行動の混同」が、「対抗的批評家たち」の欠陥として指摘されている。

しかし、「こう言ったからといって、当時も現在も含めて、対抗的批評家たちの仕事を貶めることではない」(三三)と、バーコヴィッチは断っている。「彼らは重要な論点を提起し、既成の理論の拘束性と既成の慣習の不公正を暴露し、歴史がわれわれが解釈する文学に対してだけではなく、われわれが用いる解釈の諸カテゴリーにも及ぼしているプレッシャーに、適切に注意を向けたのである」(三三)。このような意味では、彼らが自分たちの批評を「破壊的」と呼んだのは正しかったのである(三三)。これは「対抗的批評家たち」に対するバーコヴィッチの最終的な擁護のように見えるが、そうではない。われわれがすぐ右で見た批判が擁護に反転したわけでは決してない。批判が衝いている諸点と、ここで擁護されている諸点とはレベルが異なることに留意しておかなければならない。バーコヴィッチは、次に、「いかなる意味で、いかなる目的のために、そして誰のために、破壊的なのか」が、問われなければならないとして、以下のように論を展開するのであるから、彼はラディカリズムあるいは敵対主義の論点に関しては、「対抗主義的批評家たち」に対する批判を少しも捨てていないのである。

特定の解釈上の諸問題は別として、「たいていは〈アメリカ方式〉を公然と支持するか、あるいはアメリカの腐敗を〈新しいエデン〉の失敗として嘆いた著作家たちの破壊性を論証することに、何故かくも熱心だったのか」(三三)。「解釈者の文化との共犯関係を見えなくさせる」「アメリカのため」(三四)であったというのが、バーコヴィッチの判断である。これらの批評家たちは、「敵対の力をアレゴリー化すること――そして事実上破壊的なものを超越論的に扱うこと」によって、「彼ら自身の文化的機能をほとんど意図的に忘却しているように思われた」のである。バーコヴィッチの判断によれば、それは「あたかも彼らの方法がどうにかして敵対主義そのものをアメリカのイメージに合わせてかたどり直したかのようであった」(三四)。それはまた、「あたかも彼らが［アメリカの］使命の起源に文明化された進歩の野蛮性ではなく、解放的なユートピアの完全性をみいだしたかのようであった」(三四)。あるいはまた、「あたかも彼らがみずからのアカデミックな活動に、彼らが反対する象徴学のラディカルなポテンシャルを取り込んだ(appropriated)かのようであった」。「取り込みの一つの徴候」は「研究職全般におけるラディカリズムと上昇移動の同盟関係」(三四)である。「破壊の学派は政治的行動主義と良い生活の調和へとギヤを切り換え、そして(アメリカ文学研究の保護の下に)個人的、職業的、及び国家的なアイデンティティーの融合へと向かったのだ」(三四)。要するにバーコヴィッチは、ここに、「アメリカ・リベラリズム」による「ディセント」の「特権化」(三二)と「制度化」(三四)を見出している。

一方バーコヴィッチは、「最近の対抗的批評家たち」は、「マルクス主義たちも含めて」、彼らが「テクストの歴史性と歴史的経験の言語的、表現的次元を同時的に主張する」点において「範例的」であるとしている（ＰＩ三六三）。この種の「対抗的批評家たち」が右でバーコヴィッチに即して見たような「対抗的批評家たち」とダブっているのかどうかははっきりしない。後にも見るように、前者の種類の対抗的批評家たちの中には方法論的にはバーコヴィッチも含まれると考えられるから、ダブっているのだとすると、バーコヴィッチも「アメリカ・リベラリズム」による「ディセント」の「特権化」と「制度化」の枠組の中で仕事をしていることになる。話を元に戻すが、「最近の対抗的批評家たち」は、「内在的な様式のイデオロギー批評」、換言するならば、「イデオロギーの内側からの理解（appreciation）、つまり、その十全な想像的感情的アピール力における理解を必要とするような形態の歴史的診断」へと向かうようになっている（三六三）。バーコヴィッチはこれを、「アメリカ文学研究における一つの特別に有望な方向であるように思われる」（三六三）と評価している。この傾向をバーコヴィッチは、『『緋文字』の任務』の「ポストスクリプト」において、「イデオロギー分析は豊かな美的批評形式になり得る」という言い方で確認し、彼自身がその精神で本書を書いたとしている（ＯＳＬ一五五）。しかしここで問題なのは、無論、「イデオロギーの内側からの理解」、その「想像的感情的アピール力における理解」、つまりその「美的な」理解である。これは、一方で「外在的方法」と呼ばれているイデオロギー分析がもっていると想定されているような「ラディカル」さを有しているのであろうか。それとも、これは、「不信の念の休止状態」を作りだす「美的な」「力」に従いつつ、イデオロギーを批判するのではなく、理解しつつ受容するのであろうか。それともまた、このような設問の仕方自体が偽りの二項対立なのであり、そもそも「ラディカル」なイデオロギー批判は、「超越」の立場に立つのでない限り、成り立たないのであろうか。

一五　古典作家たちの逆説的なラディカリズム

では、このような「テクストの歴史性と歴史的経験の言語的、表現的次元を同時的に主張する」方法が、「アメリカの古典作家たちのいわゆるラディカリズム」の問題に立ち向かう場合、どのような評価になるのであろうか。「敵対的な文学がどういうわけか同時に文化的に典型的でもあるという逆説」（PI三六三）をどう見るかという問題は、「今日のディセンサス」（三六三）における「新しい焦点」（三六三）の一つでもある。バーコヴィッチによれば、この逆説はもっと初期の世代の批評家たちを悩ませることはなかった問題である。なぜならば、彼らは、「この国の古典作家たちによって代表されている神話のアメリカを、イデオローグたちとその犠牲者たちによって代表される現実のアメリカから切り離していた」（三六三）からである。バーコヴィッチによれば、今求められている「プロジェクト」は「これら二種類の「アメリカ」表象をどうにかして統合すること」（三六三）である。バーコヴィッチは二つの説明を提示している。

一つはこうである。「あらゆるユートピア的なヴィジョンは社会的な不満の力強い感情をあらわしている。多くのヴィジョンは抑圧されているかあるいは上り坂のグループによって現状に挑戦するために採用される。そして、それらのヴィジョンのうちのいくつかは、かくして、ある新しい社会秩序のイデオロギーへと合一化されるが、にもかかわらず、ユートピア的ヴィジョンとしては、これらでさえ、社会的な不安の潜在的な源、抵抗と反逆への持続的な誘引でありつづける。すなわち、あらゆるイデオロギーはそれ自身の対立物をうみ、あらゆる文化はそれ自身の反文化をうむのである」（三六四）。バーコヴィッチはこうした認識を示した上で対象領域である一九世紀の中葉へと向かう。一九世紀中葉において、「ディセントの主要な源」は、「農本主義、リバタリアニズム、および公民的ヒューマニズムなどとさまざまに同一視される、ある自国産の残滓的文化」であった。「いかなる名前で呼ばれるにせよ」、それは「初期共和国の指導的イデオロギー」であった。それは「革命の推進剤を、一連の結合の儀礼を、そして国家体制の政治的社会的諸構造のための理論的な基礎を提供したのだった」。経済が拡大していくにつれて、「これらの諸構造は変化し、新しい商業勢力を受容するものになった」。しかし、「文化の連続性は非常に強力、非常に基礎的だったので、それらの理想自体が投げ棄てられることはなかった」。これらの理想は結局のところ、「自由主義的民主主義の根本的な真理」だったのである。それゆえ、「初期のレトリック」は「前工業的な諸伝統と、ジャクソン期市場の諸方式とはますます対立的なものになっていく各地域の農本的共同体とに支えられて、生き残り続けた」。そして、「この対立を根拠にして」、アメリカの古典作家たちは「支配的な文化に対する徹底的な批判を展開した」。これは「内側からの診断、すなわち、これらの作家たちの、農本的資本主義から工業的資本主義へと移行しつつある社会とのふかぶかとした関与に基づいた診断」であり、そしてそれは、「ラディカルであると同時に典型的でもある社会の想像的な描写」、つまりは「文化をその完全な複雑さにおいて創造しなおす生得的な諸矛盾の暴露」を結果的にもたらしたのである。（以上、三六四）要約すれば、「初期共和国のイデオロギー」が「神話と約束のユートピア的形態をとって、共和国に対する一つの根本的な挑戦となった」のであり、そしてこの挑戦は、アメリカ・ルネッサンスの主要作品の中に、「その古典的な文学的表現をみいだした」のである。これらの古典は、「文化批判としても、同時にまた、予言的呼びかけとしても」、それらが表象した「イデオロギー的諸規範――独立、自由、進取の精神、機会、個人主義、民主主義、『アメリカ』それ自体」を、「〈アメリカ的生活様式〉と対立させた」のである。（以上、三六五）

「アメリカの文学的ラディカリズム」についてのこのような見方は、「マシーセンが現実のアメリカと理想のアメリカの対立（conflict）と呼んだもの」についての「もっと完全な説明」（三六五）にはなっている。それは認めてよい。しかし、「ラディカリズムという前提それ自体」はこの説明によっても依然として「疑わしい」ままである。そこでバーコヴィッチは、「われわれはあるまったく異なった可能性を考慮してみなければならない」として、「この国の主要作家たちは少しも破壊的ではなかった」、あるいは、「彼らは文化を掘り崩すというよりはそれを再確認する、ある典型的な（representative）仕方でラディカルであった」とする見方を提示している（三六五）。バーコヴィッチは具体的にいくつかのことを書きつけている。「支配的文化」は「調和と再生という超歴史的な理想を承認しているだけではない」。それは「現行社会システムを支える仕方でこれらの理想を吸収し鋳型に嵌めこむのである」。それは「有機的な共同体のドリーム・ヴィジョンを定義しなおし」、「それを共同体の独自の価値体系に適合させる」。それは「みずからのイメージに合わせて人種的無意識の諸原型を作り直す」。それは「リミナル（liminal）なプロセスの平等主義的な活力を、不満を社会的な企てに繋ぎとめるような仕方で儀礼化する」。それのおかげで、「奴隷の孫であるマーティン・ルーサー・キング二世が人種主義は非アメリカ的であるという根拠に基づいて公民権運動を起動することが可能になったし、ロナルド・レーガンがジョン・ウィンスロップとトム・ペインのレトリックを〈スター・ウォーズ計画〉のためのキャンペーン・ワゴンに利用することが可能になった」のである。（以上、三六五－三六六）

このように「鋳型に嵌めこまれ、儀礼化され、統制された」ユートピアニズムは、「ディセントを拡散させるか逸らす役割を果たしてきた、あるいは実際にそれを社会化の手段に変えてきた」（三六六）とバーコヴィッチは指摘している。「ユートピア的なものであれ、その他のものであれ、あらゆる形態のプロテストがもっとも根本的に社会を脅かす」のは、当の社会の「表象」のあり方に「異議を唱えるときである」。根本的なプロテストは「イデオロギーの諸主張に対する歴史主義的、相対主義的な視角」を生み出すのである。これに対するイデオロギーの側からの「反応」は「本能的な防衛」と呼んでもよいもので、「プロテストを現行システムの言葉で定義しなおす」という戦略である。つまり、プロテストを「システムの諸理想から外れた欠点もしくはシステムがそなえている自己と共同体の神話からの逸脱に関する不平として」定義しなおすのである。このようにして、「機能不全を同定するという行為そのものが［人々の］結合を促すアピールとなる」。イデオロギーが注意の焦点を「ヴィジョンと事実、理論と実践の間の距離」に当てるのは、このような目的のためである。したがって、「ユートピアとイデオロギーの間の同盟には巨大な保守的、抑制的な力」がひそんでいると考えてよい。この「同盟」の力のおかげで、「支配的文化が行動の諸規則を強制するだけではなく、認識、思想、欲望の範囲を制限することも可能になる」(三六六)のである。(以上、三六六)

このような見方からすると、アメリカの古典テクスト群は、「ある勝利を収めた自由主義ヘゲモニーの諸戦略を表象している」(三六七)ことになると、バーコヴィッチは結論づけている。アメリカ古典テクスト群は、「現状を破壊するどころではない」(三六七)。それらのテクストの「診断的予言的様式」は、「支配的文化が、基本的な変革はアポカリプスとしての場合を抜きにすれば事実上考えられないと思わせるほどにまで、それにとって代わり得る諸形態を吸収し尽くす度量を具えていたことを証し立てている」のである(三六七)。アメリカの古典作家たちが「アメリカと喧嘩をしなかった」ということではなく、彼らには「アメリカ以外には喧嘩の相手がなかった」のだと、バーコヴィッチは主張している。「[アメリカ]文化の支配的メタファー――人間の可能性の同義語としての『アメリカ』――を採用し、そしてこうしたコンセンサスの教義をラディカルなディセントの根拠としたときに、彼らはラディカリズムを文化的諸価値の肯定として定義しなおした」(三六七)と言えるのである。というのは、「アメリカ」というメタファーは、「このように普遍化された場合には、イデオロギーを超えることはない」からである。このメタファーは、「アメリカ・イデオロギー(the American ideology)」を「超越的なユートピアの色彩を使って」「描き出している」のである(三六七)。

こうして「アメリカ古典作家たち」の「ラディカリズム」は、バーコヴィッチの見なおしによって、「アメリカ・イデオロギー」の一機能にまで還元されている。彼らの「ラディカリズム」は「勝利を収めた自由主義のヘゲモニーの諸戦略」の一環である。換言すれば、「ラディカリズム」を含む彼らのテクストは、「支配的文化が、基本的な変革がアポカリプスとしての場合を抜きにすれば事実上考えられないと思わせるほどに、それにとって代わり得る諸形態を吸収し尽くす度量をそなえていた」ことの「証し」である。おそらくバーコヴィッチは、このような彼の見方を、「アメリカ古典作家たち」のテクスト群において起こっている否定しがたい事実として提示している。

「アメリカの学者」と『民主主義展望』は「アメリカの未来をユートピアとして同定し、そして延いては、ユートピアを〈アメリカ方式〉として同定している」が、「同じ戦略」はマシーセンが「悲劇的ヴィジョン」と呼んだホーソーンとメルヴィルにも「当てはまる」と、バーコヴィッチは論を進めている（三六八）。ホーソーンとメルヴィルは「悪を多くの形態でみてとった」し、両者は「それらの形態を形而上学的な論点にまでつきつめる」才能をもっていたが、彼らは「そうした形而上学的論点そのものが文化的に決定されたものであること」、換言するならば、「彼らが喚起した普遍的な観念が彼らが攻撃した当の悪を曖昧化し、あるいは隠蔽し、あるいはわれわれをそれと和解させるかもしれないこと」は、「見て取ることができなかった」。アメリカの「主要作家たち」は、アメリカ合衆国が「ユートピアでも」、「ディストピアでもなく」、「多くの可能な社会形態のうちの一つである」ことに「思いが及ばなかった」のである（三六八）。こうして、「典型的な（*representative*）、アメリカ的なラディカリズム」（三六八、傍点原著者）という逆説的な見かけが結果した。このラディカリズムは、「あらゆる種類のラディカリズム」を「イデオロギー的コンセンサスの多様性」へと「変換する、まさにその能力ゆえにそもそも採用されたイデオロギーの美的な開花に他ならなかった」のである（三六八）。

ここでは「アメリカ古典作家たち」は「〈アメリカ方式〉を「アメリカの未来をユートピアとして同定」し、延いては、「ユートピアを〈アメリカ方式〉と同定」している点において、あるいは、「〈アメリカ方式〉が「多くの形態」の「悪」を内在させていることを見抜いているにもかかわらず、一方では、それに「普遍的観念」の衣をまとわせることによって、却ってそれを「曖昧化」し、「隠蔽」し、人々と「和解させる」ことになっている実態が批判的に指摘されている。しかし、批判で話が終わるわけではない。バーコヴィッチは、そのような批判は「テクスト自体の美的な力（aesthetic power）をいかなる意味でも減ずるものではない」（三六八）と、「美的評価」に転ずるからである。

たとえば、ホイットマンとエマソンが「自由企業民主主義のレトリックを見抜くこと」が「なかったからといって」、われわれは「困惑する必要はない」のである。彼らが代わりに「見てとったこと」、すなわち、「彼らが自由企業民主主義のレトリックの感情的、想像的、そして概念的な基盤を掘り下げたときに」見てとったことは、「深遠な、人間らしい、爽快なもの」、すなわち、「過去あるいは現在を問わず、いかなる文化によってであれ、文化が生み出すもののうちで、もっとも解放的な観念、もっとも活力がありもっとも賦活的な信念のうちの一つに数えられるかもしれない一連の観念と信念」であった。つまり、「自由企業のレトリック」は、「アメリカ」という「語」の中に、「ナショナルなレベルで言っても、インターナショナルなレベルで言っても、近代（the modern era）についてのもっとも抵抗しがたい文化的象徴を創り出した」レトリックだったのである。（以上、三六九）これは、バーコヴィッチ流の見方では、「自由主義のヘゲモニーの諸戦略」を逆手にとって、「もっとも解放的な観念、もっとも活力がありもっとも賦活的な信念」を「美的」に実現した事例ということになるのであろうが、私はそれでも「困惑」を感じないわけにはいかない。

バーコヴィッチにしても、「困惑する必要はない」とは言うものの、そのように言うこと自体、「困惑」していることを半ば白状しているようなものであろう。だから彼は、次のように付け加えることを忘れていない。「ここでのレトリックは一九世紀におけるこの国の驚くべき経済的、政治的、そして技術的な諸達成と切り離し得ない」。それはまた、「人種主義、貪欲、辺境と都市の暴力の苛烈さ、さらには後にこの国のもっとも禍禍しい戦争となるはずの戦争へと向かって高まりつつあった地域間対立の苛烈さ」とも「切り離し得ない」。「歴史的な達成と暴力はアメリカ・ルネッサンスを生み出した文化的力学にとって完全に骨がらみのものである」(三六九)。しかし、バーコヴィッチに言わせれば、それでも「後者を非難するために前者を見逃す必要はない」。「意識的にであれ無意識的にであれ、これらの作家たちは両側面に連座している」のである。彼らは「その[＝文化の]最良のものの擁護者であるがゆえに、その最悪のものの敵対者だった」(三六九)というのである。バーコヴィッチは、われわれが、「文化が——暴力、崩壊、ディセントを通じて——アンテベラム期のアメリカを変容させた近代化の凄まじい活力を解き放ちかつ統制する能力をもっていたことを理解する」までは、「彼らの近代性を適切に規定することは決してないであろう」としている(三六九)。

バーコヴィッチは別の箇所で、アメリカ史における「暴力の過程」と「創造的な活力」の「解放」は、「帝国」としてのアメリカの「二重の力学の結果」であるという認識を示しながら(MA八)、「私がアメリカの中に発見したものは、暴力と文化形成の同時性であった」(九)と書いている。バーコヴィッチにとってのアメリカは、「互いに言い換え可能なものとして」、一方では、「野蛮の文化財、行列をなす『偉大な精神と才能』によって記録された野蛮な夢」であり、他方では、「解釈の過程」であった。そしてこの「解釈」を通じて、「そこにあるもろもろの世界が抑圧され敗北せしめられたのである——最初は、ジェノサイドの事実が伴っている、それらの世界の住民たちについてのもろもろの神話(「野蛮」、「原始的」)によって、そして次には、アメリカ合衆国がアメリカとして創造される事態を伴っている、土地についてのもろもろの象徴(「処女地」、「荒野(wilderness)」)によって」（九）。

このような「文化」＝「神話」＝「象徴」は、バーコヴィッチが引き合いに出しているヴァルター・ベンヤミンが述べているように、まさに「恐怖」なしに眺めることのできないものである（一四）。それゆえに、「困惑する必要はない」とか、「後者を非難するために前者を見逃す必要はない」という転轍的言い方を用意しながら、一転して「美的評価」にいたるやり方には承服しがたい。どうも、この辺りには、バーコヴィッチには承服できないはずの、だから脱構築して統合しているはずの、二分法が貫かれている気配がある。「外在的方法」と「内在的方法」（＝「美的批評」）との二分法が。バーコヴィッチが実践していると考えられる統合の仕方とは異なる、私が想定している統合を敢えて言うなら、それは、あるテクストの「美的な力」はそれが「文化」を見抜かない限りにおいて、それを条件にして実現されたものとして、あるいは、それが「文化」を見抜いたがゆえに、それを条件にして実現されたものとして規定され、評価されるという手順をとる。

一六　「非超越の解釈学」

さて、以上を確認した上で、バーコヴィッチの「超越」と「非超越」の解釈学をみてみよう。最初に、「超越の解釈学」はどのようなものとして提示されているであろうか。「超越の解釈学」とは、われわれがある一定の「文化」の中で「経験する制限的条件」を「文化、歴史、精神のメタ構造へと翻訳する」ことによって、文化へのわれわれの「依存状態を否定する」類の解釈である（MA四）。ここで言われている、われわれが「文化」の中で「経験する制限的諸条件」は、他の箇所では、「対立」、すなわち「階級的矛盾、残滓的抵抗、及び勃興しつつある闘争」を「引き起こす源泉」（一八）としての「文化の制限的諸条件」、「階級、地域、世代、人種などの『イデオロギー的諸限界』」（一四）として指摘されている。

人がこのような解釈に赴く「動機」としては、「自己防衛」と「自己拡大」が考えられるが、どちらの場合においても、「解釈はわれわれの周囲の世界を抑圧するための戦略であり、他所の世界に対する憧憬の形をとって発現する」（四）。これは「優越（dominance）という有利な立場」――バーコヴィッチの別の言い方で置き換えると、「文化、歴史、精神のメタ構造」、「高次の現実の諸力、つまり『普遍的法則』、永遠という視野」――から「解釈する」ことである（四）。バーコヴィッチは別のパラグラフで、ソーロー（『ウォールデン』）もマルクス（『共産党宣言』）も「超越の解釈学に依拠している」（三）としている。「ソーローの自己信頼への依拠は、カール・マルクスの階級闘争への依拠と同じように、個人主義か順応か、革命か抑圧かという、論理必然的なあれかこれかの論理の上に打ちたてられた至福千年的な解決を暗示している」（三）。ここでソーローもマルクスもドグマ化されて受け取られていることに注意が必要であるが、そうなると、「その結果は、文化の野蛮性に対する正しい抵抗と間違った抵抗の対立ではない」ということになる。待ち受けているのは、「行為主体（agency）」の基盤を、「文化から、自然、歴史、及び精神が有しているとされる高次の諸法則へ全面的に移し変える」という結果である（三）。人は「制限的条件」を見下して、「高次の諸法則」の上に胡座をかくことになるからであろう。こうして、「超越の解釈学」はまた、言い方を換えれば、既成のドグマ、あるいは「親言説（master discourse）への服従を隠蔽する戦略としての解釈」であり、ここに「安堵の意識」があるとしても、それは「われわれが経験する制限的諸条件」＝「われわれの封じ込められ状態についての諸カテゴリー」に対する「批評意識を犠牲にして」得られたものである（四）。

これに対し、「文化横断的批評」は「非超越的解釈学」であり、その用語法は「二分法と対立するものとしての相互性」（五）である。カナダ文化か、それともアメリカ文化か、という二項対立ではなく、両文化それぞれの

「限界性の認知（re-cognition）」によって「開示される両文化の偶然性（contingencies）」に目を向けるのである。これは両方の文化の「諸原型や諸本質の歴史性」を「強調」することによって、「伝統的な比較論的方法を逆転させる」方法であると言いうるかもしれない（三五）。そして、この批評の「目的」は、「『見せかけの』差異を調和させること」ではなく、「かえって対立的な見せかけを強調すること」によって、「それらの見せかけが暗示している実質的な差異を探究する」ことである。このような手順には、文化の「普遍性を、理解を妨げる文化特有のバリアとして認識することが伴っている」。バリアが「特定化されれば」、それは「発見の通路」となるかもしれないのである。「超越の夢が文化の罠のインデックスであるとしても、人を罠に嵌める過程を研究することは、われわれ自身の、また他者たちの、実際の非超越的状態を洞察する力を与えてくれるかもしれない」と、バーコヴィッチはこの批評の「論理」を要約している。そのような洞察は、「問題含みであるし、暫定的であるし、また、もろもろの境界線についての苛立たしい意識によって育まれて」さえいる。しかしバーコヴィッチによれば、それでもわれわれはこれに就かなければならないのである。「文化の制限的諸条件」＝「われわれの封じ込められた状態の諸カテゴリー」に、「メタ構造」や、ドグマや、「親言説」を対置することは、前者を「超越」することであり、結局は「文化の罠」に嵌まることであり、当の文化の延命に手を貸すことである。だからわれわれは、「実質的な差異」の所在としての「実際の非超越的状態」を「洞察」することから始めなければならない。それはわれわれを「アポカリプスにはいたらせてくれない」が、「われわれを取り囲んでいる世界を見えるものにする役には立つ」のである。（以上、三五）

バーコヴィッチは、欄外の注の中で、彼自身の「文化横断的批評」を「分析の中立的領域」として「主張している」のではないのであり、それが「一種の文化的相対主義ではない」ことが論証されることを希望すると述べた上で、こう続けている。「非超越は、いかに偶然性の影響を受けやすかろうと、理想の領域でもある。いかに解釈の力に左右されようとも、現実の領域でもある。そして、ラディカリズムの社会的、レトリカルな構築によって否応無しに設定される諸限界内においてではあれ、ラディカルな行為主体の領域でもある」(ＭＡ三五)。これは批判を意識した言い訳であろうが、これまでわれわれがその都度指摘してきた問題点に照らして言えば、バーコヴィッチがこのような言い訳をしたくなるのは、ある意味で当然であるといえよう。一番の問題は、彼の言う「非超越」の領域において成立していると言い訳されている「ラディカリズム」が、どのようなものとして、成立しているのかであろう。

すでに引いたように、バーコヴィッチは「芸術作品はある意味ではたしかにそれを生み出した時代を超越するけれども、芸術家の精神がサイコロジーを超越できないのと同じように、イデオロギーを超越することができない」(ＰＩ三六〇)と書いている。そして彼は、これにつづけて次のように書いている。「それどころか、政治的な態度を普遍的な理想に翻訳する作家たちも、その他の作家たちと同程度に現行の社会秩序に連座しているし、長い目で見れば、ことによると、その社会秩序を永続化するのにもっと有効な役割を果たすということなのかもしれない。しかし、こう言ったからといって、これは作家たちの達成を貶すことではない。また、アメリカ作家たちがときとしてアメリカという象徴を使ってイデオロギー的諸矛盾を暴露したり、またそれゆえに、一定のレベルでは、文化の象徴学を支配的文化と対立させたことがあるということを否定することでもない。また、最後の論点になるが、そう言ったからといって、言語が有している、社会的制約条件から身を振りほどき、かつそれ独自の力学を通じて、それが反映しているように思われる権力構造を切り崩す能力を忘却するということでもない。われわれの国の主要なテクスト群の並外れた、還元し得ない、封じ込められていないものを見定めることは、無論、文学批評の一機能でありつづけなければならない」(三六〇)。結局のところ、この引用文の「しかし」以下で主張されていることが、バーコヴィッチの言う「ラディカリズム」の所在ないし在りようを示しているのであるうか。そのような気がしないでもない。しかし、すでにみたように、「主要なテクスト群」の代表格としてのアメリカ・ルネッサンスのテクスト群は、結局は、彼の言う「非超越」の「ラディカリズム」の具現例としては認定されていないのではないのか。右の引用の「並外れた、還元し得ない、封じ込められていないもの」こそは、「ラディカリズム」の名に値するものを指し示していると考えられるが、しかし、アメリカ・ルネッサンスのテクスト群の場合で言えば、これらのテクストは、「支配的文化」の「根本的な変革」としての「ラディカリズム」は「アポカリプスの場合を抜きにすれば事実上考えられないと思わせるほど」に、当の「支配的文化」が「それにとって代わり得る諸形態を吸収し尽くす度量を具えている」ことの「証し」として読み解かれているのである（PI三六七）。「アポカリプス」なる用語は、おそらくは究極的黙示、あるいはあれかこれかの破局的事態という意味で用いられており、つまりはバーコヴィッチの言う「超越」の別名であると考えられるが、そうでもないのであろうか。つまり、「アポカリプス」は「抑圧されている」（PI三六四）人々を根本的に解き放つ革命的事態として、本当はひそかに待望されているのであろうか。このような想定はさすがにバーコヴィッチにおいてあり得ないものであるとするならば、「支配的文化」の「根本的変革」は「アポカリプスの場合を抜きにすれば事実上考えられない」と喝破できるバーコヴィッチのスタンスそのものの中にこそ、彼の言う「ラディカルな行為主体」（MA三五）は存立し得ているのであろうか。そして、彼の言う「われわれの国の主要なテクスト群の並外れた、還元し得ない、封じ込められていないもの」としての「ラディカリズム」は、「主要な」文学テクストという対象においては、いまだ「見定め」られていないと言うべきなのであろうか。そのあたりが私には判然としない。

一七　むすびに代えて――イーグルトンの「内在批判」論

テリー・イーグルトンの読者なら、バーコヴィッチの「非超越の解釈学」論議を読みながら、『イデオロギーとは何か』[11]の第六章、すなわち、スタンリー・フィッシュの「コンテクスト」の「超越」にかかわる理論的恫喝を見事に切り返して、内在的批判の可能性、つまりはラディカリズムの可能性を主張した箇所を想起したはずである。以下で、バーコヴィッチの議論と嚙み合うと思われる箇所を紹介して、本稿を閉じることにしたい。

イーグルトンは先ずこう喝破している。「批判的思索とは、批判する者がなんらかの形而上的な外の空間に自分を位置づけ、自分自身の利害から超然と身を引きはなすことだという観点は、自分自身のイデオロギー的理由から批判的思索の可能性を否定しようとする者が、そうでない者をへこませるために千年一日のごとくもちだすこけおどしの理屈にすぎない」(原一六八、訳三四四)。フィッシュと異なり、「マルクス主義者は、まちがっても自己が、歴史的条件の無力な反映などと主張したりはしない。むしろ逆に、人間主体を主体としてかたちづくるのは、まさしく、みずからの社会的決定要因に変化を加えられる能力――自分をつくりあげているものの逆手をとって、そこから何かをつくる能力――といえよう」(原一七〇、訳三九七)。イーグルトンに言わせれば、「歴史的存在とは、たえまなく、みずからの『先をゆく』存在である。根本的に『過剰』であって、自分自身に一致しない存在。……こうした現実的なものと可能なものとの構造的な断絶もしくは、ずれそのものがあればこそ、解放のクリティークも、そこに根をはることができる」のである。だが、「フィッシュによれば、ラディカリズムは、不可能な試みである」。なぜなら、「わたしが現在の権力制度に批判的な所見を述べた場合、その批判が、権力制度そのものに聞き届けられたとするなら、私の批判は権力制度の内部における画策であって、ラディカルなものではないことになるし、もし聞き届けられなければ、無関係な雑音程度に扱われたからである」。問題なのは、「フィッシュが『真の』ラディカリズムを、想像不可能な激烈なアナキズムであるとか、現在の状況と完全に離反する『オルターナティヴな宇宙』論理に支えられたものと信じていること」であるが、イーグルトンに言わせれば、「そのようなことを信ずるのは『極左』の人間」である。「そもそも、効果的なラディカリズムをめざす場合、すでにあるシステムをくつがえすまさにその過程で、すでにあるシステムの観点とかかわりあうことは、どうしても避けてとおれない」のである（原一七〇—一七一、訳二九七）。

フィッシュの側から言わせれば、「なんとしても否定しなければいけないのは、内在批判という考え方である」（原一七一、訳二九八）。「マルクス主義者は、ブルジョワ社会のさまざまなカテゴリーに、内側からもぐりこみ、内的な葛藤や、決定不可能性、矛盾する箇所をあばきたてるのだが、それは、まさにそうした箇所においてブルジョワ社会の論理は破綻し、そこからそれ自体を乗りこえる何かが生まれるかもしれないと考えるからである」（原一七一、訳二九八—二九九）。「フィッシュ流のポストモダン思想は、不毛な反定立に足をすくわれ、理性は生活様式の完全に内側に存在して黒幕になるか、さもなければ、生活様式の外部にあるアルキメデス的な梃の支点のごときありもしない架空の空間に位置するかのどちらかでしかないと信じているようなのだ」（原一七一、訳二九九）が、「この反定立がみようとしないことがある。それは生活様式が内在的に矛盾したりすること、また生活様式を成立させるもののなかには、特定の生活様式にくまなく内在する信念や利害のみならず、その生活様式の支配的な論理にまっこうから対立するディスクールや実践の別の形式もふくまれることである」（原一七一、訳二九九）。つまり、「ラディカルな政治思想は、その最良の脱構築的流儀を発揮するときには、特定のシステムの完全に内側でもないが、かといって完全に外側でもない場所、いうなれば、システムがみずからと一致しなくなる場所にくらいつこうとするのであり、そのような場所から、政治理論を、それも最終的には権力構造を全体を変換するような政治理論を練り上げようとする」（原一七二、訳二九九）。だから「マルクス主義は、自由や正義や平等について語るブルジョワ社会の声に真剣な耳をかたむけたうえで、ブルジョワ社会のいだくこうした高邁な理想が、なぜ、ブルジョワ社会の物質的存在に入りこめないのか」と「問いかける」（原一七二、訳二九九）。しかし、「フィッシュはわたしたちに、こう注意を喚起するだろう」（原一七二、訳二九九）。「ブルジョワ社会の矛盾をつくこうした試みはすべて、あらゆる信念に影響を受けないなんらかの超越点をひそかに前提としているのであって、そのような超越点にわたしたちは存在することはできないし、ましてや、内在的な批判をしながら、同時に、そういった超越点にたつことはできないのである」（原一七二、訳二九九）と。イーグルトンはこれに対して、こう切り返している。「わたしたちが、そうした超越点にたてると、いったい誰が考えたのか教えていただきたいものだ。マルクス主義が絶対に信用しないものが一つある。それは真実が、なんらかのかたちで超越的で非歴史的であるというファンタジーである」（原一七二、訳二九九）。

（1）　われわれが本稿において言及するSacvan Bercovitchの著作は以下のとおり。*The American Jeremiad* (The University of Wisconsin Press, 1978). 本書の略号はAJとし、引用の場合は、引用末尾ないし引用を含む文末に、そのつど、（ ）を付して略号と頁ナンバーのみを記す。略号は引用が本書からのものであることを明示する必要がある場合にのみ記す。"Preface" to *Reconstructing American Literary HIstory* (Harvard University Press, 1986), ed. by Sacvan Bercovitch. 本「まえがき」は略号をRPとし、引用箇所の示し方などについては前書と同様。"Afterword" to *Ideology and Classic American Literature* (Cambridge University Press, 1986)), eds. by Sacvan Bercovitch and Myra Jehlen. 本「あとがき」の略号はＩＣＡとし、その他については前書と同様。*The Office of The Scarlet Letter* (The Johns Hopkins University Press, 1991). 本書の略号はＯＳＬとし、その他に

ついては同様。“Introduction: The Music of America” and “The Problem of Ideology in a Time of Dissensus” in *The Rites of Assent: Transformations in the Symbolic Construction of America* (Routledge, 1933). 二つの論文の略号は、それぞれ、MAとPIとし、その他については同様。以上のうち、RP、ICA、MA、PIの四点において、問題意識や論点がしばしば互いに重複しているばかりか、ときに同一の文章や言い回しが使用されている。

(2) Terry Eagleton, *Ideology: An Introduction* (Verso, 1991), p. 36 を参照。訳語は、大橋洋一訳『イデオロギーとは何か』(平凡社、一九九六)の七四頁を使用。以下、本書からの引用は、引用末尾に( )を付して、たとえば、(原三六、訳七四)のように、原典の出所と翻訳の出所の両方を示す。

(3) たとえば、メアリー・ベス・ノートン他著、本田創造監修、白井洋子・戸田徹子訳『アメリカの歴史①新世界への挑戦』(三省堂、一九九六)の第一章と第二章を参照。

(4) 岩佐茂・島崎隆・高田純二編『ヘーゲル用語事典』(未来社、一九九一)、六七頁。

(5) 島崎隆『対話の哲学――議論・レトリック・弁証法――』(みずち書房、一九八八)、一八八頁。以下、本書からの引用は引用末尾に( )を付して頁ナンバーのみを記す。

(6) 本引用文に見える「偽りの『アメリカ人たち』」という一句は、フィリップ・シャフからの引用である。バーコヴィッチによれば、シャフはスイスで生まれ、シュトットガルト、チュービンゲン、ハレ、及びベルリンで教育を受け、ペンシルヴェニアのドイツ移民を社会的多元性の危険から守る目的で一八四四年にアメリカ合衆国にわたった人物である。彼はおそらく当代随一の教会史家であったにもかかわらず、一八四五年までには「ピューリタン的ヴィジョンに取って代わるオルタナティヴを想定しえないようになっていた」のだという(AJ一六八)。バーコヴィッチはシャフの著書『アメリカ』から、「一九世紀中葉の嘆きのあらゆる特質を伝える」ものとしてある一節を引いているが、その中に「偽りのアメリカニズム」という言いまわしが出てくる。バーコヴィッチによれば、シャフは「現体制を補強するために『偽りのアメリカ人たち』を攻撃している」(一六八)。攻撃されているのは具体的には、たとえば、「若者たちのラディカルな諸側面」であり、「明白な運命論者たち」(二六八)である。しかしながら、「彼の反対の言葉そのものが彼の[ピューリタン的ヴィジョンへの]コミットメントを証明している」と、バーコヴィッチは分析している。

(7) Michael Paul Rogin, *Ronald Reagan, the Movie and Other Episodes in Political Demonology* (University of California Press, 1987) を参照。特に、第二章と第九章を参照。

(8) Robert S. Levine, *Conspiracy and Romance : Studies in Brockden Brown, Cooper, Hawthorne, and Melville* (Cambridge University Press, 1989). 引用箇所は引用末尾に( )を付して頁ナンバーを本文中に記した。

(9) バーコヴィッチは明示していないが、ここで言及されているメルヴィルのエッセイとは、"Hawthorne and His Mosses" のことであろう。Herman Melville, *The Piazza Tales and Other Prose Pieces, 1839-1860* (Northwestern University Press and The Newberry Library, 1987), eds. by Harrison Hayford, Alma A. MacDougall, G. Thomas Tanselle and others, pp. 239-253 を参照。

(10) Donald E. Pease, "New Americanists : Revisionist Interventions into the Canon," *Revisonary Interventions Into the Americanist Canon* (Duke University Press, 1992), ed. by Donald E. Pease, p. 2.

(11) 注(2)を参照。

人名索引

凡　例

1．項目は本文の実在人物名に限定して，五十音順に配列した。
2．原地読みを原則としたが，日本での慣用に従った場合がある。

あ　行

アーヴィング，ウィリアム
William IRVING　95
アーヴィング，ワシントン
Washington IRVING　35,54,89-91,95-96,98,104,127
アスター，ジョン・ジェイコブ
John Jacob ASTOR　90,98-99,103,106-107
アダムズ，ジョン
John ADAMS　104-5
アダムズ，チャールズ・フランシス
Charles Francis ADAMS　140
アダムズ，ブルックス
Brooks ADAMS　219
アダムズ，ヘンリー
Henry ADAMS　137-40,142,146-49,151,153-70,177,195-96,210-11,214-22,224-27,255
アダムズ，マリアン
Marian ADAMS　137-39,146-48,158-61,168-69
アドラー，J. S.
Joyce Sparet ADLER　33
アバナスィ，T. P.
Thomas Perkins ABERNETHY　13
アラック，ジョナサン
Jonathan ARAC　224
アリエス，フィリップ
Phillippe ARIÈS　121
アレキサンダー六世
Alexander VI (Roderigo Lonzol Borgia)　4
アレキサンダーことワムスッタ
Alexander (Wamsutta)　23
アンダヒル隊長
John UNDERHILL　20
イーグルトン，テリー
Terry EAGLETON　289-91
イーストン，ジョン
John EASTON　25
イノウエ，ダニエル
Daniel Ken INOUYE　36
ヴァンゼッティ，バートロミオ
Bartolomeo VANZETTI　223,268
ウィスター，オーウェン
Owen WISTER　220
ウィリアムズ，ウィリアム・アプルマン
William Appleman WILLIAMS　151,156,200-201,219,229
ウィリアムズ，レイモンド
Raymond WILLIAMS　239
ウィリアムズ，ロージャー
Roger WILLIAMS　10
ウィリスン，G. F.
George WILLISON　9
ウィンズロー大佐（ウィンズロー，ジョサイア）
Josiah WINSLOW　23,29
ウィンズロー，エドワード
Edward WINSLOW　9-11,30
ウィンスロップ，ジョン
John WINTHROP　5-6,8,10,12,18,30,186,202,279
ヴォス，キム
Kim VOSS　193-94,196
エイカーズ，ポール
Paul AKERS　105
エドワーズ，ジョナサン
Jonathan EDWARDS　91-92
エマソン，ラルフ・ウォルドー
Ralph Waldo EMERSON　159,179,268,282
エメリー，アラン・ムア
Allan Moore EMERY　92
エレノア

Eleanor of GUIENNE　*221*
エンディコット隊長（エンディコット，ジョン）
John ENDICOTT　*17, 19*
オリヴァー，ロレンス
Lawrence OLIVER　*220*

か　行

カシュマン，ロバート
Robert CUSHMAN　*7*
カーチャー，キャロライン・L.
Carolyn L. KARCHER　*46*
カプラン，エイミー
Amy KAPLAN　*186, 198-99*
カボット，ジョン
John CABOT　*4*
カミュ，アルベール
Albert CAMUS　*45, 50*
カルヴィン，ジョン
John CALVIN　*123-24*
カレディン，ユージェニア
Eugenia KALEDIN　*137, 160*
カント，イマニュエル
Immanuel KANT　*272*
カンリフ，マーカス
Marcus CUNLIFFE　*178-80*
ギアツ，クリフォード
Clifford GEERTZ　*189, 266*
キケロ
Marcus Tullius CICERO　*102, 104-5, 110*
ギボン，エドワード
Edward GIBBON　*225-26*
ギャディス，ウィリアム
William GADDIS　*3*
キャプテン・クック
Captain Cook (James Cook)　*166*
ギャラガー，ジョン
John GALLAGHER　*208*
ギャラティン，アルバート
Albert GALLATIN　*148*
ギャリソン，ウィリアム・ロイド
William Lloyd GARRISON　*47*
キング，クラレンス
Clarence KING　*218*
キング二世，マーティン・ルーサー
Martin Luther KING, JR.　*279*
クーパー，ジェイムズ・フェニモア
James Femimore COOPER　*35, 207, 211, 224, 255*
グラムシ，アントニオ
Antonio GRAMSCI　*182, 195, 237*
グラント，ユリシーズ
Ulysses GRANT　*138, 140*
グリーノウ，ホレイショウ
Horatio GREENOUGH　*104*
クルーズ，フレデリック
Frederick CREWS　*273*
グールド，ジェイ
Jay GOULD　*139, 142*
クレイン，スティーブン
Stephen CRANE　*177*
クレヴクール
Michel Guillaume Jean de CRÈVECOEUR　*99*
クロムウェル，オリヴァー
Oliver CROMWELL　*72, 187, 200*
ケリー，ウイン
Wyn KELLEY　*93, 106-7*
ゴールドマン，スタン
Stan GOLDMAN　*119-20*
コロンブス，クリストファー
Christopher COLUMBUS　*4*
コンラッド，ジョセフ
Joseph CONRAD　*227*

さ　行

サッコ，ニコーラ
Nicola SACCO　*223, 268*
サリスベリー，N.
Neal SALISBURY　*19*
シェイクスピア，ウィリアム
William SHAKESPEARE　*80*
ジェイコブズ，W. R.
Wilbur R. JACOBS　*23*
ジェイムズ，ヘンリー
Henry JAMES　*169, 211*
ジェニングズ，フランシス
Francis JENNINGS　*8, 21-23, 25, 28*
ジェファソン，トマス
Thomas JEFFERSON　*14, 96, 105, 109-11, 113, 148-50, 152-56, 203*
ジェーレン，マイラ
Myra JEHLEN　*239, 273*

島崎　隆
244
清水知久
199-200, 203
ジャクソン大統領（ジャクソン，アンドルー）
Andrew JACKSON　15, 104, 115-16, 149, 278
シャフ，フィリップ
Phillip SCHAFF　247, 292
ジャンヌ・ダルク
Jeanne d'Arc　215-16
シャンパーニュのマリー
Marie, Countess of Champagne　221-22
ジョージ三世
George III　96-97
シンクレア，アプトン
Upton SINCLAIR　183
ズウィック，ジム
Jim ZWICK　206
スコット，ウォルター
Walter SCOTT　211-12
スタナード，D. E.
David E. STANNARD　37
スタンディシュ，マイルズ
Myles (Miles) STANDISH　9
スティーヴンソン，ロバート・L.
Robert Louis STEVENSON　164
スピラー，ロバート
Robert SPILLER　260
スミス，アダム
Adam SMITH　202
スミス，ジョン
John SMITH　5
スミス，ヘンリー・ナッシュ
Henry Nash SMITH　270-71
セイ卿
William Fiennes, 1st Viscount of Saye and Sele　17
セイント・ゴーデンス，オーガスタス
Augustus SAINT-GAUDENS　105
セルバンテス
Miguel de Saavedra CERVANTES　212-22
ソーロー，ヘンリー・ディヴィッド
Henry David THOREAU　29, 249-50, 285
ゾンバルト，ウェルナー
Werner SOMBART　192

た　行

高橋章
206, 218-20
ダグラス，アン
Ann DOUGLAS　124
ダグラス，フレデリック
Frederick DOUGLASS　179, 268
ダドレイ，トマス
Thomas DUDLEY　12
ターナー，ヴィクター
Victor TURNER　189, 266
ターナー，ナット
Nat TURNER　268
ターナー，フレデリック・ジャクソン
Frederick Jackson TURNER　36, 151, 201-3, 220
ダンテ
Dante ALIGHIERI　221
ダンフォース，サミュエル
Samuel DANFORTH　201, 242, 253
ダンモア
John Murray, 4th earl of DUNMORE　14
チーフ・ポカゴン
Chief POKEGAN　129
チーフ・ローガン
Chief LOGAN　110
チャイルド，リディア・マリア
Lydia Maria CHILD　45-48, 51, 55-65, 69, 72, 74, 81, 84-85
チョーサー，ジェフレー
Geoffrey CHAUCER　255-57
ツルゲーネフ
Ivan Sergeevich TURGENEV　221
ディアボーン，ヘンリー
Henry DEARBORN　122
ディギンズ，ジョン・P.
John Patrick DIGGINS　194-96
トウェイン，マーク
Mark TWAIN　177, 184, 195-96, 204-14, 216-17, 223-27, 255
トクヴィル，アレクシス・ド
Alexis Charles Henri Clérel de TOCQUEVILLE　36, 109

ドライサー，セオドア
Theodere DREISER　*177, 183, 213-14*

な　行

ナポレオン，ボナパルト
Napoléon BONAPARTE　*149-50, 157*
ニーバー，ラインホルド
Reinhold NIEBUHR　*151*
ノーブル，ディヴィッド・W.
David W. NOBLE　*150*
ノリス，フランク
Frank NORRIS　*177*

は　行

バー，アーロン
Aaron BURR　*149-50, 153*
パイザー，ドナルド
Donald PIZER　*176*
ハウエルズ，ウィリアム・ディーン
William Dean HOWELLS　*210-11, 220, 223*
パークマン，フランシス
Francis PARKMAN　*23, 33, 35, 149*
バーコヴィッチ，サクヴァン
Sacvan BERCOVITCH　*46, 91-92, 103, 107, 177-92, 194-98, 200-03, 214, 225-27, 233-44, 246-77, 279-89, 292-93*
バージェス，ジョン・ウィリアム
John William BURGESS　*214*
バース，ジョン
John BARTH　*3*
ハースト，ウィリアム・ランドルフ
William Randolph HEARST　*176*
ハーツ，ルイス
Louis HARTZ　*191*
バード，R. M.
Robert Montgomery BIRD　*35-36*
ハバード，ウィリアム
William HUBBARD　*25*
ハリソン知事
Benjamin HARRISON　*14*
パリントン，ヴァーノン・ルーイス
Vernon Louis PARRINGTOS　*270*
パワーズ，ハイラム
Hiram POWERS　*104*
バンクロフト，ジョージ
George BANCROFT　*147, 151, 155, 191*
ピアス，R. H.
Roy Harvey PEARCE　*37*
ピアソン，カール
Karl PEARSON　*217*
ビアード，チャールズ・A.
Charles A. BEARD　*151, 155*
ピーコック，トマス・ラヴ
Thomas Love PEACOCK　*146*
ビュフォン
Georges Louis Leclerc de BUFFON　*110*
ピュリツアー，ジョセフ
Joseph PULITZER　*176*
ピンチョン，トマス
Thomas PYNCHON　*3*
ファーガスン，ロバート・A.
Robert A. FERGUSON　*102*
フィッシュ，スタンリー
Stanley FISH　*289-91*
フィッツジェラルド，F. スコット
F. Scott FITZGERALD　*98*
フィリップ王
King Philip (Metacom)　*3*
フィンク，レオン
Leon FINK　*194-97*
フェノロサ
Ernest Francisco FENOLLOSA　*162*
フェルプス，エリザベス・スチュアート
Elizabeth Stuart PHELPS　*124*
フォーナー，フィリップ
Philip FONER　*223*
フッカー，トマス
Thomas HOOKER　*19*
ブラウン，ビル
Bill BROWN　*204*
プラトン
Plato　*267*
フランクリン，H. ブルース
H. Bruce FRANKLIN　*76*
フランクリン，ベンジャミン
Benjamin FRANKLIN　*14, 98, 109*
プリーストリー，ジョセフ
Joseph PRIESTLEY　*91*
プルーチャ，フランシス・ポール
Francis Paul PRUCHA　*108-12*
ブルック卿
Robert Greville, 2nd Baron BROOKE　*17*

ブルックス，ヴァン・ワイク
Van Wyck BROOKS 213
ブーレ，ポール
Paul BUHLE 194
ブーレ，メアリー・ジョー
Mari Jo BUHLE 194
ブレイン，ジェイムズ・G.
James G. BLAINE 139-43,146
プレスコット，ウィリアム・ヒクリング
William Hickling PRESCOTT 149
ブーン，ダニエル
Daniel BOONE 13
ヘイ，ジョン
John HAY 206,217-19,222
ヘイズ，ルザフォード・B.
Rutherford HAYES 141-42
ペイン，トマス［トム］
Thomas PAINE 279
ヘーゲル，ヴィルヘルム・フリードリヒ
Georg Wilhelm Friedrich HEGEL 243-44,267
ペトラルカ
Francesco PETRARCA 221-22
ヘミングウェイ，アーネスト
Ernest HEMINGWAY 226-27
ベンヤミン，ヴァルター
Walter BENJAMIN 284
ヘンリー七世
Henry Ⅶ 4
ホイットマン，ウォルト
Walt WHITMAN 282
ボーヴェ，ポール
Paul BOVÉ 224
ホーソーン，ナサニエル
Nathaniel HAWTHORNE 60,91,281
ホフスタッター，リチャード
Richard HOFSTADTER 151,195
ホラス，グリーリー
Greeley HORACE 140
ホール，ジェイムズ
James HALL 34
ポールディング，カーク
James Kirke PAULDING 95
ポンティアク
Pontiac 13

ま　行

マクドナルド，ジェイムズ・ローレンス
James Lawrence McDONALD 90
マクノートン，ウィリアム
William MACNAUGHTON 205
マコーレー
Thomas Babington MACAULAY 149
マザー，インクリース
Increase MATHER 25
マザー，コットン
Cottn MATHER 3,4,16-17,19-25,28-31,33,36-37
マサソイト
Massasoit 7
マシーセン，フランシス・オットー
Francis Otto MATTHIESSEN 260,278,281
マーシャル，ジョン
John MARSHALL 15
マシューズ，ブランダー
Brander MATTHEWS 220
マッキンレー，ウィリアム
William McKINLEY 206
マッケニー，トマス・L.
Thomas L. MOKENNEY 90-91,113-14
マディソン，ジェイムズ
James MADISON 148,150,152-53,155
マドックス，ルーシー
Lucy MADDOX 54-55,89-91,107,113
マルクス，カール
Karl MARX 197,285,289-91
マンフォード，ルイス
Lewis MUNFORD 270
ミラー，アーサー
Arthar MILLER 99
ミラー，ペリー
Perry MILLER 3,185-190,192,198,200-3,211,213,226-27,238,241-45
メイソン隊長
John MASON 20
メルヴィル，ハーマン
Harman MELVILLE 4,30,33-34,45-47,49-51,55,57,59-60,62,65,69-70,72,74-80,82-85,89-90,94,98,113,118-20,165,184,227,247,253,

255, 271, 281, 293
モーガン，サー・ヘンリー
Henry MORGAN 207
モトレー，ジョン・ロースロップ
John Lothrop MOTLEY 149
モリソン，S. E.
Samuel Eliot MORISON 5
モンロー，ジェイムズ
James MONROE 150, 156

ら　行

ライト，リチャード
Richard WRIGHT 183
ライシング，ラッセル
Russell REISING 183
ラジア，ドナルド
Donald LAZERE 229
ラファージ，ジョン
John La FARGE 162, 164
ランケ
Leopold von RANKE 147, 150
ランドルフ，ジョン
John RANDOLPH 148
リアーズ，T. J. ジャクソン
T.J. Jackson LEARS 194-96
リーチ，D. E.
Douglas Edward LEACH 23
リパード，ジョージ
George LIPPARD 255
リプシッツ，ジョージ
George LIPSITZ 194, 197
リプセット，セイモア・マーティン
Seymour Martin LIPSET 191-92
リンカーン，アブラハム
Abraham LINCOLN 143
ルージュモン，ドニ・ド
Denis de ROUGEMONT 221-22
レヴァイン，ロバート・S.
Robert S LEVINE 251
レーガン，ロナルド
Ronald REAGAN 279
レーニン
Vladimir Ilich LENIN 207
ロー，ジョン・カーロス
John Carlos ROWE 208-10
ロギン，マイケル・ポール
Michael Paul ROGIN 15, 90-91, 118, 250
ローズヴェルト，セオドア
Theodore ROOSEVELT 206, 218-20, 222, 226-27
ロック，ジョン
John LOCKE 5, 30, 92, 202
ロッジ，ヘンリー・カボット
Henry Cabot LODGE 206
ロビンソン牧師
John ROBINSON 10
ロビンソン，ロナルド
Ronald ROBINSON 208
ローランドソン牧師の妻（ローランドソン，メアリー・ホワイト）
Mary White ROWLANDSON 32-33

わ　行

ワシントン，ジョージ
George WASHINGTON 13-14, 251

執筆者紹介（執筆順）

根《ね》 本《もと》　治《おさむ》　青山学院大学文学部教授
牧《まき》 野《の》 有《あり》 通《みち》　明治大学文学部教授
荒《あら》　このみ　東京外国語大学外国語学部教授
岡《おか》 本《もと》 正《まさ》 明《あき》　中央大学法学部教授
村《むら》 山《やま》 淳《きよ》 彦《ひこ》　東京都立大学人文学部教授
福《ふく》 士《し》 久《ひさ》 夫《お》　中央大学経済学部教授

イデオロギーとアメリカン・テクスト　研究叢書24

2000年3月25日　第1刷印刷
2000年3月30日　第1刷発行

編　　者　中央大学人文科学研究所
発 行 者　中 央 大 学 出 版 部
代表者　辰　川　弘　敬

192-0393　東京都八王子市東中野 742-1
発行所　中 央 大 学 出 版 部
電話 0426（74）2351　FAX 0426（74）2354
http://www2.chuo-u.ac.jp/up/

清菱印刷・東京製本

ISBN4-8057-5317-X

7 近代日本文学論 ―大正から昭和へ―

A５判 360頁
本体 2,800円

時代の潮流の中でわが国の文学はいかに変容したか，詩歌論・作品論・作家論の視点から近代文学の実相に迫る．

8 ケルト 伝統と民俗の想像力

A５判 496頁
本体 4,000円

古代のドルイドから現代のシングにいたるまで，ケルト文化とその稟質を，文学・宗教・芸術などのさまざまな視野から説き語る．

9 近代日本の形成と宗教問題〔改訂版〕

A５判 330頁
本体 3,000円

外圧の中で，国家の統一と独立を目指して西欧化をはかる近代日本と，宗教とのかかわりを，多方面から模索し，問題を提示する．

10 日中戦争 日本・中国・アメリカ

A５判 488頁
本体 4,200円
（重版出来）

日中戦争の真実を上海事変・三光作戦・毒ガス・七三一細菌部隊・占領地経済・国民党訓政・パナイ号撃沈事件などについて検討する．

11 陽気な黙示録 オーストリア文化研究

A５判 596頁
本体 5,700円

世紀転換期の華麗なるウィーン文化を中心に20世紀末までのオーストリア文化の根底に新たな光を照射し，その特質を探る．巻末に詳細な文化史年表を付す．

12 批評理論とアメリカ文学 検証と読解

A５判 288頁
本体 2,900円

1970年代以降の批評理論の隆盛を踏まえた方法・問題意識によって，アメリカ文学のテキストと批評理論を，多彩に読み解き，かつ犀利に検証する．